Wanderpfad
Wasserstelle
Land der Ahnen
Gewitterbaum
Tal

Erin Hunter

BRAVELANDS

Das Gesetz der Savanne

Erin Hunter

BRAVELANDS

DAS GESETZ DER SAVANNE

Aus dem Englischen von
Cornelia Stoll

BELTZ
& Gelberg

Besonderen Dank an Clarissa Hutton und Gillian Philip

Hinter dem Namen *Erin Hunter* verbirgt sich ein ganzes Team von Autorinnen. Gemeinsam konzipieren und schreiben sie die erfolgreichen Tierfantasy-Reihen WARRIOR CATS, SEEKERS, SURVIVOR DOGS und BRAVELANDS.

MIX
Papier aus verantwortungsvollen Quellen
FSC
www.fsc.org
FSC® C089473

Dieses Buch ist erhältlich als:
ISBN 978-3-407-75446-2 Print
ISBN 978-3-407-74688-7 E-Book (EPUB)

Die Originalausgabe erschien unter dem Titel *Bravelands – Book Two: Code of Honor* bei HarperCollins Children's Books, New York
Aus dem Englischen von Cornelia Stoll
Illustration © 2017 Owen Richardson
Landkarte © 2018 Virginia Allyn
Lektorat: Andrea Baron
Neue Rechtschreibung
Einbandgestaltung und Wort-Bild-Marke: UNIMAK GmbH, Hamburg
Satz: publish4you, Bad Tennstedt
Druck und Bindung: Beltz Grafische Betriebe, Bad Langensalza
Printed in Germany
1 2 3 4 5 22 21 20 19 18

Weitere Informationen zu unseren Autor_innen und Titeln finden Sie unter www.beltz.de

PROLOG

AM ÖSTLICHEN HORIZONT zeigte sich ein dünner, goldener Streifen, der die Savanne erglühen ließ. Im ersten Licht des Tages wurden die Schirmakazien sichtbar, die sich über das gesamte Grasland verteilten. *Wieder ein herrlicher Tag,* dachte Babbel, der Madenhacker, *wieder ein köstliches Frühstück.* Er streckte und putzte sich unter einem seiner Flügel, dann pickte er eine dicke Zecke von der Haut des Nashorns, auf dem er saß.

Das Nashorn war ein Schwätzer. Schon vor dem Morgengrauen hatte es sich mit den anderen Nashörnern seiner Horde gestritten. Babbel verstand die seltsame Zunge der Bodenstampfer nicht, aber es hatte erregt und ziemlich aggressiv geklungen.

Babbel reckte seinen Kopf und blinzelte. »Plapper?«

»Warte«, kam es gedämpft zurück. Von Plapper war nur die Schwanzspitze zu sehen, der übrige Körper steckte im zuckenden Ohr des Nashorns. Der Schwanz wackelte ein wenig, dann schnellte Plapper heraus und schlang den Parasiten hinunter, den er ergattert hatte. »Was ist los?«

»Ich wollte nur wissen, wo du bist«, erwiderte Babbel.

»Gibt es noch mehr Leckerbissen in dem Ohr? Und was denkst du, worüber die Nashörner gesprochen haben?«

»Keine Ahnung. Ich verstehe die Graszunge genau so wenig wie du.« Plapper hüpfte über den breiten Nashornnacken. »Ich glaube, ich habe die letzte Zecke erwischt, aber im anderen Ohr findest du bestimmt noch welche.«

Babbel hüpfte an ihm vorbei und erklomm den Kopf des Nashorns. »Wenn sie nur nicht immer so mit den Hörnern stoßen und mit dem Kopf schütteln würden«, beschwerte er sich. »Das bringt alles zum Wackeln und macht das Picken nicht gerade einfacher.«

»Ja, das ist lästig, aber vergiss nicht, was die alte Schwatz immer sagt«, erklärte Plapper und stocherte in einer Falte der ledrigen Nashornhaut. *»Mach dir über das Heute keine Sorgen, denn Insekten gibt es auch morgen noch.«*

»Also, ich finde, Schwatz sollte mal mit den Nashörnern reden«, seufzte Babbel. »Sie regen sich über irgendetwas auf. Sie sollten sich ein Beispiel an uns Madenhackern nehmen.«

»Das stimmt – oh!« Plapper sah nach oben, wo der Ruf eines grauen Kronenkranichs erklang.

Der Vogel segelte auf seinen breiten schwarz-weißen Schwingen und kreischte in durchdringender Himmelszunge: »Großschar! Großschar!« Er neigte seinen Kopf nach unten und spähte auf die beiden Freunde hinab. »Großschar!«

Die Madenhacker blickten ehrfürchtig zu ihm hinauf. Der Kranich drehte ab und flog dem Sonnenaufgang entgegen. In der Ferne hörten sie, wie er dieselben Worte wieder und wieder rief, damit andere Vögel auf der Erde und in den Bäumen sie hörten.

»Großschar!«, zwitscherte Babbel erfreut.

Plappers große, gelbe Augen blinzelten. »Ich bin noch nie zu einer Großschar gerufen worden. Wie aufregend!«

»Ich auch nicht«, sagte Babbel. »Schon seit ich aus dem Ei geschlüpft bin, habe ich Geschichten über Großscharen gehört. Selbst bin ich aber noch nie bei einer gewesen.«

»Dann wollen wir mal!« Plapper pickte noch ein letztes Insekt mit seinem roten Schnabel auf, dann hob er ab.

Babbel flatterte hinter ihm her. Die Sonne erhob sich über dem Horizont in einem Halbkreis aus gleißendem Gold. Der klarblaue Himmel füllte sich mit Vögeln; Krähen erhoben sich krächzend von ihrem Aasfleisch, Reiher stiegen in einer Wolke aus weißen Flügeln empor und aus einer Dornbuschakazie brach eine Schar blauer Stare hervor. Ein Pärchen grüngelb gescheckter Bienenfresser zischte an Babbel vorbei und streifte dabei fast einen seiner Flügel.

»He, passt auf, wo ihr hinfliegt!«, beschwerte er sich, war aber viel zu aufgeregt, um ernsthaft böse zu sein. Der Himmel verdunkelte sich vor lauter Flügeln und Federn und im Gegenlicht der aufgehenden Sonne wurden es stetig mehr.

»Ich würde zu gerne wissen, warum eine Großschar einberufen wird«, rief Plapper.

Hoch über ihnen brauste ein Schatten vorbei. Es war ein großer Aasgeier mit weißem Rücken, der dort seine Kreise zog. Die anderen Vögel schossen nach oben und schwirrten um ihn herum, ihre Schreie nun zu einem erwartungsvollen Piepsen gedrosselt. Im Windschatten des großen Vogels segelte eine ganze Schar von Aasgeiern.

»Das ist doch Windreiter!«, flüsterte Babbel. »Die alte Anführerin der Aasgeier, die immer mit der Großen Mutter spricht.«

»Ich glaube auch«, piepste Plapper und sah beeindruckt zu dem Vogel hinauf.

»Ich bringe euch schreckliche Kunde, Vögel von Bravelands. Große Mutter ist tot.«

Ein entsetztes Kreischen und Pfeifen erhob sich am Himmel. Das schnarrende Krächzen der schockierten Krähen und das traurige Heulen der Kraniche mischten sich mit dem ungläubigen Zwitschern der Stare.

»Nein!«, schrie Plapper, der neben Babbel flog. »Das ist eine schreckliche Nachricht!«

»Kein Wunder, dass die Nashörner so aufgeregt waren. Sie haben es wahrscheinlich schon gehört!«

»Folgt mir.« Bei Windreiters Befehl verstummte das Stimmenwirrwarr wieder.

Niemand wagte zu widersprechen. In loser Formation segelten und flatterten die Vogelscharen hinter dem Aasgeier her. Es war ein riesiger Schwarm, der dort über die Savanne segelte. Auf Tausenden von Flügeln blitzte und funkelte die Sonne. Es war ein überwältigender Rausch von Farben.

Schade, dass die Großschar nicht wegen eines erfreulichen Ereignisses einberufen worden ist, dachte Babbel.

Schnell erkannte er, wohin Windreiter sie führte. Vor ihnen in der Morgensonne glitzerte eine große Wasserstelle. Es war aber nicht der friedliche, unbeschwerte Ort, den man gewöhnlich erwartete. An den Ufern drängelten und schubsten sich ganze Herden von Grasfressern. Sie schrien und heulten vor Kummer. Als die Vögel näher kamen, sah Babbel einen großen Fleck auf dem Wasser, ein großes, vom Wasser halb bedecktes Etwas.

Große Mutter.

Babbel hatte die weise, alte Elefantenkuh noch nie gesehen, doch so, wie sie nun dalag, hätte er sie lieber niemals zu Gesicht bekommen: leblos, von blutigen, schwarzen Wunden gezeichnet. Elefanten umringten sie, deren mächtige Füße das blutige Wasser aufwühlten, während sie völlig verzweifelt an ihrem Körper zerrten, um sie an Land zu bringen.

Nur ein Elefant stand abseits und starrte wie paralysiert auf Große Mutter. Es war eine junge Elefantenkuh. Sie war kleiner als die anderen, ihre Beine zitterten entsetzlich, und sie stand wie angewurzelt im Uferschlamm, während um sie herum die Grasfresser trompeteten und wüteten, sich aufbäumten und wild umherrannten. Als Babbel tiefer flog, sah er ihre großen, dunklen Augen, die, obgleich sie voller Gram und Bestürzung waren, doch seltsam weise blickten für so ein junges Tier.

Zebras und Gnus trotteten ans Ufer, starrten auf den Leichnam der Großen Mutter, um anschließend mit donnernden Hufen panisch davonzurennen. Auch Schreie von kleineren Tieren waren zu hören, wurden jedoch unvermittelt erstickt, wenn sie zu Boden getrampelt wurden.

Nur die junge Elefantenkuh stand reglos da, als hätte der entsetzliche tote Körper sie gelähmt.

Die Vögel landeten und suchten sich Plätze auf Bäumen, Felsen und Böschungen. Eine Wolke aus Flügeln hüllte das Seeufer ein, als sie sich niederließen, und doch gab es kein Gekreisch, nur eine unheimliche, traurige Stille. Windreiter und ihre Aasgeier ließen sich direkt auf dem Körper der großen Mutter nieder. Sie breiteten ihre Flügel aus, als wollten sie sie beschützen.

»Dies ist erst der Anfang des Chaos, das über Bravelands kommen wird!«, schrie Windreiter rau in die Stille hinein.

Sie klappte gerade ihren Schnabel auf, um weiterzusprechen, als ein ohrenbetäubender Donner den Himmel erschütterte. Mit einem dröhnenden Widerhall krachte er über die Wasserstelle. Die Tiere erstarrten. Babbel steckte entsetzt seinen Kopf unter die Flügel.

Der Morgenhimmel, gerade noch klar und blau, wurde von einer schwarzen Wolkenbank verdunkelt. Regen brach los und hämmerte auf die versammelten Tiere von Bravelands herab. Babbels Federkleid war augenblicklich durchnässt.

Er starrte Plapper an. Sein Freund war ebenso schockiert und verängstigt wie er. Wasser strömte von ihren Schnäbeln und Flügeln.

»Der Große Geist ist verärgert, weil Große Mutter tot ist!«, klagte Plapper.

Babbel versuchte vergeblich, Wasser von seinen Flügeln zu schütteln. Schließlich hockte er sich trostlos hin und ließ das Unwetter über sich ergehen.

»Vielleicht hatte Schwatz doch nicht recht«, flüsterte er. »Vielleicht gibt es doch kein Morgen …«

1. KAPITEL

EINEN SOLCHEN REGEN hatte er noch nie erlebt. Dorn stapfte unbeholfen durch den tiefen Schlamm, fort von der Wasserstelle. Sein Fell war durchnässt, das Wasser rann über seine Stirn und in seine Augen. Voller Hektik wischte er es weg, wieder und wieder. Sogar seine Nasenlöcher waren voll Wasser.

Was war geschehen? Was war geschehen?

Große Mutter war gestorben. Das war geschehen. Doch ganz gleich, wie oft er sich dies sagte, es kam ihm immer noch unwirklich vor. *Wie? Warum?*

Das spielte für ihn keine Rolle mehr. Die Große Mutter von Bravelands war tot und sie konnte Dorn nicht mehr helfen.

Er war zur Wasserstelle gekommen, um ihren Rat einzuholen, sie um ihre Hilfe, ihre Weisheit zu bitten – denn es gab sonst niemanden, der ihm hätte helfen können. Große Mutter hätte gewusst, wie er sich gegenüber Stachel Kronblatt verhalten sollte. Die Verbrechen, die Stachel begangen hatte, waren ungeheuerlich, für ein normales Wesen unfassbar. Der teuflische Pavian hatte Borke Kronblatt ermordet, er hatte ihr mit einem Stein den Schädel eingeschlagen. Und er hatte Borkes Nachfolger Raff vergiftet – mit Skorpiongift –, um sich an die Spitze des Lichtwald-Trupps setzen zu können.

Dorn hatte ihm in gerechtem Zorn seine Untaten vorgehalten, doch Stachel hatte nur gelacht. Sein Grinsen verfolgte Dorn bis zu diesem Augenblick, genau wie die Gewissheit, dass niemand ihn richten würde. *Siehst du nun, wie weit ich gehen werde in meiner Mission, den Lichtwald zu bewahren?*

Siehst du nun, wie weit ich gehen werde …?

Dorn hatte genau gewusst, was Stachel damit gemeint hatte: Er würde nicht zögern, auch ihn umzubringen, sollte er versuchen, ihn vor dem Trupp zu entlarven. Dorn hatte nur eine Möglichkeit gesehen, Stachel aufzuhalten – einen einzigen Ort, wo er um Hilfe hätte bitten können.

Und nun war Große Mutter tot. Und Dorn war ganz und gar auf sich gestellt.

*

Das trübe Tageslicht wurde von einer grauen Abenddämmerung abgelöst. Durch die Zweige der Langbäume fielen keine Goldstrahlen wie sonst bei Sonnenuntergang. Dorn kauerte auf dem aufgeweichten Erdboden der Ratslichtung, der Schlamm saugte sich förmlich in sein Fell, als wollte er eine zweite Haut bilden. Die Mitglieder des Lichtwald-Trupps hatten sich vor dem Kronstein versammelt. Ihnen gegenüber, zu beiden Seiten des breiten, fahlen Felsens, standen die Ratsmitglieder mit ihrem Gefolge. Alle Paviane, vom Kind bis zum greisen Ratsmitglied, waren durchnässt und niedergeschlagen. Alle, außer Stachel Kronblatt. Er konnte zwar den Regen nicht stoppen und war bestimmt nicht erfreut über sein nasses Fell, aber er saß immerhin auf dem Kronstein.

»Was denkst du, wie es jetzt weitergehen wird, Dorn?«, flüsterte Matsch Tiefblatt.

Dorn drückte seinen Arm. Sein bester Freund war schon immer schmächtig gewesen, aber nun, wo er bis auf die Haut durchnässt war, sah er magerer aus denn je. »Ich weiß es nicht, Matsch«, sagte er leise. »So etwas ist noch nie geschehen.«

»Ich begrüße euch.« Stachels gebieterische Stimme ließ alle aufhorchen. Nachdem das ängstliche Geschnatter verklungen war, blickte er ernst und feierlich in die Runde. »Ihr wisst, dass ich mich gewöhnlich nur mit den Mitgliedern meines Rats hier versammle, doch die aktuellen Ereignisse in Bravelands, sind ohne Beispiel. Niemals – nicht in der gesamten Geschichte dieses Landes – ist ein Großer Anführer ermordet worden.«

Stachel blickte zum Himmel empor und schloss seine Augen, als suche er Hilfe vom Großen Geist. »Wir müssen erörtern, was das für uns bedeutet – für den ganzen Lichtwald-Trupp.«

Die Paviane reckten die Hälse, sie warteten begierig auf Stachels weisen Rat. In ihren Augen lag Besorgnis, aber auch Achtung und Vertrauen. Dorn fröstelte. *Vor gerade mal einem Tag habe ich ihn noch genauso angesehen.*

»Mango!«, rief Stachel und winkte mit seiner langfingrigen Pfote. »Du hast dich umgehört. Erzähle uns, was du erfahren hast.«

Mango Hochblatt stürzte durch den Schlamm nach vorn und räusperte sich. »Mein Kronblatt, niemand weiß genau, was geschehen ist. Aber viele Tiere sagen, die Krokodile hätten Große Mutter getötet. Diese Bestien haben Zahnabdrücke auf ihrem Körper hinterlassen.«

»Das ist abscheulich!«, schrie Moos Mittelblatt.

»Diese Bestien!«, rief Blüte Heilblatt bewegt.

Stachel spreizte seine Pfoten. »Was ist von Kreaturen anderes zu erwarten, die den Großen Anführer nicht anerkennen?«

»Sie halten sich nicht einmal an das Gesetz!«, schrie Splitter Mittelblatt erregt. »*Töte nur, um zu überleben.* Das haben wir schon als Kinder auf den Bäuchen unserer Mütter gelernt.«

Aus den Reihen der Ratsmitglieder schlurfte Käfer Hochblatt nach vorn. Er war alt und gebeugt und verbreitete einen Hauch von vergorenen Früchten, aber die Paviane verstummten ehrfürchtig, als er sprach. »Ich habe gehört, dass in der Massenpanik an der Wasserstelle viele gestorben sind«, sagte er mit seiner nörgelnden Stimme. »Es wundert nicht, dass in dieser Situation eine Panik ausbricht – aber das wird in nächster Zeit sicherlich noch häufiger passieren.«

Stachel nickte nachdenklich. »Die Tiere von Bravelands haben keine Orientierung«, murmelte er.

»Und niemand weiß, wer der nächste Große Anführer werden wird«, betonte Mango. »Große Mutter hatte keine Zeit mehr, den Großen Geist an ihren Nachfolger zu übergeben, das ist noch nie geschehen. Was sollen wir tun?«

Moos meldete sich mit ängstlicher Stimme zu Wort und sagte leise: »Vielleicht ist der Große Geist mit ihr gestorben.«

Ein Tumult brach los. Manche Paviane jaulten entsetzt, andere trommelten auf den schlammigen Boden, Kinder fingen an zu weinen.

»Ruhe, Ruhe!« Stachel schlug auf den Kronstein und erhob sich zu seiner ganzen Größe. »Mein Trupp! Andere Tiere mögen in Panik geraten wie aufgescheuchte Ameisen, doch wir sind *Paviane*! Wir bleiben ruhig und bewahren unsere Würde!«

Der Trubel legte sich. Die Mütter beruhigten ihre Babys und Moos murmelte beschämt: »Tut mir leid, Stachel.«

Stachel wandte sich an den neben ihm stehenden Pavian, die Mutter von Matsch. »Was sagt unser Sternblatt? Was sagen ihr die Mondsteine?«

Sternblatts weiß gestreiftes Gesicht war sanft und ernst. Sogar Dorn wurde ruhiger, als sie methodisch die Mondsteine vor sich auslegte, von denen jeder eine andere Farbe hatte: Es gab hellblaue, grüne oder orangefarbene Steine. Manche waren durchscheinend und funkelten im Licht der Dämmerung. Andere wieder waren dunkel und glatt. Ein Stein war zerbrochen und zeigte an seinen nach innen gewölbten Bruchstellen funkelnde Kristalle. Sternblatt hob einen Stein nach dem anderen hoch und prüfte sie mit hoch konzentriertem Blick.

Schließlich blickte sie auf, sie war ernst wie immer, wenn sie die Mondsteine deutete. Dorn sah besorgt zu Matsch hinüber, der zuversichtlich nickte.

»Stachel hat uns zu Recht zur Ruhe ermahnt«, verkündete Sternblatt. »Der Große Geist wird einen neuen Großen Anführer finden – dies sagen die Steine unmissverständlich.«

»Nun, das ist eine gute Nachricht«, knurrte Mango.

»Aber wenn es ein Tier wird, das uns nicht gewogen ist?«, fragte Knospe Mittelblatt besorgt. »Wenn es zum Beispiel ein Gepard wird?«

»Oder eine Hyäne«, quiekte Moos.

Sternblatt warf ihr einen milden, doch strengen Blick zu. »Der Große Geist trifft immer eine weise Wahl.«

»Das mag sein«, sagte Käfer, »aber ich muss sagen, dass jedes Tier seine Vorurteile hat und …«

Die Diskussion drehte sich nun um die Frage, welche möglichen Großen Anführer welche Vorteile brächten. Dorn hörte nicht mehr zu. Er sah zu Beere Hochblatt hinüber, die neben ihrem Vater Stachel saß und bisher noch nichts gesagt hatte. Sie lauschte den Argumenten mehr oder weniger besorgt, machte aber vor allem einen traurigen und verletzten Eindruck. *Und ich weiß auch, warum,* dachte Dorn zerknirscht.

Er fühlte sich schrecklich schuldig, weil er am Abend zuvor ihre Gefühle so sehr verletzt hatte. Wenn sie nur seine wahren Beweggründe kennen würde. Dorn hatte ihr gesagt, dass sie sich nicht mehr sehen sollten, obwohl er das in Wirklichkeit gar nicht wollte. *Ich habe es getan, um dich zu schützen, Beere.*

Um ihrer Sicherheit willen hatte Dorn so getan, als sei ihre Zugehörigkeit zu einer unterschiedlichen Rangstufe der Grund dafür. Er hatte ihr gesagt, sie dürften die Regeln des Trupps nicht länger verletzen, sie müssten die Gesetze und Bräuche achten, nach denen ein Hochblatt niemals eine Beziehung zu einem Mittelblatt eingehen durfte.

Beere verachtete ihn wahrscheinlich dafür, aber ihm war nichts anderes übrig geblieben. Dorn wusste nur zu gut, wozu Stachel fähig war. Wenn er herausfände, dass seine Tochter ausgerechnet mit jenem Pavian befreundet war, der über seine Verbrechen Bescheid wusste, oder wenn Dorn sich aus Versehen verplappern würde, wäre Beere in schrecklicher Gefahr. Stachel liebte seine Tochter, aber vor allem liebte er sich selbst.

»Dorn«, flüsterte Matsch, »was habt ihr beide eigentlich? Beere hat noch kein einziges Mal mit dir gesprochen, seitdem du wieder da bist.«

»Nichts.« Dorn schüttelte sich. Er ärgerte sich, dass er Beere so unverhohlen angestarrt hatte.

»Das ist meine Schuld, stimmt's?« Matsch rieb sich am Kopf und stöhnte. »Du bist wegen mir durchgefallen. Hätte ich dich bei der Dritten Hochtat nicht besiegt, wärst du jetzt ein Hochblatt.«

»Nein«, sagte Dorn bestimmt. »Das hat wirklich nichts damit zu tun.«

»Ich fühle mich so schlecht und –«

»Ach, du musst dich nicht schlecht fühlen!« Dorn war froh, dass Matsch unterbrochen wurde. Es war Gras Hochblatt. Der große Pavian, der wie immer an einem Grashalm kaute, betrachtete Matsch geringschätzig und zugleich belustigt. Sein dürrer Freund Fliege grinste gemein und bleckte seinen abgebrochenen Zahn. Beide hatten wie Dorn zu Stachels Gefolge gehört, als dieser noch das Ratsmitglied Stachel Hochblatt gewesen war.

»Ja, du musst dich wirklich nicht schlecht fühlen, Matsch«, höhnte Fliege. »Du hast Dorn nicht besiegt – er hat extra aufgegeben, damit du gewinnst.«

»Das hat doch jeder gesehen«, grinste Gras.

»Das sind Hyänenköttel, was ihr da redet«, fauchte Dorn mit einem kurzen Blick auf Matschs schockierte Miene. »Matsch, hör nicht auf sie. Du hast offen und ehrlich gesiegt.«

Fliege kicherte. »Heikles Thema, Dorn?«

Gras johlte und schlug sich auf die Schenkel. Dorn blitzte die beiden böse an. Die Sache war nur, dass sie die Wahrheit sagten. Er hatte tatsächlich aufgegeben. Hätte Matsch diese letzte Hochtat verloren, hätte er für immer das elende Dasein eines Tiefwurz führen, also das Lager putzen und von allen anderen Paviane Befehle annehmen müssen.

Aber das durfte Matsch niemals erfahren.

»Haut ab, ihr Mistdrescher!«, knurrte er das grinsende Pärchen an.

»Und wer wird uns – *autsch*!« Gras fasste sich an den Kopf und taumelte nach hinten. Eine unreife Mango hatte ihn an der Stirn getroffen.

Dorn sah sich erstaunt um. Schon zischte die nächste Frucht durch die Luft, und plötzlich war der Platz voll von Geschossen, die wahllos die Paviane und die umstehenden Bäume trafen.

Dorn und die anderen sprangen auf. Von den geheimnisvollen Angreifern war nichts zu sehen, aber in den Bäumen schwankten, knirschten und knacksten die Äste.

»Ich rieche Affen!«, kreischte Matsch.

Die Paviane brachen in wütendes Geheul aus. »Affen!«, wiederholte Mango.

»Dort!«, schrie Dorn. »In den Büschen!«

Fangzahn fauchte wütend. »Diese kleinen, miesen … es ist eine ganze Meute!«

Die Affen flitzten schreiend und kreischend durch die Bäume. Dorn erkannte sie sofort an ihrem grünbraunen Fell und den schwarzen Gesichtern mit dem weißen Haarkranz.

»Das sind die grünen Meerkatzen, die uns schon einmal überfallen haben!«, rief er.

Stachel sprang wutentbrannt vom Kronstein.

»Lasst sie nicht entkommen«, kreischte er. »Hochblätter – nein, *alle*, hinter ihnen her!«

2. KAPITEL

DORN RANNTE HINTER den Eindringlingen her, Matsch direkt hinter ihm. Der ganze Trupp der Paviane nahm die Verfolgung auf. Äste peitschten, Regenwasser sprühte. Alle, außer den ganz Alten und den Müttern, deren Babys sich an ihren Bäuchen festklammerten, hatten Stachels Kommando befolgt. Der alte Käfer Hochblatt feuerte sie von der Lichtung aus an: »Zeigt es ihnen, Lichtwald-Trupp!«

Stachel führte sie an. Er sprang behände durch das Blattwerk und gab lautstark Befehle. »Gras – du kreist sie von links ein! Fangzahn, du gehst mit den Mittelblättern nach rechts. Wir schneiden diesen Affen den Weg ab!« Dorn rannte weder nach links noch nach rechts, sondern hielt sich mit dem Hauptangriffstrupp beharrlich hinter Stachel. Beere war an der Seite ihres Vaters und er wollte sie nicht aus den Augen lassen.

Sie flitzte über einen halb umgestürzten Baum und sprang im großen Bogen nach unten. Als sie den Boden berührte, sah sie kurz nach hinten, genau auf Dorn. Ihm blieb beinahe die Luft weg.

Beere sah nicht böse oder nachtragend aus. In ihrem dunklen Blick war nur Erleichterung darüber, zu erkennen, dass

Dorn noch hinter ihr und unverletzt war. Sein Herz zog sich zusammen.

Obwohl sich das Lärmen der Affen entfernt hatte, gab es keine Zeit, durchzuatmen. Durch die grauen Nebelschleier sah er nur noch hier und dort einen Schwanz oder einen geschmeidigen Schatten, der sich durch die Äste schwang. Doch noch hatten die Paviane nicht gesiegt.

Im Weiterrennen suchte Dorn den Wald mit seinen Blicken ab. War es nur Einbildung oder hatte sich die Anzahl der Affen verringert? Dann wurde ihm klar, dass sie sich aufgeteilt haben mussten, im Zickzack davonschossen, auf Bäume huschten und bis unter die Baumkronen kletterten. Er sah, dass sich in einiger Entfernung weit oben unter den Baumwipfeln Äste bewegten und Blätter herabfielen. *Sie zerstreuen sich,* dachte er. *Wir verlieren sie.*

Die Verfolgungsjagd führte die Paviane aus dem Schutz der Bäume hinaus auf das dahinterliegende Grasland. Hier trommelte der Regen noch stärker auf sie herab. Unter ihren hämmernden Pfoten spritzte Schlamm auf. Doch die Affen waren nirgends zu sehen und Stachel blieb schließlich schlitternd und Wasser aufspritzend stehen.

»Halt!«, bellte er.

Die übrigen Paviane verlangsamten ihre Schritte und blieben stehen und auch die Gruppen von Gras und Fangzahn kamen hinzu. Stachel richtete sich auf seine Hinterbeine und schnüffelte. Seine Nüstern waren weit geöffnet, seine Fangzähne entblößt.

Er spuckte angewidert aus. »Wir haben die Witterung verloren.«

Sogleich verteilten sich einige Paviane und versuchten, die

Spur der Affen wiederaufzunehmen. Doch vergeblich, die Duftmarken der Affen waren in dem sturzflutartigen Regenguss weggewaschen worden. Durch die Jagd waren die Paviane noch nasser als zuvor. Dorn nieste das Wasser aus, das ihm in die Nase geflossen war.

»Das war wohl nichts.« Stachel rief die Paviane zurück, seine Schnauze war vor Wut verzerrt. »Wir werden diesen Affen ein anderes Mal auflauern und ihnen zeigen, wer der Herr des Langbaumlagers ist. Zurück auf die Lichtung!«

Der Rückweg war sehr, sehr unangenehm. Die Paviane waren schlammverschmiert und bis auf die Haut durchnässt. Auf dem trügerischen Untergrund rutschten sie mit ihren Pfoten aus. Über ihnen krachte der Donner, Blitze fuhren knisternd in die Erde und Wasser strömte durch das Gras.

»Ich glaube, der Große Geist ist wütend«, murmelte Matsch und wischte sich roten Schlick von den Pfoten. »Wegen dem, was mit Großer Mutter geschehen ist.«

Dorn zitterte und blickte zum Himmel hinauf. Da spürte er eine Pfote auf seiner Schulter. Überrascht drehte er sich um.

»Beere«, sagte er heiser.

»Dorn.« Ihre großen, braunen Augen blickten ihn ruhig an. Besorgt fragte sie: »Schaffst du das in diesem Morast?«

»Äh – entschuldigt mich –«, plapperte Matsch. »Ich gehe mal und frage Gras, ob …« Er hüpfte so schnell er konnte über den schlammigen Boden davon.

Dorn sah ihm unbehaglich nach. *Wäre er doch nur hiergeblieben.*

Er wusste nicht, was er Beere sagen sollte. Musste er alles noch einmal durchmachen, seine schreckliche Entscheidung der vergangenen Nacht? Und doch flammte Hoffnung in ihm auf, er wünschte sich so sehr, dass sie sagen würde: *Ich will immer noch mit dir zusammen sein, Dorn.*

»Was ist los, Dorn?« Beere klang sanft wie immer. »Du hast den ganzen Tag so besorgt ausgesehen. Auf der Versammlung habe ich deine Anspannung bemerkt.«

»Ich ...« Dorn befeuchtete seine Lippen. »Ich bin nur ... schockiert, weil Große Mutter tot ist. Das hat mich ziemlich fertiggemacht.«

»Das meine ich nicht«, erwiderte Beere. »Es ist noch etwas anderes, oder?«

Dorn bekam einen fürchterlichen Schreck. Konnte sie seine Gedanken lesen? *Nein. Sie darf nicht erfahren, was Stachel getan hat!* »Beere, Bravelands befindet sich im Chaos, nichts ist mehr sicher. Natürlich sind alle schockiert. Ich bin einfach sehr beunruhigt.«

»Ich kenne dich doch, Dorn.« Beere seufzte. Sie stand so nah bei ihm, dass er sie leicht hätte umarmen können. »Bitte, Dorn, mach dir keine Sorgen. Alles wird gut werden. Mein Vater hat jetzt die Verantwortung. Du weißt, wie klug und weise er ist. Er wird für uns sorgen. Er wird den Lichtwald-Trupp durch diese schreckliche Zeit führen.«

Dorn sah sie an. »Glaubst du das wirklich?«, erwiderte er scharf, bevor er es recht bedachte. »Du weißt doch nicht, was –«

Beere sah ihn erstaunt an. Dorn holte Luft.

»Du weißt doch gar nichts mehr von mir«, beendete er den Satz. Er war erschrocken, wie kalt er klang.

Sie blinzelte, kroch in sich zusammen und starrte ins Leere. Als sie endlich sprach, klang ihre Stimme kühl und schroff: »Also gut.«

Sie trabte durch den Regen davon zu den anderen. Dorn starrte ihr bedrückt nach.

Ich musste das sagen. Ich durfte ihr nichts verraten!

Unglücklich trottete er hinterher und stapfte mühseliger denn je durch den Schlamm. Vor ihnen lag das Langbaumlager. Die Zweige hingen traurig herab, als würde der ganze Wald unter dem Gewicht des Wolkenbruchs in sich zusammensacken. Der Anblick spiegelte genau Dorns Gefühle wider. Weit vorn im Unterholz hörte er die Rufe der Alten, die den Zurückgebliebenen die Rückkehr der Kämpfer ankündigten.

Dorn war so in seinem Elend versunken, dass er erst nach einiger Zeit merkte, dass die Rufe, die er hörte, keine Begrüßungsrufe, sondern Wut- und Schreckensschreie waren.

Was ist passiert? Dorn preschte los.

Er stürmte auf den zentralen Versammlungsplatz. Dort standen die übrigen Kämpfer und sahen sich schreckensstarr um. Dorn blieb neben ihnen stehen und riss erstaunt seine Augen auf.

Die Lichtung war völlig verwüstet. Früchte waren von den Bäumen gerissen und zertrampelt worden. Zerbrochene, halb abgerissene Äste hingen herab, überall waren Blätter und Zweige verstreut. Die Baumstämme waren mit Kot verschmiert, aber das Schlimmste war, dass auch der Kronstein verunreinigt war.

Am anderen Ende der Lichtung drängten sich die Paviane zusammen, die im Lager geblieben waren. Sie zitterten vor Entsetzen. Mütter hielten ihre weinenden Kinder umklammert, andere hatten sich wimmernd am Boden zusammengerollt. Viele waren verwundet und hatten tiefe Kratzspuren und Bisse, die immer noch bluteten. Ganz vorne kauerte Käfer und hielt den schlaffen Körper eines alten Pavians in den Armen.

Er blickte verstört auf. »Sie haben Feige umgebracht.«

Stachel trat mit wutgesträubtem Fell nach vorn. »*Was. Ist. Hier. Geschehen?*«

»Es war ... es war alles nur eine Falle.« Käfers Stimme klang noch schwächer und rauer als sonst. »Kronblatt, sie haben die Kämpfer fortgelockt und dann ... dann sind die Affen zurückgekehrt.«

Ein leises, lang anhaltendes Grollen rumorte in Stachels Kehle, aber er sagte nichts. Weinend und schreiend sprangen die Kämpfer herbei, beugten sich über die Verwundeten und verfluchten wutentbrannt die Heimtücke der Affen.

Dorn sagte zu Matsch, der an seine Seite geschlichen war: »Das ist furchtbar. Wäre Große Mutter noch am Leben, hätten die Affen so etwas nicht gewagt.«

»Nein«, gab Matsch ihm zitternd recht. »Der Große Geist fehlt schon jetzt in Bravelands.«

Stachel hatte sich auf alle viere fallen lassen und stolzierte zum Kronstein. Er blieb direkt davor stehen und schnippte verächtlich gegen einige Kotflecken, die ihn verunstalteten.

»Lichtwald-Trupp. Dieser Ort ist geschändet.« Er zog seine Lippen nach hinten und entblößte seine Fangzähne. »Wir werden ein neues Zuhause finden, ein besseres Zuhause.«

Ängstliches Murmeln und ein verunsichertes Wimmern waren zu hören.

»Nur Mut!« Als Stachel seine Stimme erhob, verstummten die Paviane. »Der Lichtwald-Trupp wird niemals zerstört werden! *Wir* werden stärker denn je daraus hervorgehen, meine Freunde. Und dann ... dann werden diese armseligen

Affen unseren Zorn zu spüren bekommen. Sie wollten *uns* vernichten? Mein Trupp wird *ihnen* zeigen, was Zerstörung wirklich bedeutet!«

Die Paviane brachen in Jubel aus. Sie lachten, johlten, hüpften auf und ab und trommelten mit den Pfoten auf die Erde. Stachel nickte nur und nahm ihre bewundernden Schreie entgegen.

Dorn sah hilflos zu, sein Fell juckte vor Unbehagen. *Wie geschickt er sie manipuliert,* dachte er.

»Mein Trupp!« Stachel bat mit einer Geste seiner Vorderpfoten um Ruhe. »Wir müssen Maßnahmen ergreifen, um uns in dieser Zeit des Umbruchs zu schützen, und zwar jetzt sofort. Und deshalb schlage ich vor, dass wir eine ganz neue Rangstufe für besonders vertrauenswürdige, zuverlässige Paviane einrichten. Dies wird der neue Rang der *Starkzweige* sein.«

Die versammelten Paviane tuschelten neugierig. »Wie klug er ist«, flüsterte Fangzahn, der in der Nähe von Dorn stand.

»Jeder Pavian kann sich für den neuen Rang bewerben«, fuhr Stachel fort. »Vom Tiefwurz bis zum Hochblatt haben alle Paviane die neue, aufregende Aussicht, in der Hierarchie unseres Trupps aufzusteigen. Die einzige Anforderung ist das Bestehen der Starktat: Sie besteht aus einer einzigen Aufgabe, die ich den Bewerbern persönlich stellen werde. Dies gibt allen Angehörigen des Lichtwald-Trupps eine neue Aufstiegschance!«

Das erregte Murmeln steigerte sich zu lauten Jubelschreien. Dorn warf einen kurzen Blick auf den versammelten Trupp. Wie erwartet zeigten die Tiefwurze die größte Begeisterung. Ihr ganzes Leben lang, seit sie die drei strengen Hochtaten nicht bestanden hatten, hatten sie sich damit abfinden müssen, niedere Dienste und Drecksarbeiten zu verrichten. *Und jetzt macht Stachel ihnen Hoffnung auf Macht und Erfolg. Sie werden alles für ihn tun.*

Dorn biss sich auf die Lippen. Er musste zugeben, dass Stachel wirklich sehr schlau war. Aber auch er spürte ein hoffnungsvolles Kribbeln in seinen Adern.

Wenn ich ein Starkzweig werde, bin ich jederzeit in Stachels Nähe. Und dann würde er Beweise für seine Verbrechen finden und ihn entlarven ... »Matsch«, sagte Dorn laut.

»Was ist?« Matsch sah immer noch wie verzaubert zu Stachel hinüber.

»Hör zu, Matsch. Ich werde mich für den Rang eines Starkzweigs bewerben.«

»Wirklich?« Matsch sah ihn überrascht an. »Dorn, das ist eine fantastische Idee. Du bist so schnell und stark ... und es könnte dir dabei helfen, mit Beere zusammenzukommen!«

Dorn sagte nichts dazu, aber sein Herzschlag beschleunigte sich. Er nickte nur, dann trottete er mit Matsch und den anderen aus dem Langbaumlager. Es war jetzt ganz dunkel geworden, die Grillen und Baumfrösche erstickten mit ihrem lauten Zirpen und Quaken sogar das schmatzende Geräusch, das die Paviane beim Gehen machten. Ganz vorn marschierte Stachel, den Kopf und seinen langen Schwanz stolz erhoben.

Dorn fiel in einen kurzen Dauerlauf, um aufzuschließen. Stachel sprach mit niemandem; er war das Abbild eines mutigen Anführers, der seinen Trupp in eine bessere Zukunft führte.

Dorn wurde beinahe übel. Er verlangsamte seine Schritte und hielt sich ehrerbietig ein Stück hinter seinem Kronblatt.

Stachel sah nach hinten und verzog überrascht sein Gesicht. »Ah, Dorn Mittelblatt.« Sein Mund zuckte. »Du möchtest also auch den Starkzweigen beitreten?«

Dorn nickte verblüfft. Dann antwortete er diensteifrig: »Ja, Stachel.«

»Das wundert mich nicht.« Stachel ging weiter, und Dorn musste sich beeilen, um mit ihm Schritt zu halten.

»Wieso – was meinst du?«, fragte Dorn angespannt.

»Ach, Dorn. Du erinnerst mich so sehr an mich selbst«, sagte Stachel leise. Der Abstand zwischen ihnen und dem Trupp war größer geworden und seltsamerweise schien Stachel Vergnügen an dieser Plauderei zu finden. »So eifrig, so stark und so bestrebt, sich zu bewähren. Du willst im Mittelpunkt des Geschehens sein. Genau wie ich es immer wollte.«

»Ich … ich fühle mich geschmeichelt«, murmelte Dorn, dem Stachels Freundlichkeit unheimlich war. *Ich habe gedroht, ihn zu entlarven! Warum ist er so freundlich?*

»Du sollst dich auch geschmeichelt fühlen«, sagte Stachel lächelnd. »Ich freue mich, dass du ein Starkzweig werden möchtest, Dorn. Ich kann einen klugen Pavian wie dich gut gebrauchen.«

»Das … das ist gut«, erwiderte Dorn heiser. Er wurde immer nervöser. Ihm kam in den Sinn, dass Stachel ihn womöglich in seiner Nähe halten wollte, um ihn ebenso im Auge zu behalten wie er ihn …

»Nun gut, wenn der richtige Augenblick gekommen ist, werde ich dir eine Starktat aufgeben.« Stachel drehte sich um und sah Dorn nachdrücklich an. In seinen Augen funkelte eine bedrohliche Intelligenz. »Du wirst dich beweisen, Dorn. *Dessen* bin ich mir ganz sicher.«

Dorn blieb stehen und ließ Stachel weiter in die Dunkelheit voranschreiten. Er schluckte und schüttelte sein kribbelndes Fell.

Warum, fragte er sich, *klang das eher nach einer Drohung als nach einem Versprechen?*

3. KAPITEL

WÜRDE DER GROSSE GEIST diesem Wetter endlich ein Ende setzen? Aurora Wanderer glaubte eigentlich nicht mehr daran. *Vielleicht wird es jetzt immer so sein. Vielleicht denkt der Große Geist, wir verdienten es nicht anders.*

Sie konnte kaum noch unterscheiden, ob das Wasser, das ihr unaufhörlich über das Gesicht strömte, vom Regen des Großen Geistes oder von ihren Tränen herrührte. Kalte, harte Tropfen trommelten ununterbrochen auf den Körper der Großen Mutter. In der Nässe sah ihre faltige Haut beinahe schwarz aus. Aurora war seit zwei Tagen nicht von ihrer Seite gewichen. Das hatte sie an der Sonne erkannt, die hinter den Sturmwolken auf- und untergegangen war. Trotzdem kam ihr die Zeit viel länger vor. Es mussten Monde, Jahreszeiten, *Jahre* vergangen sein. Wie sonst hätte sich die ihr bekannte Welt in nur zwei Tagen so schrecklich verändern können?

Manchmal kniff sie ihre Augen zusammen und stellte sich vor, wie Große Mutter ihr mit dem Rüssel sanft über den Rücken strich, dann konnte sie sich auch ihren weisen, sanften Blick in Erinnerung rufen. Wenn sie den leblosen Körper ausblendete, spürte sie Große Mutter beinahe neben sich, voll von Leben, Kraft und Liebe.

Die Stammesälteste der Wanderfamilie war für ganz Bravelands die Große Mutter gewesen – Anführerin, Richterin, weise Ratgeberin –, aber für Aurora hatte sie so viel mehr bedeutet: Ihre Großmutter hatte sich um sie gekümmert, seitdem ihre Mutter von Löwen getötet worden war. Große Mutter war immer für sie da gewesen, hatte zugehört und getröstet, hatte sie ernst genommen, sie versorgt und geliebt. *Genau wie meine Mutter, wenn sie nicht gestorben wäre.*

Trauer und Furcht schnürten Aurora den Hals zu. *Was soll ich ohne sie nur machen?*

Sie schlug die Augen auf und sehnte sich plötzlich nach der Gesellschaft ihrer Familie. Die Erwachsenen waren ganz in der Nähe. Sie hatten sich am Rand der Wasserstelle zusammengedrängt, die Hinterteile dem peitschenden Regen zugewandt. Dann und wann berührten sie einander in ihrer Trauer.

Doch mitunter sahen sie auch zu ihr hinüber. Regen, die neue Stammesälteste, schwenkte ihren gefleckten Rüssel und sprach leise mit Komet. Das verunsicherte Aurora.

Ein kleiner Rüssel stupste sie an der Schulter. Sie zwang sich zu einem Lächeln. »Hallo Mond«, brummte sie zärtlich.

Ihr kleiner Cousin drückte sich an sie. »Aurora, was machst du da?«

Sie seufzte. »Ich bleibe bei Großer Mutter. Ich möchte sie nicht allein lassen.«

Mond schlang seinen Rüssel um den ihren. Eine Welle von Zuneigung ergriff sie – er wollte sie auf die gleiche Weise trösten, wie sie ihn tröstete, wenn er sich wehgetan hatte oder wenn er traurig war.

»Wenn nur der Regen endlich aufhören würde«, murmelte er.

Aurora blickte zu den dunklen Wolkenbergen hinauf. Der Regen peitschte in ihr Gesicht und brannte in ihren Augen. »Ich glaube nicht, dass wir so bald damit rechnen können«, sagte sie leise.

»Wenn die Sonne hervorkommt …«, sagte Mond zögernd, »wird Große Mutter dann wieder aufwachen?«

»Ach, Mond.« Aurora streichelte seinen Rüssel. »Sie wird nicht wieder aufwachen. Sie ist zu den Sternen zurückgekehrt.«

Mond wimmerte leise. »Ist der Große Geist mit ihr gegangen?«

Aurora spürte einen kalten Schauer, der nichts mit dem Regen zu tun hatte. Es fiel ihr schwer, auf diese Frage zu antworten. Schließlich schluckte sie und flüsterte: »Wenn ich das wüsste.«

Durch die grauen Nebelschleier sah Aurora eine nahe gelegene Bucht, wo sich eine Zebraherde aufhielt. Die Tiere waren nach dem Tod der Großen Mutter in Panik ausgebrochen und liefen immer noch unruhig hin und her. Ihr Anführer, ein großer Zebrahengst mit wild geschwungenem Streifenmuster, erstarrte plötzlich und spitzte seine Ohren. Auf sein warnendes Schnauben hin hoben die anderen Zebras die Köpfe und gaben wiehernde Laute von sich. Sie starrten auf einen Punkt hinter den Elefanten.

Aurora holte Luft und drehte sich um. Eine Herde von vielleicht zwanzig riesigen Tieren mit grauer Lederhaut kam mit donnerndem Stampfen auf die Wasserstelle zu. Ihr Anführer hatte sein Maul weit aufgerissen und entblößte furchterregende große, stumpfe Zähne.

Flusspferde! Sie galten als gefährlich und jähzornig. Große

Mutter hatte Aurora immer ermahnt, Abstand zu ihnen zu halten.

»Komm, Mond«, sagte sie und scheuchte ihn behutsam zur Familie zurück.

Auch die Erwachsenen hatten die Flusspferde gesichtet, und als Aurora und Mond sich in ihre Mitte drängten, bildeten sie mit ihren Körpern einen schützenden Wall um sie.

»Ihr Jungen bleibt hier«, sagte Regen.

Die Flusspferde hatten sie fast erreicht, und Aurora duckte sich erschrocken, doch schon polterten sie an der Elefantenherde vorbei, verlangsamten ihre Schritte, näherten sich mit traurigem Grunzen dem Leichnam der Großen Mutter und bildeten einen ehrfürchtigen Kreis um sie. Ein Flusspferd mit ungewöhnlich großen Ohren und einem grau-rosa gefleckten Gesicht, offenbar der Anführer, berührte mit seinem breiten Maul die Stirn der Großen Mutter. Seine Herde sah ihm schweigend zu.

»Es ist also wahr«, sagte er schließlich und hob seinen Kopf. Seine kleinen Augen funkelten zornig. »Die Grasfresser hatten recht.« Er legte den Kopf in den Nacken und ließ ein lautes Stöhnen hören. Die anderen Flusspferde stimmten mit zornigem, traurigem Gebrüll in seine Klage ein.

»Ermordet!« Der Schrei des Anführers übertönte alle anderen Stimmen. »Die Krokodile haben es gewagt, Große Mutter zu ermorden!«

Mond klammerte sich mit dem Rüssel an Auroras Schwanz. »Was werden sie tun?«

»Ich weiß es nicht.« Auroras Herz klopfte laut. Sie ahnte, dass etwas Schreckliches passieren würde.

Das Flusspferd mit den großen Ohren platschte in das

seichte Uferwasser hinein. In einer kleinen Bucht am gegenüberliegenden, matschigen Ufer lagen zehn oder mehr Krokodile. Eines von ihnen gähnte und entblößte dabei seine scharfen Zähne, dann klappte es sein Maul wieder zu.

»Wir werden ihnen zeigen, was mit Gesetzesbrechern passiert«, brüllte das Flusspferd. »Es ist mir egal, ob sie das Gesetz anerkennen oder nicht – sie werden für ihre Tat büßen!«

Die Flusspferde warfen sich mit wogenden Flanken in den See, sodass Wasser aufspritzte. Sie schnaubten wütend und schwammen rasch auf die Krokodile zu.

»Aurora!«, schrie Mond. »Was haben sie vor?«

Regen brach aus der Reihe der Elefanten und galoppierte zum Ufer. »Halt!«, trompetete sie.

Ihr Schrei ging im Lärm der prasselnden Regentropfen unter und ohnehin nahmen die Flusspferde keine Notiz von ihr. Sie hatten beinahe das andere Ufer erreicht und stürzten sich nun mit Donnern und Stampfen auf die Krokodile. Diese schossen grinsend ins Wasser und tauchten unter, nur ein Krokodil war langsamer als die anderen.

Es reckte seinen langen Hals und drehte den Kopf zu den Angreifern, doch zu spät. Der Anführer der Flusspferde war schon über ihm und donnerte seinen riesigen Kopf auf seine Schulter. Vom Aufprall wurde es auf seinen schuppigen Rücken geschleudert, sodass sein gelblich weißer Unterbauch entblößt war. Es zischte einen Fluch auf Sandzunge und wollte sich davonwinden, doch das Flusspferd war schneller und rammte die riesigen Zähne in seinen Bauch.

Das Krokodil drosch mit seinem dicken Schwanz um sich und gab grässliche, schrille Töne von sich, doch das Flusspferd ließ nicht locker und bewegte sich rückwärts in den See, fiel dabei fast auf sein Hinterteil und zog das Schuppentier schließlich mit sich unter die Wasseroberfläche.

Das Wasser sprudelte, Schaumflocken wirbelten auf. Der Krokodilschwanz tauchte noch einmal auf und peitschte wild auf das Wasser, kurz war ein schnappendes langes Maul sichtbar. Dann verschwand es wieder und das schäumende Wasser färbte sich rot. Aurora beobachtete entsetzt, wie der zuckende Körper des Krokodils an die Wasseroberfläche trieb, sein Bauch zerfetzt und blutend. Das Flusspferd stieß durch die Wasseroberfläche, riss sein furchtbares Maul auf und brüllte triumphierend. Die anderen Flusspferde stimmten in sein Siegesgeheul ein, sodass ihr Brüllen über den ganzen See hallte.

Die übrigen der todgeweihten Krokodile beobachteten das Gemetzel aus sicherer Entfernung mit kalten, fassungslosen Blicken.

Aurora drängte sich entsetzt durch die Reihe der erwachsenen Elefanten. »Das ist Unrecht!«, schrie sie. »Sie brechen das Gesetz!« Sie schüttelte Monds Rüssel ab und rannte zum Ufer.

»Aurora, nicht!«, rief Komet, aber sie ließ sich nicht aufhalten.

Von der erfolgreichen Jagd ihres Anführers angespornt, machten sich die Flusspferde nun über die übrigen Krokodile her. Einige von ihnen stellten sich den riesigen Angreifern entgegen und klappten trotzig ihre furchterregenden Mäuler auf, bevor sie untertauchten. Andere flüchteten an Land und rannten auf ihren kurzen Beinen über den Sand. Aus dem aufgewühlten Wasser kamen unheimliche Schreie, dann trieb das nächste tote Krokodil an die Oberfläche.

»Halt!« Aurora platschte ins Wasser, reckte ihren Rüssel und trompetete entsetzt. *»Halt!«*

Der Schlamm unter ihren Füßen war weich und zäh. Sie verlor den Halt, taumelte vorwärts und verlor plötzlich den Boden unter den Füßen. Aurora versank im Wasser, ihr Schreckensschrei wurde von einem Rüsselvoll trüben Seewassers erstickt. Halb blind und Wasser schluckend strampelte sie wie wild.

Endlich fassten ihre Füße wieder Boden, wenn auch nur kurz. Sie stemmte sich gegen den zähen Schlamm, tauchte auf und schnappte prustend nach Luft. Die Flusspferde sahen sie erstaunt an.

»Große Mutter hätte das nicht gewollt«, schrie sie ihnen hustend zu. »Sie ... sie hat immer das Gesetz verteidigt.« Ihr Mund füllte sich wieder mit Wasser, sie spuckte und strampelte mit den Beinen. »Das Gesetz war ihr wichtiger als alles andere! Bitte hört auf!«

»Sollen diese Schurken sie einfach ermorden dürfen?«, knurrte ein Flusspferd und zeigte mit dem Kopf auf die Krokodile. »Damit seid ihr Elefanten vielleicht einverstanden, wir aber nicht.«

»Bitte!«, flehte Aurora, doch die Flusspferde drehten ihr den Rücken zu und schwammen weiter. Die verbliebenen Krokodile schlängelten das matschige Ufer hinauf und drängelten sich flüchtend über- und untereinander. Die Flusspferde nahmen die Verfolgung auf, donnerten das Ufer hinauf und brachen in das dahinterliegende Dickicht.

Nun, da die Schlacht an Land weitergeführt wurde, lag der See bald wieder still da, nur der Regen prasselte immer noch auf die Wasseroberfläche. Dort, wo Flusspferde und Krokodile gekämpft hatten, sah Aurora einen dunklen Fleck, der sich immer weiter ausbreitete.

Aurora stapfte zu ihrer Familie zurück. Niedergeschlagen dachte sie: *Wird das Leben ohne Große Mutter so weitergehen?* Sie blieb stehen, denn die anderen Elefanten kamen ihr mit einem seltsamen Gesichtsausdruck entgegen.

»Habe ich falsch gehandelt?«, fragte sie bedrückt. »Ich weiß, das war leichtsinnig, aber ich musste einfach versuchen, sie aufzuhalten!«

»Nein, du hast alles richtig gemacht.« Regen wechselte mit den anderen einen bedeutungsvollen Blick. »Das war sehr mutig – Große Mutter wäre stolz auf dich gewesen. Aber, meine liebe Aurora …« Sie holte tief Luft. »Wir müssen etwas mit dir besprechen.«

Aurora hatte ein ungutes Gefühl. »Was denn?«

»Ach, meine Kleine.« Regen schlang ihren gefleckten Rüssel um Aurora und drückte sie an sich. »Ich weiß, dass dir die Trauer immer noch schwer auf dem Herzen liegt. Wir alle vermissen unsere Große Mutter. Aber wir müssen auch in die Zukunft blicken.«

Mond drängelte sich zwischen Aurora und seine Mutter Stern. »Regen, bist du jetzt die neue Große Mutter?«

Regen schüttelte den Kopf. »Der Große Geist hat mich nicht erwählt, mein Kleiner. Aber Bravelands braucht dringend einen neuen Großen Anführer.«

Wieder blickten die Erwachsenen gedankenvoll auf Aurora. Es war ihr unangenehm.

»Deine Vision von der Wasserstelle hat sich bewahrheitet«, sagte Komet leise. »Du wusstest, dass etwas Schreckliches geschehen würde, und so war es.«

»Du kannst die Knochen aller Kreaturen lesen, nicht nur die der Elefanten«, fügte Stern in ihrer singenden Sprechweise hinzu. »Außer dir hatte nur Große Mutter diese Gabe.«

Die Erkenntnis traf Aurora wie ein Schlag. »Ihr denkt, dass ich die neue Große Mutter bin?« Entsetzt wich sie zurück. »Das kann nicht sein. Das bin ich *nicht*!«

Regen tätschelte sie zärtlich. »Wir sind uns auch nicht ganz sicher. Und du bist jung, Aurora. Sehr jung. Aber alle Zeichen deuten darauf hin, dass der Große Geist sich zu dir begeben, dich ausgewählt hat.«

Die anderen Elefanten murmelten zustimmend.

»Das ist für dich eine sehr große Last«, sagte Regen, »das ist uns bewusst. Aber wir werden dich unterstützen.«

Auroras Herz hämmerte wild, ihr Puls raste und ihre Ohren dröhnten. Sie spürte keine Veränderung in sich. Sie müsste doch irgendetwas bei sich bemerken, etwas anderes als nur *Aurora*?

»Der Große Geist ist nicht auf mich übergegangen«, flüsterte sie. »Das weiß ich genau. Weil – Tante Regen, Tante Komet«, sie zögerte, dann platzte sie heraus, »ich *spüre* es nicht!«

Regen drückte sanft ihren Kopf an den ihren. »Ich weiß, dass es schwierig ist. Große Mutter hätte noch viele Jahre leben sollen, und du hättest genug Zeit zum Aufwachsen gehabt, bevor du ihr nachfolgst. Aber Bravelands braucht *jetzt* einen Großen Anführer. Bitte, Aurora. Wir brauchen dich.«

Aurora starrte ihre Familie an, ihre Kehle schnürte sich zusammen. In den Gesichtern der Elefanten lag so viel Hoffnung – Hoffnung, die Aurora nicht erfüllen konnte, das wusste sie.

Mond rieb seine stoppelige Wange an ihrer Flanke, als wollte er sie trösten. Wenigstens ihr kleiner Cousin schien zu verstehen, wie es ihr ging.

Aber wie sollte sie den anderen klarmachen, dass sie sich irrten?

4. KAPITEL

DIE BÄUME BOTEN WENIG Schutz vor dem Regen. Bei der geringsten Erschütterung ergossen sich Wassermassen auf die Paviane. Dorn, der mit den anderen Starkzweigen die Vorhut des Trupps bildete, stippte prüfend seine Pfote in einen schlammigen Tümpel. Nein, er war zu tief. Er probierte stattdessen, ob er ihn umrunden konnte. Natürlich würden sie alle nass werden, die Frage war nur, wie nass. Manche dieser Tümpel waren heimtückischer, als sie aussahen, und sie konnten von Glück reden, wenn auf diesem trostlosen Marsch keine Babys oder Alten ertranken.

Nur vier der sechs Starkzweige erkundeten das sumpfige Waldgebiet. Gras und Fliege Mittelblatt suchten nach Beutetieren, die nicht vor dem Regen geflüchtet waren. Der Lichtwald-Trupp brauchte viel zu fressen für die nächsten Tage, denn die Suche nach einem neuen Lager würde lang werden.

»Autsch«, klagte Wurm Starkzweig, der etwas humpelte.

»Du Arme«, bemitleidete ihn Frosch Starkzweig. Sie war größer als die anderen und blickte besorgt auf Wurm hinab. »Schmerzt der Tarantelbiss noch sehr?«

»Ja«, brummte Wurm, »hätte sie doch nur meine Schwester gebissen. Würde ihr recht geschehen.«

»Na ja, wenigstens hast du deine Starktat bestanden«, maulte Fangzahn Starkzweig. »Wann machst du deine endlich, Dorn Mittelblatt?«

Sobald Stachel sich etwas Schreckliches für mich ausgedacht hat, dachte Dorn. Er knirschte mit den Zähnen. »Stachel hat doch gesagt, ich muss zuerst eine Probezeit bestehen.«

»Weil er glaubt, dass du durchfällst«, lästerte Fangzahn.

»Vielleicht«, sagte Dorn. »Aber Stachel weiß, was er tut. Solange er nicht anders entscheidet, bin ich ein Starkzweig genau wie ihr. Wurm, du solltest lieber herausfinden, ob es einen Weg durch dieses dornige Gebüsch gibt.«

»Schau doch selber nach, Mittelblatt«, höhnte Wurm. »Wir lassen uns von dir nichts sagen, solange du deine Starktat nicht bestanden hast.«

»Meine war am schwierigsten«, prahlte Fangzahn und riss an ein paar Schlingpflanzen, die ihm im Weg waren. »Ich musste einen Stein anheben, der größer als der Kronstein war.«

»Lügner«, murmelte Wurm kaum hörbar.

Frosch sah sie ängstlich an und sagte betont laut: »Stimmt das wirklich, Fangzahn?«

»Na klar!« Fangzahn sah sie böse an. »Und obendrauf saß sogar noch ein Pavian, sodass er noch schwerer war.«

Frosch biss sich auf die Lippen, aber sie half Fangzahn schweigend mit den Schlingpflanzen. Ihr freundliches Gesicht zuckte nervös. Bevor sie ein Starkzweig wurde, war sie ein Tiefwurz gewesen. Dorn vermutete, dass sie sich ebenso fehl am Platz fühlte wie er. Er sah nach hinten, wo Matsch Beere über einen gefährlich glitschigen Baumstamm half. *Ich würde viel lieber mit Matsch zusammenarbeiten als mit diesem Pack.*

»Wir müssen eine Pause machen«, ertönte Käfers kratzige Stimme etwas kurzatmig. »Viele von uns sind müde.«

Die Paviane plumpsten froh auf den Boden und schüttelten sich das Wasser vom Fell. Mütter begannen, ihre Babys zu stillen und zu trösten. Dorn musste wohl oder übel ebenfalls stehen bleiben, obwohl er ungeduldig und gereizt war. Er wollte gerade anfangen, Beeren zu suchen, als Gras und Fliege aus dem Unterholz auftauchten.

Sie waren gut gelaunt, obwohl ihr Fell vollkommen durchnässt war. »Schau, was wir hier haben!«, verkündete Fliege. Beide streckten ihre Pfoten aus, die voll von vergorenem Süßmark waren.

»Oh!«, rief Wurm erfreut. »Wo habt ihr das gefunden?«

Sie sahen sich verschmitzt an. »Nun, gefunden haben wir es nicht direkt«, gestand Fliege und lächelte durchtrieben.

»Der alte Käfer hat sich in einem hohlen Baum beim Langbaumlager einen Vorrat angelegt«, sagte Gras. Er steckte sich eine Portion in den Mund und kaute genüsslich. »Wir haben seinen Vorrat geplündert.«

»Das ist eigentlich nicht recht …«, setzte Frosch an.

»Wieso, es wäre doch sowieso verdorben?«, entgegnete Gras. »Er brauchte es doch gar nicht mehr.«

»Wir haben es gerettet«, sagte Fliege. »Hier, nimm etwas. Das beruhigt dein Gewissen.«

»Nein, danke«, sagte Frosch und wandte sich ab. »Ich glaube nicht, dass der Große Geist das gutheißen würde.«

»Hm.« Fliege zuckte die Achseln. »Der Große Geist hat noch keine Blitze auf mich herabgeschleudert.«

»Warum sollte er auch?« Wurm kicherte. »Du bist so langweilig, Frosch.«

»Wahrscheinlich fürchtet sie sich vor dem Süßmark«, prustete Gras. »Vielleicht verträgt sie es nicht.«

»Wenn sie nichts möchte, ist das ihre Sache«, mischte sich Dorn zornig ein. Frosch sah ihn dankbar an. »Lasst sie in Ruhe.«

»Na gut.« Gras zuckte die Achseln. »Mir soll es recht sein, wenn sie nichts will. Sonst noch jemand?«

Wurm und Fangzahn hatten keine solchen Skrupel. Gierig griffen sie sich eine Portion und schlangen sie hinunter. Dorn biss sich auf die Lippen, auch er war in Versuchung. »Wie schmeckt es denn?«

»Hast du das noch nie probiert?« Fliege sah ihn verächtlich an. »Komm schon, das magst du bestimmt.«

Dorn hatte keine Lust, ihnen etwas schuldig zu sein, konnte seine Neugier aber nicht bezwingen. Er nahm eine Pfote von dem breiigen Süßmark und schnupperte daran. Es roch so streng und stechend, dass er blinzeln musste. Zögernd stopfte er es sich ins Maul.

Es schmeckte nicht schlecht. Er kaute langsam. Der Saft, der durch seine Kehle rann, war scharf, und sein Kopf wurde leicht. Ein dösiges Wohlgefühl kroch durch sein Gehirn. Sie hatten recht, es schmeckte gut. Er war plötzlich viel gelassener, wenn er an die vor ihnen liegende Wanderung dachte.

Nein!, dachte er beunruhigt. Er durfte die Suche nach einem neuen Zuhause nicht auf die leichte Schulter nehmen. Es würde ein beschwerlicher und gefährlicher Weg werden und sie mussten alle bei klarem Verstand bleiben. Gras, Fangzahn, Wurm und Fliege lehnten an ein paar Baumstämmen, grinsten vor sich hin und erzählten sich Witze, die kaum mehr als ein dummes Geplapper waren. Von ihm nahmen sie keine

Notiz. Dorn drehte sich rasch um, tat, als müsste er husten, und spuckte das Süßmark unter den nächsten Busch.

Er wischte sich das Maul ab und räusperte sich. Frosch war die Einzige, die es gesehen hatte. Sie lächelte ihn schüchtern und anerkennend an.

»Hat es nicht geschmeckt?«, murmelte sie.

»Ich muss einen klaren Kopf behalten«, flüsterte er zurück.

Frosch nickte und strahlte ihn an. »Ich glaube, du bist sehr klug, Dorn.«

»Danke«, knurrte er. »Komm, wir machen diesen Idioten Beine, damit der Trupp endlich weiterkommt. Wir dürfen keine Zeit verlieren.«

Frosch nickte eifrig und mit einigem Geschimpfe von ihrer Seite wurden die vier anderen Starkzweige wieder durch den Wald gescheucht. Die übrigen Paviane des Lichtwald-Trupps folgten widerwillig.

»Ich kenne diese Gegend«, sagte Frosch, als sie ein Hindernis aus dornigem Gestrüpp aus dem Weg räumten. »Du bestimmt auch. Weiter oben gibt es einen Bach, erinnerst du dich?«

»Ich glaube schon.« Dorn begriff allmählich, wie klug und stark dieses große Pavianweibchen war – kein Wunder, dass Stachel sie für die Starkzweige ausgewählt hatte. Er sah bewundernd zu, wie sie ein Gewirr aus kleinen Zweigen niederriss.

»Aber das dürfte kein Problem sein«, fuhr sie fort. »Wir sind sowieso alle nass – oh!« Sie riss erschrocken die Augen auf und starrte durch die entstandene Lücke. Dorn folgte ihrem Blick.

Natürlich. Das hätten sie sich denken können, dachte er

düster. Durch den Regen war der Bach extrem angeschwollen und über seine Ufer getreten. Das Wasser bedeckte bereits den unteren Teil der Baumstämme. Das einstmals träge Rinnsal war zu einem schäumenden, braunen Strom geworden, in dem Zweige, Blätter und kleine, tote Tiere schwammen.

»Hier können wir nicht rüber!«, rief Moos, der Frosch und Dorn gefolgt war.

»Ich gehe mit meinem Baby nicht da hinein!«, rief eine Mutter und drückte ihr Kind beschützend an sich.

Die Paviane drängten sich jetzt nacheinander durch die Lücke im Gestrüpp und versammelten sich um Frosch und Dorn. Die erschrockenen Rufe wurden immer lauter.

»Halt! Halt!« Stachel kletterte durch das Gestrüpp und sah böse in die Runde. »Diese Panikmache und Untergangsstimmung dulde ich nicht. Wir haben jetzt ein starkes Team, das uns hilft! Es wird uns sicher über den Fluss bringen.« Er sah die sechs Starkzweige auffordernd an.

Dorn und die anderen tauschten unsichere Blicke. Nach einer kurzen Pause sagte Dorn: »Wir sollten uns in Zweiergruppen aufteilen und nach einem Übergang suchen. Los, Frosch, du kommst mit mir.«

Die vier anderen Starkzweige gingen flussabwärts und stocherten halbherzig nach zerbrochenen Zweigen und Treibgut, während Dorn und Frosch flussaufwärts wanderten. »Ehrlich gesagt weiß ich wirklich nicht, wie wir das schaffen sollen«, bemerkte Frosch und seufzte.

Er nickte. »Es dauert bestimmt eine Ewigkeit, bis wir einen Überweg gefunden haben, wenn überhaupt. Pass auf!« Er wich rasch einem verrotteten Ast aus, der an das Ufer geschleudert wurde und direkt vor ihren Pfoten landete. Dann wurde er wieder zurückgesogen und hüpfte in einem kleinen Seitenarm auf und ab. Dorn sagte missmutig: »Ich hatte gehofft, wir könnten so einen Ast nehmen, um hinüberzukommen. Aber hast du gesehen, was passiert ist?«

Frosch nickte. »Der Fluss spielt damit wie mit einem dünnen Zweiglein. Wir brauchen etwas viel Dickeres. Aber was nur?«

»Etwas Dickeres«, überlegte Dorn laut. Dann hellte sich sein Gesicht auf. »So etwas, zum Beispiel!«

An der nächsten Flussbiegung stand eine kräftige Süßdornakazie, deren Wurzeln nun unter Wasser waren. Einer ihrer Äste war geknickt, aber nicht vollständig abgebrochen. Er reichte fast bis zur Hälfte über den Fluss.

Die beiden Paviane sahen sich an. »Das ist die Lösung!«, rief Frosch aufgeregt. »Er reicht zwar nicht vollständig hinüber, aber –«

»Aber auf der anderen Seite stehen ein paar Würgefeigen«, sagte Dorn. »Schau nur, die Äste reichen fast bis zu dem abgeknickten Ast. Ich glaube, selbst ein alter Pavian schafft es dort hinüber.«

»Und die Kleinsten werden von ihren Müttern getragen«, ergänzte Frosch. »Wir haben es, Dorn!«

Sie umarmte ihn kurz vor Freude. Dorn war so überrascht, dass er nicht reagierte, und bevor er sich rührte, hatte sie ihn schon wieder losgelassen. Sie hüpfte am Ufer entlang zurück und er sprang hinterher.

Als sie beim Trupp ankamen, wandte sich Stachel gerade verärgert und enttäuscht von den anderen Starkzweigen ab. Als er von Froschs und Dorns Entdeckung erfuhr, wurde er sofort wieder munter.

»Gut gemacht, meine Starkzweige!«, rief er und klatschte in die Pfoten, um die Aufmerksamkeit der anderen auf sich zu ziehen. »Ich habe euch gut ausgewählt! Lichtwald-Trupp – folgt Frosch und Dorn. Unser Trupp muss sich einer neuen Herausforderung stellen und er wird sie bewältigen!«

Der Plan funktionierte genau, wie Dorn gehofft hatte. Gras und Wurm sollten auf Stachels ausdrücklichen Wunsch als Erste hinüberklettern. Mit angespannter Miene tasteten sie sich über den brüchigen, gelben Stamm und verzogen ihre Gesichter, als ihre Pfoten die Stacheln berührten. Aber sie hüpften mit Leichtigkeit auf die Feigenbäume hinüber, machten es sich dort bequem und brachen in erleichtertes Siegesgeheul aus.

Stachel nickte zufrieden. »Fliege und Fangzahn, ihr seid die Nächsten. Dorn und Frosch, ihr bleibt hier und seid den anderen behilflich. Und dann seid ihr an der Reihe, mein Trupp.«

Unter den Pavianen machte sich trotz des peitschenden Regens neue Zuversicht breit. Frosch begleitete sie zu der Süßdornakazie und Dorn half jedem Einzelnen auf den Ast hinauf. Es dauerte nicht lange, da saßen die meisten Paviane auf den verschlungenen Zweigen der Würgefeigen am gegenüberliegenden Ufer und riefen aufmunternd den Freunden zu, die es noch nicht hinübergeschafft hatten.

Dorn drehte sich um, als Matsch ihn an der Schulter berührte. Dieser lächelte ihn nervös an.

»Wie ist es?«, flüsterte er. »Ich meine, als Starkzweig?«

Dorn sah sich sicherheitshalber um, ob jemand ihn hören konnte, dann runzelte er die Stirn. »Abgesehen von Frosch machen mich alle verrückt«, gestand er leise.

Matsch grinste. »Da bin ich aber froh«, murmelte er. »Ich

mag sie eigentlich alle nicht. Frosch ist in Ordnung, aber ein bisschen seltsam.«

»Sie ist dem Großen Geist sehr zugewandt«, erzählte Dorn halb im Scherz. »So, jetzt bist du an der Reihe, Matsch.«

Er sah besorgt zu, wie sein Freund an dem Ast entlangrobbte, aber er schaffte es ohne Probleme ans andere Ufer. Dorn drehte sich zum nächsten Pavian um.

»Ich muss mein Baby tragen.« Das sagte Lilly, eine junge Mutter, und sah ihn dabei flehend an. »Dorn, kümmerst du dich bitte darum, dass Schnecke sicher hinüberkommt? Sie ist noch so klein …«

Dorn betrachtete Lillys ältere Tochter, die sich stolz auf ihre Hinterbeine erhob. »Das schaffe ich schon, Mutter«, sagte sie. »Ich bin schon groß.«

»Ich werde auf sie aufpassen«, beruhigte Dorn die Mutter und unterdrückte ein Lächeln. Dann half er der Mutter auf den Ast hinauf. Nach einem letzten ängstlichen Blick auf Schnecke wagte Lilly sich auf den überhängenden Ast, eine Pfote schützend um das Baby gelegt, das sich an ihr festklammerte.

»Deine Mutter und deine Schwester haben es geschafft«, sagte Dorn lächelnd zu Schnecke, als Lilly mit einem Sprung den Feigenbaum erreichte. »Jetzt bist du an der Reihe.«

Schnecke sah nicht mehr ganz so zuversichtlich aus, kletterte aber mutig auf den Ast. Kaum berührte ihre Pfote einen Stachel, zuckte sie zusammen. Dorn hielt sein Versprechen und ließ sie nicht aus den Augen, als sie über den aufgewühlten Fluss wackelte.

»Autsch«, schrie Schnecke unsicher, als sie wieder auf einen Stachel trat. Sie zog die Pfote schnell zurück und setzte sie weiter seitlich wieder auf.

Doch genau an dieser Stelle war die Rinde brüchig und blätterte unter dem Gewicht des kleinen Pavians ab. Schnecke schrie erschrocken auf und taumelte zur Seite. Sie verlor ihren Halt, rutschte ab und stürzte hinab in den Fluss.

Lillys Entsetzensschrei tönte über den donnernden Fluss, der ganze Trupp brach in Heulen und Schreien aus. Unterhalb von Dorn stürmte Stachel ans Ufer.

»Starkzweige!«, rief er. »Holt sie raus!«

Mit einem Blick registrierte Dorn, dass Gras, Fliege, Wurm und Fangzahn am anderen Ufer mit glasigen Augen vor sich hin wankten. *Das Süßmark.*

»Die können wir vergessen«, fauchte er. »Los, komm, Frosch!«

Er hüpfte vom Baum hinab und raste flussabwärts am Ufer entlang, Frosch dicht hinter ihm. Hinter sich hörte er tapsige Schritte, die das Laub niedertrampelten, woraus er schloss, dass die anderen Starkzweige ihnen folgten, aber weit hinter ihm waren. Er biss wütend die Zähne zusammen und rannte noch schneller. *Es hängt alles an mir und Frosch.*

Mitten im Fluss entdeckte er den kleinen, nassen Kopf von Schnecke, der auf den wogenden Wellen auf und ab hüpfte. Sie wurde hin und her geworfen, in einem Moment nach unten gezogen, im nächsten nach Luft schnappend wieder nach oben geschleudert. Er und Frosch rannten jetzt auf gleicher Höhe mit ihr. Verzweifelt suchte er den Fluss nach irgendeiner Möglichkeit ab, sie zu retten.

»Hier!«, schrie er. Nicht weit entfernt ragte ein Fels aus dem Wasser. »Wenn sie dorthin getrieben wird, könnten wir sie erwischen!« Er rannte an den Rand des schäumenden Flusses und setzte zum Sprung an.

»Nein!« Frosch packte ihn an der Schulter und drängte sich an ihm vorbei. »Lass mich das machen. Ich bin größer!«

Bevor er widersprechen konnte, war Frosch schon abgesprungen. Ihre Hinterpfoten platschten ins Wasser, aber mit den Vorderpfoten zog sie sich auf den Fels hinauf, wo sie, einen festen Stand suchend, stets den kleinen, hüpfenden Kopf beobachtete, der auf sie zuwirbelte. Frosch richtete sich halb auf und streckte mit angespanntem Gesicht ihre Arme aus.

Schnecke trieb mit dem Gesicht nach unten im Wasser. Als sie dicht vor dem Felsen trudelte, griff Frosch mit beiden Armen ins Wasser und versuchte, sie zu packen. Sie erwischte den kleinen Pavian mit einer Pfote am Genick und zog den tropfnassen, schlaffen Körper heraus.

Dorns Puls raste, als Frosch das triefende Wesen unter den Arm klemmte und zurück zum Ufer sprang. Als sie sich über sie beugten, hechelten endlich die anderen Starkzweige heran.

Der Kopf von Schnecke fiel schlaff nach hinten, als Dorn sie an der Schulter packte. Verzweifelt schüttelte er sie. Frosch stöhnte und schlug enttäuscht auf den Boden. Die übrigen Paviane des Lichtwald-Trupps – die, die den Fluss noch nicht überquert hatten – drängten sich um sie, und Dorn bemerkte, dass auch Lilly unter ihnen war. Sie war ohne ihr Baby noch einmal zurückgekommen und drängte sich jetzt, bekümmerte Klagelaute ausstoßend, durch die Umstehenden.

Wie furchtbar! Wieder schüttelte Dorn den kleinen Pavian, und da, mit einem Mal, ruckte ihr Kopf nach vorn, sie hustete Wasser aus und begann jämmerlich zu wimmern. Als Lilly sie erreichte, krächzte sie: »Mama ...«

Dorn machte erleichtert etwas Platz. Lilly nahm ihre Tochter auf die Arme und wiegte sie hin und her. »Danke, Dorn Starkzweig! Danke dir, Frosch!«

Dorn grinste und schlug Frosch auf die Schulter. »Das ist dein Verdienst! Du hast sie herausgezogen!«

Frosch drehte sich zu ihm und umarmte ihn. »Wir haben das gemeinsam geschafft, Dorn!«

Hinter Lilly, die Schnecke leise summend im Arm wiegte, und hinter den anderen beschämten Starkzweigen erblickte Dorn Beere. Sie starrte ihn und Frosch mit unergründlichen Augen an.

Als ihre Blicke sich trafen, drehte sie sich weg.

*

»Wir Paviane sind die besten Planer in ganz Bravelands«, sagte Stachel zu den Starkzweigen, während sie über das offene Grasland wanderten. »Es ist also nur vernünftig, dass wir wieder Ordnung in Bravelands schaffen. Seit Große Mutter Tod ist, bricht hier alles auseinander.«

»Ich bin so froh, dass wir bei dir sind, mein Kronblatt«, sagte Gras eifrig. Seit dem Debakel mit Schnecke und dem Süßmark versuchte der große Pavian, sich bei seinem Anführer wieder einzuschmeicheln. »Es ist so ein Durcheinander. Was da nicht alles passieren kann.«

»Ich bin sehr froh, dass ich euch an meiner Seite habe, meine Starkzweige.« Stachel schüttelte traurig den Kopf. »Selbst ich brauche Leibwächter.«

Dorn hatte nicht diesen Eindruck, hütete sich aber, etwas zu sagen. Jedes Tier, mit dem Stachel gesprochen hatte, war bestenfalls misstrauisch, aber nie feindselig gewesen. Sie hatten die übrigen Mitglieder des Lichtwald-Trupps im Schutz einer Baumgruppe zurückgelassen und steuerten jetzt auf den Teil der Savanne zu, in dem die Zebras grasten. Der Boden unter ihren Pfoten war völlig aufgeweicht, und es hatten sich kleine Rinnsale gebildet, doch es gab keine Anzeichen, dass der Regen aufhören würde. Am Himmel türmten sich immer noch Berge schwarzer Wolken.

Stachel hatte bereits mit dem Anführer einer Gazellenherde und mit einer Gruppe von Geparden gesprochen, aber er wollte noch viele andere Tiere treffen. Dorn war müde und durstig von dem langen Marsch durch Bravelands und leckte sich beständig das Wasser von der Schnauze. Stachel wollte von einer Pause nichts wissen. Als der Regen stärker wurde, hielt Dorn sein Gesicht nach oben und ließ ihn in sein Maul fließen.

In einem Baum hockte ein Schwarm von Bienenfressern. Ihr rotes und leuchtend blaues Gefieder sah im Regen stumpf und leblos aus. Eine einsame Hyäne kauerte unter demselben Baum, zuckte aber nicht einmal mit dem Ohr, als die Paviane vorbeizogen. Stachel, der mit hoch aufgerecktem Schwanz einherschritt, schien in Bravelands das einzige Wesen mit Ausdauer und Ziel zu sein.

»Da sind wir«, sagte Stachel fröhlich, als sie die Kuppe eines kleinen Hügels erreicht hatten. Auf der unter ihnen liegenden Ebene grasten Zebras, die mit ihren Schwänzen schlugen und mit ihren langen Zähnen das nasse Gras ausrupften. Die Zebraherden, die Dorn bis dahin gesehen hatte, hatten aus vielen Hundert Tieren bestanden, doch diese bestand aus höchstens vierzig.

Er runzelte die Stirn. »Wo sind die anderen aus der Herde?«

»Was kümmert uns das?« Stachel sprang hinab und Dorn und die anderen Starkzweige hüpften hinter ihm her. Ein Zebrahengst mit geschwungenen Streifen kam ihnen entgegen, seine Ohren zuckten unruhig.

Stachel nickte gelassen. »Ich grüße euch. Ich bin Stachel Kronblatt vom Lichtwald-Trupp, und dies sind meine treuen Starkzweige, mein Geleitschutz.«

»Aha.« Das Zebra beäugte Dorn und die anderen. Wurm hatte sich aufgerichtet und starrte drohend zurück, Gras kaute wie immer arrogant auf einem Grashalm – daher kam auch sein Name –, Fliege grinste mit seinem abgebrochenen Zahn nicht gerade freundlich. Das Zebra schluckte hörbar, sein langer Hals kräuselte sich.

»Ich heiße Schönfreund«, sagte es freundlich. »Was führt dich zu uns, Stachel Kronblatt?«

»Wir leben in schwierigen Zeiten«, sagte Stachel mit ernster Miene, »und ich hoffe, deine Herde bleibt stark, Schönfreund. Wir haben euch gesucht. Die Zebras sind das Herz von Bravelands.«

Dorn kannte diese Worte auswendig. Stachel hatte dasselbe zu den Gazellen und den Geparden gesagt.

Das Zebra schnaubte, senkte den Kopf und scharrte mit den Hufen auf dem matschigen Boden. »Wirklich schwierige Zeiten«, stimmte es zu. »Mehr ist von meiner Herde nicht geblieben. Die meisten gerieten nach dem Tod der Großen Mutter in Panik und haben sich zerstreut.« Sein Blick fiel auf ein kleines Fohlen, das an der Seite seiner Mutter bibberte. »Wenn wir nicht bald wieder mehr werden, werden wir eine leichte Beute für Fleischfresser sein.«

Stachel nickte mitfühlend. »Das höre ich überall«, sagte

er zu Schönfreund. »Zwietracht, Unruhe, Herden und Rudel, die auseinanderbrechen. Nichts ist mehr, wie es sein sollte.« Er seufzte tief und traurig. »Deshalb ist es so wichtig, dass die Dinge in Bravelands schnell wieder in Ordnung kommen. Wir müssen sicherstellen, dass sich alle an das Gesetz halten.«

Das sagst ausgerechnet du, dachte Dorn finster.

Stachel setzte zu derselben Rede an, die er auch vor den anderen Tieren gehalten hatte und die von Schmeicheleien und falscher Anteilnahme nur so strotzte: »Um alles für Bravelands zum Guten wenden zu können, rufe ich zu einer Großen Versammlung bei Sonnenhoch auf. Wir müssen einen neuen Großen Anführer finden – oder entscheiden, wie wir zusammenleben wollen, bis sich einer zeigt.«

Die Ohren von Schönfreund zuckten hektisch. »An der Wasserstelle?«

»Natürlich.« Stachel sah ihn ernst an. »Ich kann doch damit rechnen, dass die Zebras dabei sein werden? Wir brauchen dich, Schönfreund.«

Das Zebra schüttelte sich, wobei es einen Schauer von Wassertropfen versprühte. »Unsere Herde … wir fühlen uns an diesem Ort nicht mehr wohl. Seit dem Tod von Großer Mutter.« Er blinzelte. Auf seinen langen Wimpern glitzerten Regentropfen. »Weißt du, Stachel, die Fleischfresser haben uns an der Wasserstelle immer in Ruhe gelassen, aber ohne Große Mutter trauen wir ihnen nicht mehr. Wir kommen immer noch zum Trinken dorthin, aber wir bleiben nicht lange. Eine Große Versammlung könnte … problematisch werden.«

Stachel ließ seinen Blick bedeutsam zu den Starkzweigen gleiten, woraufhin Wurm sich noch mehr aufplusterte und Gras beim Kauen leise summte. Es klang fast wie ein Knurren.

Fangzahn pflückte einen Käfer aus seinen lehmverschmierten Pfoten und biss mit solcher Wucht hinein, dass seine Zähne aufeinanderschlugen. Flieges schiefes Grinsen wurde breiter. Frosch und Dorn sahen zu Boden.

Schönfreund schüttelte seine Mähne und scharrte noch ängstlicher im matschigen Boden. Dorn wurde heiß vor Scham, aber er musste schweigen.

Stachel sah Schönfreund nachdenklich an, als hätte er die feindseligen Gesten seiner Leibwächter nicht bemerkt. »Das mag eine weise Entscheidung sein, Schönfreund. Der Schutz der Herde ist wichtiger als alles andere.« Er kratzte sich am Kinn. »Aber was wäre die Alternative, mein guter Freund? Wenn die Zebras bei der Versammlung fehlen, wie sollen wir dann wissen, was für euch das Beste sein wird? Es wäre viel besser, wenn ihr selbst für euch sprechen könntet. Das ist die einzige Möglichkeit, eure Sicherheit zu gewährleisten.«

Schönfreund schwieg lange. Sein argwöhnischer Blick ging von einem Pavian zum anderen, die Furcht ließ das Weiß seiner Augen hervortreten. Schließlich hob er schwer atmend seinen Kopf.

»Möge die Weisheit der Paviane von allen Tieren gepriesen werden.« In seinen Worten schwang ein leises Zittern. »So sei es, Stachel Kronblatt. Meine Herde und ich werden kommen.«

Stachel lächelte. Seine Fangzähne glitzerten, ungeachtet des trüben Lichts. »Gut gesprochen, Schönfreund, und eine weise Entscheidung, sehr weise. Und nun, da wir das Einverständnis der Zebras haben, können wir die übrigen Bewohner von Bravelands zusammenrufen.«

Schönfreund neigte kurz seinen Kopf, dann trottete er zu

seiner Herde zurück. Dorn, dem von der Szene richtig übel geworden war, folgte Stachel den Abhang hinauf.

»Als Nächstes die Elefanten«, verkündete Stachel fröhlich. »Die werden nicht so leicht zu überzeugen sein.«

Er macht das einfach zu gut, dachte Dorn, während er hinter Stachel über die Hügelkuppe stapfte und sich durch tropfnasses Gestrüpp schlängelte. Selbst wenn die Paviane des Lichtwald-Trupps Dorn anhörten, könnte er ihnen kaum vermitteln, wie bösartig Stachel war. Stachel müsste nur wiederholen, was er den Herdenanführern erzählte. *Jedes Wort, das aus seinem Mund kommt, ist so höflich, so vernünftig – und doch so falsch.*

Eins war klar: Stachel hatte nicht das Wohl von Bravelands im Sinn, wenn er eine Große Versammlung zusammenrief. Das wussten auch die Tiere, die er mit seinen Reden einschüchterte, aber Stachel ließ ihnen keine andere Wahl, als zuzustimmen.

Große, graue Umrisse zeichneten sich hinter den Regenschleiern ab: Es war eine Elefantenfamilie, die sich unruhig um einen hohen Haufen aus abgerissenen und zerbrochenen Ästen bewegte. Als die Paviane näher kamen, erkannte Dorn mit Schrecken, dass der tote Körper der Großen Mutter darunter lag.

Die Elefanten sahen Stachel und seiner Leibwache entgegen. Dorns Mut sank, als die riesigen Tiere über ihnen aufragten. Der Regen floss in Strömen an ihren breiten Flanken herab.

»Was führt die Paviane an diesen Ort?«, fragte die größte Elefantenkuh und schlug warnend mit ihren Ohren.

»Seid gegrüßt, Wandererfamilie.« Stachel neigte seinen

Kopf. »Ich bin Stachel Kronblatt vom Lichtwald-Trupp und dies sind meine Kameraden.« Er deutete auf die Starkzweige, die unter seinem verstohlenen Blick ihre aggressiven Posen einnahmen. »Der Lichtwald-Trupp trauert mit euch um euren Verlust, liebe Elefanten. Große Mutter war weise und großzügig. Wir werden ihr Andenken in Ehren halten.«

»Wie ganz Bravelands«, polterte die große Elefantenkuh mit einem verächtlichen Blick auf die großtuerischen Starkzweige. »Ich bin Regen, die Stammesälteste der Wandererfamilie.«

Stachel verneigte sich noch tiefer. »Wir leben in schwierigen Zeiten, Regen. Es ist unser dringlichster Wunsch, dass deine Herde stark bleibt. Ich komme mit einem Vorschlag, den ich, dein Einverständnis voraussetzend, auch den anderen Tieren unterbreiten möchte. Schließlich sind die Elefanten das Herz von Bravelands.«

Regen schwenkte abfällig ihren Rüssel. »Du möchtest uns schmeicheln, Stachel Kronblatt«, sagte sie. »Erzähle uns einfach, warum du gekommen bist.«

Während Stachel seine gut geübte Rede aufsagte, nutzte Dorn die Gelegenheit, sich die Elefantenfamilie genauer anzusehen. Die Wandererfamilie bestand nur aus Erwachsenen – die junge Elefantenkuh, die er und Heldenmut getroffen hatten, als sie die Große Mutter um einen Gefallen hatten bitten wollen, war nirgends zu sehen. Hoffentlich ging es ihr gut. Dorn hatte ihr angemerkt, dass sie und Große Mutter sich ungewöhnlich nahegestanden hatten, selbst für Elefanten. Der Tod der Stammesältesten musste Aurora schwer getroffen haben.

Stachel beendete seine Rede mit einer überschwänglichen

Geste. Dorn wunderte sich, dass die Gesichter der Elefanten sich während der Rede aufgehellt hatten. Regen wechselte einen Blick mit den anderen Elefanten. Sie nickten einstimmig.

»Wir werden zur Großen Versammlung erscheinen, Stachel Kronblatt«, verkündete sie.

»Das freut uns ungemein.« Stachel verbeugte sich noch einmal. Dorn bemerkte das verwunderte Glitzern in seinem listigen Blick. »Die Tiere von Bravelands stehen in eurer Schuld, denn ihr habt sie seit Generation weise geführt. Bis morgen, Regen Wanderer, ade!«

Die Elefantenkuh nickte und drehte ihm den Rücken zu.

Die Paviane machten sich wieder auf den Weg über das regennasse Grasland. Dorn bemerkte Stachels verbissenen Gesichtsausdruck. Sein ganzer Körper bebte vor unterdrückter Wut.

Dorn hätte sich darüber freuen können, dass nicht alles genau nach Stachels Wunsch lief, trotzdem hatte er ein unbehagliches Gefühl. Frosch schien es genauso zu gehen.

»Warum ist er so aufgebracht?«, flüsterte sie. »Die Elefanten wollen doch kommen. Was ist eigentlich los?«

Dorn zuckte die Achseln. »Ich weiß nicht.«

Die beiden waren ein wenig zurückgefallen. Frosch schielte ängstlich zu den anderen, dann räusperte sie sich und sagte: »Dorn, das gefällt mir nicht. Ich dachte, wir seien hier, um Stachel zu beschützen, aber es sieht eher danach aus, als müssten sich die anderen Tiere *vor uns* schützen.«

»Ich weiß.« Eine Welle von Hoffnung stieg in ihm auf. *Vielleicht könnte ich Frosch ins Vertrauen ziehen! Vielleicht kann sie mir helfen, den Trupp davon zu überzeugen …* »Frosch, ich muss dir …«

»He, ihr zwei, beeilt euch!« Stachel hatte sich umgedreht und sah sie böse an.

»Komm, wir müssen die anderen einholen.« Frosch sprang voran.

Dorn seufzte und folgte ihr. *Ich kann später unter vier Augen mit ihr reden.*

Stachel hatte sich seit seinem Gespräch mit den Elefanten nicht beruhigt, er sah sogar noch wütender aus als zuvor. »Die glauben anscheinend, dass sie das Sagen hätten«, fauchte er.

Dorn sprang an seine Seite und sah ihn unsicher an. »Wer?«

»Die Elefanten natürlich. Hast du bemerkt, wie sie mich angesehen haben?« Stachel hob einen Stein auf und schleuderte ihn in eine Schar von Ibissen, die quakend auseinanderstoben. »Die Wandererfamilie führt etwas im Schilde, das gefällt mir nicht.«

»Meinst du wirklich?«, fragte Dorn und fügte schnell hinzu: »Ich meine, das würden sie bestimmt nicht wagen. Elefanten wirken doch immer ein bisschen ... hochnäsig. Sie sind einfach so groß ...« Er verstummte.

Das Kronblatt sah mit dunkel glitzernden Augen in die Runde. »Wisst ihr, was das Problem mit den Elefanten ist, meine Starkzweige?«

»Was ist es?«, fragte Gras eifrig.

»Die denken, sie hätten vom Großen Geist ein natürliches Anrecht auf die Große Anführerschaft bekommen«, fauchte Stachel. »Aber das haben sie *nicht.*«

»Genau«, stimmten Gras und Fliege wie mit einer Stimme zu.

Stachel beachtete sie nicht. Seine Augen waren schmal geworden. »Ich würde einen besseren Großen Vater abgeben als jeder Einzelne dieser riesigen Idioten«, murmelte er. »Elefanten können Knochen lesen. Na und?« Er hob seinen Kopf und grinste listig.

»Ich bin ein Pavian. Und ich kann *Gedanken* lesen.«

5. KAPITEL

DIE JUNGE GAZELLE zupfte mit Hingabe an dem nassen Gras und zerrieb es zwischen ihren stumpfen Zähnen. Heldenmut kauerte in ihrem Windschatten und kroch schrittweise vorwärts. Wegen des starken Regens war es schwierig, ihre Witterung genau zu verorten, aber wenn er seine Nüstern blähte und tief einatmete, schmeckte er sie fast auf der Zunge. Die Gazelle war größer als er, aber er wusste, dass er stark genug war, sie zu Fall zu bringen.

Er musste nur nahe genug an sie herankommen. Es wurde höchste Zeit, dass er etwas zu beißen fand. Seit sich die Herden zerstreut hatten und Stürme über die Savanne brausten, war die Beute rar und das Jagen schwierig geworden. Heldenmuts Magen knurrte und seine Muskeln hatten bereits an Kraft eingebüßt. Er und seine Schwester Wagemut durften diese Gazelle nicht entwischen lassen. Der junge Löwe spannte seine Muskeln an und schlich zielstrebig weiter.

Die Gazelle hob ruckartig ihren Kopf und Heldenmut erstarrte. Sie sah sich um und ihre Ohren zuckten, doch dann neigte sie ihren grazilen Kopf wieder nach unten.

Jetzt!

Mit einem Satz rannte Heldenmut los, seine Beine holten

weit aus, sein Schwanz war gerade nach hinten gerichtet. Die Gazelle riss angstvoll ihre Augen auf, zuckte zusammen, drehte sich um und sprang durch das Gras davon.

Heldenmut zwang seine müden Beine, noch schneller auszuholen. Er setzte ihr nach und jagte sie vor sich her bis sie strauchelte. Er sprang sie an und warf sich gegen ihre Flanke. Sie knickte ein, stürzte und ruderte mit ihren dünnen Beinen. Schnell drehte Heldenmut sich um, drückte sie zu Boden und schlug seine Zähne in ihren Hals.

Nach wenigen Augenblicken war es vorbei. Die Gazelle sackte zusammen, ihre Augen erloschen.

Es war seine erste richtige Beute. Trotz seiner geschwächten Muskeln hätte er vor lauter Übermut durch ganz Bravelands rennen können.

»Nicht schlecht«, bemerkte Wagemut, die aus dem hohen Gras auftauchte. Ihr fahlgoldenes Fell hatte im Regen einen stumpfen Glanz bekommen. Sie bewegte sich geschmeidig auf ihn zu, den edlen Kopf stolz erhoben. »Eines Tages wirst du vielleicht genauso gut jagen wie ich.«

Heldenmut schlug spielerisch nach ihr. »Ist das so? Hast du nicht gesehen, wie perfekt ich sie gerissen habe? Vielleicht kannst *du* noch etwas von *mir* lernen.«

Wagemut schnaubte, doch Heldenmut sah seiner Schwester an, wie stolz sie auf ihn war. Ihr Jagdunterricht zeigte Erfolg. Ihre Mutter war die beste Jägerin des Gallantrudels gewesen. Sie hatte die feinste Nase und die schnellsten Beine gehabt. Wagemut kam ganz nach ihr.

Plötzlich erstarrte sie. »Da kommt jemand«, sagte sie leise.

Heldenmuts Muskeln spannten sich, seine Ohren zuckten. Durch die Regenschleier hörte er das Rascheln von feuchtem

Gras. Er blähte seine Nüstern und musste ein unfreiwilliges Knurren unterdrücken. Bereit, ihre Beute zu verteidigen, duckten sie sich, ihre Schwänze peitschten hin und her.

Dann trugen die Nebelschleier einen Geruch zu ihnen herüber, er war erdig, scharf und vertraut.

Loyal!

Heldenmut entspannte sich. »Alles gut, das ist mein Freund.«

Der mächtige Kopf eines Löwen tauchte vor ihnen auf. Über eine Gesichtshälfte zog sich eine blasse Narbe und seine schwarze Mähne war mit goldenen Strähnen durchzogen. »Ich habe dich gesucht, Heldenmut«, sagte Loyal barsch.

Wagemut sah den Neuankömmling misstrauisch an. »Hat der auch bei den Pavianen gelebt?«, fragte sie Heldenmut.

Loyal knurrte, sein krummer Schwanz zuckte. »Bestimmt nicht!«

Heldenmut musste bei dieser Vorstellung innerlich grinsen. »Ich habe ihn getroffen, nachdem ich die Paviane verlassen hatte. Ich habe dir doch erzählt, dass ich Kaltschnauze von den Geparden befreit habe. Loyal hat mir geholfen.«

»Genau. Und du musst Wagemut sein«, sagte Loyal. »Ich war ein Freund von Gallant, vor langer Zeit.«

Wagemuts Augen funkelten vor Freude. »Du hast Vater gekannt?«

Vater, dachte Heldenmut. Immer, wenn von ihm die Rede war, spürte er einen Stich aus Wut und Trauer. Gallant war gut ein Jahr zuvor von dem tyrannischen Titan ermordet worden. Die Erinnerung an diesen Kampf wühlte Heldenmut immer noch auf und jagte ihm einen eiskalten Schauer über den Rücken. Es war ein grausamer Kampf gewesen, wie immer, wenn um die Führung eines Rudels gekämpft wurde – aber dieses Mal hatte auch er gegen das Gesetz verstoßen. Titan hatte Gallant nicht besiegen können und deshalb seine Kumpane auf ihn gehetzt. Das Gallantrudel war durch Betrug und Regelverletzung zum Titanrudel geworden. Das Leben von Heldenmut und Wagemut hatte sich seit damals dramatisch verändert.

»Und wo lebst du heute, Loyal?«, fragte Wagemut und schlug aufgeregt mit ihrem Schwanz hin und her. »Zu welchem Rudel gehörst du?«

Loyal reckte seinen Kopf mit einer Andeutung von Trotz. »Ich jage allein.«

Wagemut sah ihn überrascht an, das Fell an ihrem Rückgrat sträubte sich. »Du hast kein Rudel?«

Heldenmut wusste, woran sie dachte – einem Löwen ohne Rudel war entweder nicht zu trauen, oder er war nicht stark genug, um einem Rudel anzugehören. Keins davon traf auf Loyal zu – das wusste er aus eigener Erfahrung –, aber es war ganz natürlich, dass Wagemut misstrauisch war.

Loyal überging ihre Bemerkung und drehte seinen großen, zotteligen Kopf zu Heldenmut. »Wo bist du gewesen, Junges? Ich habe dich seit Tagen nicht mehr gesehen?«

»Jagen«, erzählte Heldenmut. »Wagemut hat mich unterrichtet.«

»Du jagst für das Titanrudel?« Loyal verzog das Gesicht. »Ich hoffe, du hast deine Launen unter Kontrolle. Titan duldet nicht den geringsten Ungehorsam. Ich wundere mich, dass er dich überhaupt in die Nähe seines Rudels lässt.«

Heldenmuts Fell stellte sich auf. Trotzig erwiderte er: »Ich habe keine Launen! Und außerdem bin ich kein kleines Junges mehr, Loyal. Ich muss nicht mehr behütet werden.«

Loyal gab ihm einen freundschaftlichen Klaps. »Du musst noch eine Menge lernen, bis du erwachsen bist«, knurrte er. »Die Grasfresser mögen Angst vor dir haben, aber für Titan bist du kein Gegner. Du bist im Titanrudel nicht sicher, bitte vergiss das nicht.«

Heldenmut warf seinen Kopf nach hinten. »Ich bin sogar sehr sicher. Titan hat geschworen, mich nicht zu töten, wenn ich Kaltschnauze rette, und wir haben ihn gerettet. Nicht einmal Titan würde einen Eid brechen.«

»Hoffen wir's.« Loyal sah finster über die Ebene bis hin zur Wasserstelle.

Irgendwo dort, am aufgewühlten, lehmigen Ufer, lag der leblose Körper der Großen Mutter. Drei Tage zuvor hatten die Kundschafter des Titanrudels die Nachricht von ihrer Ermordung gebracht. Heldenmut konnte es immer noch nicht fassen. Große Mutter war es gewesen, die für ihn mit den Geparden ein Treffen ausgehandelt hatte. Große Mutter hatte ihr Feingefühl, ihren Ruf und ihre Weisheit eingesetzt, damit er Kaltschnauze befreien konnte. Es war ein entsetzlicher Gedanke, dass diese edle alte Elefantenkuh tot sein sollte.

Loyal sah ihn an. »Ich habe gehört, was geschehen ist«, sagte er, als könnte er Heldenmuts Gedanken lesen. Er sprach ungewöhnlich sanft. »Es tut mir leid.«

Heldenmut ließ seinen Kopf hängen. »Nichts in Bravelands scheint mehr richtig zu sein, seit ihrem Tod. Es regnet in Strömen, und es sieht nicht danach aus, als würde es jemals wieder besser werden. Die Grasfresser sind auseinandergelaufen und das Jagen ist beinahe unmöglich geworden.« Er deutete mit dem Kopf auf die Beute. »Wagemut und ich haben ewig suchen müssen, bis wir eine Gazelle gefunden haben.«

»Ich weiß. Selbst für mich ist das Jagen schwierig geworden.« Loyal schüttelte seine Mähne. »Aber Große Mutter hatte keinen Einfluss auf das Wetter, Heldenmut. Es hat immer wieder schwierige Zeiten in Bravelands gegeben. Selbst diejenigen, die an den Großen Geist glauben, haben darunter zu leiden.«

Wagemut zuckte zustimmend mit den Ohren. »Genau das versuche ich ihm die ganze Zeit klarzumachen«, sagte sie. »Es macht keinen Unterschied, ob es einen Großen Anführer gibt oder nicht. Irgendwann wird das Wetter wieder normal und das Jagen wieder leichter werden. Warte nur ab, Heldenmut.«

Heldenmut seufzte. Ihre Einstellung überraschte ihn nicht, alle Löwen dachten so. Die meisten Tiere in Bravelands glaubten an den Großen Geist und folgten dem Rat des Großen Anführers, nur die Löwen hatten bisher selbst über sich bestimmt. Und doch …

Er scharrte mit seinen lehmigen Krallen im Gras. »Die Paviane glauben an den Großen Geist und sie sind sehr kluge Tiere.«

Loyal knurrte belustigt. »Kann sein, aber Löwen sind klüger. Und niemand, kein Großer Anführer oder sonst wer, hat uns zu sagen, was wir tun sollen.«

Wagemut tätschelte Heldenmuts Schulter. »Man merkt dir immer noch an, dass du bei Pavianen aufgewachsen bist, Brüderchen.« Sie sah zu den dunklen Wolken empor. »Wir sollten die Gazelle jetzt zum Rudel bringen.«

»Dann verabschiede ich mich von euch. Gebt auf euch acht, ihr zwei.« Loyal entfernte sich, blieb aber plötzlich stehen und sah sich noch einmal um. »Heldenmut, hast du deiner Mutter von mir erzählt?«

»Nein, noch nicht.«

Loyal schien erleichtert. »Das ist auch besser so.«

»Warum?«, fragte Wagemut. »Sie freut sich bestimmt, einen Freund von Vater in der Nähe zu wissen.«

»Glaubt mir, es ist sicherer für sie, wenn sie es nicht weiß.« Loyal sah sie eindringlich an. »Versprecht es mir.«

Heldenmut fühlte sich angegriffen und wollte seine Mutter verteidigen. »Sie kann sehr wohl ein Geheimnis für sich behalten«, sagte er steif. »Nur weil sie blind ist, heißt das nicht, dass sie dumm ist.«

»Das weiß ich«, knurrte Loyal. »Trotzdem versprich mir, dass du nichts sagst, Heldenmut. Bitte.«

Heldenmut seufzte. »Also gut. Versprochen.«

Er sah Loyal nach, wie er im hohen Gras davonschlich. Wagemut zerrte an einem Bein der Gazelle und mühte sich ab, sie zum Rudel zu schleifen. Heldenmut eilte ihr zu Hilfe.

»Warum diese Geheimnistuerei?«, fragte Wagemut, das Gazellenbein zwischen den Zähnen.

»Ich weiß es nicht«, sagte Heldenmut und schlug seine Fangzähne in den Leib des Tieres.

»*Und* er hat kein Rudel«, nuschelte Wagemut finster. »Was ist los mit ihm?«

Heldenmut reckte sein Kinn. »Ich habe ihn nicht gefragt. Er hat bestimmt seine Gründe. Er ist ein guter Löwe. Das weiß ich.«

»Trotzdem, Brüderchen. Er ist irgendwie seltsam. Erinnerst du dich, was die alte Löwin Weisheit Gallantrudel immer gesagt hat?«

»Traue nie einem Löwen ohne Rudel.«

*

Die Löwen des Titanrudels kauerten unter einer tropfenden Schirmakazie. Gloria, Royal und Wendig, drei Löwinnen, die ehemals zum Gallantrudel gehört hatten, waren bereits von der Jagd zurückgekehrt und leckten ihr blut- und lehmverschmiertes Fell sauber. Titans Lieblingsgefährtin Arglist hatte es sich mit einem gezierten Lächeln in ihrer Nähe bequem gemacht und ihren Schwanz adrett um ihre rundlichen Hüften gelegt. Kaltschnauze, ihr Junges, schlug gelangweilt auf ihren eingerollten Schwanz ein.

Wann ist Arglist das letzte Mal auf die Jagd gegangen?, überlegte Heldenmut verärgert. Wagemut und er schleppten ihre Gazelle zu den anderen erlegten Tieren.

Titan machte sich gerade über ein Zebra her. Blut klebte an seiner Schnauze und seiner prachtvollen, schwarzen Mähne. Seine Kumpane verschlangen eine Antilope. Titan sah verächtlich zu Heldenmut und Wagemut hinüber, als sie ihre Gazelle auf den Beutehaufen fallen ließen, dann riss er wieder ein Maulvoll Fleisch von seinem Zebra.

Früher hätte ein Zebra für das ganze Gallantrudel gereicht. Sie wären gemeinsam jagen gegangen und hätten sich die Beute geteilt. Titan hingegen verlangte, dass unnötig viele Tiere gerissen wurden, und schlug sich dann mit seinen Kumpanen und Arglist den Bauch voll. *Wie passt das mit dem Gesetz zusammen?*

Die Junglöwen und Junglöwinnen lagen in einem Kreis und warteten hungrig, bis sie an der Reihe waren. *Dieses Rudel ist zu groß*, dachte Heldenmut. Die jungen Löwen gierten danach, die Reste abzunagen, die Titan und seine Günstlinge übrig ließen. Heldenmut schäumte vor Wut. *Wahre Löwen verhalten sich nicht so!*

Hinter dem Kreis der hungrigen Löwen kauerte einsam eine Löwin: Es war Flink. Die Rippen seiner Mutter zeichneten sich deutlich unter ihrem stumpfen, dünnen Fell ab, ebenso die schreckliche Narbe, wo einst ihr Auge gewesen war. Das andere Auge war trüb und blind.

Flinks Nüstern blähten sich, als Heldenmut und Wagemut näher kamen. »Meine Jungen«, sagte sie leise. »Ihr seid heil zurückgekommen.«

»Heldenmut hat eine Gazelle getötet, Mutter«, sagte Wagemut und hätschelte Flinks Gesicht.

»Mein tapferer Löwe«, sagte Flink. Sie beugte sich suchend nach vorn und Heldenmut stupste sie mit seiner Nase an. »Dein Vater wäre stolz auf dich.«

Die besten Teile der Beutetiere waren bis auf die Knochen und Sehnen aufgefressen. Heldenmut wusste, wie es weitergehen würde. Trotz der großen Menge getöteter Tiere, trotz des Umstands, dass er und Wagemut ihren eigenen und Flinks Anteil gejagt hatten, würde ihre Mutter so lange zum Warten gezwungen werden, bis nur noch kleine, unappetitliche Reste übrig waren. Und dafür sollte sie auch noch dankbar sein.

Aber diesmal sollte seine Mutter nicht hungern müssen. Die anderen Löwen argwöhnisch im Auge behaltend, trottete er zu der Gazelle zurück. *Ich habe sie erlegt,* dachte er trotzig. *Sie gehört mir.*

Er schlug seine Pfote in das Hinterteil der Gazelle und vergrub seine Zähne in ein Hinterbein, dann drehte er mit aller Kraft seinen Kopf zur Seite. Sehnen rissen, Gelenke knackten, dann war das Bein ab. Er packte es mit seinen Zähnen und trottete zu einer Gruppe von Akazien. Wagemut hatte ihn mit weit aufgerissenen Augen beobachtet, jetzt stieß sie Flink sanft an, damit sie aufstand, und führte sie unter die schützenden Bäume. Heldenmut legte seiner Mutter das Bein direkt unter die Nase. Sie schnüffelte und biss vorsichtig davon ab.

»Das ist die Gazelle, die ich erlegt habe«, sagte er.

»Dein erstes getötetes Beutetier«, sagte Flink leise und leckte daran. »Kein Wunder, dass es so gut schmeckt.«

Heldenmut schluckte. Früher war seine Mutter die beste Jägerin des Gallantrudels gewesen. Es machte ihn traurig, wenn er sah, wie sie jetzt, blind und geschwächt, von der Gnade jener Löwen abhing, die ihr das Augenlicht und den Partner genommen hatten. Er blickte zu seiner Schwester und entdeckte in ihrem blassgoldenen, vornehmen Gesicht dieselbe Traurigkeit.

»Ich gehe jetzt lieber zu den anderen Löwinnen«, sagte Wagemut. Sie rieb sich an der Wange ihrer Mutter und schlich davon.

Flink aß noch ein bisschen, dann hob sie ihren Kopf. »Ich habe genug gefressen, Heldenmut. Du kannst den Rest haben.«

»Du hast kaum etwas gehabt!«

Flink leckte sich das Blut von den Lippen. »Du musst gut fressen, damit du so groß und stark wie dein Vater wirst.« Sie schob ihm das Bein hin. »Friss – es ist deine erste Beute, genieße sie.«

Heldenmut seufzte, aber als er von dem saftigen Fleisch abbiss, merkte er, wie hungrig er war. Er war den ganzen Tag auf der Jagd gewesen und gestern hatte Titan ihm nur ein paar Abfälle übrig gelassen. Er fügte sich und riss ein ordentliches Stück Fleisch von der Gazelle.

Flink stellte ihre Ohren in seine Richtung und seufzte zufrieden. »Ich bin so glücklich, dass du wieder da bist. Könnte ich nur sehen, wie du jetzt aussiehst.«

»Fast wie früher, denke ich. Nur größer.«

Flink rieb ihre Wange an seinem Hinterkopf. »Ich spüre, dass du noch keine Mähne hast.«

»Ich wünschte, ich hätte schon eine.«

Flink lachte leise. »Das wird noch«, sagte sie. »Du hast noch einiges vor dir, bis du erwachsen bist.«

Heldenmut dachte an Loyal, der fast dasselbe gesagt hatte. *Je schneller ich wachse, desto besser,* dachte er.

Wenn ich groß und stark geworden bin und eine Mähne habe, werde ich Titan endlich besiegen.

*

Heldenmut und Flink waren wieder zum Rudel zurückgekehrt. Titan erhob sich von seinem Mahl und streckte seine Glieder. Er ließ seine kräftigen Muskeln unter seinem dicken, glänzenden Fell spielen und schüttelte seine dichte Mähne.

»Ein gutes Mahl«, grunzte er. »Die Grasfresser rennen panisch durch die Savanne und die Löwen lassen es sich schmecken.«

Er peitschte mit seinem Schwanz und schaute auf sein Rudel. Als sein Blick auf Heldenmut fiel, glitzerten seine Augen heimtückisch.

»Ach, diese törichten Tiere, die einem Großen Anführer folgen«, sagte Titan laut. »Sie leben ihr klägliches Leben in schrecklicher Angst, nur weil ihnen niemand sagt, wo es langgeht. Ihr Großer Geist hat die alte Elefantenkuh nicht einmal vor ein paar Krokodilen schützen können.«

Heldenmut konnte seine Wut kaum unterdrücken: Titan wusste genau, dass er bei den Pavianen aufgewachsen war, von denen er gelernt hatte, an den Großen Geist zu glauben. Er knirschte mit den Zähnen, sagte aber kein Wort. Titan sollte nicht merken, wie sehr er ihn reizte.

»Der Große Geist hat sie nicht einmal davor bewahrt, sich vom Wasser fernzuhalten«, sprach Titan lästernd weiter. »So viel zur Weisheit der Elefanten. Sie sind auch nicht schlauer als die idiotischen Herden, die ihr ständig an den Lippen hingen.«

Die Kumpane von Arglist und Titan brüllten vor Lachen. Heldenmut unterdrückte ein wütendes Knurren, hielt aber Titans Blick stand.

Ihr habt gut lachen, dachte er zornig, *aber das Lachen wird euch vergehen, wenn ich meinen Schwur halte und mir das Rudel zurückhole. Eines Tages wird dir jede einzelne Untat leidtun.*

Die Löwen japsten immer noch vor Lachen, als einer der Späher sich durch die Menge bis zum Anführer drängte. Es war Leichtsinn, eine kleine Löwin mit einem vernarbten Ohr.

»Ich bringe Neuigkeiten, Titan«, verkündete sie. »Ich habe die Affen belauscht. Heute, zum Sonnenhoch, soll an der Wasserstelle eine Große Versammlung stattfinden.«

»Ach, wirklich?«, brummte Titan belustigt. »Wie aufregend für die armen Tierchen. Dann können sie sich gegenseitig vorheulen, wie sehr sie ihre alte Elefantenkuh vermissen.« Resolut, der engste Vertraute von Titan, verschluckte sich fast vor Lachen.

»Sie wollen überlegen, was jetzt zu tun ist«, erzählte Leichtsinn. »Ich glaube, sie suchen einen neuen Großen Anführer.«

Titan zuckte verächtlich mit dem Schwanz. »Diese Narren«, sagte er, »sie können es nicht abwarten, bis ihnen wieder jemand vorschreibt, was sie tun sollen.« Er stolzierte zu Heldenmut hinüber. »Und du«, fauchte er, »du bist genau wie sie. Ein Löwe, der sich von ein paar Grasfressern herumkommandieren lässt.«

Die anderen Löwen bogen sich vor Lachen. Wagemut schlich sich besorgt näher an ihren Bruder heran.

»Da du die Grasfresser so liebst, kannst du ihre Versammlung ausspionieren«, sagte Titan. »Es könnte nützlich sein zu wissen, wen sie sich als Nächstes aussuchen.«

Heldenmut verneigte sich ehrerbietig und ließ Titan seine hasserfüllten Augen nicht sehen. »Jawohl, Titan.«

»Titan, ich möchte dich bitten, Heldenmut begleiten zu dürfen«, sagte Wagemut. »Sie werden überrascht sein, wenn ein Löwe bei ihrer Versammlung auftaucht, und es könnte Probleme geben.«

Titan kräuselte hämisch seine Schnauze. »Glaubst du etwa, es würde mich interessieren, ob dieser Pavianfreund in Schwierigkeiten gerät?«

»Wenn wir beide gehen«, entgegnete Wagemut rasch, »wird wenigstens einer zurückkommen, der dir Bericht erstatten kann. Selbst wenn etwas Schlimmes geschehen sollte.«

Titan zuckte die Achseln. »Geh doch, wenn du unbedingt willst«, sagte er eisig und drehte ihr den Rücken zu. »Euch zwei zu verlieren, wäre eine Freude für mich, und ich wage zu behaupten, dass auch ihr froh wärt, von hier wegzukommen. Aber denkt daran, was passiert, wenn keiner von euch zurückkommt.«

Er warf ihnen einen gehässigen Blick zu.

»Wenn ihr für eure Mutter nicht jagen geht, wird sie nichts zu fressen bekommen.«

*

Heldenmut und Wagemut trotteten über das Grasland zur Wasserstelle. Das Sonnenhoch stand schon fast über ihnen. Heldenmut merkte es nur daran, dass die Wolkendecke am Himmel von matten Glanzschlieren durchzogen war. Die Sonne war seit der Morgendämmerung nicht zum Vorschein gekommen und es regnete weiterhin.

»Es stimmt, was ich Titan gesagt habe«, sagte Wagemut. »Wir müssen vorsichtig sein. Die Tiere werden misstrauisch, wenn sie Löwen bei ihrer Versammlung sehen.«

»Ich weiß«, sagte Heldenmut. »Ich werde mich dort nicht zeigen. Aber ich will wenigstens mit den Pavianen sprechen. Sie werden bestimmt da sein – der Lichtwald-Trupp hat einen hohen Stellenwert.«

Er freute sich riesig, als er daran dachte, Matsch und Dorn wiederzusehen. Nicht weit von ihnen ragte ein regennasser Felshügel auf. Voller Erregung sprang Heldenmut bis zur Kuppe hinauf.

»Paviane haben einen hohen Stellenwert«, äffte Wagemut ihn nach, als sie ihm nachsprang.

»Das haben sie wirklich. Sie sind einer der größten Trupps in ganz Bravelands. Und sie haben unbestritten das beste Gebiet – so viele Obstbäume hast du noch nie gesehen.«

Wagemut rümpfte die Nase. »Du magst Obst?«

Heldenmut lachte. »Nein, natürlich nicht!«, sagte er und hüpfte vom obersten Felsen den Abhang auf der anderen Seite hinunter. »He, vielleicht wird auch der neue Große Anführer bei der Versammlung auftauchen! Das wäre doch wunderbar!«

»Nicht für uns«, knurrte Wagemut mit Bestimmtheit. »Die Großen Anführer und die Löwen haben nichts miteinander zu tun, das weißt du.«

»Ja.« Heldenmut seufzte wehmütig. »Aber wäre das nicht schön? Jemanden zu haben, an den man sich mit seinen Problemen wenden könnte?«

Wagemut blieb abrupt stehen und peitschte mit ihrem Schwanz. »Wirklich?«, fauchte sie. »Ein Großer Anführer könnte unsere Probleme lösen? Könnte er Mutter das Augenlicht wiedergeben? Oder uns vor Titan beschützen?«

»Nein, natürlich nicht«, sagte Heldenmut ein wenig gekränkt. »Sie vollführen keine Wunder, sie bringen dir nur bei, wie – Ach, egal. Wenn du bei den Pavianen gelebt hättest, wüsstest du, was ich meine.«

»Das würde mir nicht im Traum einfallen«, schnaubte Wagemut spöttisch, dann schubste sie ihn zur Seite und hüpfte von einem Stein zum nächsten. »Du Dussel«, knurrte sie, aber es klang liebevoll.

»Pass auf deine Pranken auf«, rief Heldenmut vorlaut, »sonst –«

... *stolperst du*, hatte er sagen wollen, doch in diesem Moment stolperte Wagemut tatsächlich. Sie schlitterte in eine Pfütze, rutschte aus und strauchelte. Erst nach ein paar Seitwärtsschritten erlangte sie wieder ihr Gleichgewicht. Doch dann blieb sie stehen, drehte sich schnell um und starrte ungläubig auf den wasserdurchtränkten Abhang.

Entgeistert rief sie: »Was zum –«

Heldenmut sprang zu ihr. Beide Löwen starrten entsetzt auf die Verwüstung, die vor ihren Augen lag. Der Abhang war von Erdmännchenhöhlen durchlöchert, die ihren Bewohnern jedoch keinen Schutz hatten bieten können.

»So etwas würden Fleischfresser niemals tun«, murmelte Wagemut.

Der steinige Hügel war mit toten, durchnässten Erdmännchen übersät: junge und alte, große und kleine, alle waren in den sintflutartigen Regenfällen ertrunken. Der Gestank des Todes waberte wie ein unsichtbarer Nebel über den Hügel. Heldenmut näherte sich einem der leblosen Körper und berührte ihn. Er war völlig durchweicht, die kleinen Augen halb geschlossen und leer.

»Der Große Geist muss sehr zornig sein«, sagte er. Seine Stimme zitterte vor Angst. »Wie viele werden noch sterben müssen, bis dieses Wetter endlich aufhört?«

Wagemut richtete sich auf und schüttelte energisch ihren Kopf. »Es regnet eben oder es regnet eben nicht. Komm, Heldenmut, wir müssen uns beeilen.«

Die toten Erdmännchen hatten Heldenmut verunsichert, und ihn fröstelte, als er Wagemut zu einem anderen, noch steileren Felshügel folgte. *Wagemut glaubt nicht an den Großen Geist und wird es auch niemals tun.* Trotzdem war er davon überzeugt, dass die todbringenden Regenfälle kein Zufall waren, nach allem, was der Großen Mutter widerfahren war.

Nebeneinander stiegen die beiden Löwen den Hügel hinauf, erst als sie sich der Kuppe näherten, verlangsamten sie ihre Schritte. Sie duckten sich und robbten nach vorn, bis sie Sicht auf die Wasserstelle hatten.

Der dicht bewölkte Himmel war von silbernen Streifen

durchzogen, heller würde es an diesem Tag nicht mehr werden. *Sonnenhoch. Wir haben es geschafft.*

Stetig trommelte der Regen auf den großen See. Ein leichter Nebelschleier hatte sich über seine stumpf glänzende Oberfläche gelegt. Hunderte von Tieren standen in einem Halbkreis an seinem aufgewühlten Ufer. Gnus stampften grunzend hin und her. Die wachhabenden Zebras und Antilopen standen unbeweglich da, die Ohren gespitzt, die Blicke wachsam. Eine Hyäne streifte durch die Herden und stieß ein scharfes, bellendes Lachen aus. Drei Geparden saßen beieinander und putzten sich gegenseitig das Fell. Ein Leopard hatte es sich auf einem Ast bequem gemacht, eine Pranke baumelte herab, aber sein Schwanz zuckte erwartungsvoll. Heldenmuts Blick schweifte über die riesige Menge. Flusspferde, Affen, Stummelaffen, Mungos ... sie alle warteten geduldig. Heldenmut sah kurz zu seiner Schwester hinüber und sah, dass sie staunend die Augen aufgerissen hatte.

»Wie kommst es, dass die Fleischfresser nicht über die Beutetiere herfallen?«

»Das ist Tradition. Oh!« Heldenmuts Gesicht hellte sich auf, er hatte inmitten der Menge ein paar Bekannte entdeckt. »Sieh nur. Da drüben ist der Lichtwald-Trupp!«

»Dein Trupp?« Wagemut robbte noch ein Stück weiter vor und sah fasziniert nach unten.

»Ja. Der dort, direkt am Ufer, ist mein Freund Dorn. Und der kleine Pavian neben ihm ist Matsch. Seine Mutter ist das Sternblatt – sie deutet die Zeichen des Großen Geistes. Und der große da?!« Ehrfurcht lag in seiner Stimme. »Das ist Stachel. Alle blicken zu ihm auf. Er ist derjenige, der mich aus dem Adlerhorst gerettet hat, als ich klein war.«

»Was ist das für ein Haufen Äste?« Wagemut kniff ihre Augen zusammen. »Oh – ist das etwa ihre Große Mutter, die da liegt?«

Heldenmut folgte ihrem Blick und schluckte. »Wahrscheinlich.«

Der Regen trommelte auf die abgestorbenen Äste, die den Leichnam der Großen Mutter bedeckten. Das dürre Laub raschelte und rauschte in der leichten Brise, die vom See herkam. Von der großen alten Elefantenkuh war nicht viel zu sehen. Unter den herabhängenden Blättern sah Heldenmut nur ein kleines Stück der runzligen, grauen Haut. Es war schrecklich, sich vorzustellen, dass sie darunter lag und ihr Fleisch bereits verrottete. In stillem Gedenken schloss Heldenmut kurz seine Augen. Wer immer ihr nachfolgte, würde es schwer haben, es ihr gleichzutun.

Plötzlich kam Bewegung in die Menge und es begann ein Schieben und Rücken. Die Atmosphäre lud sich spürbar auf. Das allgemeine Geplapper verstummte und Stachel Kronblatt trat hervor und stolzierte mit erhobenem Schwanz auf den Platz vor den versammelten Tieren.

Heldenmut reckte den Kopf, sein Herz klopfte wild. Die große Versammlung hatte begonnen.

6. KAPITEL

»ICH DANKE EUCH, ihr Tiere von Bravelands, dass ihr heute gekommen seid.« Stachels feierliche Stimme tönte über das regennasse Ufer. »Ich bin Stachel Kronblatt, Anführer des Lichtwald-Trupps, und ich bin derjenige, der diese Versammlung einberufen hat.«

Totenstille lag über der Versammlung, als er ehrerbietig auf die aufgeschichteten Äste deutete. »Dort, unter uns, liegen die Überreste unserer geliebten Großen Mutter. Sie wurde uns in einem Akt sinnloser Gewalt genommen. Ganz Bravelands trauert um sie.«

Da und dort war ein Winseln zu hören, das rasch wieder zum Verstummen gebracht wurde.

Stachel erhob sich auf seine Hinterbeine, schloss seine Augen und streckte seine Pfoten aus. »Voller Demut möchte ich euch fragen: Gestattet ihr mir die Ehre, dass ich diese Versammlung leite?«

Dorn knirschte mit den Zähnen. *Sie müssen doch merken, wie verlogen das ist. Stachel liebt es, den Anführer zu spielen.*

Er wandte sich Matsch zu, aber sein bester Freund sah Stachel bewundernd an, seine Augen leuchteten vor Stolz. Und als Dorn sich umsah, stellte er fest, dass alle Mitglieder des

Lichtwald-Trupps Stachel mit demselben Ausdruck ansahen. Beere, die nur wenige Schritte von ihm entfernt stand, hatte ihre Pfoten vor Rührung an die Brust gedrückt.

Dorn verließ der Mut. Wenn selbst die, die Stachel am besten kannten, ihn nicht durchschauten, wie sollten es dann die anderen Tiere können?

»Was hat er gesagt?«, schrie ein Zebra, das hinten stand.

Die Tiere, die vorn standen, drehten sich um und gaben Stachels Worte an die weiter, die ihn nicht hören konnten. Ein Gnu, eine Giraffe, ein geschmeidiger Leopard, ein winziges Erdmännchen mit großen Augen, sie alle riefen über die Menge, ihre Stimmen ein Chor aus Knurren, Grunzen und Wiehern.

»Große Mutter gestorben ...«

»Die Versammlung leiten ...«

»Stachel Kronblatt ...«

»Stachel Kronblatt ...«

»Stachel!«

Dorn erschauderte. Stachels Namen schien durch ganz Bravelands zu hallen.

Dann kamen die Antworten zurück, das Einverständnis der Herden, ein anschwellendes Brausen ihrer Zustimmung, das selbst das Prasseln des Regens übertönte.

»Die Zebras sind einverstanden!«

»Die Giraffen sind einverstanden!«

»Die Leoparden sind einverstanden!«

»Die Antilopen sind einverstanden!«

Gerade als Dorn meinte, es nicht länger ertragen zu können, verstummte der Chor, eine erwartungsvolle Stille trat ein. Stachel räusperte sich.

»Nun gut«, sagte er und neigte ergeben seinen Kopf. »Ich werde mein Bestes tun.« Er öffnete seine Schnauze, seine langen, gelben Fangzähne glitzerten. »Alle Tiere von Bravelands werden in diesen Tagen von Ängsten geplagt. Deshalb möchte ich zu Beginn der Versammlung jeden Einzelnen auffordern, nach vorne zu treten und uns seine Sorgen mitzuteilen.«

Wieder erhoben sich Schreie, als seine Worte durch die Menge getragen wurden.

»Macht er das nicht unglaublich gut?«, fragte Matsch.

»Hm ... ich denke schon.« Dorn zuckte die Achseln, aber leider hatte Matsch recht – die Tiere hingen an Stachels Lippen. Beere lächelte ihrem Vater zu, ihre braunen Augen strahlten vor Stolz.

Ein Gnu trat nach vorn. »Ich heiße Grassucher und bin von der Tippelherde«, sagte es. Grassucher trat nervös von einem Huf auf den anderen, trug jedoch seinen gehörnten Kopf hoch erhoben. »In dem Viertelmond, seit Große Mutter gestorben ist, hat sich unser Leben in ein einziges Chaos verwandelt. Der Regen hört einfach nicht auf, Stachel Kronblatt! Ja, wir brauchen Regen, damit das Gras wächst, aber *das*? Die Savanne steht unter Wasser! Das Gras wird in den Matsch getrampelt und verrottet zu Brei. Wenn wir welches finden, ist es kaum noch genießbar. In den tiefen Pfützen sind schon einige unserer Kälber ertrunken. Wir brauchen einen neuen Großen Anführer. Sonst werden wir nicht überleben.«

Eine Leopardin schlich nach vorn. »Ich heiße Kletterin«, sagte sie. »Das Gnu kann mich nicht gerade als seinen Freund bezeichnen, aber auch wir Leoparden leiden. Die Herden haben sich in alle Winde zerstreut. Der Regen macht das Jagen schwierig und gefährlich.«

Ein Gepard zischte: »Nicht so schwierig wie für uns, Katzenschwester. Auf diesem aufgeweichten Boden können wir nicht so schnell laufen wie sonst. Die Geparden verhungern! Jammere uns also nichts vor, ihr könnt euch für eure hinterhältigen Überfälle wenigstens auf die Bäume verziehen.«

Kletterin bleckte ihre Zähne und fauchte. »Die Leoparden haben ehrenhafte Jagdtraditionen!«

»Bitte«, sagte Stachel und erhob eine Pfote. »Es ist üblich, dass wir an dieser Wasserstelle den Frieden bewahren.«

Kletterin leckte sich die Lippen. »Also gut. Jedes Tier hat seine Probleme. Aber eins ist klar: Es kann so nicht weitergehen.« Ihr kräftiger Schwanz schlug hin und her. »Wie sollen wir den neuen Großen Anführer erkennen? Bis jetzt ist noch nie einer gestorben, bevor ein Nachfolger gefunden war.«

»Die arme Große Mutter hat den Geist nicht mehr weitergeben können«, piepste ein Dikdik und rutschte auf seinen winzigen Hufen hin und her. »Und jetzt ist er zornig. Einige aus meiner Herde sind ertrunken. Dieser Regen bringt nichts als den Tod!«

»Wenn das so weitergeht, werden wir alle verhungern«, ließ sich eine Gazelle hören.

»Und unsere Babys werden ertrinken.« Eine Grüne Meerkatze drückte ihr Kleines eng an ihre Brust.

Die angsterfüllten Stimmen und tragischen Berichte wollten kein Ende nehmen, doch plötzlich bemerkte Dorn, dass Bewegung in die Menge kam. Die Tiere drängten sich zur Seite und nach hinten und machten Platz für Regen, die alte Elefantenkuh, die mit schweren Schritten nach vorn kam. Die Tiere fielen in eine atemlose Stille, alle wollten die Elefanten hören, ganz gleich, welche Weisheit sie verkündeten.

Dorn dachte an Stachels Wutanfall nach seinem Treffen mit den Elefanten und sah besorgt in seine Richtung. Aber das Kronblatt war völlig gefasst, seine Miene ernst und feierlich. Nur eine geballte Pfote verriet seinen wahren Gemütszustand.

Die Haut von Regen sah durch den andauernden Wolkenbruch beinahe schwarz aus. Als würde das, wonach sie benannt war, ihr besondere Strenge und Autorität verleihen, fand Dorn. Vorne angekommen, schwenkte sie herum und blickte über die Herden. Ihre Ohren waren weit ausgestellt und ihr gefleckter Rüssel eingerollt. Dorn beugte sich vor.

Was immer sie zu sagen hat, Stachel wird es nicht mögen.

»Ich bin Regen Wanderer«, verkündete die Elefantenkuh mit volltönender Stimme. »Ich bin jetzt die Stammesälteste der Wandererfamilie. Wir Elefanten meinen, dass es keinen Grund mehr gibt, sich zu fürchten. Wir haben die neue Große Mutter gefunden.«

Ein Schauder ging durch die Menge. Aus Flüstern wurde ein Murmeln, das sich schnell zu Gebrüll und Freudenschreien steigerte. Selbst Dorns Stimmung hellte sich wieder auf – mit einem neuen Großen Anführer wäre Bravelands gerettet! Endlich konnte er jemanden um Hilfe bitten, damit Stachel unschädlich gemacht wurde. Matsch fasste Dorn am Arm und Dorn erwiderte den Griff seines Freundes. Beere flüsterte ihrer Nachbarin Zweig atemlos etwas zu. Stachel stand währenddessen still wie ein Kronstein da.

Die Aufregung legte sich, als Regen ihren Kopf hob und verkündete: »Die neue Große Mutter ist Aurora Wanderer. Aurora ist jung, gewiss, aber sie kann die Knochen lesen. Sie hat Visionen und sie verteidigt schon jetzt das Gesetz – sie ist weiser als mancher Elefant, der doppelt so alt ist wie sie.«

Die Menge brach wieder in Begeisterungsrufe aus. »Aurora war dabei, als Heldenmut und ich Große Mutter getroffen haben«, erzählte Dorn aufgeregt seinem Freund. »Ich fand sie richtig sympathisch!«

»Dann ist es noch besser.« Matsch drückte ihn und lachte. »Eine bessere Nachricht hätten wir uns wirklich nicht wünschen können!«

»Zeigt uns die Große Mutter!«, brüllte ein Gnu.

»Wir wollen die Große Mutter!«, schrie eine Giraffe.

Ein Sprechchor erhob sich: »Große Mutter! Große Mutter!« Und dahinter erhoben sich Stimmen, in denen eine fieberhafte Hoffnung mitschwang: *»Rette uns! Rette uns vor dem Regen!«*

Dorn und Matsch tauschten einen Blick. Sie lachten vor Glück über das ganze Gesicht und Dorn schrie ebenfalls: »Große Mutter!«

»Große Mutter!«, wiederholte Matsch.

Beide trommelten auf den Boden, und ihre Stimmen wurden heiser, als sie immer und immer wieder ihren Beifall bekundeten: »Große Mutter! *Große Mutter!«*

Regen streckte ihren Rüssel empor und trompetete über das Geschrei hinweg: »Aurora Wanderer, zeige dich!«

Die Tiere reckten die Hälse, um einen Blick ihres neuen Großen Anführers zu erhaschen. Dorn stellte sich auf seine Hinterbeine und spähte über die Menge hinweg.

»Siehst du sie?«, fragte Matsch. Dorn schüttelte den Kopf.

»Aurora?«, trompetete Regen noch einmal, »zeige –«

»Ich möchte etwas sagen!«

Es war ein tiefes, dröhnendes Brüllen. Ein Tier nach dem anderen verstummte erschrocken, als ein großes Nashorn sich einen Weg durch eine Gruppe von Antilopen und Gazellen bahnte. Eine Gazelle holperte seitwärts und fiel beinahe hin. Ihr Ruf »Große Mut–« ging in ein ängstliches Quieken über.

Der Kopf des Nashorns war riesengroß, schwer und grobschlächtig, seine Schultern beinahe so breit wie die eines Elefanten. Seine dicke Haut hing in dicken Falten an seinem Leib herab, und sein Horn – an der Wurzel fast schwarz und an der Spitze weiß – war überwältigend.

»Die Elefanten irren sich«, grunzte das Nashorn in die entsetzte Stille hinein. »Ihre Zeit ist vorbei.«

Dorn warf Stachel einen kurzen Blick zu, in seinem Magen rumorte es. Stachel runzelte die Stirn und kratzte sich am Kinn, als ob er plötzlich Zweifel bekommen hätte.

»Was meinst du damit?«, fragte er das Nashorn schließlich.

Dieses reckte sein Horn gen Himmel. »Ich bin Dickhaut«, verkündete er den versammelten Tieren, »und ich habe eine andere Geschichte als die der Elefanten zu erzählen.«

Hunderte großer Augen waren auf ihn gerichtet. Es waren keine Willkommensrufe für Aurora mehr zu hören. Die Bewohner von Bravelands schienen den Atem anzuhalten.

Stachel drehte sich zu dieser Seite, dann zu jener, als suche er nach Rat. Schließlich spreizte er seine Pfoten und sprach in die ängstliche Stille hinein: »Sprich, Dickhaut!«

»In der Nacht, als Große Mutter starb, habe ich von ihr geträumt«, polterte Dickhaut los.

Aus den vorderen Reihen waren ein paar skeptische Töne zu hören.

»Große Mutter hat mich gesucht«, fuhr Dickhaut mit erhobener Stimme fort, »und sie hat mich zu dieser Wasserstelle geführt. Sie befahl mir zu trinken und dann … ist sie verschwunden.« Er stieß mit seinem Horn in Richtung der Äste, die ihren toten Körper verbargen. »Liegt sie hier? Genau dort habe ich gestanden.«

Stachel brachte das ungläubige Murren zum Schweigen und legte die Stirn in Falten. Dann sagte er klar und vernehmlich: »Träume können unterschiedliche Bedeutungen haben, Dickhaut. Und oft sind diese Bedeutungen voller Rätsel. Was wollte dieser Traum dir wohl sagen?«

»Ist das nicht überdeutlich?« Dickhaut stampfte mit seinem massigen Fuß auf den Boden, Schlamm spritzte empor. »Sie hat den Großen Geist an mich weitergegeben. Als ich aufwachte, spürte ich ihn in mir!«

Einen Augenblick lang herrschte absolute Stille. Dann jaulte plötzlich ein einäugiger Gepard vor Lachen auf. »Ein Nashorn als Großer Anführer? Ein Fisch oder ein Käfer wären auch nicht schlechter!«

Dickhaut stampfte wieder auf. »Es ist an der Zeit!«, brüllte er wütend.

Die Erdmännchen und Affen ließen ein unterdrücktes Kichern hören und mit einem Mal pflanzte sich das Gelächter wie ein Buschfeuer durch die Menge fort. Stachel hielt seine Pfoten empor und sorgte wieder für Ruhe. Ein Erdmännchen kicherte noch einmal und hickste, dann herrschte wieder Stille.

»Dieser Spott ist nicht angebracht«, rügte Stachel die Tiere. »Der Große Geist hat noch nie zuvor ein Nashorn erwählt, das ist richtig. Aber heißt das, dass es *unmöglich* wäre? Steht es uns zu, den Großen Geist infrage zu stellen?« Er sah die beschämten Tiere streng an und wandte sich wieder an Dickhaut. »Bitte erzähle uns mehr. Hilf uns, zu verstehen.«

Dickhaut zuckte mit seinem Schwanz. Zwei Madenhacker erhoben sich von seinem Körper und flatterten um seinen Kopf. Sie zwitscherten und blinzelten mit ihren runden, gelben Augen. Das Nashorn stülpte seine Oberlippe vor, zuckte mit den Ohren und antwortete mit seltsamen, zwitschernden Tönen. Die Vögel hoben ab und schossen im dichten, grauen Regen davon.

»Sie fliegen über Bravelands und bringen mir Nachrichten«, sagte er stolz.

Ein Wirrwarr aus erstaunten Stimmen brach los.

»Habt ihr gesehen –«

»Nur der Große Anführer –«

»Er spricht in der Himmelszunge –!«

Dickhaut räusperte sich. »Die Zeit der Nashörner ist endlich angebrochen«, verkündete er. »Ich spüre den Großen Geist in mir. Ich bin euer neuer Großer Vater!«

Nun erhoben sich erregte Wortgefechte, das Blöken der Grasfresser prallte mit dem Knurren und Brüllen der Fleischfresser zusammen. Es war, als wollte jedes Tier die anderen übertönen.

»*Ein Nashorn.* Aber ein Nashorn als Großen Anführer hat es noch nie gegeben!«

»Die sind doch viel zu griesgrämig!«

»Wieso sollen wir glauben, dass –«

»Aber die Vögel haben ihm *gehorcht*!«

Auf ein Zeichen von Stachel kehrte wieder Ruhe ein. »Dickhaut hat einen unerwarteten Anspruch angemeldet«, sagte er. »Er ist es wert, sorgfältig überdacht zu werden.«

Zustimmendes Grunzen und Knurren.

»Wir müssen darüber nachdenken«, fuhr Stachel fort.

»Was wissen wir?« Er streckte einen langen Finger empor. »Erstens, Große Mutter ist Dickhaut in der Nacht ihres Todes im Traum erschienen. Zweitens, Dickhaut spricht mit den Vögeln, was nur ein Großer Anführer kann. Wir alle haben ihn mit den Madenhackern sprechen sehen. Und drittens, Dickhaut spürt den Großen Geist in sich.«

Die Tiere hörten im prasselnden Regen still und aufmerksam zu. Matsch packte Dorn am Arm.

Stachel wandte sich mit einem ehrfürchtigen Blick an das Nashorn. »Sprich, Dickhaut. Wie fühlt sich der Große Geist also an?«

Dickhaut zögerte. »Wie … ich spüre eine große Kraft in mir«, sagte er bedächtig. »Und ein Bedürfnis, mich um alle Tiere von Bravelands zu kümmern.«

Eine Giraffe knickte ihren langen Hals nach unten, um das Nashorn aus größerer Nähe zu betrachten. »Interessant«, sagte sie. Dann sah sie auf ihre Herde. »Wir Giraffen möchten das erst einmal unter uns diskutieren, bevor wir darüber entscheiden.«

Ein Pinselohreber schnaubte und sträubte sein dickes Nackenfell. »Wir auch«, grunzte er. »Wir trauen den Nashörnern nicht.«

Stachel richtete sich auf und setzte zu sprechen an. Und in diesem Augenblick trat eine seltsame Stille ein.

Dorn schreckte zusammen. Die Tiere brabbelten und stampften immer noch, und im ersten Moment wusste er nicht, was sich verändert hatte. Dann wurde ihm klar: Das leise Plätschern auf dem See hatte aufgehört, das stetige Prasseln auf den Blättern in den Bäumen war verstummt. Sein Fell wurde nicht mehr vom stetigen Regen durchnässt.

Der Regen hatte aufgehört. Schnell wie das Blinzeln des Fischreihers hatte er geendet.

Die Stille fühlte sich neu und fremd an. Es war, als hätte es in Bravelands schon immer geregnet, solange die Tiere zurückdenken konnten. Beklommen bewegten sich die Tiere hin und her.

Da kräuselte sich das Wasser, und alle Tiere drehten sich zum See um, wurden jedoch von einem starken Windstoß nach hinten geworfen. Der Wind heulte und wühlte das Wasser auf. Blätter peitschten durch die Luft und drei dicke Äste flogen vom Leichnam der Großen Mutter herab und entblößten ihre graue Flanke. Zwei Elefanten trompeteten erschrocken und starrten fassungslos auf den toten Körper ihrer Stammesältesten.

»Das ist ein Zeichen«, schrie Regen. »Ein Zeichen der Großen Geistes!«

Dorn erhob sich, um besser sehen zu können, und wurde von einem weiteren Windstoß wie von einer riesigen Pranke getroffen. Er wankte und stolperte nach hinten.

»Ein Zeichen!«, bellte eine Hyäne, in das Trompeten der Elefanten einstimmend.

»Ein Zeichen, ein Zeichen!« quiekte eine Familie von Erdmännchen.

Ein gewaltiger Donnerschlag übertönte die Rufe. Dorn wirbelte herum. Das war kein Donner. Ein Kordiabaum war umgestürzt; er rollte am matschigen Ufer entlang und zwang kleine Tiere zu flüchten.

Erschrockene Schreie wurden laut. »Was ist passiert?«, rief Beere Zweig voller Angst zu.

»Ich höre euch alle! Es ist ein Zeichen!«, schrie Stachel gegen den Wind an. Anders als bei den anderen Tieren leuchtete sein Gesicht in einer rauschhaften Erregung. »Die Versammlung hat den Großen Geist gehört! Dickhaut ist der Große Vater!«

Einen Augenblick lang war nur das Heulen des Sturms zu hören. Dann brachen erregte Rufe der Zustimmung aus.

»Wir müssen es offiziell machen!«, schrie Stachel aus vollem Hals, um sich Gehör zu verschaffen. »Wer stimmt zu, dass Dickhaut unser neuer Großer Vater ist? Ich glaube, was ich gesehen habe! Die Paviane folgen Dickhaut!«

Seine Worte wurden durch die Menge weitergereicht und rasch erwidert:

»Die Zebras folgen Dickhaut!«

»Die Geparden folgen Dickhaut!«

»Die Erdmännchen folgen Dickhaut!«

»Die Giraffen folgen Dickhaut!«

Und so ging es in einem fort, und jede Tiergruppe brüllte, dass sie Dickhaut als den neuen Großen Vater anerkenne. Nur die Elefanten standen abseits, sprachlos und ungläubig, während der Wind Ast um Ast vom Körper der Großen Mutter wehte. Auf Dorn machte es den Eindruck, als wäre die Wandererfamilie unschlüssig und uneinig. Sie schlugen mit ihren großen Ohren und traten von einem Fuß auf den anderen. Sie trompeteten und schnaubten bestürzt, als der Körper ihrer alten Stammesmutter immer weiter abgedeckt wurde.

Dann drehten sie sich eine nach der anderen um und trotteten, Rüssel an Schwanz, in einer Reihe davon, die alte Regen an der Spitze.

Matsch hatte sein Gesicht sorgenvoll verzogen. Dorn wusste, was sein Freund dachte – der Abzug der Elefanten verhieß nichts Gutes. Aber die anderen schien das nicht zu kümmern.

Stachels Schnauze war zu einem ekstatischen Grinsen verzogen. Er breitete weit seine Arme aus, als wollte er alle Tiere von Bravelands umarmen. »Es ist entschieden. Dickhaut ist der Große Vater von Bravelands! Eine neue Zeit ist angebrochen!«

Dickhaut watschelte in die Wasserstelle hinein, seine riesigen Füße wühlten Unmengen von Schlamm auf. Stachel folgte ihm als Erster, dann wateten Dorn, Matsch und die anderen Paviane hinter Stachel her. Dorn war schwindelig. Konnte es wirklich wahr sein?

Wenn Dickhaut tatsächlich mit den Vögeln sprach, gab es keinen Zweifel. Doch Dorn spürte nicht die Erleichterung, die ihn erfasst hatte, als er dachte, Aurora würde Große Mutter werden. *Vielleicht lag das einfach daran, dass sie ein Elefant ist und dass wir daran gewöhnt waren.*

Der Wind heulte und zerrte an den Tieren, die sich in den Untiefen suhlten. Das Wasser war von Schlamm und umhertreibendem Unrat getrübt. Viele Tiere warteten geduldig an dem zertrampelten Ufer, bis sie an der Reihe waren. Wie es der Brauch wollte, würde jedes Tier dem neuen Großen Anführer in die Wasserstelle folgen, vom Wasser trinken und geloben, seiner Führung zu folgen.

Das aufgewühlte Wasser wurde vom Wind zu schäumenden Wellen aufgeworfen. Dorn zitterte, als er seine Pfoten in die Untiefe steckte, Wasser schöpfte und trank. Es schmeckte schlammig, sandig und sauer, und er musste an sich halten, es nicht wieder auszuspucken.

Stachel befand sich ganz in seiner Nähe. Sein Fell war vom

Wasser des Sees glatt und glitschig geworden, die Narbe über seiner Schnauze stand stärker hervor als sonst. Er musterte Dickhaut mit ernstem Gesicht.

Der neue Große Vater hatte seinen Kopf nach hinten gelegt, sodass sein mächtiges Horn hoch aufragte. Seine kleinen Augen leuchteten wohlwollend, als die Tiere ihm ihre Ehre erwiesen.

Dorn biss die Zähne zusammen. Vielleicht war es doch nicht so schlimm, wie es schien.

Vielleicht kann Dickhaut mir helfen. Vielleicht ist heute der Tag, an dem Stachels Pläne endlich scheitern.

7. KAPITEL

AURORA STEMMTE SICH gegen den anpeitschenden Wind und bahnte sich einen Weg über das Grasland. Von hinten, dort, wo die Wasserstelle lag, hörte sie einen entrüsteten Aufschrei, doch sie zwang sich zum Weitergehen. Sie konnte sowieso nichts daran ändern, genauso wenig, wie sie die starken Windstöße beenden konnte, die an ihren Ohren und ihrem Schwanz zerrten. Für sie zählte jetzt nur eins.

Stolpernd blieb sie an einem Gebüsch mit langen, gekräuselten Blättern stehen, die im Wind wild hin und her peitschten. Sie ließ sich auf die Knie sinken und tastete mit ihrem Rüssel das Wurzelwerk ab.

Wo ist es?

Die empfindliche Rüsselspitze berührte einen glatten, gekrümmten Gegenstand. Sie rollte ihren Rüssel darum und zog ihn hervor. Traurig betrachtete Aurora den gehobenen Schatz. Ein helles, reinweißes, am Ende schartiges Gebilde: ein Stück vom Stoßzahn der Großen Mutter.

Am Tag zuvor war der Baobabbaum, unter dem die Elefanten rasteten, voll erblüht. Aurora, wie betäubt von der unerwarteten Schönheit, hatte einen mit cremeweißen Blüten übersäten Zweig abgebrochen, ihn zur Wasserstelle getragen und damit den toten Körper von Großer Mutter geschmückt.

In dem Augenblick, als sie ihn auf den Ästen abgelegt hatte, fielen ein paar Blüten auf dem sandigen Erdboden. Bei dem Versuch, sie aufzufangen, war ihr Rüssel auf etwas gestoßen, das vom Matsch halb verdeckt gewesen war: die abgebrochene, zersplitterte Spitze vom Stoßzahn der Großen Mutter. Der neuerliche Schmerz hatte Aurora fast das Herz gebrochen.

Nun drehte Aurora das Stück des Stoßzahns vorsichtig um.

Nichts. Immer noch nichts.

Aber eigentlich müsste sie *etwas* sehen! Sie konnte doch Knochen lesen. Nicht nur die ihrer Vorfahren – das konnten alle Elefanten. Als Aurora den Schädel des ermordeten Pavianführers Borke Kronblatt berührt hatte, hatte sich das Bild seines Mörders in ihren Kopf gedrängt.

Warum sprach der Stoßzahn der Großen Mutter nicht zu ihr?

Aurora sehnte sich danach, noch einmal mit ihrer Großmutter zu sprechen. Seit ihrem Tod waren erst wenige Tage verstrichen, und doch gab es so vieles, was Aurora die alte, weise Stammesälteste hätte fragen wollen. Dinge, von denen sie bereute, sie nicht früher angesprochen zu haben. *Aber wie hätte ich das wissen können? Keiner hat das geahnt.* Von der Wasserstelle tönte ein Chor von lärmenden Jubelschreien herüber. Aurora ergriff das Stoßzahnfragment und eilte in die entgegengesetzte Richtung davon. *Ich hoffe, dass Regen mir verzeiht,* dachte sie. *Aber ich muss fort.*

Der Wind in ihrem Rücken trug ihr den Geruch der Herden an der Wasserstelle zu. Doch der Wind war launisch, mal blies er böig, mal wirbelte er, mal traf er Aurora unversehens von der Seite und brachte sie zum Stolpern. Als die Elefantenfamilie das letzte Mal hier gewesen war, hatten ihre stampfenden Füße Wolken von rotem Staub aufgewirbelt. Jetzt bestand das Gelände aus pappigem, eintrocknendem Matsch, der an Auroras Füßen klebte und ihr das Gehen erschwerte. Das Gras war wie zugekleistert vom Schlamm. Aurora kniff die Augen zusammen, um sie vor dem peitschenden Wind zu schützen, und sah sich verzweifelt nach der markanten, grauen Felsplatte um, dem einzigen Anhaltspunkt, der ihr sagte, wo sie den Weg verlassen musste.

Aurora konnte sie nicht sehen. Etwas mutlos trottete sie weiter. Jetzt, da sie allein war, erschien ihr der Weg viel weiter als in ihrer Erinnerung. Hin und wieder blieb sie stehen, legte den Stoßzahn von Großer Mutter ab und knabberte ein bisschen vom lehmverkrusteten Gras oder riss einen blätterigen Ast aus einem Gebüsch, aber sie wollte keine Zeit verlieren. Immer noch rasten dicke, graue Wolken über den Himmel, doch am östlichen Horizont war ein tiefgoldener Streifen zu sehen, der immer länger werdende Schatten warf.

Hinter sich hörte Aurora ein schmatzendes Geräusch. Erschrocken drehte sie sich um. Es klang genauso wie das Geräusch, das ihre Füße machten, wenn sie durch tiefen Matsch stapfte. Aurora holte tief Luft und spähte ins Halbdunkel, doch im Gegenlicht der gleißenden Abendsonne waren die Bäume, Büsche und Hügel zu verwirrenden und unheimlichen Silhouetten geworden. Es war so schwierig, sich zurechtzufinden, wenn die Familie nicht da war, um ihr zu helfen.

Aurora fasste den Stoßzahn noch fester und trottete mit klopfendem Herzen rasch weiter.

Ihre Ohren zuckten. Jetzt war sie sich sicher, dass es Schritte waren, die sie hinter sich hörte. Und sobald sie schneller ging, wurden es die Schritte auch.

Aurora stürzte zu einer Gruppe von Dornenbäumen. Sie rutschte auf einer Wurzel aus und ließ dabei beinahe den Stoßzahn fallen, dann stolperte sie weiter. Die Schritte, die sie verfolgten, waren zu schwer für eine Gazelle oder eine Antilope, es war aber auch nicht der gleichmäßige Hufschlag eines Zebras oder einer Giraffe. War es womöglich ein Nashorn? Sie schluckte. Oder ein Fleischfresser? Aber ein einzelner Fleischfresser würde niemals einen Elefanten angreifen …

Oder doch?

Das dunkle Abendglühen war plötzlich erloschen und die Savanne war in ein nebelhaftes Zwielicht aus Grau und Blau getaucht. Über ihr jagten immer noch dunkle Wolken über den Himmel. Die Wolkendecke war so dicht, dass kein einziger Stern zu sehen war. Aurora fühlte sich sehr allein und hatte schreckliche Angst.

Die Dornenbäume standen nur wenige Rüssellängen abseits vom Pfad. Aurora schlüpfte zwischen zwei Bäume, änderte aber gleich wieder die Richtung und galoppierte schwerfällig durch die Baumgruppe hindurch, in der leisen Hoffnung, ihren Verfolger auf diese Weise abschütteln zu können. Hinter einem dichten Gebüsch blieb sie stehen und versuchte, ruhig zu atmen.

Der Wind heulte durch die Blätter. Und sie hörte schmatzende Schritte am Rand des Gehölzes.

Auroras Magen krampfte sich zusammen. Hoffentlich blies der Wind ihren Geruch in die andere Richtung. Oder würde der unsichtbare Feind Witterung aufnehmen und sie entdecken? *Werde ich um mein Leben kämpfen müssen?*

Ein herzerweichendes Jaulen erhob sich über den Wind. Es zog durch die Akazien und klang genauso verloren und einsam wie sie.

»*Wo bist du?*«

Aurora erstarrte. »*Mond?*«

Erschrocken eilte sie den Weg zwischen den stacheligen Bäumen zurück. In der Mitte des Wäldchens stand ihr kleiner Cousin und drehte sich panisch von einer Seite zur anderen.

»Hier bin ich, Mond!«, rief Aurora. Sie eilte zu ihm und umfing ihn mit ihrem Rüssel. Sein kleiner Körper bebte. »Es ist gut«, beruhigte sie ihn. »Ich bin ja da.«

Mond stieß seinen Kopf an ihren Hals und presste seine bebende Flanke an sie. »Ich konnte dich nicht finden«, wimmerte er.

Aurora schlug bestürzt mit ihren Ohren. »Warum bist du hier? Weiß deine Mutter, dass du hier bist?«

»Ich habe dich weggehen sehen und bin dir nachgeschlichen«, sagte er mit wackeliger Stimme. »Niemand hat mich gesehen.«

Aurora drückte ihn noch fester an sich. »Ach, Mond. Das war keine gute Idee.«

»Aber ich musste dir nach. Wo gehst du denn hin?«

Sie strich mit ihrem Rüssel über seinen borstigen Rücken. »Ich muss etwas Wichtiges erledigen. Es tut mir leid, Mond, aber du musst zu deiner Mutter zurück.«

»Nein!« Mond starrte Aurora entsetzt an. »Bitte schick mich nicht zurück, Aurora. Bitte!«

Der aufsässige Zug um sein Maul war ihr nur zu gut bekannt, sie stöhnte innerlich. »Aber alle werden dich vermissen. Deine Mutter wird sich Sorgen machen.«

»Wirst du mich nicht vermissen, wenn ich zurückgehe?«

»Natürlich, aber …«

»Mit wem willst du spielen, wenn ich nicht mitkomme?«, drängelte Mond. »Wem willst du Geschichten erzählen?«

Aurora zögerte, ihre Gedanken überschlugen sich. Es war unmöglich. Er hätte nicht kommen dürfen, aber sie konnte ihn auch nicht den ganzen Weg zurückschicken – das war viel zu gefährlich und er würde sich womöglich verlaufen. Oder Fleischfresser würden ihm nachts auflauern und dann –

Und wenn sie ihn selbst zurückbrachte, würde Regen sie womöglich davon abhalten, ihrer Mission zu folgen.

Wenn die anderen davon ausgingen, dass sie und Mond zusammen ausgebüchst waren, würden sie sich vielleicht weniger sorgen. Ach, es war wirklich eine schwierige Entscheidung.

Mond sah zu ihr hoch und blinzelte. »*Bitte,* Aurora. Lass mich mitkommen. Ich werde auch ganz brav sein, fest versprochen.«

Aurora pustete resigniert aus. »Also gut.« *Mir bleibt nichts anderes übrig. Ach, Stern, es tut mir so leid.* »Aber du musst ganz brav sein und genau das tun, was ich dir sage.«

»Jau!«, jubelte Mond. »Das verspreche ich! Ich werde so brav sein, dass du mich nicht wiedererkennst.« Er stellte seine Ohren auf, hoppelte um sie herum und schwenkte dabei vergnügt Rüssel und Schwanz. Aurora musste unwillkürlich lächeln.

»Also, dann komm«, sagte sie.

Der Wind riss die Wolken auseinander und brachte einen

Streifen des Himmels zum Vorschein, in dessen Mitte ein einzelner Stern funkelte. Gegen den hohen, schwarzen Himmel wirkte sein Licht beinahe grell. Die unregelmäßigen Umrisse der Akazien waren von einer zarten Silberlinie gesäumt. Mithilfe dieses schimmernden Lichts und ihrer eigenen Nachtsichtigkeit führte Aurora Mond wieder zum Hauptpfad zurück.

Sie blickte zu dem funkelnden Stern hinauf. *Bist du das, Große Mutter?* Sie schlang ihren Rüssel noch enger um das Stoßzahnfragment und drückte es an sich.

»Wohin gehen wir eigentlich?«, fragte Mond und platschte in eine schlammige Pfütze hinein, sodass sternenglitzerndes Wasser hochspritzte. »Ist es ein schöner Ort?«

»Es ist ein *wichtiger* Ort«, erklärte Aurora. »Wir gehen zum Land der Ahnen.«

8. KAPITEL

HELDENMUT KAUERTE auf einer Hügelkuppe und kniff die Augen gegen den starken Wind zusammen. Unter ihm lag die Wasserstelle, wo sich der neue Große Vater suhlte. Er steckte bis zum Bauch im schlammigen Wasser und hielt sein Horn hoch erhoben. Um ihn herum standen Tiere und tranken feierlich.

»Ich finde es seltsam, dass sie ein Nashorn gewählt haben«, sagte er zu Wagemut. »Nashörner sind bei den anderen Tieren nicht besonders beliebt. Mir sind einmal welche begegnet, die mich sofort aus ihrem Territorium verjagt haben.«

»Das ist doch kein Wunder«, spottete Wagemut. »Warum hast du ihr Territorium überhaupt betreten?«

»Das wollte ich eigentlich gar nicht«, erwiderte Heldenmut zerknirscht. »Das ist eine lange Geschichte. Aber der Große Geist wird schon wissen, was er tut.« Er starrte skeptisch zu Dickhaut hinüber, der sich für die bewundernden Herdentiere in überheblichen Posen übte: Er stieß mit seinem Horn in die Luft und schlug mit seinem Vorderfuß auf die Wasseroberfläche.

Wagemut erhob sich. »Komm. Wir müssen Titan Bericht erstatten.«

Heldenmut erhob sich und streckte seine Glieder, als er aus dem Augenwinkel eine schemenhafte, bräunliche Gestalt wahrnahm, die sich vom Ufer entfernte. Es war ein großer Pavian, der sich unterhalb des Aussichtspostens der Löwen auf den Wald zubewegte.

»Warte einen Moment«, sagte er. »Ich möchte Stachel kurz begrüßen.«

Wagemut knurrte. »Wir wollten nicht gesehen werden, hast du das vergessen?«

»Ich werde aufpassen«, versprach Heldenmut. »Ich möchte nur hören, wie es dem Trupp so geht.«

Wagemut seufzte. »Du bist ein Löwe, Heldenmut. *Sei* auch ein Löwe. Vergiss die Paviane.« Mit einem Seufzer setzte sie sich wieder und legte ihren Schwanz um ihre Hüften. »Dann geh. Aber bleib nicht so lange.«

Heldenmut rieb sich sanft an ihrer Wange, dann schlich er den Hügel hinab. Er musste aufpassen, dass er auf dem matschigen Gras nicht ausrutschte. Die Bäume, deren Blattwerk im Wind raschelten, dienten ihm als Deckung. Als er zu einer Gruppe von Kigeliabäumen kam, sah er aufmerksam zu den großen, länglichen Früchten hoch. Seine Mutter hatte ihn früher davor gewarnt, sich unter diese Bäume zu setzen, vor allem, wenn ein starker Wind ging. *Entweder du wirst von den Früchten erschlagen oder von den Elefanten, die herkommen, um sie zu fressen.*

Er schlich weiter, war jetzt nur noch ein paar Schwanzlängen von Stachel entfernt. Der Pavian hockte auf einem Stein, starrte aufs Wasser und rieb sich die Narbe über seiner Nase. Hinter ihm wälzten sich ein paar Flusspferde im aufgewühlten Wasser, von diesen abgesehen war er allein.

»Stachel!«, zischte Heldenmut.

Der Pavian drehte sich um und spähte durch die schwankenden Äste der Bäume hindurch. Sein Gesicht hellte sich auf. »Sternenjunges!«

Er duckte sich unter die Äste und legte seine Arme um Heldenmuts Hals. Heldenmuts Fell kribbelte vor Glück.

»Wie schön, dich zu sehen, mein junger Freund«, sagte Stachel und lächelte. »Wie ist das Leben mit den Löwen?«

Heldenmut ging in die Hocke und schnaubte. »Es könnte besser sein.«

Stachel setzte sich neben ihn und legte seine langgliedrige Pfote auf Heldenmuts Schulter. »Du kannst mir alles erzählen, Sternenjunges.«

Heldenmut war froh, seinen Kummer endlich einmal loszuwerden: wie grausam Titan war und dass Arglist seine Mutter geblendet hatte. Dass sie kaum etwas essen durfte. »Titan hasst mich«, schloss Heldenmut. »Hätte er nicht diesen Eid geschworen, würde er mich umbringen.«

Stachel sah ihn nachdenklich an. »Aber du hast nicht erwogen, das Rudel zu verlassen?«

Heldenmut schüttelte den Kopf. »Ich würde Mutter und Wagemut niemals allein lassen. Und ich muss in der Nähe bleiben, um mir das Rudel wieder zurückzuholen. Das bin ich meinem Vater schuldig.«

Stachel lächelte, seine gelben Fangzähne glitzerten. »Das habe ich mir gedacht. Das hast du schon gesagt, als du noch ganz klein warst, als ich dich aus dem Adlernest geholt habe. Ach, mein Sternenjunges, du *wirst* das Rudel deines Vaters zurückerobern. Doch sieh dich an. Du hast noch nicht einmal eine Mähne. Du stehst erst am Anfang deiner Entwicklung zu einem starken Löwen. Du musst warten, bis die richtige Zeit gekommen ist.«

Heldenmut kräuselte sein Maul. »Aber wie soll ich wissen, wann es so weit ist?«

»Glaube mir«, sagte Stachel und tätschelte seinen Hals, »du wirst es wissen.«

Die Äste des Kigeliabaums schwankten im Sturm, seine langen Früchte schaukelten gefährlich hin und her. »Wir gehen besser von hier fort, Heldenmut.«

Heldenmut erhob sich und trottete neben ihm am Ufer entlang, das von Buschwerk gesäumt war. Stachel hob im Gehen glatte Steine auf und warf sie gedankenverloren ins Wasser. Er blieb stehen, klopfte seine Pfoten ab und sah zu den Flusspferden hinüber. Der Wind zerzauste sein Fell.

»Habe ich dir einmal erzählt, dass Stachel nicht der Name ist, den meine Mutter mir gab?«

Heldenmut nickte. »Du hast ihn wegen der Skorpione, die du so gern frisst.« Er hatte die knackigen kleinen Wesen auf Stachels Empfehlung einmal probiert, aber sie hatten ihm kaum besser als Aasfleisch geschmeckt.

»Das stimmt«, sagte Stachel. »Aber das war nicht der einzige Grund. Ich bewundere die Skorpione, Heldenmut. Sie hetzen sich nicht. Sie fressen fast alles, was kleiner ist als sie. Insekten, Eidechsen, selbst Mäuse. Aber zuerst sorgen sie dafür, dass ihre Beute in einer Falle steckt, aus der es kein Entrinnen für sie gibt. Erst dann« – er klatschte seine Pfoten zusammen – »schlagen sie zu. Verstehst du, was ich dir sagen will?«

Heldenmut runzelte die Stirn. War er der Skorpion in dieser Geschichte oder die Eidechse? »Ich weiß nicht recht«, gestand er.

»Ich möchte damit sagen, dass du genauso vorgehen musst. Titan übertreibt es. Und eines Tages wird er zu weit gehen und dann gibt es kein Entrinnen für ihn. Du wirst sehen, wann deine Stunde gekommen ist, und du wirst wissen, wann du zuschlagen musst. Aber bis dahin musst du geduldig sein.«

Heldenmut nickte langsam. Wenn sein Freund und Lehrer es erklärte, klang es vernünftig. »Danke Stachel. Es fällt mir schwer, aber ich werde warten.«

»Und es wird sich lohnen«, sagte Stachel lächelnd. »Glaube mir, Heldenmut, es kommt auf das Warten an. Das macht den endgültigen Schlag umso süßer.«

Heldenmut sah ihn von der Seite an, er war ein wenig überrascht. Stachel hatte einen Ton angenommen, der ihn beunruhigte. Doch dann schüttelte er sich und fragte: »Wie geht es dem Trupp, Stachel? Schade, dass ich nicht dabei war, als sie dich zum Kronblatt gewählt haben. Das hätte ich zu gern erlebt. Und wie geht es Matsch und Dorn? Und Beere und dem alten Käfer und – überhaupt allen?«

Heldenmut wunderte sich, dass Stachel nicht sofort antwortete, sondern gedankenverloren über das Wasser blickte. Heldenmut wurde zunehmend nervöser.

»Ich hoffe, wir haben jetzt glücklichere Zeiten vor uns«, sagte Stachel schließlich. Doch kann ich dir vertrauen, Sternenjunges?«

»Aber natürlich!«, entfuhr es Heldenmut.

»Die Sache ist die ... ich weiß nicht, ob der ganze Trupp hinter mir steht.« Stachel stützte sich mit einer Pfote auf die Schulter des Löwen, als suchte er einen Halt. »Mir sind Gerüchte zu Ohren gekommen, dass sich einige Paviane gegen mich verschworen haben. Paviane, denen ich ihr ganzes

Leben lang vertraut habe! Manchmal habe ich sogar Angst, dass sie … dass sie mich loswerden wollen.« Stachel schloss seine Augen. »Wie die arme Borke Kronblatt und Raff, der ihr nachfolgte.«

Heldenmut sprang auf. »Wer sollte so etwas tun?«, knurrte er wütend. »Soll ich ins Langbaumlager kommen? Ich könnte dich schützen. Niemand würde es wagen, sich mit mir anzulegen.«

Stachel schüttelte den Kopf. »Danke, Heldenmut. Ich weiß dein tapferes Angebot zu schätzen. Aber du musst dich in der Nähe von Titan aufhalten, vergiss das nicht.« Der Pavian rieb sich erschöpft sein Gesicht. »Vielleicht bilde ich mir das auch nur ein. Aber du musst wissen, dass ich mir nicht nur um meinetwillen Sorgen mache. Nach allem, was passiert ist, braucht der Trupp Stabilität.«

»Der Lichtwald-Trupp braucht *dich*, Stachel. Du bist der Anführer, auf den sie gewartet haben, das weiß ich. Ich wäre froh, wenn mein Rudel solch einen Anführer hätte!«

Stachel klopfte Heldenmut auf die Schulter. »Warte nur, Sternenjunges. Sie werden einen solchen Anführer bekommen, vergiss das nicht. Denn eines Tages wirst du derjenige sein, der das Rudel führt.«

Durch die schwankenden Äste blitzte ein helles Fell auf, das sich von Stein zu Stein hügelabwärts bewegte. »Wagemut kommt und sucht mich. Ich gehe jetzt besser.«

»Leb wohl, Sternenjunges.« Wehmut und Trauer schwangen in Stachels Stimme mit.

Heldenmut verließ die schützenden Büsche und geriet sogleich wieder in die Klauen des reißenden Windes. Blinzelnd kraxelte er den Hügel hinauf. Seine Pfoten rutschten immer wieder ab; obwohl das Gras in dem heftigen Wind bereits trocknete, war der Erdboden immer noch durchnässt. Auf einem vorspringenden Felsen machte er kurz halt und blickte zurück. Stachel kauerte immer noch zwischen den Bäumen, sein Gesicht war von Schatten verdeckt. Er hatte eine seiner langgliedrigen Pfoten zum Abschied erhoben.

Wie eine rasende Wolke jagte ein Gefühl der Hoffnung durch Heldenmuts Adern. Und er spürte ganz genau, dass er eines Tages Titan gegenübertreten und ihn besiegen würde.

Stachel weiß es. Und wenn Stachel etwas weiß, geschieht es auch.

*

Die Rückkehr über das hügelige Grasland zurück zum Titanrudel erwies sich als höchst mühsam. Die beiden Löwen mussten sich ducken, um gegen den wütenden Sturm anzukommen, der ihr Fell zerzauste und ihnen Sand und kleine Steine in die Augen blies. Wagemut schüttelte ständig ihren Kopf, blinzelte und knurrte.

Kleine Windstrudel wirbelten hier und dort den sandigen Erdboden auf und es war nie sicher, aus welcher Richtung die nächste Sturmbö kommen würde. Als ein starker Windstoß von Westen kam, blieb Wagemut abrupt stehen und schnupperte.

»Was ist los?«, fragte Heldenmut und duckte sich halb gegen den Wind, der an seinem Fell zerrte. »Komm, wir suchen einen Unterschlupf. Das hier ist furchtbar.«

Wagemuts Schnurrhaare zuckten. »Blut«, knurrte sie. Ihre Muskeln spannten sich an. »Es riecht frisch.«

Heldenmut nieste Staub aus und schnüffelte. Es roch nach Blut, doch hinter dem prägnanten Geruch nahm er noch mehr wahr – öliges Fell, erdigen Moschusgeruch und etwas Modriges.

»Löwen?«, fragte er seine Schwester. »Und noch etwas anderes.«

Wagemut nickte. »Hyänen. Riechst du das Aasfleisch?« Sie rümpfte ihr Maul. »Es gab wahrscheinlich einen Kampf.«

»Aber die Hyänen waren doch an der Wasserstelle«, sagte Heldenmut. »Ich habe sie selbst dort gesehen.«

»Die Nase lügt nicht«, sagte Wagemut. »Das hat Mutter immer gesagt.«

Sie folgten dem Geruch und liefen tief geduckt durch das hohe Gras. Der Löwengeruch vermischte sich mit dem stechenden Gestank der Hyänen. Heldenmut meinte sogar, ein paar der Löwen zu kennen. *Ist das nicht Schlitzohr?*, überlegte er und schnüffelte. *Und das muss Resolut sein.*

Wagemut zeigte mit dem Kopf auf eine nahe gelegene Erhebung. Ein dunkler Schatten am Fuß des Abhangs erwies sich als eine tiefe Höhle, in deren Eingang sich Regenwasser angesammelt hatte. Heldenmut erkannte auf den ersten Blick, dass die Höhle weit in den Hügel hineinführte. Er hatte eine ähnliche Höhle schon einmal gesehen.

Vor der Höhle angekommen, füllte der penetrante Hyänengestank seine Nase und seinen Rachen vollkommen aus, und er musste beinahe würgen. Wagemut setzte versuchsweise eine Pfote in das Wasser, doch dann schlich sie weiter in die Höhle hinein. Heldenmut kroch hinter ihr her.

Das Ende des feuchten Höhlengangs verlor sich irgendwo in der Dunkelheit.

»Das muss ihr Bau sein«, flüsterte Wagemut.

Heldenmuts Pelz kribbelte. Es war noch nicht lange her, da hatte er es schon einmal gewagt, in einen Hyänenbau zu kriechen. Damals hatte er rachsüchtig die Mörder von Borke Kronblatt verfolgt. Es war nicht gut ausgegangen, er war nur knapp mit dem Leben davongekommen.

Aber jetzt ist es etwas anderes, sagte er sich. *Jetzt bin ich nicht allein.*

Er spitzte seine Ohren und lauschte. Es war vollkommen still.

Es war muffig und kalt und über allem lag dieser scheußliche Geruch, aber wenigstens waren sie dem Wind entkommen. Der Bau fühlte sich so still, beinahe friedlich an. *Bleib wachsam*, ermahnte sich Heldenmut.

Sie tapsten weiter. Die bröckeligen Wände der Höhle standen eng zusammen. Heldenmut spürte einen Druck auf der Brust. Er hasste diese erdrückende Enge insbesondere, weil er nicht wusste, was sie dort drinnen erwartete. Schaudernd dachte er an die Klauen und Zähne der Hyänen, die ihn einst überfallen hatten.

An den erdigen Wänden waren deutliche Buddelspuren von vierzehigen Pfoten zu sehen und Rillen, die von langen Krallen herrührten. Die Erde war von beißendem Hyänengeruch durchdrungen, von Gestank nach Fett und verdorbenem Fleisch. Wagemut kroch vorsichtig weiter, doch mit jedem Schritt wurde es Heldenmut unbehaglicher. Wenn hier Hyänen waren, warum war es dann so still? Und wenn keine hier waren, warum roch es dann nach frischem Blut?

Je weiter sie sich vom Eingang entfernten, umso dunkler wurde es, bis Wagemut nur noch ein blaugrüner Schatten war, der sich vor ihm bewegte. Der Gestank wurde immer unerträglicher, dann öffnete sich der Gang zu einer Höhle, und Heldenmut ahnte mit aufsteigender Übelkeit, dass sie gleich sehen würden, was es mit dem Hyänenbau auf sich hatte.

Beim Betreten der Höhle stieß Wagemut einen Schrei aus, der von den Wänden widerhallte.

Heldenmut drängte sich an ihr vorbei, seine Nackenhaare waren gesträubt. Die Höhle ähnelte der, in der er einst um sein Leben gekämpft hatte. Genau wie damals war die Decke von Rissen durchzogen, durch die mattes Tageslicht drang. In dem unheimlichen Licht waren klumpige, verrenkte Umrisse zu erkennen. Als sich seine Augen an das Licht gewöhnt hatten, wurde ihm schlecht von dem, was er sah.

Überall in der Höhle lagen tote Hyänen. Der Boden und die Wände waren von Blut besudelt. Vor seinen Pfoten lag ein schlankes Hyänenweibchen, gerade so, als hätte jemand es dorthin geworfen, seine glasigen Augen waren direkt auf ihn gerichtet.

Er nahm auch den Geruch von Löwen war, sogar stärker als zuvor. Ein ausgeprägter Geruch war besonders stark, ein Geruch nach aufgewühlter Erde gemischt mit gerissenem Fleisch: *Titan.*

»Vielleicht hat ein Kampf stattgefunden«, meinte Wagemut und sah sich erschrocken um. »Vielleicht haben die Hyänen das Rudel angegriffen?«

Heldenmut schüttelte den Kopf. Sein Blut kochte vor Wut. »Schau sie dir doch an, Wagemut!«

Manche der Tierkörper waren ganz klein, andere ausgemergelt und dünnfellig. An der Wand lag ein Jungtier halb von einem alten Weibchen bedeckt, das es wahrscheinlich hatte schützen wollen. Vergebens. Ihre Kehlen waren herausgerissen worden.

»Die sind entweder zu alt oder zu jung zum Kämpfen gewesen«, sagte Heldenmut. Seine Stimme klang rau und wütend. »Sie sind nicht zur Versammlung gekommen, und weißt du, warum? Sie sind hiergeblieben, weil sie für den weiten Weg zu schwach waren.«

Wagemut schnüffelte vorsichtig an dem Jungtier. »Sie sind nicht einmal gefressen worden.«

Heldenmut konnte vor Wut kaum einen klaren Gedanken fassen. »Titan ist ein Gesetzesbrecher!«, fauchte er. Er drehte dem Bau und seinem grausigen Inhalt den Rücken zu und raste zum Eingang zurück.

»Warte«, schrie Wagemut und folgte ihm so schnell sie konnte. »Heldenmut, bleib stehen!«

Er beachtete sie nicht und schoss aus dem Höhlengang in den brausenden Sturm hinaus. Er kniff die Augen zusammen, als der Sand in seine Augen stach. Wagemut überholte ihn mit ein paar Sprüngen und blieb schlitternd vor ihm stehen.

»Du darfst Titan nicht zur Rede stellen. Es wäre für ihn nur ein willkommener Vorwand, dich zu töten.«

»Das ist mir egal!« Heldenmut drängte sich an ihr vorbei. Er hatte nur noch einen Gedanken: seine Krallen in Titans Pelz zu schlagen.

Wieder stellte sich Wagemut ihm in den Weg. Ihre dunklen Augen blitzten zornig. »Aber mir nicht. Und Mutter auch nicht. Willst du ihr schon wieder das Herz brechen?«

Heldenmut zögerte.

»Versprich mir, dass du nichts sagen wirst.«

Heldenmut atmete schwer. Rachegedanken schossen ihm

durch den Kopf. *Niemand würde mich aufhalten. Niemand würde es kümmern. Ich würde Bravelands einen Dienst erweisen.*

»Du hast noch nicht einmal eine Mähne!«, schrie Wagemut verzweifelt.

Genau das hatte Stachel auch gesagt. Während seine Wut langsam verebbte, kamen Heldenmut auch die anderen Worte von Stachel ins Gedächtnis: *Eines Tages wird Titan in der Falle sitzen und du wirst zuschlagen … aber bis dahin musst du Geduld haben.*

»Also gut.« Heldenmut, noch immer zitternd vor Ärger, sah zur Seite. »Ich verspreche es. Ich werde nichts sagen.«

Wagemut schnaubte erleichtert. »Endlich nimmst du Vernunft an.«

Aber Heldenmut wurde den beißenden Blutgeruch nicht los, nicht einmal der gewaltige Sturm schaffte das. In seinem Inneren köchelte es noch immer, und als sie im hohen Gras das Titanrudel entdeckten, flackerte seine Wut erneut heftig auf.

Heldenmut blieb stehen und beobachtete das Rudel. Über Leichtsinns Flanke zog sich ein böser Riss und Resolut leckte eingetrocknetes Blut von seinen Pfoten. Doch dies waren die einzigen Anzeichen dafür, dass das Titanrudel sich von seinem Lagerplatz fortbewegt hatte. Die Löwen lagen zufrieden da und ließen sich das hohe Gras um die Ohren wehen. Es war schwierig, sich vorzustellen, dass sie erst vor Kurzem eine Gruppe hilfloser Hyänen abgeschlachtet hatten. Schlitzohr und Gloria putzten sich gegenseitig das Fell, Royal und Arglist plauderten miteinander, und Kaltschnauze jagte hinter einem blauen Schmetterling her, der hilflos von Blatt zu Blatt taumelte. Mit großen Pfoten, in die es noch hineinwachsen musste, schlug das Löwenjunge träge nach der windgeschüttelten Kreatur.

»Hallo, Heldenmut!«, rief er und stellte die Ohren auf.

Auch Titans Ohren bewegten sich. Er erhob sich und dehnte sich, die Muskeln unter seinen vernarbten Flanken spannten sich an. Er leckte seine Lippen, kniff die Augen zusammen und kam auf sie zu.

»Endlich zurück«, knurrte er. »Was gibt es zu berichten?«

Heldenmut und Wagemut sahen sich an.

»Nun?« Titan starrte sie an. In seiner wehenden, schwarzen Mähne hingen getrocknete Blutklumpen.

»Wir bringen Neuigkeiten von der Großen Versammlung«, sagte Heldenmut. »Dickhaut –«

»Ach, mich kümmert nicht, was diese Dummköpfe an der Wasserstelle treiben.« Titan spreizte seine Klauen. »Ich habe euch nur fortgeschickt, damit ihr nicht darüber jammert, was ich für die Hyänen geplant hatte.« Er grinste und entblößte seine blutverschmierten Zähne. »Habt ihr auf dem Rückweg vielleicht ihren dreckigen Bau gesehen?«

Wagemut senkte ihren Kopf. »Ja, Titan.«

»Hast du etwas dagegen, Heldenmut?«, fragte Arglist spöttisch. Sie blickte demonstrativ zu Flink hinüber, die am Rand des Rudels saß. Heldenmut verstand die unausgesprochene Drohung genau.

Auch er senkte seinen Kopf. »Natürlich nicht.«

Titan riss sein kräftiges Maul auf und stieß ein heiseres Brüllen aus. Sogleich sprangen die Löwen des Rudels auf und versammelten sich um ihn.

»Unser Überfall auf die Hyänen war erst der Anfang«, verkündete er. »Die Dummköpfe, die an den Großen Geist glauben, sind ängstlich wie Ameisen – sie sind eine leichte Beute. Wir können unsere Feinde einfach ausrotten.«

Ein paar Löwen traten unbehaglich von einem Fuß auf den anderen. »Verstößt das nicht gegen das Gesetz?«, fragte Leichtsinn.

Titans Augen wurden zu Schlitzen. »Ich habe keine Einwände von dir gehört, als wir uns die Hyänen vorgenommen haben«, fauchte er. Leichtsinn wich erschrocken zurück. »Im Gesetz heißt es *Töte nur, um zu überleben*«, fuhr Titan fort. »Unsere Feinde befinden sich mit uns im Wettstreit um Nahrung und Reviere. Wir können nur überleben, wenn wir sie vernichten.«

Heldenmut hielt erschrocken die Luft an. Wagemuts Kiefer zitterten. Am Rand des Rudels drehte ihre Mutter den Kopf zur Seite, als könne sie es nicht länger ertragen, was sie da hörte. Einige andere Löwen bewegten sich unbehaglich hin und her, doch keiner sagte etwas.

»Wir werden so viele Tiere töten wie möglich«, sprach Titan weiter. »Wenn es weniger Beute gibt, werden unsere Feinde verhungern.«

Kaltschnauze jagte glückselig und unbeteiligt immer noch hinter dem Schmetterling her. Er tänzelte unbeschwert direkt vor seinem Vater herum und versuchte, die blauen Flügel zu erhaschen.

»Kaltschnauze! Hör auf!«, brüllte Titan. Kaltschnauze zuckte zusammen und duckte sich. »Ich spreche über die Zukunft des Titanrudels. Über deine Zukunft. Du bist mein Sohn, benimm dich entsprechend und höre mir zu!«

Kaltschnauze hoppelte zu seiner Mutter Arglist und kauerte sich an ihre Seite.

»Wir werden für die Sicherheit unseres Rudels und dafür sorgen, dass mein Sohn ein angemessenes Revier erben wird.« Titans Schwanz peitschte hin und her. »Jeder von euch muss pro Tag ein Tier reißen. Die neue Regel des Titanrudels wird sich in ganz Bravelands verbreiten!«

Die Löwen waren wie gelähmt. Royal setzte zum Sprechen an, hielt aber dann doch lieber das Maul.

Heldenmut wusste, was sie dachten, und ihm wurde kalt vor Entsetzen. Eine Beute pro Tag von jedem Löwen? Das war unter den gegenwärtigen Bedingungen nahezu unmöglich. Aber wenn es aus unwahrscheinlichen Gründen doch gelingen sollte, wäre es viel mehr, als das Rudel fressen konnte. Heldenmut hatte die vielen bedauernswerten, toten Tiere vor Augen, die unangerührt in der Savanne liegen und vor sich hin rotten würden. Allein die Vorstellung machte ihn krank.

Titan war verrückt. Wem nutzte es, die Herden zu vernichten? Letzten Endes würde das auch das Ende des Titanrudels bedeuten. *Und ich bin gezwungen, wie ein gehorsamer Diener zu warten und Titans verrückte Befehle über Monde und Jahre zu befolgen.*

Er schloss seine Augen und versuchte, sich an Stachels Worte zu halten. Mehr denn je benötigte er die Weisheit des Pavians. Aber er durfte auch die Verheißung nicht vergessen, die Stachel nach seinen warnenden Worten ausgesprochen hatte.

Eines Tages werde ich die Gelegenheit bekommen. Eines Tages werde ich wissen, dass der Augenblick gekommen ist.

Er knirschte mit seinen Zähnen und schluckte sein finsteres Verlangen hinunter.

Und dann wird der versteckte Skorpion zuschlagen.

9. KAPITEL

DORN TRÄUMTE VON MANGOS und Sonnenschein. Er spürte den dicken, süßen Saft auf seiner Zunge und knabberte lustvoll die letzten Fasern von dem dicken Kern ab: Er grunzte und grinste im Schlaf. In einem Winkel seines Gedächtnisses wusste er, dass es nur ein Traum war, aber der Traum war so schön und unbeschwert, dass er ihn entspannt genoss. Er langte nach einer weiteren Mango und biss hinein.

Jemand kreischte entsetzt auf.

Dorn schreckte auf und griff instinktiv nach einem Ast. Die Sonne war verschwunden, es war stockdunkle Nacht, und ein heftiger Wind rüttelte an dem Baum, in dem der Trupp vorübergehend Unterschlupf gefunden hatte. Der Schrei, der ihn aus dem Traum gerissen hatte, stammte von einem Pavian. Dorn sah gerade noch ein blassbraunes Fell vorbeiblitzen, schon schlug der Pavian auf dem nächsten Ast auf, prallte hilflos ab und stürzte auf die Erde. Dorn schrie entsetzt auf.

Nun wachten auch die anderen Paviane auf, kreischten verzweifelt und schlugen mit ihren Pfoten auf die Bäume. Im Nachbarbaum sah Dorn eine ausgefranste Stelle, dort hatte der Wind einen ganzen Ast abgeknickt, der jetzt auf halber Höhe schräg zwischen zwei Baumstämmen hing.

Als Dorn sich aufrichtete, fegte ihn eine Windbö fast vom Baum. Schnell suchte er Halt. Die Baumkrone über ihm peitschte gefährlich hin und her, der Wind pfiff ohrenbetäubend durch das Blattwerk. Durch seinen Körper fuhr ein unheimliches Beben, und er merkte, dass der ganze Baum zitterte.

Ein ohrenbetäubender Knall zerriss die Luft. Dorn hatte keine Zeit mehr zum Nachdenken. Er rannte bis zur Spitze seines Zweigs und sprang. Kaum hatten seine Pfoten Halt auf dem benachbarten Baum gefunden, hörte er hinter sich ein donnerndes Krachen wie bei einem Steinschlag.

Nach Luft japsend, scharrte er mit seinen Hinterbeinen am Baumstamm und kletterte auf einen rettenden Ast, erst dann drehte er sich um und nahm die Zerstörung in Augenschein.

Überall war panisches Heulen und Kreischen zu hören, einige Schreie kamen von verletzten Pavianen, die auf den Boden gestürzt waren. Dorn erschrak. Wie viele waren heruntergefallen? Und wo war Beere?

Dorn hangelte sich rückwärts an dem rauen Baumstamm hinab und hüpfte das letzte Stück auf den Boden. Die Lichtung, die sie bei Sonnenuntergang vorgefunden hatten, gab es nicht mehr. Sie bestand nur noch aus einem Durcheinander aus zersplitterten Ästen, Bergen von Blättern und einem mächtigen Mahagonistamm, der quer über die Mitte gefallen war. Aus den dahinrasenden Wolken hatte sich ein schmaler Streifen Mondlicht gestohlen, das die ganze Szene in ein kaltes, fahles Licht tauchte.

Dorn hörte einen Schmerzensschrei, dann ein klägliches Wimmern, das im Brausen des Sturms unterging. »Matsch!«, schrie er. »*Beere!*«

»Ich bin hier.« Matsch kroch unter einem großen Haufen Blätter hervor, in seinen Augen lag nacktes Entsetzen.

»Wo ist Beere?«

»Hier!« Beere kletterte ungelenk über einen zersplitterten Ast, ihre Pfoten zitterten.

Dorn wurde schwindelig vor Erleichterung. »Dem Großen Geist sei Dank«, krächzte er. »Wie viele sind verletzt?«

Nun sprangen auch andere Paviane von den Bäumen, sie zitterten und ihre Augen waren angstvoll aufgerissen. Dorn, Beere und Matsch schlossen sich ihnen an und gemeinsam stakten sie durch die Verwüstung und suchten nach Verwundeten.

»Starkzweige!«, tönte Stachels befehlende Stimme. »Macht euch an die Arbeit und befreit alle Paviane, die irgendwie eingeklemmt sind. Sucht die Verwundeten und bringt sie zu Blume und Blüte Heilblatt.«

Ein unbehagliches Gefühl durchfuhr Dorn: Es war Enttäuschung. *Dieses Schicksal würde ich keinem von uns wünschen.* Aber wie einfach wäre alles geworden, wenn Stachel unter den Verletzten gewesen wäre ... Dorn schüttelte sich und machte sich an die Arbeit. Er zerrte Äste zur Seite und brachte verletzte Paviane in die Obhut der beiden besorgten Heilblätter.

»Wir müssen unser Lager erst einmal im offenen Flachland aufschlagen.« Stachel streifte durch das Chaos, organisierte die Rettungsaktionen und tröstete die Verwundeten. »Wir haben keine andere Wahl, solange es so stürmt. Wenn sogar dieser Mahagonibaum umstürzt, ist es im Wald nirgendwo mehr sicher.«

Als alle Verwundeten geborgen waren und der ganze Trupp

aus dem Wald gehumpelt war, färbte sich der östliche Horizont mit den ersten Strahlen der aufgehenden Sonne. Die Paviane ließen sich in einer kleinen Senke nieder, wo sie unruhig hin und her gingen und bekümmert vor sich hin brabbelten. Die Senke gewährte kaum Schutz gegen den heulenden Wind, die Erwachsenen zitterten und die Kleinen weinten.

»Es ist nicht recht, dass wir auf dem Boden schlafen müssen«, beschwerte sich Käfer. »Das gehört sich nicht für Paviane.«

Dorn hätte beinahe die Augen verdreht. »Wie Stachel schon gesagt hat, haben wir im Moment keine andere Wahl«, sagte er und trottete an dem alten Pavian vorbei. »Er hat die Starkzweige beauftragt, Wache zu halten. Versuch einfach, etwas zu schlafen. Der Morgen dämmert schon.«

Dorn kletterte auf den Rand der Senke und versuchte, für die restliche Zeit seiner Wache eine bequeme Stellung zu finden. Neben sich nahm er eine Bewegung wahr, aber es war nur Frosch, die ihm bei der Wache Gesellschaft leistete.

»Kann ich dir ein Geheimnis anvertrauen, Dorn?«, flüsterte sie.

»Natürlich«, erwiderte er überrascht und klopfte neben sich auf den Boden.

Sie setzte sich eilig hin. »Ich schäme mich. Ich war heute Nacht nicht hier, als der große Baum umstürzte. Weil ... ich habe mich fortgeschlichen und den Leichnam der Großen Mutter besucht.«

Dorn sah sie überrascht an. »Wirklich?«

»Ich weiß nicht, wie ich es ausdrücken soll«, flüsterte sie, »aber du bist der Einzige, dem ich es sagen kann. Bei manchen Sachen, die Stachel von uns Starkzweigen verlangt ... habe ich ein ungutes Gefühl. Und ich glaube, dass es dir ähnlich geht.« Frosch sah ihn ängstlich und fragend an. »Ich bin zur Wasserstelle gegangen, weil ich Hilfe vom Großen Geist gesucht habe. Ich … ich kann ihn in der Umgebung der Großen Mutter immer noch spüren.«

Dorn senkte seine Stimme und fragte: »Hat er dir etwas gezeigt?«

»Ich bin mir nicht sicher.« Frosch seufzte. »Aber ich glaube … der umgestürzte Baum könnte eine Strafe sein. Wir haben Fehler gemacht, Dorn. Ich will nicht dazu benutzt werden, anderen Kreaturen Angst einzujagen.«

Dorn nickte. »Zurecht. Ich mag das auch nicht.«

»Ich bin so froh, dass du nicht verletzt worden bist«, platzte sie heraus. Zaghaft streckte sie ihren Arm aus und fasste ihn an der Pfote. »Ich könnte es nicht ertragen, dich zu verlieren, Dorn.«

Dorn wusste nicht, wie er darauf reagieren sollte, und starrte nur auf ihre kräftige Pfote. *Das ist schwierig,* dachte er.

Er überlegte noch, wie er sie zurückweisen konnte, ohne sie zu verletzen, als er einen schleimigen, fauligen Geruch wahrnahm. Er wurde stocksteif und nutzte die Gelegenheit, sich von ihr loszumachen. »Riechst du das, Frosch?«

»Hyänen«, zischte sie. »Wir müssen Alarm schlagen!«

Schnell eilten die beiden davon, um die anderen Wachen zu warnen. Es dauerte nicht lange, da war der ganze Trupp geweckt und wieder auf den Beinen.

Das erste Sonnenlicht war schon am Horizont zu sehen und schoss gleißende Strahlen unter den Sturmwolken hervor. Schließlich machten die erschöpften Paviane in einem kleinen Hain aus weit auseinanderstehenden Bäumen halt. Die wenigsten versuchten, noch einmal zu schlafen. Dorn, der am Rand des Wäldchens saß, musterte den Trupp und hoffte, dass sie an diesem Tag nicht mehr weiterziehen mussten.

Eine weiche Pfote berührte ihn am Arm. »Hallo, Dorn«, sagte Beere.

Dorns Herz machte einen Sprung, seine Kehle wurde trocken. Die niedrigen Sonnenstrahlen verfingen sich in den goldenen Strähnen ihres Fells, ihre Augen leuchteten braun und warm wie feuchte Erde. Fast ohne nachzudenken, streckte er seine Pfote nach ihr aus, doch da legte sie ihre Ohren an und blickte zur Seite.

»Kannst du dich mit mir zum Sonnenhoch beim Gewitterbaum treffen?«, flüsterte sie. »Es ist wichtig.«

Dorn zögerte, in seinem Bauch rumorte es. Nichts wünschte er sich mehr, aber für ihrer beider Sicherheit musste er Abstand bewahren. »Ich weiß nicht –«

»Ich *muss* mit dir reden. Bitte.«

Nein zu sagen, war ihm unmöglich. Er nickte unbeholfen. »Also bis dann.«

*

Der Gewitterbaum ragte schräg gegen den grauen Himmel auf, als würden seine drei Astgabeln fast die tief hängende Wolkendecke durchstoßen. Dorn trottete zur windabgewandten Seite des Baums, hockte sich, die Vorderpfoten auf den Knien ruhend, auf den Boden und wartete. Der launische Wind zog und zupfte immer noch an seinem Fell, aber er war einigermaßen geschützt.

In der Ferne streifte eine kleine Zebraherde über die Savanne und graste hungrig, es waren erstaunlich wenige Tiere. Dorn zählte sie, während er wartete und sich überlegte, was Beere von ihm wollte.

Hoffte sie auf Versöhnung? Sie hatten sich lange Zeit immer heimlich getroffen. Er musste daran denken, wie sie sich umarmt und sich Versprechungen zugeflüstert hatten. *Eines Tages werden wir derselben Rangstufe angehören. Wir werden zusammen sein. Ich werde niemals einen anderen Partner nehmen.* Immer und immer wieder hatten sie das gesagt. Wollte Beere sie von ihm einfordern?

Ich muss sie abweisen, dachte Dorn kläglich. *Schon wieder.* Er hob einen Kiesel auf und warf ihn auf ein paar bunt gefiederte Krähen, die ihn daraufhin empört ankrächzten.

Wahrscheinlich wollte Beere ihm nur sagen, dass es für immer aus ist, überlegte er. Das wäre das Beste für sie. Dorn war kalt und abweisend gewesen und hatte ihr sein Verhalten nie richtig erklärt, warum sollte sie jetzt noch mit ihm zusammen sein wollen? Ein endgültiger Bruch wäre das Klügste für beide. Sie wären für immer getrennt und Beere wäre vor Stachel sicher. Dorn müsste sich nicht mehr jeden Tag darum sorgen, was ihr zustoßen könnte.

Aber warum bedrückte ihn dieser Gedanke so sehr?

Aus dem Waldstück, das zwischen dem Gewitterbaum und dem Lichtwald-Trupp lag, löste sich eine goldbraune Gestalt. Als Beere auf ihn zusprang, scheuchte sie die zwei Krähen auf, die flügelschlagend himmelwärts stießen. Dorn atmete tief und gleichmäßig ein. Beeres Gesichtsausdruck verriet ihm nicht, was sie wollte. Sie kam zu ihm und setzte sich neben ihn.

»Danke, dass du gekommen bist«, sagte sie.

Die Krähen hatten sich wieder niedergelassen und pickten ein paar Insekten aus dem Gras. Beere sah ihnen lange zu und schwieg. Dorn sah sie heimlich von der Seite an. Er wusste nicht, was er sagen sollte.

Schließlich drehte sich Beere zu ihm. »Du bist seit Tagen nicht mehr du selbst.«

Dorn starrte jetzt ebenfalls auf die Krähen.

»Ich weiß, dass irgendetwas nicht stimmt«, sagte Beere bittend. »Aber du redest ja nicht mit mir, Dorn. Ich könnte dir helfen, wenn du mir nur vertrauen würdest.«

Dorn rieb sich die Augen. Einen Augenblick lang versuchte er sich vorzustellen, wie es wäre, wenn er ihr die Wahrheit sagte. *Es ist so, Beere: Dein Vater ist Kronblatt geworden, weil er Borke mit einem Stein erschlagen hat. Ach, und weil er Raff mit dem Gift von Skorpionen umgebracht hat. Ich sage dir das nur, weil ich dir vertraue. Aber, übrigens, wende dich deshalb bitte nicht von deinem Vater ab …*

Er ließ seinen Kopf sinken. Er brachte es nicht fertig.

Beere sah ihn aufmerksam an.

»Es war in der letzten Zeit sehr schwierig«, stieß Dorn schließlich hervor. Er zupfte nervös am Gras. »Für alle in Bravelands. Borke, die gestorben ist, dann Raff … und jetzt auch noch Große Mutter.« Er blickte kurz auf Beere. »Und ich werde mein Leben lang ein Mittelblatt bleiben. Wir können niemals zusammenkommen und das weißt du auch.«

Beere legte ihre Pfote auf seinen Arm. Die Berührung weckte eine bebende Sehnsucht bei ihm. »Aber du willst immer noch mit mir zusammen sein?«

»Ja«, flüsterte er, ohne es eigentlich zu wollen.

»Aber verstehst du denn nicht?«, rief sie mit leuchtenden

Augen. »Jetzt, wo mein Vater Kronblatt geworden ist, wird alles anders. Er hat dich immer gemocht, Dorn, und er hat noch nie an den Regeln und Traditionen geklebt. Die Dinge könnten sich ändern! Wenn ich mit ihm spreche …«

»Nein!« Dorn sprang auf und stieß ihre Pfote fort. »Frag ihn nicht. Das darfst du nicht!«

Beere zuckte zusammen. »Aber warum nicht? Ich habe die ganze Zeit überlegt, wie wir zusammenkommen können, und jetzt ist es ganz einfach geworden. Vater wurde zum Kronblatt gewählt, gerade weil er für Veränderungen offen ist. Weil er sich neuen Ideen gegenüber nicht verschließt!«

Dorn starrte sie ratlos an, ihm fielen keine neuen Ausreden mehr ein. »Es ist nur … der Trupp macht gerade eine schwierige Zeit durch. Ich glaube nicht, dass wir Stachel mit unserer Sache belästigen sollten. Gerade jetzt, wo er so viele Sorgen hat. Er würde die Regeln sowieso nicht ändern.«

Beere runzelte die Stirn. »Warum sagst du das?«

Dorn überlegte fieberhaft, aber ihm fiel nichts ein. »Ich glaube einfach nicht, dass er das will«, erwiderte er matt.

Beere sprang auf, ihre Augen blitzten. »Warum magst du meinen Vater nicht mehr? Lüg nicht, Dorn! Ihr beide wart immer zusammen, und jetzt meidest du ihn – genauso wie du mich meidest.«

»Nein, ich –«

»Ist dir nicht klar, wie froh wir über Vater sein können?« Sie ballte wütend ihre Fäuste. »Er kam zum Lichtwald-Trupp als ein Fremder, mit mir auf dem Rücken. Er musste seinen eigenen Weg gehen und sich beweisen und jetzt ist er Kronblatt! Er hat nie etwas anderes getan, als dem Trupp zu helfen.« Sie zitterte. »Ich wünschte, *du* wärst so wie Vater!«

Dorns Augen brannten, und es war ihm so eng ums Herz, dass er kaum Luft bekam. Er drehte sich um und starrte die Krähen an.

»Wäre es nicht einfacher, wenn du mir die Wahrheit sagen würdest?«, knurrte sie hinter ihm.

Sein Magen zog sich zusammen und er drehte sich wieder um. »Welche Wahrheit?«

»Du hast eine andere gefunden und bist zu feige, es mir zu sagen.« Beeres verächtlicher Tonfall fuhr ihm wie ein Biss in die Eingeweide.

»Ich habe nicht –«

»Ach, komm schon. Ich habe dich doch mit Frosch kuscheln sehen.« Beere verzog ihre Lippen. »Wie armselig, dass du es auch noch leugnest.«

Dorn war so schockiert, dass er nicht antworten konnte.

»Du hast mir deutlich gemacht, was du wirklich empfindest.« Beere holte tief Luft. »Ich gehe jetzt zum Trupp zurück. Mach dir keine Mühe, mich zu begleiten.«

Sie stolzierte über das Grasland davon, ohne auf den wütenden Protest der Krähen zu achten. Als sie unter den Bäumen verschwunden war, sank Dorn zu Boden und schlug beide Hände vor das Gesicht. Wie war es möglich, dass Beere seine Gefühle für Frosch – eigentlich das Nichtvorhandensein von Gefühlen – so falsch gedeutet hatte?

»Es ist nur zu ihrem Besten«, murmelte er vor sich hin. »Die Hauptsache ist, dass sie in Sicherheit ist.«

Zu seinem Schmerz gesellte sich nun auch eine rasende Wut. Das war alles Stachels Schuld. Alles. *Ich muss etwas unternehmen!*

Das Problem war nur, dass er nicht wusste, was er tun

sollte. Keiner der Paviane teilte seinen Argwohn oder ergriff gar seine Partei. *Keiner – außer vielleicht Frosch …*

Beere mochte auf dem falschen Feigenbaum sitzen, was Dorns Gefühle für das stämmige und ernste Pavianweibchen betraf, aber es stimmte, dass er Frosch mochte und achtete. Sie war die Einzige von den Starkzweigen, die Stachels Anordnungen als genauso merkwürdig empfand wie er. *Das hat sie mir heute Morgen gesagt.* Er könnte mit seinem Wissen zu Frosch gehen, sie in ihrem Misstrauen bestätigen und sie bitten, ihm zu helfen, Stachel zu schlagen …

Und was dann?, nagte eine Stimme in seinem Inneren.

Froschs Größe und Stärke hatten nicht verhindert, dass Borke oder Raff getötet worden waren. Wenn Dorn sie zu seiner Verbündeten machte, konnte das ihr Todesurteil sein, und ihr würde womöglich der Schädel eingeschlagen oder Skorpiongift verabreicht oder sonst etwas angetan werden, um sie zu töten. Es war für ihn selbst schon schlimm genug.

Dorn kratzte sich verzweifelt am Nackenfell. Es musste noch einen anderen Weg geben, es musste jemanden geben, der ihm helfen konnte – jemanden, der sich von Stachel nicht einschüchtern ließ. Nur hatte er keine Ahnung, wer das sein sollte.

Wenn er noch länger wegblieb, würde er Verdacht erregen. Seufzend erhob sich Dorn und trottete über das Grasland zurück. Er achtete nicht auf die Krähen, die in ihrer Himmelszunge krakeelten. Eine Schar von Blaustaren stob aus dem Blätterdach der vor ihm liegenden Baumreihe hervor und schnatterte aufgeregt, aber er war so in Gedanken, dass es ihn nicht beunruhigte. Er kam in den Wald hinein und hörte fast im selben Augenblick ein heiseres Krächzen.

Ein Blaurackenpärchen schoss durch das Blätterdach und segelte im Sturzflug zum Grasland hinunter. Sie hatten die schützenden Bäume verlassen, obwohl sie sich damit dem fürchterlichen Wind aussetzten. Dorn erwachte aus seinen Träumereien und runzelte die Stirn. Irgendetwas hatte die Vögel aufgescheucht.

Er hörte ein Kreischen, dann fiel ein Blätterregen herab. Laub und Äste zitterten und schwankten. Dann nahm Dorn mit dem nächsten Windstoß den Geruch von Fruchtbrei und Nüssen wahr …

Affen!

Er rannte los. Ein einzelner Pavian hatte keine Chance gegen einen Trupp Meerkatzen. Hoch oben in den Bäumen hallten ihre Schreie wider: »Hierher! Hierher!«

Dorn schlängelte sich zwischen Baumstämmen hindurch und duckte sich unter Ästen, aber welchen Weg er auch einschlug, die Affen waren ständig hinter ihm. Als er keuchend anhielt und nach hinten spähte, sah er eine Reihe von grünbrauen Gestalten durch die Bäume rasen. Ihre weiß umrahmten Gesichter leuchteten in boshafter Erregung.

Sie kommen näher. Sie werden mich gleich entdecken!

Ihm blieb nur noch, sich zu verstecken und zu hoffen, nicht gefunden zu werden. Ein Stück weiter vorn befand sich ein Krotonbusch, dessen sonnengelbe Blätter über den Boden wischten. Dorn machte einen Satz und sprang mitten hinein – und stieß mit etwas Großem und Haarigen zusammen.

»Huch!«, keuchte er. *Ein Affe!* Sein Magen machte einen Satz und er wappnete sich für einen Kampf.

»Dorn?« , maulte eine überraschte Stimme.

Er kniff die Augen zusammen und blinzelte in den lichtgefleckten Schatten – und erblickte zwischen den Blättern ein ihm bekanntes Gesicht, das ihm missmutig entgegensah.

»*Nuss?*« Dorn sah seinen alten Feind verblüfft an. »Bist du das?«

Nuss wand sich unter den Blättern hervor. Er sah schmutzig aus. Dorn hatte ihn als einen stattlichen, muskelbepackten Rüpel in Erinnerung, doch jetzt sah er ausgezehrt und dünn aus. Sein ehemals schönes Fell war stumpf, er roch, als hätte er sich in einem Kothaufen gewälzt, und seine eingefallenen Augen hatten den gehetzten Blick der Grasfresser. Das Leben hatte es seit seiner Vertreibung aus dem Trupp nicht gut mit ihm gemeint.

Nuss rempelte Dorn an und brachte ihn zu Fall.

»Das ist mein Busch. Hau ab.«

Dorns alte Abneigung flammte wieder auf. War sein Tag nicht schon übel genug? Nuss war immer schon ein Ekel gewesen – bei den Drei Hochtaten hatte er Matsch beinahe umgebracht.

Und doch empfand Dorn eine Spur von Mitleid, als er in das hohle, gehetzte Gesicht von Nuss blickte. Nuss hatte eine Strafe verdient, aber er hatte nicht verdient, aus dem Trupp vertrieben zu werden. Dorn war vielleicht der einzige Pavian, der wusste, dass Nuss sich nicht des Verbrechens schuldig gemacht hatte, dessen er angeklagt worden war. Er würde nicht zulassen, dass er von den Affen zerrissen wurde.

»Sei still und hör mir zu«, fauchte er. »Die Affen sind im Anmarsch und wir müssen uns verstecken.«

Nuss grinste hämisch. »Ich helfe dir nicht. Ich wollte dich nie mehr wiedersehen. Weder dich noch diesen Weichling Matsch.«

Dorn zeigte knurrend auf die Bäume. »Hörst du nicht dieses Getöse? Denkst du, du wirst mit den Affen allein fertig? Gemeinsam sind wir sicherer.«

Nuss, der immer noch böse dreinblickte, wurde unschlüssig. Ein ohrenbetäubendes Kreischen ließ ihn zusammenzucken. Er schaute zu den Baumspitzen hoch, rümpfte seine Schnauze und gab verärgert nach. »Also gut. Hier entlang!«

Dorn kraxelte hinter ihm am rissigen Stamm eines großen Kigeliabaums hoch. In einer Astgabel kurz unterhalb der Spitze gab ein dunkler Schatten den Eingang in einen Hohlraum preis. Nuss schlängelte sich hinein. Der Platz war eng, und Dorn haderte einen Moment lang mit der Vorstellung, sich neben den übel riechenden Nuss zu zwängen.

Nuss sah zu ihm hoch. »He, komm rein!«

Mit einem Seufzer quetschte Dorn sich neben ihn.

»Lass deine Ellbogen bei dir«, knurrte Nuss.

»Und du lass deinen Gestank bei dir«, entgegnete Dorn und versuchte, möglichst flach zu atmen. Es gab auch Nachteile, wenn man nicht mehr dem Wind ausgesetzt war.

Dorn reckte seinen Hals und erblickte ein paar Affen, die kreischend durch die Baumwipfel sprangen. Vorsichtig wand er sich nach oben und spähte hinaus.

Rechts von ihm sprangen zwei Affen auf einen Ast, der sich heftig wippend nach unten bog.

»Riechst du das?«, fragte der eine und schnüffelte.

Dorn hielt den Armen an und spürte, wie Nuss neben ihm zusammenzuckte.

»Paviane?«, fragte der andere Affe. »Wahrscheinlich hat der Wind den Gestank herübergeweht. Paviane stinken bis zum Himmel. Noch schlimmer als verrottetes Fleisch.«

Die Affen lachten wie Hyänen. Als sie weiterhüpften, duckte sich Dorn wieder in das Loch. Dort kauerten er und Nuss ohne sich zu rühren, bis das Geschnatter und Gekreische der Affen verklungen war.

»Also in einem haben sie recht«, bemerkte Dorn und rieb sich die Nase. »Etwas Putzen würde dir nicht schaden.«

Nuss schlängelte sich an ihm vorbei, zog sich aus dem Baumloch hinaus und kletterte wieder hinunter. »Was machst du hier überhaupt?«, zischte er, als Dorn ihm folgte. »Nimmst du dir eine Auszeit vom Buckeln vor Stachel?«

Dorn hüpfte auf den Boden und klopfte seine Pfoten ab. »Ich habe noch nie vor Stachel gebuckelt.«

»Was du nicht sagst«, feixte Nuss. »Geh schon – renn wieder zu deinem geliebten Kronblatt.«

Er kehrte Dorn das Hinterteil zu, straffte seine verfilzten Schultern und stolzierte halbwegs würdevoll davon. Irgendwie tat er Dorn leid. Doch dann spürte er plötzlich ein Kribbeln: Ihm kam eine Idee …

»Nuss, warte!«

»Was noch!«, fauchte Nuss und sah über seine Schulter zurück. »Ich habe dir einen Gefallen getan: Ich habe dir geholfen, dich zu verstecken. Lass es nicht darauf ankommen, mich um noch einen Gefallen zu bitten.«

»Auch ich hasse Stachel.«

Nuss blieb stehen, seine Ohren zuckten. Langsam drehte er sich um.

»Ich hasse Stachel«, wiederholte Dorn langsam und deutlich. »Und Nuss – ich weiß, dass du Raff nicht getötet hast. Stachel hat ihn ermordet.«

Nuss sah Dorn mit offenem Mund an.

»Er hat auch Borke getötet«, fuhr Dorn fort, da Nuss ihm jetzt aufmerksam zuhörte. »Er wollte unbedingt Kronblatt werden. Und jetzt ist er Kronblatt.«

»Was?«, fauchte Nuss wütend. »Stachel hat mich verbannt wegen etwas, *das er selbst getan hat*?«

»Genau«, sagte Dorn.

Nuss gab ein seltsames Quieken von sich. Er griff sich eine Pfote voll sandiger Erde und schleuderte sie an den nächstbesten Baum. Ein Teil davon prasselte auf die Blätter und die Rinde, der Rest spritzte auf ihn zurück und traf ihn in die Augen. Ein gequältes Knurren löste sich aus seiner Kehle und er rieb sich den Dreck aus dem Gesicht. Dann setzte er sich mit einem Plumps auf den Boden. »Er ist verrückt, nicht wahr?«

Dorn hockte sich neben ihn. »Ich glaube, es ist schlimmer. Ich glaube, er ist schlauer als wir alle. Er hat bekommen, was er wollte. Und was am schlimmsten ist: Der Trupp liebt ihn.«

Nuss' Schnauze zuckte. »Sie haben es nicht anders verdient.«

»Das denkst du nicht wirklich«, sagte Dorn. Er verspürte plötzlich einen unbändigen Drang, laut zu lachen. Nach allem, was geschehen war, war ausgerechnet Nuss der Einzige, mit dem er reden konnte. »Außerdem könnten wir den Trupp vor Stachel und vor sich selbst retten. Wir könnten Stachel verjagen.«

Nuss schnaubte. »Wir? Mit *dir* möchte ich nichts zu tun haben!« Er wedelte mit seiner Pfote. »Ich hasse dich, vergessen?«

»Schön.« Dorn zuckte die Achseln. »Ich bitte dich nicht, mich zu mögen. Aber ich bin der einzige Pavian in Bravelands, der weiß, dass du unschuldig bist.«

Nuss verstummte. Er kniff die Augen zusammen.

»Du willst doch bestimmt wieder zum Lichtwald-Trupp zurückkehren«, bedrängte ihn Dorn. »Das ist erst möglich, wenn Stachel weg ist.«

»Das ist nicht möglich«, murmelte Nuss. »Er ist zu schlau, wie du gesagt hast. Zu *mächtig*.«

»Vielleicht für uns. Aber es gibt jemanden, den wir um Hilfe bitten können. Jemand, der stärker ist als jeder Pavian.«

Nuss sah ihn fragend an. »Wen –« Dann schlich sich die Erkenntnis in seine gemeinen Gesichtszüge und er harkte mit seinen Pfoten über seinen schütteren Kopf. »Du meinst aber nicht –«

Dorn nickte nachdrücklich.

Nuss stöhnte und verbarg den Kopf in seinen Pfoten. »Du willst Großmaul um Hilfe bitten.«

10. KAPITEL

»SCHWING DEINE PFOTEN!«, fauchte Dorn. »Ich war seit dem Morgengrauen nicht mehr beim Trupp. Stachel wird sonst misstrauisch werden.«

Er hastete vorneweg durch den Wald, er war so gereizt, dass seine Haut kribbelte. Er hätte Nuss auch mit freundlichen Worten beschwatzen können, mitzukommen, aber der große Pavian hatte allzu deutlich klargemacht, dass er nicht sonderlich erpicht darauf war.

»Das ist absurd«, maulte Nuss, als sie am Rand der offenen Ebene entlangrobbten und sich vor den Sturmböen duckten. »Du bringst uns beide noch um.«

»Hast du eine bessere Idee?« Dorn landete mit einem Sprung im hohen Gras, der Wind riss und zerrte an seinem Fell. Die Grashalme peitschten in sein Gesicht, er musste niesen und ausspucken. Mit einem Blick über seine Schulter versicherte er sich, ob Nuss noch hinter ihm war. Das war er, aber die breite Stirn des verwahrlosten Pavians war mürrisch verzogen.

»Warum das Großmaul?«, grummelte Nuss. »Er wird uns nicht helfen.«

»Heldenmut ist mein Freund, vergiss das nicht.«

Nuss schnaubte. »Er ist Stachels Freund. Glaub nur nicht, dass er sich auf deine Seite schlägt.«

Auch Dorn spürte ein Körnchen Zweifel in sich. Er erinnerte sich nur zu gut an Heldenmuts andächtige Bewunderung, als Stachel ihm die Lebensweise der Paviane beigebracht hatte. *Aber mir ging es nicht anders,* ermahnte er sich. *Stachel hat uns alle getäuscht.*

Er schüttelte sich. *Ich muss Heldenmut vertrauen.* »Er wird auf unserer Seite sein – sobald wir ihm die Wahrheit gesagt haben.«

»Na klar. Das heißt, wenn wir ihn überhaupt finden«, betonte Nuss. »Du kannst von mir aus den ganzen Tag in der Savanne herumsuchen – ich für meinen Teil mache erst einmal ein Nickerchen. Pass auf, dass du auf deinem Weg ins Langbaumlager nicht davongeweht wirst.« Nuss zuckte noch einmal verächtlich mit seinem Schwanz und verzog sich in den Schutz eines Baobabs.

Dorn musste zugeben, dass der dicke Baumstamm guten Schutz bot und sehr verführerisch aussah. Aber er strafte Nuss mit einem bösen Blick, als dieser es sich gemütlich machte. *Ein wenig Hilfe wäre nett …*

Er wollte Nuss gerade sagen, was er von seiner Einstellung hielt, als die Erde unter seinen Pfoten anfing zu beben.

Dorn sprang zum Baobab und packte Nuss am Arm. »Da kommt jemand!«

»Lass mich!« Nuss wehrte ihn mit der Pfote ab. »Ich habe mich gerade erst hingesetzt.«

Dorn schüttelte ihn. »Wir müssen weiter!«

Er zerrte den widerstrebenden Nuss auf die Füße, rannte wieder in das hohe Gras und duckte sich. Nuss warf sich unwillig neben ihm zu Boden, richtete sich aber gleich wieder ein wenig auf, um über das wogende Grasmeer zu spähen.

Ein einzelnes Zebra galoppierte einen Abhang hinunter. Es verdrehte vor Entsetzen die Augen, sodass man das Weiße darin sah, und es atmete in rauen, kehligen Stößen. Der Schweiß rann ihm in Strömen über Brust und Flanken.

Nur einen Augenblick später kamen die Fleischfresser. *Löwen,* dachte Dorn. *Es ist verloren.* Die goldenen Körper der Riesenkatzen waren stark und geschmeidig. Man sah ihnen kaum die Anstrengung an. Drei anmutige Löwinnen näherten sich dem Zebra von der Seite, während ein besonders stark aussehender Löwe mit narbiger Nase das Beutetier vor sich hertrieb. Von rechts sprangen zwei Junge herbei und schnitten ihm den Fluchtweg ab: Das eine war schon halb erwachsen, das andere viel jünger.

Als die Jungen näher kamen, stockte Dorn fast der Atem. Der halb erwachsene Löwe war Heldenmut.

»Großmaul«, flüsterte Nuss. »Wie praktisch. Mach ihn auf dich aufmerksam.«

Doch Dorn merkte plötzlich, wie sein Mut sank. Er hatte noch nie gesehen, wie Heldenmut ein ausgewachsenes Huftier jagte, deshalb kannte er auch diesen Gesichtsausdruck noch nicht: die Fangzähne entblößt, die Ohren aufgestellt und die glitzernden Augen allein auf die Beute fixiert. Der junge Löwe sah entschlossen, blutdurstig und absolut todbringend aus.

Das Zebra änderte seine Richtung und wich zur Seite aus, um seine Verfolger abzuschütteln. Dorn erkannte mit Schrecken das Muster seiner geschwungenen Streifen. »Das ist Schönfreund«, zischte er Nuss zu. »Stachel und ich haben ihn kurz vor der Großen Versammlung besucht.«

Schönfreund wich wieder aus und schoss an den Pavianen vorbei, seine Augen starr vor Entsetzen. Die donnernden Hufe wirbelten rote Staubwolken auf, die vom Wind davongetragen wurden. Aber Dorn sah, dass seine Beine vor Erschöpfung zitterten. Es war ein Anblick, der fast nicht zu ertragen war.

Bitte mach, dass er davonkommt!

Aber die Löwen brachten ihre Verfolgung zum Ende. Sie schwenkten ab, ohne ihr Tempo zu verlangsamen. Die Löwinnen hielten auf ihn zu, während die Jungen sich an seine Flanken hefteten. Als Schönfreund noch einmal kehrtmachen wollte, verzögerte er nur ganz kurz seinen Hufschlag und fand den Weg von einer muskulösen Löwin versperrt.

Dieser Augenblick des Zögerns war sein Ende. Eine gelbbraune Löwin stürzte sich auf ihn und grub ihre Krallen in seine Hinterbeine. Schönfreund stolperte und wankte. Er trat mit seinen Hinterhufen aus und versuchte, sie abzuschütteln, aber seine Vorderbeine gaben nach, und er knickte ein. Die anderen Löwen warfen sich über ihn und drückten ihn zu Boden. Heldenmut war ganz vorne mit dabei. Dorn sah, wie er sich mit aufgerissenem Maul auf die frei liegende Kehle des Zebras stürzte.

Dorn blickte zur Seite. Er vernahm ein kurzes, verzweifeltes Wiehern, das gleich wieder erstarb. Danach war nur noch das triumphierende Brüllen der Löwen zu hören.

Dorn schluckte. Über die Ebene legte sich Schweigen. Schönfreund trat noch einmal mit seinen bebenden Beinen um sich dann erstarrte er und sank zu Boden. Es war vorbei.

Nuss zitterte am ganzen Leib, sein Atem ging in schnellen, ängstlichen Stößen.

»Kaltschnauze!« Heldenmuts vertrautes Brüllen hallte über die Ebene. »Kaltschnauze, komm her!«

Dorn spähte zu dem erlegten Zebra hinüber. Die Löwen hatten sich erhoben und ließen es am Boden liegen, langsam entfernten sie sich von der Stelle. Kaltschnauze – Dorn erkannte ihn jetzt, es war das kleine Löwenjunge, das Heldenmut einmal vor den Geparden gerettet hatte – war während der Jagd wohl zurückgefallen. Nun tapste er mit erwartungsvoll erhobenem Schwanz auf das Rudel zu.

»Was machen die da?«, flüsterte Nuss völlig außer sich. »Das Zebra ist noch nicht einmal tot!«

Ein Grauen fuhr Dorn in die Glieder. Nuss hatte recht. Schönfreunds blutbefleckte Rippen pulsieren unter seinen flachen Atemstößen und das eine Bein zuckte noch. Seine glasigen Augen zeigten immer noch einen Funken Leben.

Dorn wurde übel. Er wusste natürlich, dass Löwen jagten und töteten. Aber sie folgten demselben Gesetz wie alle Tiere von Bravelands: *Töte nur, um zu überleben.* Warum hatten sie Schönfreund gerissen und sich dann nicht über ihn hergemacht? Waren sie nach der Jagd nicht schrecklich gierig und heißhungrig?

Am schlimmsten war, dass Heldenmut völlig gelassen wirkte, er rief noch einmal nach Kaltschnauze und zuckte mit seinem Schwanz. Der Heldenmut, den Dorn gekannt hatte, hätte Schönfreund niemals leiden lassen. Hatte das Leben mit den Löwen ihn so sehr verändert?

Der große Löwe, über dessen Maul drei lange Narben liefen, nahm plötzlich Witterung auf und ging ein paar Schritte auf die Stelle zu, wo Dorn und Nuss im hohen Gras kauerten. Seine Schultern spannten sich.

»Paviane!«, brüllte er. »Kommt, jeder von uns muss heute ein Tier töten. Jagt sie!«

Heldenmut reagierte als Erster von den sechs Löwen. Mit einem heiseren Knurren spurtete er in ihre Richtung. Dorn erstarrte, als wäre er wie der Baobab im Erdboden verwurzelt. Wollte sein Freund ihn etwa jagen?

Nuss zerrte Dorn am Arm. »Beweg dich, du Narr!«

Dorn taumelte, seine Pfote schrammte über einen Stein, dann holte ihn die Realität ein. Keuchend rannte er los und rannte neben Nuss auf das Waldstück zu. Mit einem Blick nach hinten stellte er fest, dass Heldenmut ihnen knapp auf den Fersen war.

Der Atem brannte in Dorns Lungen und seine Muskeln fühlten sich schwer und ungelenk an. Es war ein Albtraum! Tief in seinem Herzen wollte er nicht glauben, dass sein alter Freund ihn jagte. Doch mit jedem donnernden Schritt, den er hinter sich hörte, wusste er, was ihn erwartete: Heldenmuts scharfe Krallen in seinem Rücken, Heldenmuts Gewicht, das ihn zu Boden drückte, Heldenmuts Fangzähne, die sich in seine Kehle bohrten …

»Auf die Bäume«, krächzte Nuss. »Dem Großen Geist sei Dank, dass er ein lausiger Kletterer ist.«

Dorn erlebte zum ersten Mal, wie es war, von einem Fleischfresser gejagt zu werden. Bilder blitzten durch seinen Kopf: Schönfreunds Gesichtsausdruck, seine rollenden Augen, die aufgerissenen, roten Nüstern, der stumme Entsetzensschrei, und ihm war klar, dass er jetzt genauso aussah. Er kam sich beinahe von seinem Körper losgelöst vor, als würde er alles von oben betrachten. *Heldenmut wird mich töten. Mein Freund, mein Kamerad, Heldenmut …*

In der Nähe des Waldes lagen überall Haufen von Windbruch, abgerissenene Äste, ineinander verhedderte Zweige, heruntergefallene Früchte. Dorn stach sich an etwas Spitzem, doch obwohl Blut zwischen seinen Fingern hervorquoll, rannte er weiter. Vor ihm lag das kühle Grün des Waldes, es war schon ganz nah. Mit einem letzten, verzweifelten Sprung landeten sie zwischen den Bäumen.

»Klettern!«, kreischte Nuss.

Dorn reckte sich nach einem Ast, der jedoch durch eine plötzliche Windbö außer Reichweite geriet. Er wimmerte verzweifelt und versuchte es noch einmal. Diesmal gelang es ihm, sich festzuhalten. Blätter schlugen in sein Gesicht. Es war unmöglich, diesem unberechenbaren Wind auszuweichen. Jetzt blutete auch seine Schnauze, warm tropfte es herab, aber das kümmerte ihn nicht. Mit einem Satz bekam er einen wild schwankenden Ast zu fassen. Um sein Leben fürchtend, packte er ihn und schwang sich hinauf. Seine Pfoten zitterten so stark, dass er sich kaum festhalten konnte.

Die beiden Paviane zogen sich nun von einem schwankenden Ast zum nächsten bis in den Baumwipfel hinauf.

»Weiter hinein!«, schrie Nuss.

Holzsplitter und zerbrochene Äste schlugen ihnen ins Gesicht, als sie in wahnwitzigen Sprüngen von Baum zu Baum sprangen. Eigentlich hätten sie tiefer im Wald etwas Schutz vor dem Sturm finden sollen, aber sie befanden sich so hoch im Blätterdach, das es kaum einen Unterschied machte. In einer besonders starken Sturmbö schnellte plötzlich ein Ast nach oben und Dorn hing nur noch an ein paar dünnen Zweigen. Nuss ergriff seinen Arm und zerrte ihn hoch, dann sprangen beide weiter.

Unter dem Wipfel eines Maulfeigenbaums machte Dorn schließlich halt. Auch Nuss sank schwer atmend gegen den Baumstamm. Dorn teilte das Blattwerk vorsichtig auseinander und spähte nach unten. Er nahm eine Bewegung am Boden wahr und sein Atem stockte. Doch dann merkte er, dass es sich nur um ein Warzenschwein handelte, das im Unterholz rumorte. Von Heldenmut war nichts zu sehen.

»Ich glaube, wir sind in Sicherheit.« Schnaufend ließ er sich auf einen Ast plumpsen.

Nuss sah ihn böse an, sein Atem rasselte. »Ich ... habe dir doch gesagt ... dass es eine blöde Idee ist. Ich habe doch gesagt, dass wir dem Großmaul nicht trauen können.«

»Ja.« Dorn sank vor Kummer und Erschöpfung in sich zusammen. »Du hattest recht.«

Sein Magen rotierte. Heldenmut war sein *Freund* gewesen. Sie waren zusammen aufgewachsen. Dieser grausame Mörder hatte mit dem Heldenmut, den er gekannt hatte, nichts gemeinsam. Dorn begriff nicht, wie er sich so sehr hatte verändern können, und das so plötzlich. Doch was er gesehen hatte, ließ sich nicht leugnen. Nuss rappelte sich mühsam auf und stützte sich mit einer Pfote am Baumstamm ab. »So viel zu deiner Idee, Stachel loszuwerden«, keuchte er und machte sich auf den Weg nach unten. »Das war nichts als riesige Zeitverschwendung.«

»Warte!«, rief Dorn und kletterte vorsichtig hinter Nuss her. Aber erst, als er fast unten angekommen war, traute er sich, auf den moosigen Waldboden zu hüpfen. Er fühlte sich viel schwächer und verletzlicher als zu Beginn dieses Tages.

»Ich brauche deine Hilfe, Nuss. Bitte. Du bist der Einzige, der die Wahrheit kennt.«

Nuss zuckte mit den Achseln und schlurfte zwischen den Bäumen davon. »Das kannst du vergessen«, knurrte er und kratzte sich seinen dreckigen Pelz. »Und wenn du wieder so eine tolle Idee hast, brauchst du gar nicht erst fragen.«

»Wie du willst«, murmelte Dorn und blieb enttäuscht stehen.

Er sah, wie Nuss in den grünen Schatten des Waldes verschwand, dann seufzte er tief und kehrte wieder zur Savanne zurück. Er versuchte sich einzureden, dass er die Hilfe von Nuss nicht nötig habe. Dieser Pavian hatte schon immer Ärger gemacht.

Hätte er sich nur nicht so allein gefühlt.

Kein Nuss. Kein Heldenmut, dachte er und hockte sich neben einen Termitenhügel. *Kein Plan.*

Keine Hoffnung?

Vielleicht. Trotzdem musste er es versuchen.

Der Rückweg zum Lichtwald-Trupp kam ihm viel, viel länger vor, als er in Erinnerung hatte. Als er schließlich erschöpft über den Rand der Senke trottete, blieb er stehen, eine Pfote halb zum Gruß erhoben.

Er vernahm leises Jaulen und Wehklagen, aber es klang gedämpft, als versuchten verzweifelte Paviane, leise zu sein, wo sie doch vor Wut und Schmerz schreien wollten. Dorns Kehle schnürte sich zusammen. Was war passiert?

Von Furcht getrieben, rannte er los und landete mitten in seinem Trupp.

Lilly Mittelblatt, ihr Baby im Arm, drehte ihm ihr gequältes Gesicht zu. Sternblatt hockte vor einem hervorstehenden Felsen, in jeder Hand einen Mondstein haltend, und murmelte vor sich hin. Die Heilblätter-Paviane Blüte und Blume beugten sich über ein klägliches Häufchen Fell, dass zusammengekauert im kurzen Gras lag.

»Da bist du endlich!«, schrie Matsch. Er rannte zu Dorn und packte ihn an der Schulter. »Du bist zurück, dem Großen Geist sei Dank!«

Dorn sah von Matschs gepeinigtem Gesicht zu der reglosen Gestalt am Boden. Er machte noch einen Schritt auf sie zu, obwohl seine Pfoten plötzlich so schwer wurden, dass er sie kaum anzuheben vermochte. Die Gestalt war ein Pavianweibchen. Ihr Fell war blutbefleckt, und er konnte nicht erkennen, ob sie atmete.

Selbst im verhangenen Licht des Nachmittags schimmerten goldene Strähnen in ihrem sonst glanzlosen Fell.

»Dorn.« Matsch zog beschwörend an seinem Arm. »Beere ist verletzt!«

11. KAPITEL

GUT, DASS ICH DA WAR, dachte Heldenmut. *Sie wären sonst getötet worden.*

Er kniff die Augen vor dem peitschenden Wind zusammen. Dem Großen Geist sei Dank, dass Dorn und Nuss jetzt viel schneller rannten. Sofort waren sie im Blattwerk der Bäume verschwunden. Heldenmut wunderte sich, was Dorn überhaupt mit Nuss zu schaffen hatte. Er wusste, dass Dorn ihn nicht ausstehen konnte – Nuss hatte mit Freuden Matsch den Schwanz verdreht und ihm seine Früchte geklaut. Aber erst bei der Zweiten Hochtat war sein übler Humor in echte Bosheit umgeschlagen. Matsch wäre fast von den Krokodilen getötet worden, die Nuss aufgestachelt hatte.

Heldenmut zuckte die Achseln. Vielleicht hatte Stachel Dorn und Nuss zusammen losgeschickt, damit Nuss etwas mehr Teamgeist lernte. Ja, so musste es sein. Stachel war so schlau und weise, wirklich bewundernswert.

Wenigstens hatte er sie vertreiben können, bevor die anderen Löwen in ihre Nähe gekommen waren. Heldenmut atmete tief ein. Er ließ seinen Schwanz hängen, senkte den Kopf und zwang sich zu einer enttäuschten Miene. So gerüstet, schlurfte er zu seinem Rudel zurück.

»Du Nichtsnutz.« Resolut sah Heldenmut missmutig an. »Nicht einmal ein paar Paviane kann er fangen.«

»Tut mir leid.« Heldenmut seufzte schwer.

Gloria scharrte unruhig mit den Pranken. »Wir sollten mit dem Zebra jetzt wirklich Schluss machen«, sagte sie zu Resolut. »Ich werde es töten und damit gut.«

Heldenmut sah zu dem Zebra hinüber, das zitternd am Boden lag. Von Wagemut hatte er gelernt, schnell und sauber zu töten. Der Anblick der leidenden Kreatur erschreckte ihn. Als er das arme Tier an der Kehle gepackt hatte, hatte er ihm eigentlich den Garaus machen wollen, doch aus Angst vor Titans Rache hatte er es gelassen. Heldenmut wollte nicht riskieren, dass Flink etwas zustieß.

»Rühr das Zebra nicht an, Gloria. Heldenmut hat sich ausnahmsweise einmal an die Anweisungen gehalten.« Resolut richtete sein Augenmerk auf Kaltschnauze. Das kleine Löwenjunge kauerte an Glorias Seite und schlug mit seiner Pfote nach einem roten Käfer, der über das Gras krabbelte. »Kaltschnauze wird das Zebra erledigen.«

Kaltschnauze sah ihn mit großen Augen an. »Ich?«

»Er ist zu jung«, widersprach Gloria.

»Unsinn.« Resolut warf seinen Kopf zurück, dass seine Mähne wallte. Spöttisch sagte er: »Kaltschnauze ist ein ganz besonderes Löwenjunges. Jetzt hat er endlich die Chance, sich zu beweisen.«

Kaltschnauze starrte das Zebra mit geöffnetem Maul an. »Ich kann es nicht totbeißen. Es ist viel zu groß!«

»Du schaffst das, Kaltschnauze«, sagte Royal und leckte über seinen Kopf. »Du musst nur deine Zähne richtig benutzen. Wenn du eine Pfote auf den Hals legst und den Kopf nach unten drückst, siehst du, wo das Blut fließt. Genau dort musst du zubeißen, dann ist es sofort tot.«

Kaltschnauzes Augen weiteten sich. »Und wird es dann viel Blut geben?«, fragte er leise.

Leichtsinn zuckte mit den Ohren. »Hör nicht auf sie, Kaltschnauze«, sagte sie. »Es ist besser, das Zebra auseinanderzunehmen, dann kann es dich nicht treten. Du musst dich über seinen Kopf beugen und es richtig mit den Zähnen reißen. Das dauert vielleicht ein bisschen länger, aber es ist wirkungsvoller.«

Kaltschnauze schluckte und sah ängstlich zu dem Zebra hinüber.

»Komm schon, Kaltschnauze«, schmeichelte Resolut. »Zeig uns, warum dein Vater dir diesen Namen gegeben hat.« Sein Tonfall war locker, aber Heldenmut entging nicht das erregte Glitzern in seinen Augen, so, als jage er eine Beute.

Er will den Löwenjungen demütigen.

Alle Löwen hatten ihre Blicke nun auf Kaltschnauze gerichtet. Dieser krümmte seine schmalen Schultern und starrte zu Boden. Gloria sah besorgt aus, doch die anderen Löwen versuchten, ihn anzustacheln.

»Du schaffst es«, drängte Leichtsinn ihn.

»Beeil dich, Kaltschnauze«, sagte Resolut mit einem Anflug von Ungeduld. »Das Zebra liegt für dich bereit. Den schwierigsten Teil haben wir schon erledigt. Du musst es nur noch töten.«

»Deine erste Beute ist etwas, worauf du stolz sein kannst«, mischte sich Royal ein. »Diesen Tag wirst du nie vergessen.«

»Was wird dein Vater sagen, wenn er hört, dass du dich verweigert hast?«, sinnierte Resolut.

Kaltschnauze zitterte. Er duckte sich noch tiefer, als wollte er im Gras verschwinden.

Heldenmut zog scharf die Luft ein, und bevor jemand reagieren konnte, spurtete er zum Zebra hinüber.

»Heldenmut!«, brüllte Resolut hinter ihm.

Er sah nicht zurück. Beim Zebra angekommen, erinnerte er sich an Wagemuts Ratschlag: *Beiße tief und fest zu, genau dort, wo der Hals in den Kopf übergeht.* Seine Fangzähne schlossen sich um die Kehle des Zebras, warmes Blut schoss in seinen Mund und das Zebra zuckte ein einziges Mal krampfhaft zusammen. Dann erschlaffte es und war endlich tot.

Als er zum Rudel zurückkam und sich das Blut von den Lippen leckte, förderte ihn ein harter Schlag in die Rippen auf den Boden.

»Man darf einem Löwen niemals die Beute stehlen!«, brüllte Resolut. »Bist du ein Narr oder ein Verräter?«

Royal sprang auf und versetzte ihm einen Schlag auf den Kopf. »Du hattest kein Recht, Kaltschnauze die Beute zu stehlen! Er ist Titans Erbe!«

Heldenmut erhob sich taumelnd. Ihm war schwindelig von den Schlägen, aber innerlich tobte er vor Empörung. »Er ist noch zu klein«, fauchte er. »Das sieht doch jeder.«

Royal knurrte und holte zu einem neuen Schlag aus, aber Resolut schob sie mit seiner kräftigen Schulter zur Seite. »Titan soll sich ihn vornehmen«, sagte er. »Kommt, wir gehen zum Rudel zurück.«

Resolut schüttelte angewidert seine Mähne und machte sich auf den Weg in das Territorium des Titanrudels. Hinter ihm ging Royal, Kaltschnauze folgte, Kopf und Schwanz immer noch gesenkt. Ohne Heldenmut eines Blickes zu würdigen, packten Gloria und Leichtsinn das Zebra an den Beinen und schleppten es hinter den anderen her. Als Letzter kam Heldenmut. Er hatte von den Schlägen immer noch Schmerzen und war äußerst angespannt. Langsam wich sein Ärger und machte einer reumütigen Unruhe Platz. *Ich hätte das nicht tun sollen. Wie wird Titan darauf reagieren?*

Finster sah er auf die vor ihm gehende Royal. Er kannte sie schon sein ganzes Leben lang, sie war eine Löwin aus dem Gallantrudel und eine Freundin von Wagemut gewesen. Doch nun schien sie Titan und seinen Kumpanen die Treue zu halten. Heldenmuts Haut kribbelte. Hatte sie solche Angst vor Titan? Oder war es einfach so, dass Titans Bösartigkeit nach und nach das ganze Rudel ansteckte?

»Danke, dass du mir geholfen hast«, quäkte eine leise Stimme. Es war Kaltschnauze, der sich zu Heldenmut hatte zurückfallen lassen. In seinen blassbraunen Augen lag unschuldiges Vertrauen, sein Bäuchlein war immer noch rund vom Babyspeck. »Es tut mir leid, dass du jetzt in Schwierigkeiten kommst.«

»Schon gut«, sagte Heldenmut. »Mir wird schon nichts passieren. Versprochen.«

Kaltschnauze ließ seinen Schwanz herabhängen. »Ich hätte es schaffen müssen, das Zebra zu töten.«

Heldenmut stupste ihn an der Schulter. »Mit der Zeit wird es leichter werden.«

Kaltschnauze lebte auf. »Kannst du mir das Jagen beibringen? Du machst das wirklich gut.«

Heldenmut musste grinsen. »Ich bin selbst noch dabei, es zu lernen, genau wie du. Aber meine Schwester Wagemut ist eine große Jägerin. Ich könnte sie bitten, dir zu helfen.«

»Das würdest du?« Kaltschnauzes Schnurrhaare bebten. »Vielen Dank, Heldenmut.«

Titan und Arglist warteten Seite an Seite auf die Rückkehrer. Auch Wagemut war schon von der Jagd zurückgekommen und hatte sich neben Flink niedergelassen. Sie kuschelte an der Seite ihrer Mutter und hatte den Kopf auf ihre Schulter gelegt. In der Mitte des Lagers lagen wahllos gerissene Tiere herum. Leichtsinn und Gloria schleppten das Zebra ebenfalls dorthin.

Titan sprach sie an. »Habt ihr eure Beutemenge heute erreicht?«

Die Löwinnen ließen das Zebra zu Boden gleiten und zogen ihre Köpfe ein. »Ja, Titan.«

»Sie waren sehr erfolgreich, Titan«, bestätigte Resolut. »Gloria hat allein zwei Gazellen geschlagen und Leichtsinn hat einen Buschbock getötet. Sie liegen bereits auf dem Beutehaufen.«

Titan nickte, erhob sich und entließ die beiden Löwinnen mit einem Kopfrucken. Er schnüffelte an Resolut und an Royal, ließ aber ohne eine weitere Bemerkung wieder von ihnen ab und beugte sich über den kleinen Kaltschnauze. Das Junge duckte sich schuldbewusst.

»Und warum riechst du nicht nach Beute?«, grollte Titan und legte Kaltschnauze seine schwere Pranke auf die Schulter.

»Er ist noch so klein …«, murmelte Arglist.

»Mein Sohn ist kein gewöhnliches Junges«, fachte Titan. »Er wird einmal der beste Jäger von Bravelands werden, und ich will wissen, warum er heute keine Beute gemacht hat.«

Es wurde mucksmäuschenstill. Kaltschnauze öffnete sein kleines Maul und schob seine rosa Zungenspitze hin und her. »Ich …«

»Es war meine Schuld«, fiel Heldenmut dazwischen. »Ich habe Kaltschnauze die Beute weggenommen, bevor er sie töten konnte.«

Kaltschnauze warf Heldenmut einen dankbaren Blick zu und Arglists Schultern entspannten sich wieder. Wagemut jedoch sprang auf und Flink stellte ihre Ohren auf, ihre Schnurrhaare zitterten. Ein kalter Schauer jagte über Heldenmuts Rücken.

Titan schritt auf Heldenmut zu, seine Muskeln wölbten und streckten sich unter seinem Pelz. »Wie kannst du es wagen?«, knurrte er. »Wie kannst du es wagen, mein Junges zu bestehlen?«

Heldenmut fühlte die Blicke des ganzen Rudels auf sich gerichtet, machen schadenfroh, andere ängstlich. Sein Fell kribbelte.

»Ich ... ich wusste nicht, dass es so wichtig ist«, sagte er. »Ich dachte ... ich wollte ihm helfen ...«

Titan richtete sich drohend vor Heldenmut auf. Seine schwarze Mähne peitschte im Wind, seine Nasenflügel blähten sich und sein Atem roch nach Blut. Instinktiv wollte Heldenmut ihm ausweichen und wegrennen, soweit es nur ging, doch er grub seine Krallen in den Erdboden und hielt ihm stand.

»Das ist keine Entschuldigung«, fauchte Titan. »Meine Befehle waren klar.«

»Es tut mir leid.« Heldenmut schluckte. »Wie kann ich das wiedergutmachen?«

»Gar nicht«, knurrte Titan. »Wer meinen Sohn beleidigt, beleidigt mich ebenso. Ich werde das nicht vergessen.« Er sah zu Flink hinüber und verzog seine Lippen zu einem gemeinen

Grinsen. »Du, Heldenmut, musst noch einmal los und noch ein Tier reißen. Und zur Strafe dürfen weder du noch deine Mutter etwas fressen.«

»Aber Titan«, platzte es aus Gloria heraus, »es gibt kaum noch Beutetiere! Und wir haben schon alle getötet, die wir finden konnten.«

»Das ist eine ungeheuerliche Forderung!« Wagemut sprang vor, ihre Augen blitzten, doch da stand Flink wankend auf und stupste sie an.

»Wir sehen es ein, Titan«, sagte Flink demütig und blinzelte aus ihren milchigen Augen in seine Richtung. »Nicht wahr, Heldenmut? Wagemut?«

Wagemut knirschte mit den Zähnen. »Ja, Mutter.«

Heldenmut brachte kaum ein Wort heraus. Schließlich stammelte er leise: »Ja.«

Sein Magen krampfte sich zusammen. Über sein Mitleid für Kaltschnauze und das sterbende Zebra hatte er die Fürsorge für seine Mutter vergessen. Er hätte wissen können, was sein Ungehorsam gegenüber Titan für Flink bedeuten würde, hatte es aber in der Hitze des Moments nicht bedacht. Er wollte sich nicht vorstellen, was Loyal sagen würde, wenn er davon erfuhr.

Unter den teils verächtlichen, teils mitfühlenden Blicken der übrigen Löwen schlich er davon. Wenn es unter ihnen jemanden gab, der Titans Entscheidung anzweifelte, so traute er sich nicht, es zu sagen. Heldenmut trottete betrübt weiter, bis er das Territorium des Titanrudels hinter sich gelassen hatte. Noch einmal auf die Jagd gehen? Er war bis auf die Knochen erschöpft und konnte kaum noch seinen Kopf anheben.

Ich hasse Titan. Er stemmte sich gegen den Wind, fuhr

seine Krallen aus und harkte im Gehen die Erde auf. *Ich hasse ihn so sehr.*

Dass er gegen den Wind ankämpfen musste, lenkte ihn wenigstens von seinem Verlangen ab, sich auf Titan zu stürzen. Alles, was dieser brutale Löwe machte, wurzelte in einer sinnlosen Grausamkeit: wie er das Rudel terrorisierte, sie zwang, viel mehr Tiere zu reißen, als sie fressen konnten, und wie er den armen Kaltschnauze abwechselnd verwöhnte und einschüchterte. Er hasste Titan, aber noch mehr hasste er den Umstand, dass er nichts gegen ihn tun konnte. Stachel hatte wieder einmal recht gehabt: Das Einzige, was ihm blieb, war abzuwarten.

Heldenmut sah auf und merkte, dass seine Schritte ihn vor Loyals Bau gelenkt hatten. Der Wind heulte um den kahlen Hügel und wehte Sand und Staub in seine Augen. Durch die Felsspalten ging ein unheimliches Pfeifen. Über sich sah er einen von einem herausragenden Felsen halb verborgenen, dunklen Spalt. Dort befand sich der Eingang in den Bau.

Heldenmut wurde wieder etwas ruhiger und kletterte über die vorspringenden Felsen hinauf, bis er schließlich eine flache, sandige Senke erreichte, auf der die ausgeblichenen Knochen längst verzehrter Grasfresser lagen.

»Loyal?«, rief Heldenmut.

Im Bau bewegte sich etwas, dann kam ein dunkler Schatten auf den Eingang zu. »Heldenmut?«

Loyals Stimme klang verschlafen. Er streckte seinen Kopf heraus und blinzelte in den Wind. Als er Heldenmut erblickte, sprang er zu ihm hinunter. »Was ist passiert?«

»Titan natürlich.«

Loyal knurrte. »Was hat er getan?«

Heldenmut sackte auf den Boden. Er konnte seinen Kummer nicht länger unterdrücken. Die Worte purzelten aus ihm heraus, als er Loyal alles berichtete.

»Und ich kann erst zurück, wenn ich noch ein Tier gerissen habe«, endete er bedrückt. »Und selbst dann darf Mutter heute nichts fressen.«

Loyals bernsteinfarbene Augen verdunkelten sich und glitzerten wie Bronze. »Am besten, du gehst gar nicht mehr zurück. Es ist zu gefährlich.«

»Aber Mutter und Wagemut –«

»Ich weiß, ich weiß.« Loyal klopfte mit seinem gekrümmten Schwanz auf den Boden. »Du wirst sie nicht verlassen. Aber was bringt es ihnen, wenn du getötet wirst? Du könntest bei mir bleiben. Hier bist du sicher. Was hältst du davon?«

Es war ein verlockendes Angebot. Einen flüchtigen Augenblick lang malte Heldenmut sich aus, wie es wäre, in Loyals Bau zu wohnen und Beute zu reißen, die er selbst fressen durfte, sich auf dem Felsen zu sonnen, wenn der Sturm vorüber wäre …

Er schloss seine Augen und seufzte. »Ich darf sie nicht allein lassen. Wer weiß, was Titan ihnen antut? Und wenn ich sie hier herbrächte, würde er uns verfolgen.« Er senkte seine Stimme zu einem leisen Knurren. »Außerdem muss ich meinen Vater rächen, Loyal.« Er spreizte seine Krallen. »Deshalb muss ich in der Nähe bleiben und Titan beobachten. Stachel hat gesagt, ich würde es merken, wenn der richtige Zeitpunkt gekommen ist, ihn zu töten.«

»Stachel hat *was* gesagt?« Loyal reckte seine Schultern und entblößte seine Fangzähne. »Das wäre ein Leichtsinn, der dich das Leben kosten würde.«

»Ich werde vorsichtig sein«, versicherte Heldenmut.

»Indem du Titans Sohn beleidigst und ihm die Beute stiehlst?« Loyal schüttelte heftig die Mähne. »Das ist Wahnsinn, Heldenmut.«

»Ich musste es tun! Und Kaltschnauze war froh darüber. Er –«

Loyal schnitt ihm erbost fauchend das Wort ab und ging erregt hin und her. »Was weiß schon ein Pavian darüber, wie es in einem Rudel zugeht? Was weiß Stachel über Titan? Er hat kein Recht, dir zu sagen, was du tun sollst.« Er drehte sich zu Heldenmut um, seine Mähne flatterte im Wind. Heldenmut sah ihm an, wie wütend er war. »Verlass das Titanrudel. Jetzt, Heldenmut! Bevor du eine riesige Dummheit begehst.«

»Aber ich werde nichts Dummes machen!«, protestierte Heldenmut. »Und Titan kann mir nicht wirklich wehtun. Er hat einen Eid geschworen, mich nicht zu töten.«

Loyal starrte ihn einen quälend langen Augenblick an.

»Schwüre können gebrochen werden«, sagte er leise.

Heldenmut schnaubte. »Nicht einmal Titan würde einen Schwur brechen«, sagte er. »Er ist ein grausamer, gesetzloser Schurke, aber er ist immer noch ein Löwe.«

Loyal wandte sich von ihm ab. Die sturmgepeitschten Wolken über dem Felsen färbten sich dunkelviolett und ballten sich zu einem Strudel zusammen. Vögel flitzten Schutz suchend darunter hinweg.

»Es wird wieder regnen«, knurrte Loyal schließlich. »Komm, Junge. Wenn du unbedingt wieder zurückwillst, musst du auch Beute mitbringen. Wir gehen jagen.«

12. KAPITEL

DER SONNENUNTERGANG HATTE eine fast gewalttätige Kraft, als wollte er den trostlosen, grauen Tag abgelten. Seine verglühenden Strahlen färbten die Wolkenbank violett, orange und flammend gelb. Der Sturm aber wütete weiter und drückte Auroras Ohren flach an ihren Kopf.

Das abgebrochene Stück vom Stoßzahn der Großen Mutter, das Aurora immer noch im Rüssel hielt, fühlte sich schwer an. Die Wanderung war lang und ermüdend und sie kamen nur langsam voran, da sie mit jedem Schritt gegen den peitschenden Wind ankämpfen mussten. Die Stelle, von der der Pfad abging, der sie zu ihrem Ziel führen sollte, war noch lange nicht erreicht.

Mond strauchelte und stützte sich mit seinem Rüssel an ihr ab. »'tschuldigung, Aurora«, gähnte er.

»Wir sollten etwas schlafen.«

»Ich bin nicht müde …«, sagte Mond, doch seine Worte gingen in einem neuen Gähnen unter.

»Der Wind ist einfach zu stark.« Aurora strich zärtlich über seine Ohren. »Komm. Ich glaube, ich höre ein Plätschern – wir wollen etwas trinken. Ich muss mich jedenfalls ausruhen, auch wenn du noch die ganze Nacht durchlaufen kannst.«

Mond richtete sich stolz auf, doch dann erstarrte er und klappte seine Ohren nach vorn. »Was war das?«

Aurora hatte es auch gehört. Der Wind trug ein fernes Trompeten zu ihnen herüber. Sie blieb stehen und lauschte. Das Geräusch ebbte im Wind auf und ab und ließ sich nur schwer orten.

»Ist das ein Nashorn?«, hauchte Mond. »Nashörner sind gefährlich, hat Mutter gesagt.«

Aurora verneinte. »Keine Sorge, Mond, das ist kein Nashorn. Das ist ein Elefant – ein einzelner Elefantenbulle, glaube ich.« Monds Miene hellte sich auf, aber sie sagte: »Auch Elefantenbullen können gefährlich werden! Wir kommen ihm lieber nicht zu nahe, einverstanden?«

»Einverstanden, Aurora. Wenn du meinst.« Mond nickte folgsam. »Ich habe dir doch gesagt, dass ich brav sein werde.«

Aurora musste heimlich schmunzeln. Sie ging mit dem kleinen Elefanten über ein rissiges Stück Land. Das Wasserrauschen war jetzt so laut, dass es sogar das Tosen des Windes übertönte, dann wurde der Boden unter ihren Füßen weicher und hier und dort wuchsen saftige Grasbüschel. Nach der anstrengenden Wanderung war das eine Erholung für Auroras schmerzende Füße. Über ihr im dichten Blattwerk der Fieberbäume hatten sich Hunderte Reiher zum Schlafen niedergelassen. Darunter floss ein angeschwollener, reißender Bach.

In der windgeschützten, grasbewachsenen Senke mischten sich allerlei Gerüche. Aurora reckte unsicher ihren Rüssel. Schaudernd erkannte sie den moschusartigen, scharfen Fleischgeruch von Löwen. Hoffentlich waren sie nicht in der Nähe. Vielleicht verweilte ihr Geruch einfach noch im feuchten Blattwerk und in der relativen Stille.

Mond planschte mit seinen Zehen schon in der schnellen Strömung. Aurora sog einen Rüssel voll Wasser ein und spritzte es dankbar in ihr Maul. Es schmeckte frisch und klar und wunderbar.

Nun setzte Mond seinen ganzen Fuß ins Wasser, sodass ein Sprühregen aufspritzte. Er kicherte. »Es ist kalt!«

»Natürlich ist es kalt. Sieh nur!« Aurora streckte ihren Rüssel aus und spritzte ihn mit Wasser voll.

Mond quiekte und trompetete vergnügt, seine Müdigkeit war plötzlich wie weggeblasen. Aurora freute sich, dass sie ihn ablenken konnte, und spielte noch eine Weile, bis er genug hatte. Dann machten sich die beiden daran, dass süße Gras abzurupfen und zarte, dornige Zweige abzureißen.

Schließlich fiel Mond der Zweig, an dem er gerade kaute, aus dem Maul. Seine Augenlider wurden schwer und er gähnte laut. Aurora schlang ihren Rüssel um seinen Hals.

»Zeit zu schlafen«, sagte sie leise.

Sie schob Mond unter ihren Rüssel, verstaute das Fragment vom Stoßzahn der Großen Mutter unter ihrem Bein und legte sich hin. Mond kuschelte sich an sie und legte seinen warmen Kopf an ihre Flanke.

»Meinst du, meine Mama vermisst mich?«, fragte er kleinmütig.

»Bestimmt«, antwortete Aurora leise. »Ich vermisse sie auch. Und Regen und Komet und Wolke und Dämmerung auch. Aber weißt du was?«

»Was?«, flüsterte Mond.

»Wir werden bald wieder bei ihnen sein. Und dann wird Stern dich mit ihrem Rüssel einkuscheln und dich ganz lange nicht mehr von ihrer Seite lassen.« Aurora streichelte die borstigen Haare auf seinem Rücken. »Und du wirst richtig wütend werden, weil sie dich nicht zum Spielen fortlässt.«

»Ich werde bestimmt nicht wütend werden«, murmelte Mond. »Ich werde neben ihr bleiben. Für immer und ewig.«

Er kuschelte sich noch enger an sie, sie spürte seinen Herzschlag auf ihrer Haut. Auch ihre Augen wurden immer schwerer. Irgendwo über ihnen schwirrte ein Vogel und sang sein langes, schnurrendes Lied.

Mond schreckte auf. »Was war das?«

»Nur eine Nachtschwalbe«, beruhigte ihn Aurora. »Sie fliegen im Dunkeln. Hast du sie noch nie gehört?«

»Ich glaube nicht«, sagte Mond unsicher. »Um die Zeit schlafe ich meistens. Mit Mutter.«

»Du musst keine Angst vor ihnen haben.«

»Sind Nachtschwalben *groß*?«

»Nein, es sind kleine, braune Vögel«, erklärte Aurora. »Wenn einer auf deinem Rücken landen würde, würdest du es nicht einmal merken. Große Mutter konnte mit ihnen sprechen, so wie mit allen anderen Vögeln. Sie ließen sich immer auf ihrem Ohr nieder und erzählten ihr, was sie während der Nacht gesehen hatten.«

»Oh.« Mond schob seinen Kopf von einer Seite zur anderen und grub seine Wange in Auroras Bauch.

Kurz darauf setzte er sich wieder auf. »Was ist das?«

»Wo?«

»Dort drüben«, flüsterte Mond und zeigte mit seinem Rüssel. »Ich glaube, das ist ein Flusspferd.«

Tatsächlich ragte dort eine rundliche Form über dem Wasser auf, auf deren glatter, grauer Oberfläche sich das Mondlicht spiegelte. Bewegte sie sich …?

Dann erkannte sie einen gezackten Rand und eine löchrige Vertiefung. »Es ist nur ein Fels.«

»Ich mag ihn nicht.«

Über ihnen ertönte ein Kreischen, viel lauter als der Gesang der Nachtschwalbe, und diesmal schreckten beide zusammen.

»Was war *das*?«, wimmerte Mond.

»Nur ein Vogel«, sagte Aurora, war sich aber selbst nicht sicher. Auch ihr war das Geräusch unheimlich. Sie spähte zum Himmel hinauf, sah in der Dunkelheit aber nur die dahinjagenden Wolken.

Mond vergrub seinen Kopf in ihrer Seite. »Ich mag das nicht«, wiederholte er. »Ich will zu meiner Mutter. Ich will nach Hause!«

Wieder hörten sie ein fernes Heulen – eine Hyäne? Aurora zuckte zusammen. »Wir gehen bald nach Hause, versprochen«, sagte sie. »Soll ich dir eine Geschichte erzählen? Dann kannst du vielleicht besser einschlafen.«

Sie spürte Monds eifriges Nicken.

»Also gut. Das ist eine Geschichte, die meine Mutter mir immer erzählte, als ich noch kleiner war als du.«

»*So* klein bin ich nicht«, sagte Mond und klang jetzt eher empört als verängstigt.

»Nein, natürlich nicht. Die Geschichte geht so: Zu einer Zeit, als die ersten Elefanten durch Bravelands wanderten und die Gräser zu wachsen begannen, gab es einmal einen kleinen Elefanten, der hieß Wolke. Wolke war so tapfer, dass sie –«

»He«, murmelte Mond in ihre Flanke hinein, »ich will, dass Wolke ein Er ist.«

»Gut. Wolke war so tapfer, dass *er* niemals Angst hatte, nicht vor Löwen und auch nicht vor Krokodilen. Und er war so klug, dass er die Sprache der Vögel verstand, genau wie unsere Große Mutter. Und er war so stark, dass er jeden Baum, der über den Wanderweg der Familie fiel, einfach hochhob und zur Seite warf. Und seine Mutter und seine Tanten und seine Cousinen und seine Großmutter waren sehr stolz auf ihn und sie liebten ihn über alles.«

»Und er liebte sie.« Mond hatte sich etwas beruhigt und seine Ohren aufmerksam aufgeklappt.

»Natürlich liebte er sie. Eines Abends, nach einer langen, langen Wanderung, hatte sich Wolkes ganze Familie schlafen gelegt, nur Wolke war noch wach und betrachtete den Sternenhimmel. Und da fiel ein Stern herab. Hast du schon einmal gesehen, wie ein Stern vom Himmel fällt?«

Mond nickte und stupste dabei Auroras Bauch an. »Ein Mal«, sagte er. »Mutter hat ihn auch gesehen.«

»Ja, aber als du ihn gesehen hast, ist er weit fort von dir heruntergefallen, stimmt's?« Aurora streichelte mit ihrer Rüsselspitze sein zuckendes Ohr. »Der Stern, den Wolke sah, war groß und hell. Als er herunterfiel, gab es einen lauten Knall, daher wusste Wolke, dass er ganz in der Nähe gelandet war. Vielleicht nicht weiter als hinter dem nächsten Hügel ...«

»Und hat Wolke ihn gefunden?«, fragte Mond.

»Nun, er flüsterte seiner Mutter ins Ohr, dass er gleich wiederkäme und sie sich keine Sorgen machen müsste. Und dann wanderte er über die Ebene zu dem Stern.«

Mond hob seinen Kopf und spähte in die Dunkelheit. »Aurora«, flüsterte er, seine Stimme klang ein wenig schrill. »*Aurora*, da drüben ist ein Nashorn.«

»Es ist nur ein Felsen«, beruhigte ihn Aurora und lächelte. »Genau wie bei dem Flusspferd.«

»Aurora!« flüsterte Mond angsterfüllt und zeigte mit seinem Rüssel in die Dunkelheit.

Im fahlen Mondlicht zeichnete sich undeutlich eine Form ab. Sie befand sich ein ganzes Stück entfernt neben dem Pfad. Sie *war* groß und still und hatte eine Wölbung, die wirklich wie der Buckel eines Nashorns aussah.

War die Form vorher schon da gewesen? Aurora war sich nicht sicher.

Sie glaubte nicht.

War es ein Felsbrocken? Dann hätte sie aber hören müssen, wie er auf den Pfad rollte, auch auf diesem aufgeweichten Boden. Und außerdem war er dafür eigentlich zu groß. Aurora wollte Mond gerade etwas Beruhigendes zuflüstern – da drehte die Gestalt ihren Kopf, sodass das Mondlicht darauffiel.

Es war eindeutig ein Kopf. Aurora erkannte die büscheligen Ohren und das unverwechselbare, lange Horn eines Nashorns. Das Blut gefror in ihren Adern.

»Ich sehe nach«, sagte sie leise, um einen festen Tonfall bemüht. »Du bleibst hier, Mond. Wenn ich trompete, rennst du weg. Dann rennst du so schnell du kannst.«

»Nein, bleib hier.« Mond schlang seinen Rüssel um Auroras Bein, aber sie schüttelte ihn sanft ab.

»Es wird nichts passieren«, sagte sie und versuchte, dabei genauso fest und ruhig zu sprechen, wie sie es von Großer Mutter gekannt hatte. »Ich werde still und flink wie ein Leopard sein.« Doch es war unmöglich, lautlos zu gehen. Schilfrohr und Gras knisterten und raschelten unter ihren Füßen. Aurora zuckte bei jedem Schritt zusammen, Furcht flutete durch ihre Adern. Als sie sich dem Pfad näherte und der Boden dürr und trocken wurde, knirschten ihre Schritte auf dem sandigen Grund und klackerten lose Steinchen unter ihren Füßen. Mit klopfendem Herzen blieb sie stehen.

Das Nashorn rührte sich nicht. Es lag auf seinem Bauch, das Kinn ruhte auf dem Boden, seine Oberlippe bebte beim Schnarchen.

Wenigstens war es nicht so groß wie die anderen Nashörner, die sie schon gesehen hatte. Es war ungefähr so groß wie sie, noch nicht voll ausgewachsen. Aurora sah sich um, entdeckte aber keine anderen Nashörner.

Sie kroch zu Mond zurück. »Das Nashorn schläft«, flüsterte sie. »Es weiß nicht, dass wir hier sind.«

Mond stieß einen zittrigen, erleichterten Seufzer aus. »Vielleicht sollten wir gehen, bevor es aufwacht.«

»Nein, aber wir gehen, bevor es hell wird. Wir lassen das Nashorn in Ruhe und das Nashorn lässt uns in Ruhe.«

Aurora legte sich wieder hin und der kleine Elefant kuschelte sich an ihre Seite. »Es ist spät«, flüsterte sie. »Schau dort, wo die Wolken sich geteilt haben. Dort siehst du den Mond, kleiner Mond.«

»Kleine Aurora«, murmelte Mond.

»Der große Mond sieht auf den kleinen Mond herab«, sagte Aurora in einem leisen, träumerischen Ton. »Denk nur, was der große Mond alles sehen kann, überall in Bravelands.«

Monds Atmen wurde tiefer und langsamer und auch ihre Augen wurden schwer. Der Mond verschwand wieder hinter den dahinjagenden Wolken und hinterließ eine hellsilbrige Spur. Aurora hoffte, dass der Fluss der Sterne nicht bedeckt war. Sie blickte gern zu ihm hoch, wenn sie nicht schlafen konnte. Dann betrachtete sie seinen glitzernden Strom und folgte seinem gewölbten Pfad von einem Horizont zum anderen. Die silbernen Wolken, die nebelhaft durch ihr Sichtfeld wirbelten, waren nicht das Gleiche.

Sie beruhigten sie nicht, wie es die Sterne gewöhnlich taten …

*

Aurora wurde mit einem Ruck wach. Vom Fluss kam ein platschendes Geräusch. Fahles Tageslicht fiel durch die stürmischen Wolken und Mond spielte vergnügt am aufgewühlten Wasser.

»Endlich bist du wach, Aurora!«, quiekte er. »Das Nashorn ist fort!«

Aurora schaute am Ufer entlang. Es lag verlassen da. *Dem Großen Geist sei Dank.*

Mit ihrer Rüsselspitze tastete sie nach dem Stoßzahnfragment. Es lag immer noch neben ihr im Gras. Erleichtert riss sie ein Büschel Gras aus und schob es sich in das Maul.

Wasser spritzte ihr ins Gesicht; es war so kalt, dass ihr die Luft wegblieb.

»Das kriegst du von gestern zurück!«, kreischte Mond und hüpfte wieder zurück.

Aurora schüttelte das Wasser aus ihren Ohren und lachte. Dann füllte sie ihren Rüssel und nahm die Verfolgung auf. Mond rannte rüsselschwingend davon, und Aurora tat, als ob sie ihn verfehlt hätte, und spritzte das ganze Wasser über das Gras.

»Ich habe gewonnen!«, schrie Mond.

»Ja, du hast gewonnen«, stimmte Aurora zu und ringelte ihren Rüssel um seinen Rüssel.

Nachdem sie genug Gras und grüne Zweige gefressen hatten, holte Aurora den Stoßzahn, und sie machten sich wieder auf den Weg. Der Wind kam ihr noch stärker vor als am Tag zuvor. In der offenen Ebene der Savanne musste Aurora sich ihm richtig entgegenstemmen und Mond so gut es ging mit ihrem Körper schützen. Staub flog in ihre Augen, und es wurde auch nicht besser, als der Pfad steiler wurde. Von fern hörte sie wieder das Schmettern des Elefantenbullen. Und auch der schwache Geruch von Löwen streifte manchmal ihren Rüssel, doch bei dem starken Wind war es gut möglich, dass sie sehr weit entfernt waren.

Aurora konnte schlecht abschätzen, wie spät es war, denn die Sonne wurde von dicken, stürmenden Wolken verdeckt. So mussten die beiden jungen Elefanten auf gut Glück weiterstapfen und mühsam einen Fuß vor den anderen setzen. Das üppige, grüne Ufer und der süße Geschmack des Wassers verblichen zu einer fernen Erinnerung. *Armer Mond,* dachte Aurora, *für ihn ist das bestimmt besonders schwierig.*

Ihre Kehle war so ausgetrocknet, dass sie nicht einmal fragen konnte, ob er müde war. Sie blieb einfach stehen, damit er sich ausruhen konnte. Erschöpft lehnte er sich an sie. Aurora prüfte währenddessen den Pfad, den sie gekommen waren, und versuchte auszumachen, wie viel sie geschafft hatten.

In der Ferne schimmerte eine unförmige Gestalt, die rasch näher kam.

Aurora erschrak so sehr, dass sie wie von einem Huf getroffen zusammenzuckte. »Was?«

Mond drehte sich erschöpft um und folgte ihrem Blick. Seine Augen weiteten sich vor Schreck. »Das Nashorn«, schnaufte er. »Warum folgt es uns?«

»Ich weiß nicht.« Nun bekam auch Aurora es mit der Angst zu tun. Mond sah aus, als würde er gleich in Panik ausbrechen. *Ganz ruhig bleiben,* sagte sie sich streng und kitzelte ihn am Ohr. »Keine Sorge. Es hat zufällig denselben Weg wie wir.«

Sie eilten weiter und versuchten trotz des Windes, noch schneller voranzukommen. Der Trampelpfad führte eine Weile genau geradeaus, der Felsen, der den Abzweig markierte, war gut zu erkennen. Als sie abbogen, verlor sich der neue Pfad in bläulicher Ferne und verschwand hinter nebelverhangenen Hügeln. Aurora sah zurück, auch das Nashorn war an dem Wegzeichen abgebogen.

Warum tut es das? Was will es hier?

Der Pfad führte nun steil bergauf und wurde zunehmend schmaler. Die Felsen zu beiden Seiten rückten immer näher zusammen, sodass sie schließlich hintereinander gehen mussten. Wenigstens wurde Mond auf diese Weise ein wenig vor dem scharfen Sand und den herumwirbelnden Steinen geschützt. Von den nackten Felsen hallten das Heulen des Windes und das Prasseln herabfallender Steine wider, doch hinter ihnen waren noch lautere Geräusche. Aurora hörte ein Poltern wie von Felsbrocken, die so groß waren, dass selbst dieser Sturm sie nicht hätte bewegen können. Außerdem war ein rhythmisches Knirschen zu hören, das eindeutig von Schritten herrührte.

Aurora wurde es immer unheimlicher zumute und sie beschleunigte ihre Schritte.

Je höher sie kamen, desto dichter wurde der Nebel, die graue Feuchtigkeit setzte sich in ihre Hautfalten. Nachdem sie mehrere Höhenrücken überwunden hatten, führte sie der Felsenpfad endlich über den richtigen Pass. Sie blieb stehen.

Aurora erinnerte sich, dass der Pfad ab diesem Punkt wieder nach unten abfiel, die Felswände plötzlich wieder weiter wurden und sich auf eine grasbewachsene, von Knochen übersäte Ebene hin öffneten: das Land der Ahnen. Wollte das Nashorn etwa auch dorthin? Die Ebene war ein Heiligtum der Elefanten, was hatte ein Nashorn bei den Gebeinen toter Elefanten zu suchen? Aurora war sich sicher, dass der Pfad nirgendwo anders hinführte.

Sie straffte ihre Schultern und stupste Mond an, damit er sich an ihr vorbeiquetschte.

»Mond, geh weiter«, sagte sie. »Ich warte hier kurz, aber du gehst den Pfad bis in das Tal hinunter. Erinnerst du dich? Dort bist du in Sicherheit.«

Mond nickte. Er warf einen Blick zurück, auch er hatte das Nashorn gehört.

»Sei vorsichtig, Aurora«, flüsterte er, dann trottete er weiter bergauf.

Aurora wartete, der trostlose Wind jammerte und heulte. Ihr Herz flatterte wie ein Madenhacker. Weiter unten machte der Pfad eine Kurve und verschwand hinter einer Felsplatte, die ihr die Sicht versperrte. Aber sie hörte ein Grunzen und das Stapfen von schweren Schritten.

Dann tauchte das Nashorn auf. Es war ein Weibchen. Die Augen auf den Boden geheftet, schnaufte es mit seinem schweren Körper den steilen Pfad hinauf. Aurora hatte richtig vermutet – es war kaum größer und wahrscheinlich auch nicht älter als sie. Aber mit seinem massiven Leib und dem spitzen Horn sah es trotzdem gefährlich aus. *Gib mir Mut, Große Mutter.*

Jetzt oder nie, dachte Aurora und trat dem Nashorn in den

Weg. Sie erhob zornig ihren Rüssel und breitete ihre Ohren aus.

»Warum folgst du uns?«

Das Nashorn blieb stehen, seine schwarzen Augen glitzerten. Es reckte seinen Kopf und sein langes Horn schimmerte im fahlen Licht.

13. KAPITEL

DIE FELSWAND WAR von Wind und Wetter geglättet, aber Dorn kam es vor, als trügen die Stürme sie vollends ab. Der Wind heulte über den kahlen Abhang und presste die wenigen Pflanzenbüschel nach unten. In den Höhlengängen, wo der Trupp Schutz gesucht hatte, erzeugte er ein unheimliches, klagendes Geräusch. Sie hatten sich nur bis in eine überhängende Grotte am Eingang gewagt. Doch dorthin drang auch der launische Wind und zerzauste ihr Fell.

Der Lichtwald-Trupp hatte den verlassenen Bau zufällig entdeckt. Das zermürbende Heulen des Windes wollte nicht aufhören, trotzdem hatten sie Glück gehabt, fand Dorn. Auf dem Boden der Höhle hatten sich im unaufhörlichen Regen Pfützen gebildet, aber wenigstens waren sie dem Sturm nicht mehr direkt ausgesetzt. Die Starkzweige und noch ein paar andere kräftige Paviane hatten Äste gesammelt, die sie so fest es ging vor dem Höhleneingang miteinander verkeilt hatten. Die Blätter raschelten und flatterten, aber die Konstruktion hielt. Der Gang führte weiter in den Berg hinein, aber niemand wagte sich vor, um herauszufinden, was sich unten befand. Ein schwacher Geruch nach verdorbenem Fleisch, über den niemand sprechen wollte, sickerte aus der Tiefe nach oben.

Die Paviane hatten genug eigene Probleme.

Beere schlief reglos in einer weiter abgelegenen Nische auf einer Unterlage aus weichen Blättern. Ihr Gesicht sah matt und fiebrig aus. Die Heilblätter wuselten um sie herum, brachten kühles Wasser und Umschläge herbei, doch Dorn hockte nur da, starrte auf ihr wunderschönes Gesicht und wünschte sich, sie würde aufwachen.

Die Augen unter ihren geschlossenen Lidern zuckten heftig. *Sie träumt,* dachte Dorn. *Hoffentlich hat sie keine Albträume. Hoffentlich erlebt sie den Überfall nicht noch einmal.*

»Es ist meine Schuld«, flüsterte er. »Beere, es tut mir so unendlich leid.«

Kurz nach ihrem Streit am Gewitterbaum war sie von jenen Affen überfallen worden, vor denen er und Nuss sich versteckt hatten. Eine Gruppe Mittelblätter, die gerade auf Nahrungssuche waren, hatten ihre Schreie gehört und die Affen vertrieben. Doch als sie Beere schließlich fanden, war sie von den Bissen und Kratzern fast ohnmächtig. Aber am schlimmsten war ...

Dorn blickte auf Beeres abgetrennten Schwanz, ein blutiger Brei, der von den Verbänden der Heilblätter zugedeckt war.

Hätten wir uns bloß nicht gestritten. Hätte ich sie nur nicht allein nach Hause gehen lassen. Dieser Gedanke ging ihm immer und immer wieder durch den Kopf.

»Ich ... ich habe es nicht gesehen«, murmelte Beere.

»Was, Beere? Was brauchst du?«, fragte Dorn flehend und beugte sich zu ihr hinab.

Aber Beere war wieder verstummt. Blume Heilblatt berührte ihre Wange. »Sie hat immer noch Fieber«, sagte sie und runzelte die Stirn. »Blüte, komm und hilf mir.«

Das andere Heilblatt eilte mit einer Handvoll frischer Blätter herbei und gemeinsam umwickelten sie damit Beeres Schwanz. »Wir brauchen mehr Honig, Blüte«, sagte Blume. »Wir müssen verhindern, dass sich die Wunde entzündet.«

Beere wehrte sich kraftlos, als die Heilblätter die Wunde aufdeckten, die roh und blutig wie ein halb gefressener Kadaver aussah. Dorn wand sich.

»Sie ist sehr schwach«, murmelte Blüte und verband unter dem Wimmern und Winden von Beere ihren Stumpf. Dorn hätte so gern ihre Pfote genommen und sie getröstet – aber das durfte er nicht vor den Augen der Heilblätter.

»Wann wird sie wieder gesund sein?«, fragte er heiser.

Blüte und Blume sahen sich sorgenvoll an. Blume schüttelte den Kopf.

Dorns Kehle schnürte sich vor Entsetzen zusammen. *Sie täuschen sich,* dachte er. *Sie wird wieder gesund werden. Sie* muss *gesund werden.*

Die Heilblätter wickelten noch einige Schakalbeerenbaumblätter um Beeres verstümmelten Schwanz, dann eilten sie davon, um sich um andere Paviane zu kümmern, die von den umgestürzten Bäumen verletzt worden waren. »Du darfst nicht lange bleiben«, wurde Dorn ermahnt. »Das Wichtigste, was Beere jetzt braucht, ist Ruhe.«

Kaum war Dorn mit Beere allein und unbeobachtet, streckte er seine Hand aus und streichelte ihre Wange. Sie lag ganz still da, ihre Schnauze, die sonst so süß aussah, war schmerzhaft verzerrt. »Beere«, flüsterte er. »Beere, kannst du mich überhaupt hören?«

Er beugte sich über sie und hielt den Atem an, aber sie zuckte nicht einmal.

»Es tut mir so leid«, flüsterte er schließlich und nahm ihre Pfote. »Schrecklich leid. Wäre ich nur mit dir mitgegangen. Ich hätte mit dir gegen die Affen gekämpft oder wir hätten uns gemeinsam versteckt.« Er kniff seine Augen zusammen. »Du hattest recht, Beere. Es ist etwas passiert, und ich wünschte, ich hätte dir die Wahrheit gesagt …« Er drückte ihre Pfote. »Es geht um deinen Vater. Er hat etwas Furchtbares getan.«

Beere reagierte nicht. Dorn wusste, dass sie ihn nicht hören konnte. Sie lag direkt vor ihm und war doch so weit entfernt.

»Ich werde dir alles erzählen, sobald es dir wieder besser geht, das verspreche ich.« Dorn streichelte noch einmal ihre Wange, dann trottete er schweren Herzens in die Haupthöhle zurück.

Matsch kauerte im Halbdunkel an der Wand und sprach leise auf die anderen Paviane ein, doch als er Dorn bemerkte, kam er ihm mit großen Augen entgegen. »Wie geht es Beere? Wird sie wieder gesund werden?«

»Ich weiß es nicht.« Dorns Stimme bebte.

»Ach, Dorn.« Matsch berührte ihn an der Schulter. »Ist mit dir alles in Ordnung?«

»Doch, doch, mir geht es gut. Ich …« Dorn zögerte. Spielte es wirklich eine Rolle, wie es ihm ging, solange Beere zwischen Leben und Tod schwebte?

Die Antwort wurde ihm erspart, denn die Starkzweige, die aus den tiefer gelegenen Höhlengängen zurückkamen, riefen ihn barsch herbei. »Dorn«, rief Wurm, »pack mit an und bring das Fressen raus.«

Die unverletzten Paviane drehten sich bei diesen Worten alle auf einmal zu den Starkzweigen um, doch ihre gierigen Blicke verwandelten sich schnell in widerwillige Fratzen.

Dorn unterdrückte einen Ekelschauder, als er Frosch half, eine schmierige, schwärzliche Keule in die Höhlenmitte zu schaffen.

»Wir haben den hinteren Teil der Höhle untersucht«, sagte Frosch achselzuckend. »Dort liegen überall tote Hyänen herum.«

»Wenigstens ist das etwas zum Fressen«, zischte Gras. »Macht nicht so ein Gesicht.«

Die Nahrungssuche war durch die Stürme und die vielen umherziehenden Raubtiere in der Tat schwierig geworden. *Das stinkende, halb verweste Fleisch muss dem Trupp genügen*, dachte Dorn, während er die zerstückelten Kadaver verteilte. Doch als Sternblatt mit einem dankbaren Lächeln ein verrottetes Vorderbein von ihm entgegennahm, schämte er sich plötzlich. Nach der Essensausgabe versammelten sich die Starkzweige um ein Häuflein von Beeren, Insekten und toten Nagetieren. Sie hatten die wenigen schmackhaften Dinge in der Nähe des Eingangs gehortet, behielten aber alles für sich allein. Als Sternblatt Matsch zu sich rief, um ihm etwas von ihrem Aasfleisch abzugeben, winkte Frosch Dorn aus der Ecke der Starkzweige zu.

»Dorn, komm und iss mit uns.«

Widerstrebend trottete Dorn hinüber und gesellte sich zu den anderen Starkzweigen. Es war nicht zu leugnen, seine tote Eidechse schmeckte eindeutig besser als tote Hyänen, trotzdem fühlte er sich schuldig.

»Stachel!« Gras strahlte, als das Kronblatt auf sie zukam. »Hier, wir haben dir einen Skorpion aufgehoben.«

»Und wir haben auch ein paar Sternbüsche gefunden«, erzählte Fliege eifrig. »Sie schmecken köstlich, Stachel.«

Stachel betrachtete die orangefarbenen Früchte und steckte sich eine in den Mund. »Hebt ein paar für Beere auf«, befahl er. »Und auch die Tamarinden. Die mag sie besonders.«

Ja, Beere liebte Tamarinden. Wenn sie das herbe Fruchtfleisch von den Kernen saugte, leuchteten ihre Augen immer begeistert auf. Dorn starrte auf die Reste seiner Eidechse. Der Appetit war ihm vergangen.

»Komm schon, Dorn, iss auf.« Stachel klopfte ihm auf die Schulter. »Du bist jetzt ein Beschützer des Trupps – es ist deine Pflicht, bei Kräften zu bleiben.«

»He, du«, bellte Wurm einen vorbeikommenden Tiefwurz an. Der kleine Pavian blieb erschrocken stehen und drehte sich misstrauisch um. »Bring mir ein paar Blätter, damit ich meinen Fuß hochlegen kann. Du weißt doch, dass ich beim Jagen von einer Tarantel gebissen worden bin.«

Der Tiefwurz eilte in seine Vorratsecke und kam mit einem Armvoll Dattelpalmenblättern zurück.

Wurm schimpfte. »Die sind mir zu hart! Ich will Nachtschattenblätter. Hast du etwa keine? Ja, ja, dann lass eben diese da, aber bring mir ein paar Nachtschattenblätter, bevor es dunkel wird.«

Was für ein Fiesling, dachte Dorn. *Sie sind alle gleich, mit Ausnahme von Frosch.*

Aus den Augenwinkeln bemerkte er, wie Fangzahn mit einem Knochen auf Matsch zielte. Es war ein kleiner Knochen, aber er traf ihn genau zwischen den Schulterblättern.

Matsch wirbelte herum und sah böse zu den Starkzweigen hinüber. Fangzahn zeigte auf Dorn.

»Er war's!«, johlte er.

Matsch sah ungläubig und verletzt zu Dorn hinüber. Dorn

stutzte und wollte protestieren, aber da hatte sich sein Freund schon wieder weggedreht und beleidigt die Schultern hochgezogen.

»Also«, sagte Stachel und schluckte eine fette Raupe hinunter, »hört mit dem Unsinn auf. Wir müssen über diese Affen reden und überlegen, was wir mit ihnen machen wollen.«

»Wir jagen sie und schlachten sie ab«, knurrte Wurm.

»Ja. Wir verpassen ihnen einen Denkzettel, dann lassen sie sich nicht mehr mit uns Pavianen ein.« Flieges Schnauze zuckte.

»Wartet. Ist das nicht ein wenig übereilt?«, gab Dorn zu bedenken.

»Sie haben Beeres Schwanz abgebissen«, zischte Wurm und fügte mit einem verschlagenen Blick auf Stachel hinzu: »Ist dir das etwa egal, Dorn?«

»Ich bin wütend, dass sie Beere das angetan haben!«, erwiderte dieser verärgert. »Und auch den anderen! Aber wir wissen auch, wie gefährlich diese Affen sind.«

»Und es sind schrecklich viele«, sagte Frosch. »Ich gebe Dorn recht.«

»Und wie es der Zufall will, bin auch ich seiner Meinung.« Stachel warf Wurm einen strengen Blick zu und diese zuckte überrascht zusammen.

»Ich verstehe nicht ...« Fliege leckte seine Lippen. »Willst du dich nicht rächen, Stachel?«

»Das will ich in der Tat«, sagte Stachel. »Ich möchte die Affen bestrafen, genau wie das jeder von euch tapferen Pavianen möchte, und ich freue mich, dass ihr meine Tochter rächen wollt.« Er stocherte in seinen Zähnen. »Aber Bravelands hat aus gutem Grund einen Großen Vater für solche Zwecke.«

Fliege, Wurm und Fangzahn sahen ihn erstaunt an.

»Aber Stachel –«, krähte Fangzahn.

»Wir können sie doch nicht ungestraft davonkommen lassen«, knurrte Wurm.

»Was weiß schon dieses Nashorn darüber?«, maulte Fliege.

Ein finsterer Blick von Stachel brachte ihn zum Schweigen und er kaute nervös auf seinen Lippen. Frosch war anzusehen, dass sie bis auf die Knochen schockiert war.

»Tut mir leid«, murmelte Fliege.

»Ruhe, schweigt still.« Stachel hatte eine Pfote erhoben. »Ich möchte nie mehr hören, dass jemand von euch den Großen Vater infrage stellt. Wir sind besser als die Affen. Vergesst das niemals.« Er bedachte Fliege noch einmal mit einem vernichtenden Blick. »Wir werden zum Großen Vater gehen und ihn um Gerechtigkeit bitten.«

»Stachel Kronblatt! Auf ein Wort, bitte!«

Die Starkzweige drehten sich erstaunt um, als der alte Käfer Hochblatt nach vorn humpelte. Der grauhaarige Pavian blieb pustend und schnaufend vor Stachel stehen, seine Kiefer mahlten aufgeregt.

»Sprich, mein lieber Käfer.« Stachel streckte auffordernd eine Pfote aus.

»Ich komme im Auftrag des Rats«, sagte Käfer. »Dies muss ich zuerst klarstellen, denn es hat in deiner Abwesenheit eine Ratsversammlung gegeben. Während du anderweitig, äh – beschäftigt warst.«

»Eine Versammlung?«, fragte Stachel sanft. »In meiner Abwesenheit?«

»Genau. Wie du weißt, ist so etwas in den Ratsstatuten vorgesehen.« Käfer kratzte sich nervös im Nacken. »Es gab eine gewisse, äh – Besorgnis. Über die Art und Weise, wie der Trupp geführt wird.«

»Sprich weiter, mein weiser Freund.« Stachel neigte seinen Kopf.

Käfer gewann etwas mehr Selbstsicherheit. Er erwiderte Stachels Aufmerksamkeit mit einem höflichen Nicken. »Einige Paviane sind unzufrieden, Stachel. Es ist der Eindruck entstanden, dass die Starkzweige sich – also –, sich ein bisschen zu sehr in den Vordergrund spielen.«

»Meine Starkzweige?« Stachel wirkte gekränkt. »Aber ihre Aufgabe ist es, den Trupp zu beschützen, nicht ihm zu schaden.«

»Eben, eben. Aber es kommt vermehrt vor, dass – also, dass sie Mitgliedern anderer Rangordnungen sagen, was sie tun sollen. Dass sie immer das beste Fressen für sich behalten. Dies scheint uns nicht ganz fair zu sein.«

Stachel nickte nachdenklich. »Ich weiß es zu schätzen, dass du zu mir gekommen bist, Käfer. Meine Starkzweige müssen natürlich bei Kräften bleiben, aber ich habe ihnen sehr deutlich zu verstehen gegeben, dass sie da sind, um den Trupp zu beschützen, nicht, um ihm zu befehlen.«

Gras öffnete die Schnauze, als wollte er ihm widersprechen, und Dorn sah genau, wie Stachel ihm mit dem Ellbogen einen Stoß versetzte.

»Gut, gut«, sagte Käfer erleichtert. »Vielleicht wäre es angemessen, sie daran zu erinnern, Stachel. Einfach um sicherzustellen, dass die Lebensweise des Trupps geachtet wird?« Er sah nervös zu Wurm und Fliege hinüber. »Schließlich ist das ein ganz neues System. Früher gab es noch keine Starkzweige.«

»Das ist richtig.« Stachel schenkte ihm ein breites Lächeln, das seine Fangzähne sehen ließ. »Ich bin froh, dass du das angesprochen hast, und ich werde mich unverzüglich darum kümmern. Gras, Fliege, bitte begleitet Käfer. Geht mit ihm vor den Bau, dort könnt ihr ungestört mit ihm darüber sprechen, verstanden?«

Gras grinste und Fliege sprang auf. Käfer sah unruhig von einem zum andern. »Also, wirklich, ich –«

»Komm schon, alter Pavian«, sagte Gras und nahm seinen Arm. Fliege packte den anderen Arm und gemeinsam schafften sie ihn fort.

Oh. Dorn sprang auf und wollte hinter Gras und Fliege herrennen, die Käfer rasch nach draußen brachten. Aber da bohrten sich ein paar kräftige Krallen in seine Schulter.

»Nun, Dorn, was habe ich dir gesagt?« Stachel lächelte ihn an und nötigte ihn wieder zum Sitzen. »Du musst essen, damit du ein guter Starkzweig wirst. Bitte beende deine Mahlzeit.«

Dorn schluckte. Stachel ließ ihn nicht aus den Augen. Er hatte immer noch dieses strahlende und zugleich einschüchternde Lächeln aufgesetzt.

Geschlagen ließ Dorn seine Glieder hängen. Er nahm eine Feige und kaute darauf herum, obwohl sie wie Staub schmeckte. Frosch suchte seinen Blick, sie sah tief verstört aus.

Dorn zwang sich, die geschmacklose Feige Bissen für Bissen hinunterzuschlucken. Er spitzte seine Ohren, aber von außerhalb der Höhle war nichts zu hören. Was immer dort geschah, es wurde vom Heulen des Windes verschluckt.

*

Großer Vater stand an dem vom Wind glatt geschliffenen Ufer der Wasserstelle, die dicken, grauen Beine bis zu den Knien im Schlamm. Sein Schwanz zuckte ungeduldig, als die drei goldbraunen Gazellen ihn eindringlich um Hilfe anflehten.

»Die Löwen des Titanrudels schlachten uns und die anderen Grasfresser in ganz Bravelands ab«, sagte die größte Gazelle und stieß erregt ihre schlanken Hörner in die Luft. »Sie töten nicht, um zu überleben – sie fressen die Tiere nicht einmal, die sie getötet haben!«

»Wir haben so viele aus unserer Herde verloren«, ergänzte ein besorgtes Gazellenweibchen. »Und das Schlimmste ist, dass sie sie einfach den Geiern überlassen.«

»Das verstößt gegen das Gesetz«, sagte die erste Gazelle. »Großer Vater, du musst einschreiten.«

Dorn hörte aufmerksam zu, während er mit Stachel und den anderen Starkzweigen ebenfalls auf eine Audienz beim Großen Vater wartete. Was die Gazellen erzählten, klang genau wie das, was mit Schönfreund geschehen war. Anscheinend entwickelte Titan ein besorgniserregendes neues Jagdverhalten.

»Was sollen wir tun, Großer Vater?« Jetzt sprach die dritte Gazelle. Ihre großen, dunklen Augen waren flehend auf das Nashorn gerichtet. »Unsere Herde wird nicht überleben, wenn das so weitergeht.«

Dickhaut grunzte. Er reckte sein Horn in die Luft und suchte mit seinen dunklen Äuglein den Himmel ab. »Lasst mich nachdenken«, sagte er gewichtig. Er wühlte mit einem Fuß kurz im Schlamm, der im Wind schnell trocken und hart wurde. Dann schnippte er seinen Schwanz über seinen Rumpf, worauf sich seine beiden Madenhacker zwitschernd in die Luft erhoben.

Dickhaut schürzte seine Oberlippe und antwortete ihnen mit ein paar merkwürdigen Piepslauten. »Ja, meine Freunde«, polterte er. Einer der Madenhacker schoss nach unten, zog eine Zecke aus dem Ohr des Großen Vaters, schluckte sie hinunter und trillerte lautstark.

»Meine Ratgeber, die Vögel, berichten, dass du die Wahrheit sagst«, erklärte Dickhaut und nickte entschieden. »Das Titanrudel tötet zu viele Grasfresser.«

Die Stimmung der Gazellen hellte sich auf und sie tauschten freudige Blicke.

»Und, Großer Vater, was sollen wir tun?«, fragte ihr Anführer.

Dickhaut reckte wieder sein Horn und stampfte mit einem Fuß auf den schlammigen Boden. »Kämpft.«

Die Gazellen starrten ihn einen Augenblick lang entgeistert an. Ihr Anführer schluckte.

»Entschuldigung, Großer Vater«, sagte das kleine Gazellenweibchen endlich ganz höflich. »Wir verstehen nicht ganz.«

Auch Dorn verstand nicht, was Großer Vater meinte. Am liebsten hätte er laut herausgeschrien. *Wie sollen Gazellen gegen Löwen kämpfen?*

Nicht nur er und die Gazellen waren sprachlos: Auch die anderen Starkzweige schwiegen verblüfft. Fliege und Gras sahen sich verwirrt an, während Frosch unbehaglich von einer Pfote auf die andere trat. Nur Stachels Mimik blieb ruhig und gefasst.

»Wir …« Die große Gazelle zuckte mit den Ohren und stampfte mit einem Hinterhuf auf, »wir können nicht gegen Löwen kämpfen, Großer Vater.«

»Wozu habt ihr Hörner?« Dickhaut legte seinen Kopf zur

Seite und runzelte die Stirn. »Wozu habt ihr Hufe? Ihr seid doch viel mehr, auf einen Löwen kommen bestimmt hundert Gazellen!«

»Aber –«

»Mein Rat ist endgültig«, grunzte Dickhaut. »Geht und kämpft.«

Die Gazellen zögerten und wechselten angsterfüllte Blicke. Schließlich drehten sie sich um und trotteten von dannen, die Hörner gegen den Sturm geneigt. Sie sahen niedergeschlagen und verzweifelt aus – kein Wunder, dachte Dorn. Wenn sie dem Rat des großen Vaters folgten, würden sie alle niedergemetzelt werden.

Großer Vater sah sehr zufrieden mit sich aus. Er drehte sich zu den anderen Mitgliedern seiner Herde um, die sich gelangweilt neben ihm im Schlamm suhlten.

»Das Amt als Großer Vater ist Schwerstarbeit«, grunzte Dickhaut. »Aber es bereichert auch und ist sehr befriedigend. Nun, wer kommt als Nächster? Oh ja«, sprach er geziert: »Paviane des Lichtwald-Trupps, nennt mir euer Problem und ich werde es lösen.«

Stachel sprang vor, der Wind kräuselte sein Fell. »Großer Vater, die Paviane des Lichtwald-Trupps sind gekommen, um Rat und Führung von dir zu erhalten«, sagte er und neigte respektvoll seinen Kopf.

»Und das sollt ihr auch bekommen«, verkündete Dickhaut und blickte sich Beifall heischend in seiner Herde um. Die anderen Nashörner nickten ermutigend mit den Hörnern.

Stachel räusperte sich höflich. »Ein Affentrupp hat unser Territorium überfallen«, erzählte er dem Nashorn. Dann verdüsterte sich seine Miene. »Und gestern haben sie Beere, meine eigene Tochter, überfallen. Wir haben sie nicht provoziert und ihnen auch sonst keinen Grund dafür gegeben.« Seine Stimme schwankte und überschlug sich. »Sie wird vielleicht sterben.«

Dorn zuckte zusammen und sah vor seinem inneren Auge Beere, wie sie schlaff auf ihrem Bett aus Blättern lag. Dickhaut scharrte wieder im Schlamm und hinterließ tiefe Rillen. Die Madenhacker hatten sich wieder auf seinem Rumpf niedergelassen und zwitscherten in einem fort, doch diesmal schien er nicht auf sie zu hören.

»Macht es wie die Nashörner«, grunzte er schließlich. »Kämpft gegen die Affen.«

Die Starkzweige starrten ihn an. Die breiten Schultern von Gras zuckten, als wollte er gleich in schallendes Gelächter ausbrechen. Nach Luft ringend, murmelte er: »Das soll wohl ein Witz sein.«

»Er sagt allen dasselbe«, zischte Fliege. »Demnächst wird er den Erdmännchen raten, sich mit den Flusspferden anzulegen.«

Stachel warf ihnen einen vernichtenden Blick zu, der sie zum Verstummen brachte. »Danke, Großer Vater«, sagte er und verneigte sich tief. »Deine Weisheit zeigt, dass der Große Geist durch dich spricht. Wir werden deinem Rat folgen.«

Er entfernte sich von der Wasserstelle. Dorn und die anderen folgten ihm. Gras und Wurm kicherten miteinander und machten leise hämische Bemerkungen über das Nashorn. Fliege und Fangzahn sahen einfach nur verwirrt aus und Dorn ging es auch nicht anders.

Schweigend trottete er neben Frosch her, bis sie fast bei dem Steilhang angekommen waren, wo sich ihr Bau befand. Schließlich schielte Dorn, der immer noch fassungslos über den unsinnigen Rat des Großen Vaters war, zu Frosch hinüber. Sie sah bis auf die Knochen erschüttert aus.

»Alles in Ordnung?«, murmelte er.

»Dorn.« Sie sah ihn gequält an. »Stachel irrt sich. Wieso soll das beweisen, dass der Große Geist aus Dickhaut spricht? Das war doch kein weiser Rat!«

»Er hat noch nicht viel Erfahrung als Großer Vater«, gab Dorn zu bedenken.

»Der Große Geist beseelt jeden Großen Anführer«, belehrte sie ihn und erhob ehrerbietig ihre Augen zum Himmel. »Was vom Großen Geist kommt, ist immer weise. Ich mache mir Sorgen.« Sie brachte vor Erregung fast keinen Ton heraus. »Dorn, ich glaube, das Nashorn ist eigentlich gar nicht der Große Vater.«

Dorn schluckte und sah auf den Kronblatt, der vor ihnen schritt. Stachel schien das Verhalten des Nashorns mit seiner üblichen Gelassenheit aufzunehmen. *Nichts kann ihn erschüttern,* dachte Dorn frustriert. *Irgendetwas heckt er immer aus. Er hat immer einen Plan.*

Auf dem Kamm einer kleinen Anhöhe blieb Stachel stehen und wandte sich an seine Starkzweige. Er sah gar nicht unzufrieden mit dem Rat des Nashorns aus.

»Fliege, du gehst zu unserem Bau zurück und sagst allen Pavianen, die kämpfen können, dass wir uns auf der anderen Seite des Flusses treffen werden«, befahl er. Fliege trottete davon. Stachel lächelte die zurückgebliebenen Starkzweige an und zeigte mit der Pfote über die große Ebene. »Alle anderen kommen mit mir. Wir gehen direkt zum Akazienwald. Dort halten sich diese Biester meistens auf.«

»Werden wir die Affen jagen?«, fragte Fangzahn eifrig.

»Dies hat Großer Vater uns geraten. Doch Vorsicht: Die Bäume dort stehen nicht sehr dicht. Es wird nicht möglich sein, sie ungesehen zu passieren.« Stachel rieb sich zufrieden die Pfoten. »Wir verstecken uns deshalb an dem Fluss, der den Wald im Süden begrenzt, und warten auf Flieges Verstärkung.«

Dorn kam es so vor, als hätte Stachel bereits einen überraschend detaillierten Plan ausgeheckt, und er wagte es kaum, Frosch anzusehen, spürte aber ihre Anspannung, als sie vor ihm herging. Fangzahn, Wurm und Gras redeten in einem fort und mussten von dem verärgerten Stachel zur Ruhe ermahnt werden, als sie sich dem Wald näherten. Frosch und Dorn, ganz in sorgenvolle Gedanken versunken, sprachen kein Wort.

Das Geräusch eines fließenden Gewässers riss Dorn aus seinen Träumen. Hier, nur ein kleines Stück von dem Wald entfernt, war die Erde viel trockener und sandiger als im Langbaumlager. Es gab zwar Akazien, deren Baumkronen ineinanderwuchsen und einen flachen Baldachin bildeten, aber fast keine Bäume, die Früchte trugen. Kein Wunder, dass die Affen versucht hatten, das Territorium der Paviane einzunehmen.

Stachel war am Fluss stehen geblieben und bedeutete allen, geduckt weiterzugehen. Der Wind war noch stärker geworden, überall wirbelten trockener Sand und roter Staub durch die Luft und bohrten sich in Dorns Fell bis hinunter auf seine Haut. Zwischen seinen Fingern und Zehen setzten sich Sand und Steinchen fest. Seine Augen brannten. Wenn er sie rieb, wurde es nur noch schlimmer.

Hinter ihnen erklangen trappelnde Schritte. Es war Fliege

mit einem Gefolge aus allen Hochblättern und Mittelblättern, die zum Kämpfen halbwegs tauglich waren. Tiefblätter und Tiefwurze beteiligten sich gewöhnlich nicht an Kämpfen, aber Fliege hatte auch von ihnen einige mitgebracht. Eine vernünftige Entscheidung, musste Dorn einräumen. Die Schlagkraft des Lichtwald-Trupps war nach dem Unglück mit dem herabstürzenden Baum geschwächt. Seine Stimmung hob sich schlagartig, als er sah, dass auch Matsch gekommen war. Dankbar grüßte er ihn mit erhobener Pfote und sein kleiner Freund nickte mit ängstlicher, aber ernster Miene zurück.

Sie möchten alle für Beere kämpfen, dachte Dorn beklommen.

Stachel rief alle zusammen, dann richtete er sich auf und schritt, von seinen Kämpfern gefolgt, voran. Dorn war davon überzeugt, dass nicht nur *sein* Herz schneller schlug, als sie die Grenze zum Wald überschritten.

Fast im selben Augenblick füllte sich die Luft mit schrecklichem Kreischen und Geschnatter. Bis dahin waren keine Affen zu sehen gewesen, jetzt aber schwangen sie sich von Baum zu Baum, raschelten mit den Blättern und stießen warnende Rufe aus.

»Paviane!«

»Dreckige Paviane!«

»List, das ist ein Überfall!«

Lange Samenhülsen und abgebrochene Zweige prasselten auf die Paviane hernieder. Etwas traf Dorn an der Schulter, er unterdrückte einen Schmerzensschrei, ging aber standhaft mit den anderen weiter.

»Blöde, stinkende Paviane!«, kreischte eine Äffin von einem Ast herunter und entblößte ihre kleinen Fangzähne.

»Wir ziehen euch das Fell über die Ohren!«, kreischte ein anderer Affe, sprang vom Baum herab und kratzte einen Tiefwurz, bevor er rasch wieder den Baum hinaufkletterte.

Zur Mitte des Waldes hin standen die Akazien noch weiter auseinander. Schließlich erreichten die Paviane eine große Lichtung, wo sie vom Anführer der Affen erwartet wurden. Bei seinem Anblick sträubte sich Dorns Nackenfell. Die riesige Bestie war sofort an ihrem weiß umkränzten Gesicht zu erkennen, das von Arglist und Feindseligkeit verzerrt war.

Stachel blieb stehen und richtete sich auf seinen Hinterbeinen auf. Seine ruhige Stimme klang fest und entschlossen.

»Ich bin Stachel Kronblatt«, sagte er, »und ich bin gekommen, um Rache zu nehmen.«

Der Anführer erhob sich ebenfalls. Für eine Meerkatze war er ungewöhnlich groß, größer als mancher Pavian.

»Ich bin List Reinfell«, fauchte er, »und du bist ein Narr, mein Territorium zu betreten.«

»Dann bin ich ein Narr, der sich gleich rächen wird«, erwiderte Stachel ruhig. Seine Augen waren kühl wie der Nachtwind. »Du hast meine Tochter beinahe getötet, List Reinfell. Jetzt werden du und dein Trupp dafür bezahlen.«

List entblößte seine Fangzähne, warf seinen Kopf nach hinten – und lachte. Die Affen in den Bäumen stimmten sogleich mit ein. Heiseres, ohrenbetäubendes Gelächter erfüllte die Luft.

Dorn ballte seine Pfoten zusammen, Stachel jedoch ignorierte das Gelächter. »Der Große Geist steht auf unserer Seite«, sagte er. »Großer Vater hat uns geraten, gegen euch zu kämpfen. Macht euch auf eine Niederlage gefasst.«

List grinste bösartig. »Du machst einen großen Fehler,

Kronblatt. Denke daran, dass du dich auf unserem Territorium befindest. Hier haben wir noch nie eine Schlacht verloren.«

Stachel machte mit seiner Pfote eine wegwerfende Geste. »Oh, ich plane keine Schlacht.«

Dorn sah ihn überrascht an. Auch die anderen Paviane fragten sich leise, warum sie dann hier waren.

List runzelte die Stirn. »Du willst gar nicht kämpfen?«

»Das habe ich nicht gesagt.« Stachel massierte seine Narbe. »Aber ein Blutbad ist unsinnig. Egal, wer gewinnt, unsere Trupps wären beide geschwächt. In diesen schwierigen Zeiten wäre das töricht.«

List verzog sein Gesicht. Er kringelte seinen langen Schwanz um einen Ast und nickte. »Was also schlägst du vor?«

»Ein Duell«, sagte Stachel und spreizte seine Pfoten. »Ein Pavian, ein Affe, ein Kampf. Dann ist klar, wer gewonnen und wer verloren hat. Der Trupp des Verlierers hält sich vom Gewinner fern.«

List grinste zähnefletschend. »Eine interessante Idee. Ich muss aber erst mit meiner Horde darüber reden.

Er entringelte seinen Schwanz, sprang auf den benachbarten Baum und schwang sich hoch bis in dessen Spitze. Aus dem Heer von Affen, die sich auf der Lichtung tummelten, lösten sich einzelne und kletterten hinter List auf den Baum hinauf. *Das sind die, die zum Rat gehören*, vermutete Dorn. Die anderen Affen, die vom Blattwerk halb verborgen waren, schnatterten wild durcheinander. Dorn verstand von dem aufgeregten Gebrabbel nur die Wörter *»riskant«* und *»lohnt sich«* und *»Narren«*.

Schließlich kam List von der Beratung zurück, seine Miene verriet Härte und Zufriedenheit. Er schwang sich auf den Boden hinunter, stieß seine geballte Faust auf die sandige Erde und bedachte Stachel mit einem kalten Blick.

»Wir sind mit eurem Vorschlag einverstanden.«

Stachel nickte. »Sehr vernünftig«, erwiderte er gedehnt. »Nun sucht euren besten und stärksten Affen aus. Ihr werdet ihn brauchen.«

»Wir haben ihn bereits ausgewählt«, sagte List hämisch. »Tritt vor, Spott Graupelz.«

Nun ließ sich ein Affe auf den Boden herab, der sogar noch größer als sein Anführer war. Es war die größte Meerkatze, die Dorn je gesehen hatte. Er hatte eine breite, hervortretende Stirn und besonders breite, muskelbepackte Schultern. Seine Augen glitzerten dunkel. Sein Fell war von Narben aus Dutzenden Kämpfen übersät. Spott ließ seine kräftigen Muskeln spielen und verzog seine Schnauze zu einem Grinsen.

Die Paviane starrten ihn schweigend an. Dorn schluckte. Schließlich murmelte Frosch mit starrem Blick: »Stachel, ich werde gegen ihn kämpfen. Ich bin der größte Starkzweig. Ich kann es mit diesem Kerl aufnehmen.«

»Los, Frosch!«, flüsterte Fliege und sah nicht wenig erleichtert aus. »Schlag ihn zu Brei!«

»Wartet.« Stachel kratzte immer noch an seiner Narbe und betrachtete versonnen den großen Affen Spott Graupelz.

Dorn und die anderen Starkzweige sahen ihn überrascht an. Einen quälend langen Augenblick war das Kronblatt noch in Gedanken versunken. Dann drehte er sich zu ihnen um.

»Dieser Kampf gehört Dorn Mittelblatt«, sagte er kurz angebunden. »Das wird seine Starktat sein.«

Dorn dachte, er hätte sich verhört. Fragend sah er Stachel an.

Da platzte Frosch heraus: »Aber Stachel, dass meinst du doch nicht ernst!«

»*Er?*«, rief Wurm ungläubig.

Der ganze Trupp starrte auf Dorn, der versuchte, sein Zittern zu unterdrücken. Nachdem die Erkenntnis langsam in ihn eingesunken war, wusste er genau, was Stachel beabsichtigte. Für das Kronblatt würde der Kampf in jedem Fall gut ausgehen. Im unwahrscheinlichen Fall, dass Dorn den Kampf gewann, wäre Beere gerächt. Sollte er nicht gewinnen – Dorn schielte zu Spott Graupelz hinüber und schluckte –, dann wäre Stachel ihn los. Dann würde er sich nie mehr Gedanken darum machen müssen, ob Dorn den anderen von seinen Verbrechen erzählte.

»Stachel, bitte«, flehte Frosch. »Lass mich kämpfen. Ich weiß, dass ich gewinnen kann.«

»Nein, Frosch.« Stachel tätschelte ihre Schulter und stieß sie gleichzeitig energisch zurück. »Dorn ist bestimmt kein Feigling. Nicht wahr, Dorn Mittelblatt?«

Seine bernsteinfarbenen Augen funkelten golden und seine Lippen verzogen sich zu einem winzigen Lächeln. Dorn wusste, dass es keinen Ausweg für ihn gab. Er wendete sich den Affen zu und ging ihnen mit so viel Selbstbewusstsein, wie er irgend aufbrachte, entgegen.

Spott Graupelz entblößte seine Fangzähne und richtete sich auf seinen Hinterbeinen auf. Er überragte ihn bei Weitem. Dorn biss die Zähne zusammen und wölbte seine Schultern.

Wie soll ich ihn nur besiegen?

14. KAPITEL

IM LICHTEN SCHATTEN der Bäume umkreisten Dorn und Spott Graupelz einander. Nur das Ächzen und Rauschen des Windes war zu hören, sonst herrschte absolute Stille auf dem Duellplatz. Die Paviane waren aufs Äußerste angespannt und hatten sich am Rand der Lichtung aufgestellt, während die Affen sich von den Bäumen herabhängen ließen und blutdürstige Blicke nach unten warfen. Dorn, der Spott keine Sekunde aus den Augen ließ, aktivierte seine Muskeln und wartete auf eine Gelegenheit, seinen Gegner anzuspringen.

Spott wirkte für einen Affen seiner Größe und Stärke ungewöhnlich geschmeidig. Seine langen Gliedmaßen bewegten sich fließend und er trug immer noch ein zuversichtliches Grinsen im Gesicht. Vielleicht zu zuversichtlich? Dorn holte kurz Luft, drehte sich auf dem Absatz um und warf sich auf ihn. Doch schon hatte Spott sich weggeduckt und seine Kumpane in den Bäumen rüttelten johlend an den Ästen. »Zu langsam, Pavian!«

Daraufhin brachen auf der ganzen Lichtung rivalisierende Heultöne und Schreie los. Die Paviane des Lichtwald-Trupps schlugen mit den Fäusten auf den Boden, zogen ihre Lippen zurück und schnatterten, um die Affen zu übertönen.

»Mach ihn fertig, Dorn!«, hörte er Kerbe schreien.

Dorn stürzte sich wieder auf seinen Gegner, doch diesmal täuschte Spott ein Ausweichmanöver vor, duckte sich und prallte mit voller Wucht auf Dorns Bauch. Dorn wurde zurückgeschleudert, Spott machte einen Satz auf ihn zu und schlug ihn mit seinen Klauen. Sie gruben sich tief in Dorns Flanke und der Schock machte einem brennenden Schmerz Platz. Er heulte auf, trat um sich, zappelte und schlängelte sich irgendwie unter dem riesigen Affen hindurch, machte keuchend eine scharfe Drehung und krabbelte rückwärts davon, Spott mit gefletschten Zähnen immer hinter ihm her.

Spott jagte ihn auf die im Halbkreis stehenden Paviane zu, die sich eilig zurückzogen. Dorn erhaschte einen flüchtigen Blick auf das entsetzte Gesicht von Matsch, dann musste er sich wieder ganz auf Spott konzentrieren.

»Dorn, kämpfe!«, hörte er die verzweifelte Stimme seines Freundes.

Ich versuche es, Matsch. Er biss die Zähne zusammen, rollte sich unter Spotts nächstem Angriffssprung weg und sprang auf die Pfoten. Spotts Fangzähne hieben sich in seinen Schwanz, und als Dorn ihn zur Seite schlug, spritzte Blut in den Staub.

»Pass auf deinen Schwanz auf«, höhnte List Reinfell vom Baum herab. »Dass es dir nicht so ergeht wie deiner hübschen Freundin. Pavianschwänze sind eine Delikatesse!«

Wutentbrannt spreizte Dorn seine Klauen. Als Spott erneut näher kam, duckte er sich, warf sich nach vorn und prallte mit voller Wucht auf die Brust des großen Affen. Überrumpelt fiel Spott auf den Rücken und Dorn ließ nicht locker und bearbeitete ihn mit Zähnen und Klauen. Spott wehrte sich, und

Dorn wusste, dass er den sehnigen, starken Affen nicht lange am Boden würde festnageln können. Obwohl die Bestie sich unter ihm wand und zappelte, zerrte sie mit den Klauen an seiner Schulter, und seine tückischen Zähne trafen den empfindlichen Rand von Dorns Schnauze, sodass ein stechender Schmerz über sein Gesicht jagte. Dorn konnte ihm noch zwei Kratzer verpassen und einen Biss in seinen Hals landen, dann bäumte sich Spott auf und stieß ihn von sich runter.

Spott Graupelz erhob sich und tastete mit einer Pfote nach seinem Hals. Er blutete. Der Affe verzog seine Lippen zu einem teuflischen Grinsen.

Super, dachte Dorn mit rasselndem Atem. *Alles, was ich erreicht habe, ist, ihn aufzustacheln.*

Auch er selbst blutete, wagte es aber nicht, auf seine brennenden Glieder und seinen Schwanz zu blicken. Jetzt gab es keinen Zweifel mehr. Stachels Doppelstrategie würde für ihn das Ende bedeuten. Herumfliegender Staub stach in seine Augen und er musste heftig blinzeln. *Es tut mir leid, Beere. Es tut mir so leid.*

»Mach ihn fertig!«, schrie Fliege, und einen Augenblick lang war Dorn so benommen, dass er nicht wusste, wen von beiden er meinte. »Mach ihn fertig, Dorn!« Spott kam wieder auf ihn zu, seine vier Beine bedrohlich ausgestreckt.

»Dorn!« Matschs Schrei klang rau vor Entsetzen.

Der Wind wehte jetzt noch stärker, die Akazienschirme peitschten wild hin und her. *Das richtige Wetter, um zu sterben,* dachte Dorn. Blut tropfte von seiner Schulter, das, sobald es auf die ockergelbe Erde traf, von den starken Windböen mit Staub bedeckt wurde.

Der Wind ...

Dorns Kopf schoss nach oben, als Spott zu seinem letzten, tödlichen Angriff ausholte. Er duckte sich, wich aus und sprang zur Seite, dann schoss er entgegen der Windrichtung davon.

»Er haut ab!«, kreischten die Affen von den Bäumen. »Spott! Spott! Töte ihn!«

Spott knurrte höhnisch und machte sich an die Verfolgung. Dorn wartete mit klopfendem Herzen und sah ihm wie gebannt entgegen. Als der riesige Affe nur noch eine Schwanzlänge entfernt war, grub Dorn seine Klauen in den sandigen Boden und hob eine große Pfote voll Staub auf, die ihm der Wind sogleich aus der Hand riss und Spott ins Gesicht wehte.

Spott Graupelz heulte auf vor Schmerzen, richtete sich auf und rieb sich die Augen. Jetzt durfte Dorn nicht zaudern. Er stürzte sich auf den entblößten Bauch des Affen und warf ihn zu Boden. Es gab ein grässliches, knackendes Geräusch.

Spotts Schädel war auf einem Stein aufgeschlagen. Aus seiner Kehle kam ein leises Gurgeln und Stöhnen. Aus einer Wunde hinter seinem Ohr tropfte Blut. Verzweifelt schob Dorn ihn zur Seite und hob den blutverschmierten Stein auf. Ohne weiter zu überlegen, schlug er ihn mit voller Wucht auf den Kopf des Affen.

Sein Herz dröhnte so laut in seinen Ohren, als wäre die übrige Welt ganz in Stille gehüllt. Dorn beugte sich keuchend über Spotts schlaffen Körper, voller Angst, er könnte plötzlich aufspringen und ihm seine blutigen Fangzähne in die Kehle stoßen.

Aber Spott Graupelz rührte sich nicht mehr. Sand und Steinchen jagten über seinen Körper. *Töte nur, um zu überleben,* sagte sich Dorn durch das Rauschen in seinen Ohren hindurch. Wäre der Stein nicht gewesen, wäre er und nicht der Affe tot. *Danke, Großer Geist.*

»Nun«, unterbrach Stachel die Stille und Dorn nahm eine Spur von Ergebenheit in seiner Stimme wahr, »damit ist es entschieden.«

List Reinfell starrte seinen toten Kämpfer an, seine Lippen zogen sich ungläubig zurück. Er richtete seine funkelnden Augen auf die Paviane.

»Dornwald-Trupp, Attacke!«, kreischte er.

»Nein, warte einen Moment –« Selbst Stachel schien überrascht zu sein.

Aus den Bäumen herab ergossen sich die Affen wie Ameisen aus ihrem Bau. Es waren viel, viel mehr, als zuvor zu sehen gewesen waren. Sie hatten dicht an dicht an den Baumstämmen geklebt, dass sie wie eine dicke Schicht von welligem Moos ausgesehen hatten. Dorn stolperte auf seinen Trupp zu, aber die Affen waren schon über ihm. Kleine, kräftige Gestalten drückten ihn auf die Erde nieder und rissen an seinem Fell. Etwas Schweres krachte auf ihn herab und er spürte einen stechenden Schmerz. Es war ein Affe, der sich auf seinen Rücken geworfen und seine Zähne in seinen Nacken gebohrt hatte. Dorn schlug um sich und schüttelte ihn ab.

»Dorn!«, hörte er Matsch unter dem Ansturm der Affen schreien. Die Paviane warfen sich mit gefletschten Zähnen in die Schlacht. Die Affen ließen von Dorn ab und drehten sich schnell den neuen Angreifern zu. Dorn kam taumelnd auf die Pfoten.

Kerbe schwang einen dicken Knüppel, mit dem er Affen rechts und links von sich niedermähte. Fliege biss und riss mit seinen abgebrochenen Zähnen. Frosch kämpfte sich durch eine

Masse grünlichen Fells und schleuderte Affen durch die Luft. Doch die Paviane waren zahlenmäßig weit unterlegen. Ein großer Affe hielt Matsch mit seinen langen Armen gefangen, dann warf sich noch ein anderer Affe auf ihn, sodass Matsch unter den kratzenden, beißenden Furien begraben wurde.

»Lasst ihn los!« Mit einem einzigen Schlag brachte Dorn einen Affen mit spitzem Gesicht zu Fall, der Hals über Kopf von seinem Freund herabkullerte. Auch den anderen schlug er zu Boden, dann zerrte er den verwundeten, zitternden Matsch auf die Pfoten.

»Rückzug!«, ertönte Stachels Befehl durch das Kampfgetümmel. »Lichtwald-Trupp, *zurückziehen*!«

Dorn hieb einen Affen zur Seite, der sich ihm in den Weg stellte. Matsch hinter sich herschleifend, hastete er durch den Akazienwald dem Trupp hinterher. Von den Bäumen hingen johlende und höhnende Affen, die die Fliehenden mit Nüssen und Zweigen bewarfen.

»Haut ab, Langschnauzen!«

»Feiglinge!«

Die Paviane des Lichtwald-Trupps schleppten sich und ihre Verwundeten über die Ebene, bis sie ihr provisorisches Lager erreichten. Obwohl es nach Tod und Hyänen stank, obwohl es nass und klamm war, war Dorn noch nie so froh gewesen, als er den klaffenden Höhleneingang erblickte. Die Paviane krochen nacheinander in die schützende Höhle. Dorn sackte vor Erleichterung fast zusammen, als er Matsch hineinbrachte. Dieser gab ihm einen sanften Stoß. »Mir geht es einigermaßen gut«, sagte er. »Du bist viel schlimmer verletzt als ich. Ich habe nur ein paar Kratzer. Du solltest jetzt zu Stachel hinübergehen.«

Dorn nickte zitternd. Erst jetzt begann er, die schmerzenden Wunden richtig wahrzunehmen. Nach einem letzten, ermutigenden Druck von Matsch humpelte er zu den anderen Starkzweigen hinüber.

»Ah, unser Held!« Stachel klatschte in die Hände, als Dorn sich näherte, und die anderen Starkzweige drehten sich neugierig zu ihm um. Frosch strahlte.

»Gratulation, Dorn Starkzweig!«, fuhr Stachel fort. »Wenigstens deinen Sieg können wir heute feiern. Wir sind alle sehr stolz auf dich! Ich wusste, dass du ein schlauer Kopf bist und diesen Raufbold von Affen besiegst.«

Dorn konnte vor Erschöpfung nur noch nicken. Er war nicht wirklich stolz auf seinen neuen Namen *Dorn Starkzweig*.

»Nun bist du wahrlich einer von uns. Du wirst alles tun, um unseren Trupp zu verteidigen, nicht wahr?« Stachel schlug ihm auf den Rücken und drückte seine Schulter.

Dorn zuckte vor Schmerzen zusammen und erschauderte. »Ja, Stachel«, brachte er mühsam hervor.

»Fliege hat sich großartig geschlagen«, sagte Wurm. »Seine Zähne sind vielleicht nicht besonders schön, aber – beim großen Geist – sie können gut zubeißen.«

Fliege plusterte sich vor Stolz auf und entblößte seine abgebrochenen Zähne. »Stachel, hast du gesehen, wie Wurm das Gesicht dieses Affen mit Fäusten bearbeitet und in den Dreck gestoßen hat?«

»Wir sind Starkzweige und wir klatschen Affenschwänze!«, brüllte Fangzahn und schlug auf den Boden.

»Wir waren nicht schlecht«, murmelte Frosch, »obwohl es viel zu viele waren. Wir dürfen nicht so selbstzufrieden sein.«

»Nun«, sagte Wurm achselzuckend, »du hast gut gekämpft, Frosch, aber andere aus dem Trupp waren eher zur Schau da. Matsch Tiefblatt war völlig nutzlos.«

»Die reinste Platzverschwendung«, höhnte Gras. »Weiß nicht, warum er überhaupt gekommen ist.«

»Dorn musste ihn retten«, sagte Fliege und warf einen amüsierten Blick in seine Richtung.

Dorn sah ihn finster an. »Das stimmt nicht«, log er. »Matsch hat ein paar gute Treffer gelandet. Mach dir lieber Gedanken über deinen eigenen Einsatz, Gras.«

Gras blitzte ihn wütend an, doch da wurde das Gespräch von anderen Pavianen unterbrochen, die zu den Starkzweigen krochen, um ihnen von ihren eigenen Heldentaten zu berichten. Kerbe zupfte Gras am Fell und erzählte ihm, wie geschickt er mit einem Ast umgegangen war. Moos spielte ihren Kampf mit drei Affen nach.

Frosch drängte sich an Dorns Seite. »Gras ist nur eifersüchtig«, flüsterte sie. »Du warst wunderbar, Dorn! Ich hatte solche Angst, du könntest verlieren. Ich meine ... ich habe mir natürlich Sorgen um den Trupp gemacht. Aber vor allem um dich.«

»Eine Weile hatte ich auch Angst«, gestand Dorn und versuchte, möglichst munter zu klingen.

Sie berührte seine aufgekratzten, blutenden Arme und sah ihm tief in die Augen. »Hoffentlich tut das nicht so weh«, murmelte sie.

»Frosch ...« Ganz vorsichtig zog er seinen Arm zurück. »Hör mir bitte zu ... es tut mir leid.« Er biss sich auf die Lippen. »Ich mag dich wirklich. Sehr sogar. Aber ich liebe eine andere.«

Die Verwandlung in ihrem Blick versetzte ihm einen Stoß, sie sah so verzweifelt aus. »Oh, Dorn, es tut mir leid. Ich wollte nicht …« Sie schluckte und wich zurück. »Ich verstehe.«

Er hatte sie wieder verletzt. Durch Dorns Magen ging ein Stich. *Im Moment muss ich meine Freunde ständig verletzen.*

Frosch riss sich zusammen und lächelte ihn ein wenig gezwungen an. »Können wir trotzdem miteinander sprechen? Ich muss dir unbedingt etwas erzählen.«

»Natürlich«, sagte er, »was ist passiert, Frosch?«

Sie war wieder ernst geworden und runzelte die Stirn. »Ich bin noch einmal dort gewesen«, flüsterte sie. »Beim Leichnam der Großen Mutter. Und ich habe etwas Eigenartiges entdeckt.«

Er sah sie aufmerksam an. »Was meinst du?«

»Das kann ich nicht erklären. Kommst du mit und siehst es dir an?« Sie wich seinem Blick aus. »Ich verspreche dir, ich bringe dich nicht in eine unangenehme Situation.«

»Frosch, natürlich komme ich mit«, beruhigte er sie und wollte schon ihren Arm drücken, zügelte sich dann aber. »Aber wir sollten vorsichtig sein. Es wäre besser, niemand würde uns sehen.«

Sie nickte. »Du hast recht. Aber es ist sehr dringend. Wir sollten nicht mehr länger warten.«

15. KAPITEL

AURORA SAH DEM NASHORN mit hoch erhobenem Kopf entgegen. Ihre Beine zitterten, denn ihr war nur allzu bewusst, wie eng der Felsenpfad war. Sollte das Nashorn angreifen, hätte sie keine Möglichkeit zur Flucht. Zum Glück war Mond schon auf dem Weg ins Land der Ahnen. Sie wollte das Nashorn so lange aufhalten, bis er dort angekommen war und zwischen den schützenden Gebeinen seiner Vorfahren vielleicht ein Versteck gefunden hatte.

Nur über meine Leiche wird es in seine Nähe kommen.

Der Wind heulte durch die hohle Gasse und riss Geröll und Sand mit sich, der sich mit jeder neuen Bö in Auroras Augen und Hautfalten festsetzte. Sie achtete nicht auf den beißenden Schmerz, sondern richtete ihren Blick fest auf die tiefschwarzen Augen des Nashorns. Es war eine junge Nashornkuh, die bei Weitem nicht so gefährlich aussah wie Dickhaut. Aber trotzdem war sie ein Nashorn und Nashörner durfte man nicht unterschätzen.

»Du bist uns den ganzen Tag gefolgt.« Aurora spreizte bedrohlich ihre Ohren. »Was *willst* du?«

Zu ihrer Überraschung senkte das Nashorn den Blick und trat von einem Huf auf den anderen. Durch diese demütige

Haltung wirkte es zwischen den riesigen Felswänden beinahe klein.

Aurora senkte ihren Rüssel. Das hatte sie nicht erwartet. Es war, als würde sie keinem Feind, sondern ihresgleichen begegnen.

»Ich wollte …«, murmelte das Nashorn und machte eine verlegene Pause. »Ich wollte euch etwas fragen.«

»Uns etwas fragen?« Aurora wedelte verwirrt mit ihren Ohren. »Wir dachten, du wolltest uns angreifen.«

Das Nashorn zuckte zusammen. »Nein! Das würde ich niemals tun!«

»Ach so«, sagte Aurora ruhig. Die Anspannung fiel langsam von ihr ab.

»Ich wollte dir keine Angst machen«, sagte das Nashorn, dessen Oberlippe ängstlich zuckte. »Ich bin euch gefolgt, weil ich mir schon dachte, dass ihr in das Land eurer Ahnen wollt.« Sie schluckte und schaute Aurora an. »Ich weiß, dass dies für Elefanten ein heiliger Ort ist. Ich weiß, dass er für euch etwas Besonderes ist. Aber ich bitte dich – darf ich mit euch gehen?«

Auroras Ohren entspannten sich. Sie hatte noch nie gehört, dass ein anderes Tier gewagt hatte, diesen Ort aufzusuchen, aber ihr war auch nicht bekannt, dass dies nicht erlaubt war. Sie antwortete nicht gleich, versuchte, Zeit zu gewinnen. »Warum?«

Das junge Nashorn blickte zur Seite und starrte lange die Felswände an, seine Kehle arbeitete. Schließlich sagte es heiser: »Ich habe etwas Schlimmes getan. Bitte frag mich nicht, was es ist. Ich kann es dir nicht erzählen, aber es tut mir schrecklich leid.« Es schluckte. »Ich habe gehofft, dass ich vielleicht … wenn ich die Gebeine der Großen Eltern besuche … es ein bisschen wiedergutmachen kann.«

Aurora empfand unwillkürlich Mitleid mit dem Nashorn. »Das ist eine gute Idee«, sagte sie freundlich. »Was auch immer passiert oder falsch gelaufen ist, ein Besuch im Land der Ahnen wird dir helfen.«

Die Mine des Nashorns hellte sich sichtbar auf. »Danke, äh …?«

»Ich heiße Aurora«, sagte Aurora. »Aurora von der Wandererfamilie.«

»Danke, Aurora Wanderer. Ich heiße Silberhorn.«

»Ich freue mich, dich kennenzulernen, Silberhorn.« Aurora merkte überrascht, dass sie wirklich so fühlte. »Und nun folge mir. Wir sind bald da.«

Aurora, der jetzt viel leichter ums Herz war, führte das Nashorn das letzte Stück des Wegs bis über die Passhöhe. Vor ihnen öffnete sich das Tal. Silberhorn hielt vor Staunen die Luft an.

Seite an Seite gingen die neuen Gefährtinnen über die weitläufige, grasbewachsene Ebene. Gleich darauf legte sich der Wind. Immer noch jagten Wolken über den Himmel, doch hier in dem Hochtal wiegte sich das üppige Gras in einer warmen, leichten Brise und die Blumen entfalteten ungestört ihre Blüten. Statt des Heulens des Windes vernahm man hier nur das Singen der Vögel und das Summen der Bienen.

Aurora atmete tief die würzige Luft ein. Hier war es so friedlich, trotz – oder vielleicht wegen – der sonnengebleichten Gebeine, die überall im Gras verstreut waren.

Silberhorn neigte ihr Horn und sah sich ehrfürchtig um. »Es ist so schön«, murmelte sie mit vor Ehrfurcht bebender

Stimme. »So viele Gebeine … Stammen sie alle von den Großen Anführern?«

»Nicht nur«, belehrte Aurora sie. »Spürt ein Elefant, dass sein Ende naht, macht er sich auf in das Land der Ahnen. Wenn er es nicht schafft, bringt seine Familie seine Gebeine. Wir gedenken hier aller Elefanten, die uns verlassen mussten.«

»Oh«, flüsterte Silberhorn. Ihr Blick verweilte auf einem Skelett in ihrer Nähe, dessen Stoßzähne gen Himmel gerichtet waren. »Nashörner haben keine Tradition dieser Art. Es ist bestimmt … schön.«

»Das ist es.« Auroras Blick schweifte über das Tal. »Und hier ist es ungefährlich. Ah, Mond, da bist du ja.«

Ihr kleiner Cousin wartete am schattigen Wiesenrand und saugte nervös an seiner Rüsselspitze, den Blick starr auf das Nashorn gerichtet. Aurora winkte ihn herbei und er kam langsam näher. Seine Cousine streckte ihren Rüssel aus und zog ihn zu sich heran.

»Es ist gut, Mond«, sagte sie und streichelte seine Ohren. »Das ist Silberhorn. Sie wollte uns keine Angst machen. Sie möchte nur die Großen Anführer besuchen.« Sie wandte sich dem Nashorn zu. »Das ist mein Cousin Mond.«

»Sehr erfreut, dich kennenzulernen, Mond.« Silberhorn neigte ihr Horn.

Mond sah sie aus großen Augen an, entspannte sich aber wieder. Linkisch neigte er seinen Kopf, dann ging er ein paar Schritte zur Seite und beobachtete Silberhorn durch seine Wimpern.

»Er wird sich an dich gewöhnen«, flüsterte Aurora.

»Hoffentlich«, sagte Silberhorn bekümmert. »Ich wollte ihm keine Angst machen.«

Aurora, die den Stoßzahnsplitter der Großen Mutter immer noch vorsichtig umfangen hielt, zeigte mit ihrem Rüssel auf den Kastanienbaum in der Mitte der Ebene. Sein breites Kronendach stand in voller Blüte, seine länglichen, grünen Blätter verschwanden beinahe unter der rosaroten Pracht. »Siehst du diese Blüten, Silberhorn? Das ist der Mutterbaum. Dort liegen die Gebeine aller Großen Anführer. Wenn meine Familie das nächste Mal hierherreist, werden wir die Gebeine der Großen Mutter dort ablegen, damit sie bei den anderen ruhen kann.« *Die Gebeine der Großen Mutter* ... Aurora stockte der Atem bei diesem Gedanken und sie musste heftig blinzeln. »Willst du jetzt zu ihnen gehen?«

Silberhorn nickte. Sie sah zu dem Baum hinüber, dann watschelte sie auf ihn zu, das Horn ehrfürchtig gesenkt. Mond ließ sie nicht aus den Augen, er hatte sich wieder in den Schutz der Felswände zurückgezogen.

Aurora legte das Stoßzahnfragment vorsichtig ins Gras. »Ich bin gleich zurück, versprochen«, flüsterte sie. »Du wirst sicher verstehen, dass ich zuerst meine Mutter besuchen möchte.«

Die ersehnten Gebeine lagen am Rand der Hochebene. Über den Knochen wucherte Gras und überall wuchsen zarte Veilchen, aber das Gras war nicht so hoch, dass es den großen Schädel und das Rückgrat vollständig bedeckte. Aurora schob es vorsichtig mit dem Rüssel auseinander und legte die gebleichten, weißen Rippen ihrer Mutter frei.

»Ich bin zurück«, sagte sie leise. »Wahrscheinlich hast du mich nicht so bald wieder erwartet.«

Ihre eigenen Knochen schmerzten vor Trauer. Es war schon lange her, dass ihre Mutter von Löwen getötet worden war –

sie war damals noch ganz klein gewesen –, trotzdem vermisste Aurora sie sehr. Sie konnte sich nicht vorstellen, dass sich das jemals ändern würde.

»Mama«, flüsterte sie, »ich brauche deine Hilfe. Die Familie glaubt, ich sei die Große Mutter, aber ich weiß, dass ich das nicht bin. Ich weiß nicht, was ich tun soll.«

Trotz ihres Verlangens zögerte Aurora, die Gebeine ihrer Mutter zu berühren. Beim letzten Mal hatte sie statt einer schönen Erinnerung eine schreckliche Vision erhalten: eine brennende, rote Landschaft, eine Wasserstelle, die sich in Blut verwandelte, ganz Bravelands schaurig zerstört. Und inmitten der unheilvollen Flammen schritt ein riesiger Löwe, auf dessen Rücken ein unheimlicher, tückisch aussehender Pavian ritt. Die Vision hatte sie tief erschüttert.

Viel später hatte sie erfahren, dass der seltsame Pavian der Mörder von Borke Kronblatt war. Doch selbst jetzt, wo sich die Vision des blutbefleckten Wassers auf die denkbar schlimmste Art und Weise erfüllt hatte, hatte Aurora keine Ahnung, was der Rest der Vision bedeutete oder warum sie ausgerechnet ihr erschienen war. Würde sie wieder so etwas Schreckliches sehen, wenn sie jetzt die Gebeine ihrer Mutter berührte? Oder sogar etwas noch Schlimmeres?

Es gab nur einen Weg, dies herauszufinden. Aurora holte tief Luft und legte ihren Rüssel an den Schädel ihrer Mutter.

Grasland breitete sich um sie aus, flach und leer, wohin sie auch blickte. Keine Tiere, keine Vögel. Die sonnengefleckten Halme wiegten sich in einer sanften Brise, wellten sich grün und golden soweit Auroras Blick reichte.

Und in der Mitte, geradeaus vor ihr, stand ein Baum.

Es war eine Akazie, deren Kronendach höher war als alles,

was Aurora bis dahin gesehen hatte. Sie ging näher heran, ihre Füße lautlos auf dem Gras.

Der Baumstamm erhob sich gerade und hoch in die Luft und seine Äste reckten sich dunkel gegen den strahlend blauen Himmel.

Im Gegenlicht zeichnete sich schemenhaft etwas ab, das ihr seltsam und fehl am Platz vorkam. Hoch oben nahm sie einen riesigen Schatten wahr. Aurora kniff ihre Augen zusammen und versuchte herauszufinden, was das war.

Und dann erkannte sie es: die gedrungene Gestalt eines Nashorns. Es balancierte dort oben auf eine unmögliche Art und Weise, jedes Bein auf einem anderen Ast abgestützt.

Dann begann der Baum zu wackeln. Er grollte und bebte und seine dicken Äste bogen sich und schwankten unter den Füßen des Nashorns wild hin und her. »Pass auf!«, wollte Aurora rufen, aber kein Laut drang aus ihrem Maul.

Sich der Gefahr nicht bewusst, hob das Nashorn seinen schweren Kopf in Richtung Sonne. Unter seinen Füßen knickten und knackten die Äste, doch das Nashorn blieb dort, sein Horn hoch erhoben, den Blick der blendenden, weißen Sonne zugewandt –

Die Vision verblasste. Taumelnd wich Aurora vom Schädel der Mutter zurück.

Die Vision war nicht so grauenerregend gewesen wie die letzte, aber verwirrend war sie allemal. War Silberhorn das Nashorn? War sie in Gefahr? *Mama, ich verstehe es nicht!*

Benommen tapste Aurora zu der Stelle zurück, wo sie das Stoßzahnfragment der Großen Mutter abgelegt hatte, und ging damit zum großen Kastanienbaum. Mond löste sich aus seinem Versteck und folgte ihr auf den Fersen.

Als Silberhorn die beiden Elefanten erblickte, zog sie sich schüchtern von den Gebeinen unter dem Baum zurück. Aurora musterte den klobigen Körper aus dem Augenwinkel. War das Nashorn aus ihrer Vision nicht viel größer gewesen? Aber das ließ sich nicht genau sagen. Aurora schluckte ihre Ratlosigkeit herunter und konzentrierte sich darauf, einen geeigneten Platz für das Stoßzahnstück zu finden.

»Aurora, was machst du da?« Mond stupste sie neugierig mit seinem Rüssel an.

»Ich habe den Stoßzahn von Große Mutter hierhergebracht, denn hier gehört er hin«, erklärte sie.

Zwischen den Gebeinen von zwei anderen Großen Anführern befand sich noch eine unberührte Fläche von weichem, grünem Gras. Aurora schob die Halme mit ihrer Rüsselspitze auseinander und legte das Stoßzahnstück nieder. Es schimmerte im Sonnenlicht und kam Aurora weißer als alle anderen Gebeine vor, die dort lagen. *Wie die von Sternen umgebene Sonne.*

Aurora hatte schon häufiger versucht, das Stoßzahnfragment zu deuten, es hatte ihr aber nie etwas mitgeteilt. Vielleicht funktionierte es jetzt, wo es zwischen den Großen Anführern lag, die ihrer Großmutter vorausgegangen waren? Aurora holte tief Luft und legte ihre Rüsselspitze auf die glatte Oberfläche des Stoßzahns.

Bitte, Große Mutter. Sag mir, wer der neue Große Anführer ist. Sag mir, was ich tun soll.

Nichts. Der Stoßzahn hätte ebenso gut ein Stein oder ein Stock sein können.

»Hat Große Mutter dir gesagt, wo der Große Geist ist?«, fragte Mond neugierig.

Stumm schüttelte Aurora ihren Kopf.

Monds Stimme kippte. »Aber wir sind den ganzen weiten Weg gelaufen!«

»Wir versuchen etwas anderes«, beruhigte sie ihn.

Vielleicht konnte ihr einer der anderen Großen Anführer helfen? Auroras Blick schweifte über das Gras, das unterhalb des rosa blühenden Baums wuchs. Etwas streifte ihre Erinnerung: ihr allererster Besuch im Land der Ahnen, als sie noch kleiner war als Mond jetzt. Große Mutter hatte sie hierhergebracht und ihr etwas ganz Besonderes gezeigt …

Da. Von den alten Gebeinen waren nur noch Bruchstücke vorhanden. Vorsichtig schob Aurora das Gras auseinander. Im Lauf der Jahre hatten sich die Wurzeln des Baums immer weiter ausgebreitet und waren über und um die Knochen herum gewachsen. Eine Wurzel hatte sich durch die Augenhöhle des Schädels gebohrt. Der Mutterbaum hatte diese Knochen eins mit der Ebene werden lassen.

»Die Gebeine der ersten Großen Mutter«, erklärte sie Mond mit leiser Stimme.

Er beugte sich vor, dann kniff er die Augen zusammen. »Sie sind ja zerbrochen.«

»Sie sind sehr alt«, sagte Aurora. »Sie liegen hier schon seit Urzeiten.«

Andächtig strich sie über die abgenutzten Knochen. *Kannst du mich hören, erste Große Mutter?* Aurora schloss flatternd ihre Augen und hoffte entgegen aller Hoffnung.

Und die erste Große Mutter hörte sie.

Dunkelheit. Sturmwolken und eng beieinanderstehende Bäume, deren dicke Äste wild hin und her schwankten.

Heulender Wind drückte Auroras Ohren flach an ihren

Kopf, peitschte ihr ins Gesicht und gegen die Brust und drückte sie beinahe auf die Knie. Doch Aurora wusste, dass sich weiter vorne etwas sehr Wichtiges befand, etwas, das sie unbedingt sehen musste. Sie kniff ihre Augen zusammen, stemmte sich gegen den Sturm und kämpfte sich vorwärts.

Dann kam etwas näher, etwas Großes und Starkes, das durch die Bäume brach, als wären sie einfache Zweige. Der Boden erzitterte, Äste knackten und knickten, Blätter fielen herab. Es war eine dunkle Gestalt, groß und vertraut und tröstend, deren Blick in die Ferne gerichtet war.

Freude strömte durch Aurora. »Große Mutter!«

Der schwere, vertraute Kopf drehte sich langsam um.

Und dann war der große Elefant verschwunden.

»Große Mutter!«, weinte Aurora. Sie war verlassen, verloren …

Plötzlich erblühte ein weißes Licht zwischen den Bäumen und Aurora stockte der Atem. Es schimmerte schöner als alles, was sie jemals gesehen hatte, und zum ersten Mal seit langer Zeit war Aurora von Frieden erfüllt …

Bis das Licht anfing zu schrumpfen.

»Nein«, wimmerte Aurora. »Bleib doch!«

Sie stolperte vorwärts. Das Licht veränderte sich und bekam die Form von ausgebreiteten Flügeln. Ein Vogel. Ein Vogel mit ungewöhnlich breiten, glänzenden Flügeln –

Sie taumelte, ihre Knie waren weich vor Schreck. Sie war wieder auf der Hochebene, die Sonne strahlte und eine sanfte Brise brachte das Gras zum Flirren.

»Aurora?« Silberhorn trottete beunruhigt auf sie zu.

»Was hast du gesehen?«, fragte Mond und rollte seinen Rüssel um den ihren. »Was ist passiert, Aurora?«

Aurora blinzelte und versuchte, ihre Gedanken zu sammeln. »Ich weiß es nicht – ich habe Große Mutter gesehen und einen Vogel … *ich weiß es nicht*«, erklärte sie verzweifelt. »Vielleicht ist der Große Geist irgendwo in der Luft und hält nach dem richtigen Großen Anführer Ausschau?«

Bevor Mond oder Silberhorn etwas sagen konnten, zerriss ein scharfer Schrei den Himmel, der von den Felswänden widerhallte. In der leichten Brise bewegte sich ein Schatten über die Ebene.

»Ein Vogel!«, rief Mond. »Genau, was du gesehen hast, Aurora! Das ist doch ein gutes Zeichen?«

Aurora spähte nach oben, ihr Herz schlug vor Hoffnung höher. Doch als der Vogel sich aus der gleißenden Sonne nach unten schraubte, schnürte sich Auroras Kehle zusammen. Es war eine Geierdame – ein Leichenfresser.

Die Geierdame kreischte auf Himmelszunge, der Sprache der Vögel, und jagte Aurora einen Schauer über den Rücken. Es war kein schöner Vogel. Die schwarzen Flügel waren riesig groß, das Gesicht fleckig und runzlig und der lange Hals beinahe vollständig kahl. Die drei Freunde wichen erschrocken zurück, als der Vogel seine breiten Flügel in Schräglage brachte und im Sturzflug unter dem Kastanienbaum landete.

Er machte ein paar ausholende Hüpfer über das Gras, wobei seine Krallen den Boden harkten. Mit einem Schrei des Triumphs packte er das Stoßzahnfragment von Große Mutter.

»Nein!«, schrie Aurora und sprang vor. »Nein! Bitte nimm es nicht weg!«

Der Geier beachtete sie nicht und flog mit seiner Beute himmelwärts. Aurora war außer sich. Der Vogel flog nun in unerreichbarer Höhe über ihren Köpfen und schoss oberhalb des schmalen Pfades, der den Eingang zum Land der Ahnen bildete, weiter in die Höhe. Aurora schluchzte verzweifelt, der Vogel stieß wieder seinen durchdringenden Schrei aus und drehte Kreise in der Luft.

»Er hat sie gestohlen!«, trompetete Mond und galoppierte hin und her und wedelte voller Zorn mit seinem Rüssel. »Er hat die Große Mutter gestohlen!«

»Aber warum?« Silberhorns dunkle Augen blitzten zornig. »Aurora, warum sollte ein Vogel so etwas tun?«

Aurora starrte wie versteinert zu dem Geier hinauf. Das Herz wollte ihr zerspringen. *Warum sollte ein Vogel so etwas tun?*

Und sie merkte, dass sie es bereits wusste.

»Wir müssen ihm folgen!«

16. KAPITEL

»ZIELE AUF SEINE AUGEN«, sagte Titan und umrundete zwei raufende Junglöwen. »Und jetzt gib ihm einen Tritt mit deinen Hinterpranken.«

Die Ruhe über der Savanne verlieh dem Kampftraining eine unheilvolle Atmosphäre. Die plötzlich eingetretene Windstille war fast unheimlich. In einem Augenblick, kurz wie das Zwinkern eines Löwen, waren die heftigen Stürme von einer reglosen, flirrenden Hitze abgelöst worden, die die jungen Löwen ermattete und auslaugte. Selbst aus einiger Entfernung erkannte Heldenmut, wie schwer es ihnen fiel, den notwendigen Kampfgeist aufzubringen.

Das Fell des einen Löwen war so fahl, dass es beinahe weiß aussah. Vielleicht litt er deshalb weniger unter der Hitze als die Löwen mit dunklerem Fell, denn er hatte genug Kraft, sich umzudrehen und seinem Gegner die kräftigen Hinterbeine in den Leib zu rammen. Dieser, ein junger Löwe mit bernsteinfarbenem, golden schimmerndem Fell, jaulte auf und fiel der Länge nach hin. Geschlagen blieb er liegen und hechelte in der heißen, staubigen Luft.

»Gut gemacht, Kraftstrotz!«, knurrte Titan. Der helle Löwe warf triumphierend seine zottelige Mähne zurück, während sein Gegner beschämt davonschlich. »Mal sehen, ob du es mit Stolz aufnehmen kannst.«

Ein großer, junger Löwe mit kurzer, brauner Mähne machte einen Satz auf Kraftstrotz zu. Brüllend richteten sich die beiden Löwen auf ihre Hinterbeine auf, krachten zusammen und gingen aufeinander los.

Heldenmut saß bei den Löwinnen zwischen Flink und Wagemut. Beständig fuhren seine Krallen aus und ein, denn er stellte sich vor, am Kampftraining teilzunehmen. Die Löwen waren natürlich älter als er, wenn auch nicht ganz ausgewachsen. Aber sie waren alt genug, um ihr Herkunftsrudel zu verlassen. Er beneidete sie um ihre flaumigen Mähnen.

»Ich verstehe wirklich nicht, was diese jungen Löwen hier wollen«, beschwerte sich Leichtsinn. »Stolz hat doch schon zu Gallants Zeit das Rudel verlassen. Warum hat Titan ihn zurückgeholt? Und der mit dem dunklen Bernsteinfell – Clever heißt er – ist doch schon vor einer Ewigkeit gegangen. Erinnerst du dich an die alte Konstanz? Das war die Mutter der beiden.«

»Ich kann mich gut an Konstanz erinnern«, murmelte Wagemut. »Sie hoffte wahrscheinlich, dass ihre Söhne eigene Rudel gründen würden.«

»Das ist schwieriger, als es einmal war«, bemerkte Schlitzohr. »Kraftstrotz und die anderen aus dem Furchtlosrudel streifen schon seit einigen Monden durch Bravelands und haben immer noch keine eigenen Rudel gegründet. Vielleicht hoffen sie, bei Titan ein besseres Leben zu finden.«

Flink hob ihren staubigen Kopf von den Pranken. In der brütenden Hitze bedeutete das für sie eine große Anstrengung. Blind starrte sie in die Richtung, aus der die Kampfgeräusche kamen. »In einem Rudel darf es nicht zu viele ausgewachsene Löwen geben«, sagte sie mit einem seltsam melancholischen Unterton. »Das führt immer zu Konflikten.«

»Das ist allein Titans Entscheidung«, erwiderte Royal scharf. »Er hat sicher gute Gründe gehabt, sie hierher ins Rudel zuholen.«

»Genau davor habe ich Angst«, murmelte Flink.

Kraftstrotz und Stolz übten sich im Nahkampf, sie hatten ihre Muskeln aufs Äußerste angespannt, bissen und fauchten. Heldenmut sah ihnen beklommen zu.

Die Junglöwen sahen alle sehr stark aus. Titan zu schlagen, war schon schwierig genug, aber Heldenmut konnte unmöglich auch noch mit Titans Verbündeten kämpfen. Es wäre nicht das erste Mal, dass Titan im Kampf seine Kumpane zu Hilfe holte – das hatte er auch schon getan, als er sich mit Gallant duelliert hatte.

Kaltschnauze, der im hohen Gras Grillen gejagt hatte, ließ sich ächzend neben Heldenmut auf den Boden plumpsen. Dieser stupste ihn am Kopf und sagte: »Es ist so heiß.«

Der Löwenjunge riss sein Maul auf und hechelte. »Der Wind war mir fast lieber.«

»Was macht dein Jagdtraining? Hast du etwas erwischt?«

»Eine Eidechse«, sagte Kaltschnauze. »Beinahe jedenfalls. Dann hat sie sich unter einem Stein versteckt.« Er verzog das Gesicht. »Ich mag diese neuen Löwen nicht. Vater sieht ihnen die ganze Zeit beim Kämpfen zu und spielt gar nicht mehr mit mir. Ich wünschte, sie würden wieder gehen.«

»Ich auch«, murmelte Heldenmut.

Stolz sah erschöpft aus und wankte, als würde er bald unter der Hitze zusammenbrechen. Kraftprotz sprang ihn an, brachte ihn aus dem Gleichgewicht und warf ihn krachend zu Boden. Dann versetzte er ihm einen Schlag auf den Kopf und stürzte sich auf ihn. Stolz blieb mit bebenden Flanken und heraushängender Zunge liegen.

»Kraftstrotz ist der Sieger!«, brüllte Titan. »Du hast deinen Namen zu Recht bekommen, junger Löwe.« Nun befahl Titan die neuen Löwen barsch zu sich, und Heldenmut hatte Gelegenheit, sie in der flimmernden Hitze zu zählen: Es waren acht Junglöwen, alle sehr kräftig und von stattlicher Größe.

»Das Titanrudel ist das beste Rudel in Bravelands«, verkündete Titan. »Wir können für die Erweiterung unseres Territoriums nur die besten und stärksten Löwen gebrauchen. Kraftstrotz ist der Stärkste von euch, doch ihr habt alle gut gekämpft und euch als würdig erwiesen.«

Die übrigen Löwen und Löwinnen des Rudels erhoben sich und knurrten beifällig. Selbst Leichtsinn und Wagemut, die sich über die neuen Löwen beschwert hatten, erhoben sich. *Sie haben Angst, ihre Meinung zu sagen,* dachte Heldenmut.

Als hätte sie seine Gedanken gehört, drehte sich Wagemut zu ihm um, verengte ihre Augen und peitschte mit ihrem Schwanz. Verspätet begriff Heldenmut, was sie meinte, und erhob sich zähneknirschend.

Titan schritt hochmütig vor den Junglöwen auf und ab. »Ich fordere noch eine Sache von euch«, sagte er. Seine schwarze Mähne wallte über seine breiten Schultern. »Ihr müsst einen Treueschwur leisten.«

Die jungen Löwen wechselten besorgte Blicke, während Resolut sie in Reih und Glied aufstellte. Manche traten nervös von einer Pranke auf die andere. Kraftstrotz stand aufrecht da und hatte seinen Kopf hoch erhoben. Die Lippen des hellen

Löwen kräuselten sich auf eine überhebliche Art und Weise, die Heldenmut an Titan erinnerte.

Titan trat an die Junglöwen heran und musterte sie von oben bis unten. »Ich, Titan vom Titanrudel, heiße euch beim Gesetz unserer Ahnen willkommen«, brüllte er. »Mein Rudel wird euch beschützen und nähren, euch Heimat und Familie sein. Das schwöre ich.«

Resolut starrte die jungen Löwen erwartungsvoll an. »Antwortet«, knurrte er. »Beim Gesetz unserer Ahnen ...«

»Beim Gesetz unserer Ahnen ...«, wiederholten sie wie aus einem Mund.

»... schwören wir dem Titanrudel unsere Treue ...«, fuhr er fort.

Folgsam sprachen sie ihm nach. »... schwören wir dem Titanrudel unsere Treue. Wir werden keine Pranke gegen Titan erheben. Wir schwören, ihn und sein Rudel unter allen Umständen zu schützen.«

Titan hatte sich vor Kraftstrotz aufgebaut. Mit einer raschen Bewegung seiner Pranke ritzte er eine lange, blutige Spur über die Kehle des hellen Löwen.

»Ich schwöre bei meinem Blut.« Er schritt die Linie ab und ritzte jedem Junglöwen einen tiefen Kratzer in den Hals.

»Und jetzt ihr«, knurrte Resolut, nachdem Titan wieder seine frühere Position eingenommen hatte.

Unter den Anweisungen von Resolut traten die jungen Löwen nun einzeln vor. Manche zitterten, aber jeder von ihnen erhob seine Pranke und hinterließ eine Kratzspur auf Titans Kehle.

»Ich schwöre bei meinem Blut«, knurrte Kraftstrotz.

»Ich schwöre bei meinem Blut.« Das war Stolz.

»Ich schwöre bei meinem Blut …«

Die Hitze war so unerträglich, dass Heldenmut beinahe taumelte. Vielleicht war auch die Erinnerung an seinen eigenen Schwur schuld daran, als er gezwungen gewesen war, sich dem Titanrudel unterzuordnen. Er erinnerte sich nur zu gut an sein Verlangen, seine Krallen mit aller Kraft in Titans Kehle zu hauen und seinem Leben an Ort und Stelle ein Ende zu setzen. Es war unmöglich, ja undenkbar gewesen. Aber er hatte daran gedacht und dachte auch jetzt daran, als er zusah, wie Titan noch mehr starke, junge Löwen seinem Willen unterwarf.

Die neuen Löwen schlichen gehorsam in ihre Reihe zurück. Titan musterte seine Rekruten und nickte zufrieden.

»Der Bluteid eines Löwen ist das Wertvollste, das er zu geben hat.« Ein Blutrinnsal schlängelte sich durch die Mähnenhaare an seinem Hals bis hinunter auf seine Brust. »Einen Eid zu brechen ist eine Schande. Alle Löwen in Bravelands wenden sich von einem Eidbrecher ab. Das war schon immer so und wird auch immer so bleiben.«

»Ich habe einmal einen Löwen gekannt«, begann Resolut und schritt die Linie der jungen Löwen ab. »Sein Name war Kühn.« Er rümpfte seine Lippen. »Feigling hätte besser zu ihm gepasst. Er schwor, seinen Anführer zu schützen, weigerte sich dann aber aus Angst, gegen ein anderes Rudel zu kämpfen. Eine solche Schande kann kein Löwe wiedergutmachen. Er wurde aus seinem Rudel verbannt und hieß von da an Kühn Rudellos. Einsam schlich er durch das Land und wurde so dünn und schwach, dass die Hyänen ihn schließlich umbrachten.« Resolut rollte mit seinen breiten Schultern. »So enden Löwen, die ihren Eid brechen.«

Die übrigen Löwen des Rudels knurrten zustimmend. »Gut gesprochen, Resolut«, polterte Titan.

So grausam die Geschichte auch war, bewirkte sie doch, dass Heldenmuts Stimmung sich hob. Loyals Befürchtungen waren bestimmt grundlos. Wenn dies bedeutete, dass Titan Achtung vor einem Eid hatte, würde er auch zu seinem Gelübde stehen, Heldenmut nicht zu töten.

Titan spreizte seine Vorderpranken, scharrte auf dem Boden und ließ seine Muskeln spielen. Das Blut an seiner Halswunde war versiegt, aber über seine Brust zog sich eine dunkle, eingetrocknete Blutspur. »Heute werdet ihr dem Eid, den ihr dem Titanrudel geschworen habt, Ehre erweisen«, sagte er den jungen Löwen. »Es gibt Arbeit. Kommt mit.«

Was für eine Arbeit meint er? Als die jungen Löwen mit Titan und Resolut zum Rand der Wiese gingen, sah Heldenmut ihnen misstrauisch nach. Wovon redete Titan?

Das Rudel zerstreute sich, jeder versuchte, der gleißenden Sonne zu entkommen und einen schattigen Platz zu finden. Flink schlief unter einem Fieberbaum ein, ihre mageren Flanken hoben und senkten sich. Wagemut und die anderen Löwinnen streckten sich im sonnengesprenkelten Schatten unter einer Akaziengruppe aus und putzten sich gegenseitig. Heldenmut sah zu Titans Gruppe hinüber, seine Vorahnungen wurden immer dunkler. Die jungen Löwen lauschten mit bebenden Ohren den Worten ihres Anführers.

Plötzlich schlug jemand auf seinen Schwanz, er schnellte empor und sah nach hinten. Es war der kleine Kaltschnauze. »Mir ist so *langweilig*«, quengelte er. »Niemand spielt mit mir.«

Heldenmut sah kurz zu Titan und den jungen Löwen hinüber, dann stand er auf. »Du hast Glück, ich kenne ein paar lustige Spiele.«

Der Schwanz von Kaltschnauze stellte sich steil nach oben. »Willst du wirklich mit mir spielen? Danke, Heldenmut!«

Heldenmut lächelte. »Kennst du ›Schlange im Gras‹?«

Kaltschnauze schüttelte den Kopf.

»Wagemut und ich haben es immer gespielt, als wir klein waren«, sagte Heldenmut. »Ein Junges versteckt sich im hohen Gras und duckt sich, so als würde es sich an Beute heranschleichen. Das andere Junge muss es suchen. Findet es den, der sich versteckt, hat es gewonnen, gelingt es aber dem versteckten Jungen, sich ungesehen an den anderen anzuschleichen, gewinnt *dieses*.«

Kaltschnauzes Schwanz zuckte vor Erregung. »Ich versteck mich zuerst!«

»Also gut«, sagte Heldenmut und machte die Augen zu. »Ich zähle einhundert Herzschläge ab. Dann geh ich los und finde dich.«

»Tust du nicht!«, hörte er Kaltschnauze fröhlich rufen, und dann war nur noch das Rascheln seiner Pfoten zu hören, die sich durch das Gras entfernten.

Die Schritte des kleinen Löwen waren tollpatschig und nicht zu überhören, aber Heldenmut achtete sowieso nicht darauf. Als er seine Augen wieder öffnete, war Kaltschnauze nirgends zu sehen. Aber er nahm sofort seine Witterung auf – ein Duft nach Nektar, weil er so viele Insekten gefangen hatte. Aha, er war zu den krüppeligen Bäumen hinübergelaufen, ein gutes Stück entfernt von Titan und den Junglöwen. Heldenmut ignorierte die Spur des Kleinen und schlenderte in die Richtung von Titans Gruppe.

»Wo hat sich dieses schlaue Jungchen nur versteckt?«, sagte er laut und schnüffelte herum.

Er hörte hinter sich das hohe Gras vibrieren. *Gut, er folgt mir.*

Heldenmut trottete weiter. »Ich kann einfach keine Witterung von ihm aufnehmen«, grummelte er zum Schein. Er schielte nach hinten und sah, wie sich das Gras wellte – anscheinend zitterte Kaltschnauze vor Aufregung. Er würde noch viel üben müssen …

Heldenmut drehte sich wieder um und schlenderte gemächlich weiter.

Dann hörte er ein schnelles Trippeln und schon hatte sich Kaltschnauze auf ihn gestürzt. »Ich hab dich! Ich hab dich!«, johlte er.

Heldenmut warf sich auf den Boden und ächzte. »Oh nein! Wo bist du plötzlich hergekommen?« Er balgte sich mit dem Jungen und kullerte mit ihm durch das Gras. Kaltschnauze jauchzte vor Vergnügen. Ein paar von den jungen Löwenmännchen schauten kurz zu ihnen hinüber, beachteten sie aber nicht weiter und drehten sich wieder gewichtig zu Titan um.

»Jetzt bin ich dran«, sagte Heldenmut. Kaltschnauze, der kaum stillhalten konnte, schloss seine Augen.

Heldenmut schlenderte wie zufällig in die Richtung der Löwenversammlung. Als er sicher war, dass niemand ihn beobachtete, duckte er sich in das hohe Gras und robbte näher.

»Es handelt sich um zwei Jungtiere, hat Leichtsinn berichtet«, knurrte Titan leise. »Allein unterwegs. Die Nashörner und Elefanten meinen, sie seien die Herrscher von Bravelands, aber das wird ihnen eine Lehre sein.«

Die Löwenmännchen grollten zustimmend. Heldenmut hielt inne und wagte kaum zu atmen. Er sah nur Gras um sich, war der Gruppe aber näher gekommen, als er beabsichtigt hatte. Er bekam plötzlich Angst, niesen zu müssen.

»Aber wie sollen wir einen Elefanten töten?«, fragte ein Löwenmännchen. »Oder ein Nashorn?«

Heldenmut erkannte Resoluts Fauchen. »Ich dachte, man hat dir den Namen Clever gegeben? Titan hat gesagt, wir jagen Jungtiere, keine voll ausgewachsenen Kämpfer.«

»Zebras und Gazellen töten ist eine Sache«, sagte Titan. »Das kann auch jeder Gepard oder Leopard. Aber Jungtiere der großen Grasfresser zu reißen, wird ganz Bravelands zeigen, wie mächtig das Titanrudel ist.«

Heldenmut biss seine Zähne zusammen und ringelte seinen Schwanz dicht an seinen Leib, um ihn still zu halten. Die Löwen glaubten zwar nicht an den Großen Geist wie die Paviane, bei denen Heldenmut aufgewachsen war, aber sie achteten das Gesetz. Titan war bereits ein Gesetzesbrecher, nun plante er, es wie ein Stück Fleisch auseinanderzureißen.

Indem er Jungtiere tötete …

Aurora, dachte Heldenmut plötzlich erschrocken. Die weise, junge Elefantenkuh war so freundlich zu ihm gewesen und hatte ihm geholfen, als er mit der Großen Mutter sprechen wollte. Wenn Titan seinen Plan in die Tat umsetzte, würde sie sterben.

Er schlängelte sich lautlos rückwärts und entfernte sich ein Stück von Titans Löwen. Er war noch nicht weit gekommen, als ihm jemand auf die Schulter schlug. Heldenmut erstarrte, das Herz schlug ihm bis zum Hals.

»Gefunden!«, rief Kaltschnauze triumphierend.

Heldenmut keuchte vor Erleichterung und rollte den kleinen Löwen durch das Gras. »Gut gemacht«, lobte er. Er blickte zu Titan und den anderen zurück und begegnete dem Blick von Resolut. Der große Löwe sah ihn so finster an, dass Heldenmut fröstelte. Hatte er gemerkt, dass Heldenmut gelauscht hatte?

Doch schon wand sich Kaltschnauze unter Heldenmuts Pfoten hervor und hüpfte vergnügt quiekend wieder auf seinen Rücken. Resolut verdrehte seine Augen und drehte sich zu den anderen um.

Kaltschnauze hätte gern noch weitergespielt, doch Heldenmut ging wieder zum Rudel zurück. Er dachte an die Nashörner und Elefanten, die in diesem Moment friedlich bei der Wasserstelle grasten und von Titans Plänen nichts wussten.

Ich muss sie warnen.

*

»Bist du dir sicher?« Wagemut blieb stehen und sog hechelnd die heiße Luft ein.

»Natürlich«, knurrte Heldenmut.

Unruhig sah Wagemut auf die vor ihr trottenden Löwinnen. Sie und Heldenmut hatten sich an das Ende der Jagdtruppe zurückfallen lassen, um ungestört sprechen zu können, doch Royal und Leichtsinn konnten sich jeden Augenblick zu ihnen umdrehen.

»Dann geh lieber gleich los«, sagte Wagemut und seufzte ergeben. »Wenn jemand fragt, sage ich, dass du einer neuen Witterung nachgegangen bist. Versuche wenigstens, etwas Beute mitzubringen, wenn du zurückkommst.«

Heldenmut rieb seine Wange an der seiner Schwester. »Danke, dass du mir hilfst.«

»Viel Glück«, flüsterte Wagemut mit einem weiteren Blick auf die anderen Löwinnen. »Und um unserer Mutter willen: *Pass auf dich auf.*«

In geducktem Lauf entfernte sich Heldenmut von der Jagdtruppe. Als er das hohe Gras hinter sich gelassen hatte, breitete sich vor ihm eine leicht abfallende Landschaft aus, deren gelbes Gras sich fast bis zum Horizont erstreckte. Hier und dort standen ein paar Akazien, die sich in der Ferne zu einem kleinen Wald verdichteten. Heldenmut wünschte sich, der Wald wäre näher, denn dort würde er nicht nur Schutz vor der unerträglichen Hitze finden, sondern auch vor seinem eigenen Rudel.

Als er die Löwen weit genug hinter sich gelassen hatte, beschleunigte er sein Tempo und rannte keuchend los. Die heiße Luft trocknete seine Kehle aus, und von der gleißenden Helligkeit wurde ihm ganz schummrig, doch die Dringlichkeit seiner Mission pulsierte wie ein zweites Herz in seiner Brust und trieb ihn voran.

Die Strecke kam ihm unendlich weit und trostlos vor, und das Land flirrte in der Hitze, bis er nicht mehr wusste, ob es wirklich da war. Benommen fragte er sich, ob sich ganz Bravelands gegen ihn verschworen hatte. Vielleicht würde er für immer durch diese glühende Weite rennen und die Wasserstelle niemals erreichen.

Er war kurz davor zusammenzubrechen, als er in der Nähe jenen Hügel erkannte, von dem aus er und Wagemut die Große Versammlung beobachtet hatten. Erleichtert schleppte Heldenmut sich weiter und stapfte den Abhang hinauf, rennen konnte er nicht mehr. Oben angekommen, duckte er sich und spähte hinab.

Der neue Große Vater stand am Rand der Wasserstelle und hatte seine Beine im morastigen Schlamm versenkt. Viele Gnus standen um ihn herum. Jetzt neigte Dickhaut seinen schweren Kopf, stieß sein Horn in die Höhe und patschte auf das Wasser. Unweit von ihm drängte sich eine große Schar von Gazellen, Zebras und Büffeln zusammen. Vermutlich warteten sie, bis sie an der Reihe waren, dem Großen Vater ihre Sorgen mitzuteilen.

Heldenmut hatte keine Zeit, sich unter die Wartenden zu mischen. Nun, da er sich wieder einigermaßen erholt hatte und das Ziel seiner Reise in Sicht war, rannte er mit voller Kraft den Abhang hinunter, dessen Gefälle sein Tempo noch beschleunigte. Er stürmte auf die Grasfresser zu und donnerte beinahe in eine Herde von Antilopen, die unter lautem Getöse aufschreckten und eilig vor ihm zurückwichen. Er schob und schlängelte sich durch einen wiehernden und quiekenden Wald langer, gehufter Beinen und platzte schließlich direkt vor Dickhaut wieder ins Freie.

Der große Vater sah ihn böse an.

»Was bildest du dir ein, du kleiner Löwe?« Er neigte sein Horn. »Warte, bis du an der Reihe bist.«

»Es ist wichtig«, schnaufte Heldenmut. Er schluckte und versuchte, wieder gleichmäßig zu atmen. Er dachte an die Umgangsformen, die er bei den Pavianen gelernt hatte, und neigte seinen Kopf. »Großer Vater, du musst etwas unternehmen. Das Titanrudel plant, die jungen Nashörner und Elefanten umzubringen.«

Die Tiere, die am nächsten standen, sahen Heldenmut

erschrocken an, empörtes Murmeln ging durch die Menge. Zwei Zebras scharrten aufgeregt mit ihren Hufen und ein Büffel brüllte zornig. Doch Dickhauts kleine Augen blieben ausdruckslos.

»Das ist genau, was ich gemeint habe, Großer Vater«, grunzte ein Gnu. »Das Titanrudel bricht ständig das Gesetz. Sie haben viel mehr von uns getötet als jemals zuvor und fressen nicht einmal die Hälfte von ihrer Beute. Bitte sag uns, was wir tun sollen!«

Dickhaut neigte seinen Kopf, verzog trotzig sein Gesicht und wedelte mit seinem Schwanz. »Ich habe euch bereits gesagt, was ihr tun sollt. Kämpfen!«

Das Gnu sah ihn betroffen an. Aus den umstehenden Herden waren verängstigte, ungläubige Schreie zu hören.

Heldenmut schnaubte. »Kämpfen? Großer Vater, weißt du eigentlich, wer Titan ist?«

Das Nashorn wandte sich ihm zu und schwenkte sein Horn hin und her. »Ob ich *was* weiß?«

Heldenmut trat rasch einen Schritt zurück. »Ich wollte nicht unhöflich sein.«

Der Große Vater blickte ihn böse an. »Woher weißt du überhaupt von Titans Plänen?«

»Nun …« Heldenmut sah unsicher zu beiden Seiten. »Ich gehöre zum Titanrudel.«

Ein Zebra stieß ein nervöses Wiehern aus. Mit stampfenden Hufen zogen sich die Grasfresser vor ihm zurück.

»Ich meine, ich lebe in dem Rudel«, ergänzte Heldenmut eilig, »aber ich bin kein Löwe des *Titan*rudels. Ich hasse Titan. Ich bin nicht einverstanden mit dem, was er tut. Mit gar nichts davon.«

Das Gnu beugte sich vor, sein Atem duftete würzig nach gekautem Gras. »Was meinst du damit, dass du eigentlich kein Löwe des *Titan*rudels bist? Bist du kein Fleischfresser? Hast du nicht unsereins getötet?«

Es war nicht leicht, diese Frage ehrlich zu beantworten. Heldenmut machte ein paar verlegene Schritte nach hinten. »Nein, also, ich bin ein Löwe. Das sieht man ja. Ich meine nur, dass …«

»Ich weiß, wer er ist«, wieherte ein Zebra schroff. »Dieses Löwenjunges war dabei, als unser Anführer Schönfreund gejagt wurde. So wie es aussieht, haben sie ihn einfach zum Spaß gejagt. Haben ihn nicht einmal gefressen und seinen Leichnam den Aasfressern überlassen.«

»Das versteht ihr nicht«, versuchte Heldenmut es noch einmal, seine Worte überschlugen sich beinahe bei dem Versuch, sich zu rechtfertigen. »Ich wollte ihm helfen. Indem ich ihn tötete!«

Die Zebras wichen erschrocken wiehernd zurück. »Gesetzesbrecher!«

»Gesetzesbrecher!« Die anderen Grasfresser stimmten in die Schreie ein, wichen aber nicht mehr zurück, sondern kamen näher und umringten ihn bedrohlich.

»Das bin ich nicht –« Heldenmuts Protest wurde von einem schmerzhaften Hufschlag in seine Seite gestoppt, der ihn zu Fall brachte. Das Gnu neigte seine gekrümmten Hörner und scharrte mit den Hufen.

Heldenmut rappelte sich auf und wich nach hinten aus. »Ich sage die Wahrheit«, rief er zum Großen Vater. »Ihr müsst die Jungen beschützen! Informiert die Elefanten und die anderen Nashörner. *Bitte!*«

Die Grasfresser trotteten wie eine große, feindselige Menge auf ihn zu. Heldenmut durfte keine Zeit verlieren, er rannte los und schlängelte sich zwischen schlagenden Hufen hindurch und duckte sich vor den Hörnern, jeden Moment erwartend, ein spitzes Horn oder einen Huf in den Leib gerammt zu bekommen. Er hielt auf den Hügel zu. Hoffentlich waren die Grasfresser keine guten Kletterer. Hoffentlich fanden seine Pfoten einen sichereren Halt als ihre stumpfen Hufe.

Am Fuß des Abhangs angelangt, rannte er bis zur halben Höhe hinauf, dann blickte er zitternd zurück und rang nach Luft. Die Grasfresser waren zurückgefallen und hatten sich wieder um den Großen Vater versammelt.

Heldenmut tappte weiter, oben angekommen, ließ er sich mit schmerzenden Muskeln ins Gras fallen. Sein Herz hämmerte und er leckte seine wunden Rippen. *Das war ein harter Schlag gewesen.* Was war aus der friedlichen Tradition an der Wasserstelle geworden? Heldenmut wusste nicht, wie es passiert war, aber ihm war klar, dass er komplett versagt hatte.

Ich weiß nicht einmal, ob mir Dickhaut geglaubt hat, dachte er unglücklich.

Es blieb ihm nur übrig, selbst die Elefanten zu warnen.

Er spähte noch einmal hinunter. Die Grasfresser stritten sich mit hoch erhobenen Stimmen mit Dickhaut. *Kein Wunder, wenn er ihnen rät, gegen das Titanrudel zu kämpfen.*

Am hinteren Teil des Ufers, so weit entfernt, dass es wie das Nest eines Vogels aussah, lag ein Berg von Zweigen, der den Körper der Großen Mutter bedeckte. In seiner Nähe standen die großen Elefanten. Manche von ihnen rissen Zweige von den Bäumen, um sie zu fressen, andere waren in Gespräche vertieft.

Heldenmut umrundete den Hügel, hielt sich dabei aber weit oben, bis er sicher war, dass er die Grasfresser hinter sich gelassen hatte. Die Sonne brannte unbarmherzig auf seinen Rücken, doch er wagte sich nicht in den Schatten der Bäume hinunter, solange er Gefahr lief, einem zornigen Gnu zu begegnen. Schließlich rannte er einen steinigen Seitenpfad zu den Elefanten hinunter.

Diese hoben nacheinander ihre mächtigen Köpfe, klappten ihre Ohren nach vorn und sahen ihn verwundert an. Heldenmuts Haut prickelte. Sie waren einfach so *groß* und manche ihrer Stoßzähne waren sogar länger als er selbst. Enttäuscht stellte er fest, dass Aurora nicht unter ihnen war – sie hätte ihn bestimmt freundlich empfangen.

Die riesigen Wesen ließen ihn nicht aus den Augen, sie betrachteten ihn ruhig, still und reglos wie die großen Bäume des Waldes.

»Ich erinnere mich an dich«, sagte die eine. Sie hatte freundliche Augen mit langen Wimpern.

Eine andere, die älter als die anderen war und ein stark zerfurchtes Gesicht hatte, richtete ihren weiß gefleckten Rüssel auf ihn. »Du bist doch mit dem Pavianfreund hier gewesen, um mit Großer Mutter zu sprechen. Heißt du nicht Heldenmut Titanrudel?«

»Das ist richtig.« Heldenmut war bei der Nennung des Rudels kurz zusammengezuckt.

»Ich bin Regen Wanderer«, sagte die alte Elefantenkuh. »Ich bin die Anführerin unserer Familie, nachdem Große Mutter nicht mehr ist. Was führt dich her?«

Heldenmut trat zaghaft ein paar Schritte vor. »Ich bin gekommen, um euch zu warnen, Regen Wanderer. Titan plant, die jungen Elefanten und Nashörner zu überfallen.«

Die Elefanten traten beunruhigt von einem Fuß auf den anderen und schwenkten ihre Rüssel hin und her. »Warum?«, fragte Regen in einem Ton, der ihn innerlich zittern ließ.

»Manchmal reißen die Löwen unsere Schwächsten und Kleinsten«, sagte die Elefantenkuh mit den langen Wimpern empört. »Aber warum sollte Titan so etwas absichtlich planen?«

»Er glaubt, dass alle Tiere ihn achten werden, wenn er die Jungtiere der größten Grasfresser tötet«, fuhr Heldenmut unbeirrt fort.

»Hast du darüber mit dem Großen Vater gesprochen?« Regens Blick hatte etwas Beunruhigendes an sich.

»Ich habe es versucht«, berichtete Heldenmut und schluckte, »aber ich weiß nicht, ob er mir geglaubt hat.«

Die Elefanten traten zusammen und flüsterten aufgeregt miteinander. Ihre Schwänze waren wie erstarrt. Regen sagte nichts, sie war tief in Gedanken und ihr Gesicht drückte Ärger und tiefe Besorgnis aus.

»Titan hat sich noch nicht an die Umsetzung seines Plans gemacht?«, fragte sie schließlich.

Heldenmut schüttelte den Kopf. »Er hat heute zum ersten Mal davon gesprochen. Ich habe ihn belauscht.«

»Danke, Großer Geist«, stieß einer der Elefanten erleichtert hervor.

Regen blickte an ihrem Rüssel hinunter und musterte Heldenmut. »Es ist ungewöhnlich, dass ein Löwe uns vor so etwas warnt«, grollte sie bedrohlich. »Ist das eine Falle?«

»Nein!«, rief Heldenmut und legte seine Ohren an. Ich wollte nur ... ich finde das nicht gut, was Titan macht.«

»Das finden die wenigsten Tiere. Aber ich wusste nicht, dass das auch Mitglieder seines Rudels betrifft.« Regen zuckte mit ihrem Schwanz.

Heldenmut sah sich nervös in der Elefantenfamilie um. »Ist Aurora nicht hier? Ich kenne sie und habe gehofft, sie wäre hier, weil ... weil ich glaube, dass sie mir glauben würde«, beendete er unsicher seinen Satz.

Regen reckte ihren Kopf und die anderen Elefanten starrten ihn an. »Du kennst Aurora?«

»Ich habe sie kennengelernt, als ich Große Mutter um Hilfe gebeten habe. Ich hatte ein Problem, und sie halfen mir beide, es zu lösen.«

Wieder zogen sich die Elefanten zur Beratung zurück. Heldenmut hätte gern gewusst, was sie sagten, hoffentlich nicht die Worte *Zerquetscht den Löwen.*

Der Elefant mit den langen Wimpern sah zu ihm hinüber. »Regen, wenn er Aurora kennt ... vielleicht kann der Kleine uns helfen?«

»Vielleicht, Stern.« Die alte Elefantenkuh musterte Heldenmut mit einem durchdringenden Blick, der ihm einen Schauer über den Rücken jagte. »Heldenmut, wir werden dir vertrauen und hoffen, dass deine Beweggründe ehrenhaft sind. Die beiden jüngsten Mitglieder unserer Familie sind verschwunden.«

Heldenmuts Mundhöhle wurde schlagartig trocken. »Du meinst Aurora?«

»Und meinen Sohn«, sagte die Elefantenkuh, die Stern genannt wurde, mit brechender Stimme. »Mein kleiner Mond.«

Von zwei Jungtieren hatte Leichtsinn berichtet. Allein unterwegs … Heldenmuts Herz setzte einen Schlag aus und sein Magen zog sich vor Grauen zusammen.

Titan war also schon darüber informiert. Er wollte die Jungen jagen, nicht *irgendwelche* Jungen, sondern *diese* Jungen. Heldenmut musste sich sofort auf die Suche nach ihnen machen – und sie vor Titan erreichen.

»Habt ihr eine ungefähre Ahnung, wo sie sein könnten?«, fragte er und hatte es plötzlich eilig.

»Wir wissen, dass sie gemeinsam weggegangen sind«, berichtete Regen. »Ihre Fußspuren haben es uns verraten. Wir haben hier gewartet, weil wir damit gerechnet haben, dass sie hierher zurückkommen.«

»Wenn Mond wiederkäme und ich wäre nicht da!«, rief Stern gequält aus und schwenkte ihren Rüssel hin und her. »Aber jetzt ist alles anders, Regen …«

»Titan ist vielleicht schon auf ihrer Spur«, sagte Regen finster. »Wenn das stimmt, können wir nicht rechtzeitig da sein.«

»Wir sind zu langsam«, stöhnte Stern. Die anderen Elefanten scharten sich um sie, um sie zu trösten.

»Ich bin nicht langsam«, knurrte Heldenmut. »Wollt ihr mir zeigen, in welche Richtung sie gegangen sind?«

Regen sah ihre Familie an. »Meine Schwestern. Wir haben keine andere Wahl.«

Eine andere Elefantenkuh sah ihn zweifelnd an. »Ich bin einverstanden. Wir müssen dem kleinen Löwen vertrauen.«

Die Elefanten wechselten besorgte Blicke, dann drehten sie sich um und führten ihn am Ufer der Wasserstelle entlang. Unterwegs trafen sie allerlei Tiere, die den Rat des Großen

Vaters erbitten wollten: eine ängstlich dreinschauende Giraffengazelle, die ihr elegantes Horn emporwarf, drei Giraffen, die gemächlich die Baumwipfel abweideten, und eine Rotte von Warzenschweinen, die sich beim Anblick von Heldenmut mit steil erhobenem Schwanz davonmachten.

Die Elefanten führten Heldenmut zu einer üppigen, grünen Fläche, von dort ging es durch dornige Büsche bis zum Rand der stoppeligen Ebene, wo alles dürrer und brauner wurde und der Horizont in der Hitze flimmerte.

»Bis hierher führt ihre Spur«, sagte Regen und zeigte mit ihrem Rüssel auf den Boden, wo Heldenmut die Fußabdrücke von zwei Elefanten bemerkte, die einen kleiner als die anderen. Er folgte ihnen ein paar Schritte, aber dann verloren sie sich auf dem ausgetretenen Boden, wo sie von einer Vielzahl von Füßen, Pfoten und Hufen verwischt wurden.

»Hier, wo der Untergrund steiniger wird, verliert sich ihre Spur«, sagte Monds Mutter. Ihre Augen wurden feucht. »Aber ihre Witterung ist noch da. Riechst du sie?«

Heldenmut schnupperte an den Spuren, seine Nüstern blähten sich. Auf dem heißen, trockenen Boden hielt sich fast nur der Geruch von Insekten und Staub. Es würde schwieriger werden, als er gedacht hatte.

Doch dann hatte er sie: den trockenen, warmen Geruch eines Elefanten, der sich mit dem Duft von Gras und den Blüten des Baobab mischte – Aurora –, und daneben ein Duft, der etwas weicher und milchiger war. Das musste Mond sein.

»Ich rieche sie«, rief er aufgeregt. »Ich werde sie für euch suchen – und sie zurückbringen.«

Monds Mutter neigte sich zu ihm herab. Ihre dunklen Augen sahen ihn flehend an. »Bitte!«

»Ich verspreche es«, sagte er. »Um Auroras willen.«

Erleichterung machte sich unter den Elefanten breit. Regen trat vor Heldenmut hin und berührte sein Maul mit ihrer gefleckten Rüsselspitze. Sie fühlte sich trocken und warm an und ein bisschen kitzelig, aber er neigte seinen Kopf und blieb reglos stehen.

»Wir danken dir, Heldenmut«, sagte sie. »All unsere Hoffnungen ruhen auf dir. Möge der Große Geist dich bei deiner Suche lenken.«

Heldenmut nickte. Mit bebenden Schnurrhaaren nahm er Witterung auf und rannte mit einem Satz auf und davon.

17. KAPITEL

DER UNUNTERBROCHENE WIND war unerträglich gewesen, doch dieser Wetterwechsel war noch schlimmer. Im Bau der Hyänen hatten sie sich wenigstens vor dem Sturm schützen können, doch vor der erdrückenden Hitze gab es kein Entweichen. Zwar gewährte die Höhle Schatten, doch der Gestank des faulenden Hyänenfleisches war nicht auszuhalten. Es zu fressen erforderte große Überwindung.

Dorn drückte Käfer ein Stück Aasfleisch in die Pfoten. Der alte Pavian führte es zu seinem Maul und kaute mit einem dankbaren Blick, der Dorns Mitleid erregte. Käfer hatte einen Zahn verloren, und ein Auge war zugeschwollen, aber selbst durch den widerwärtigen Verwesungsgestank nahm er den stechenden Geruch von Süßmark in seinem Atem und seinen Hautausdünstungen wahr. *Er betäubt damit seine Schmerzen*, dachte Dorn mulmig.

Was haben Gras und Fliege ihm bloß angetan? Er wollte es sich gar nicht vorstellen.

»Versuche, es aufzuessen«, sagte er leise zu Käfer. »Du musst wieder zu Kräften kommen.«

Käfer nickte bedrückt. Dorn erhob sich und tapste in die glühende Hitze hinaus. Er musste mehr Nahrung finden, selbst wenn er deshalb etwas weiter weggehen musste. Käfer und die anderen durften nicht nur Aas zu fressen bekommen. Zu den anderen gehörte auch Beere, dachte er niedergeschlagen. Bei dieser Ernährung würde sie unmöglich gesund werden. Stachel ließ ihr die besten Stücke zukommen, aber die Vorräte gingen bedrohlich zur Neige.

Im Moment schien alles schiefzugehen. Hätte der Lichtwald-Trupp einen Anführer, dem er vertrauen konnte, einen Anführer, der wirklich das Beste für jeden Pavian wollte, wäre alles anders. Dorns geheimes Wissen war eine fast unerträgliche Last. *Wenn er sich nur Matsch anvertrauen könnte.*

Aber im Augenblick konnte er nichts tun. Er durfte Matsch genauso wenig gefährden, wie er Beeres Sicherheit aufs Spiel setzen durfte.

Die Büsche in der Nähe waren alle abgeerntet, es gab keine Beeren und Nüsse mehr und die Wurzeln waren auch schon ausgegraben. Dorn war schwindelig von der starken Sonne. Trotzdem machte er sich zu einer Senke auf, die sich zwischen dem Hyänenbau und einem Wäldchen aus krüppeligen Bäumen befand. Dort gab es einen Feigenbaum, den die anderen Starkzweige vielleicht noch nicht geplündert hatten.

In der flirrenden Hitze war die Senke nur als verschwommener Streifen wahrnehmbar und das Wäldchen dahinter kaum zu erkennen. Seufzend trottete Dorn über das dürre Grasland und hoffte, dass sich sein Ausflug lohnen würde.

Ein durchdringendes Kreischen in der Ferne ließ ihn aufschrecken. Am Himmel entdeckte er dunkle Flecken, die deutlicher wurden, als er weiterging. Es waren Aasgeier, die über der kleinen Schlucht ihre Kreise zogen. Vielleicht lag dort ein totes Tier, das noch nicht so stark verwest war, dachte er dumpf. Nur seltsam, dass sich die Aasgeier nicht niederließen.

Der Geruch von Hyänen zog in seine Nase, ein frischer und kräftiger Geruch. Falls die überlebenden Hyänen hier einen neuen Bau gefunden hatten, musste er auf der Hut sein. Es sah ganz danach aus, dachte Dorn, als er einem frischen Kothaufen auswich.

Er wunderte sich, warum die Aasgeier so unruhig waren. Sie waren jetzt fast genau über ihm, stiegen in die Höhe und zogen Kreise. Was hatten sie bloß?

Was immer es sein mochte, es musste in dieser Vertiefung liegen. Dorn kraxelte hinunter, seine Nerven waren aufs Äußerste angespannt.

Er schnüffelte, seine Nackenhaare stellten sich auf. In dem matschigen Rinnsal, das von dem rasch versiegenden Wasserlauf übrig geblieben war, lag tatsächlich ein Körper. Sein Herz zog sich angstvoll zusammen, als er darauf zurannte.

Entsetzt schrie er auf. »Frosch!«

Das große, freundliche Pavianweibchen lag mit dem Gesicht nach unten leblos da. Mit bebenden Pfoten drehte Dorn sie um und starrte in ihre trüben Augen. Eine Welle von Trauer ergriff ihn.

»Frosch«, wimmerte er heiser. »Oh, Frosch, was ist mit dir passiert?«

Das braune Fell schien unversehrt, doch ihr Körper war bereits ganz starr. Dorn untersuchte sie mit zitternden Pfoten und wehem Herzen. Keine Bissspuren, keine Kratzer, war sie gestürzt?

Die arme, starke und weichherzige Frosch mit ihrer stillen Hingabe zum Großen Geist. Dorn spürte schon jetzt, wie sehr er sie vermissen würde. Er blickte zu den Geiern hoch. *Warum habt ihr sie nicht angerührt?*

Sein Kopf war in Aufruhr. Die Aasgeier waren die Botschafter von Großer Mutter gewesen, sie hatten ihr Bericht erstattet, wenn ein Tier einen unehrlichen Tod erlitten hatte. Sie fraßen keine Tiere, die durch einen Gesetzesbruch umgekommen waren. Ließen sie Frosch deshalb in Ruhe?

Ihm fiel ein, dass Frosch über Große Mutter gesprochen hatte. Zwei Mal war sie zu ihrem Körper unter den Zweigen zurückgekehrt. Hatte jemand gehört, wie sie Dorn davon erzählt hatte? Oder bemerkt, dass sie sich vom Trupp entfernt hatte – vielleicht sogar Stachel selbst? Dorn kauerte über dem Leichnam und schnüffelte vorsichtig.

Kein Skorpiongift – zumindest konnte er keines feststellen. Mit der trockenen Erde, den Gerüchen des versiegenden Flusses und dem vagen, aber stärker werdenden Geruch des Todes, war es schwierig, das mit Sicherheit zu sagen.

Dorn erhob sich und kletterte auf der gegenüberliegenden Seite der Vertiefung nach oben. Er sammelte vom Wind abgerissene Zweige und Äste auf und brachte sie zu Froschs Leichnam hinunter. Nachdem er sie zugedeckt hatte, setzte er sich neben sie und hielt Wache. Dies hatten die Elefanten auch bei Großer Mutter gemacht. Es war das Mindeste, was er für seine Freundin tun konnte.

Aber das war noch nicht alles. Frosch hatte mit ihm zum Leichnam der Großen Mutter gehen wollen, um ihm zu zeigen, was sie dort gefunden hatte.

Diesen letzten Wunsch würde er ihr erfüllen.

*

Dorns Fell kribbelte, als würden hundert Augen ihn in der Nacht beobachten. Flusspferde schliefen in den Untiefen und schnappten nach Luft. Eine Herde von Kudus döste in unmittelbarer Nähe der Großen Mutter. Ihre glatten, braunen Körper sahen in der Dunkelheit weiß-grau gestreift aus. Einige wachten mit glühenden Augen und hoch erhobenen, gedrechselten Hörnern über die Herde. Ein Nachtvogel kreischte. Dorn zuckte zusammen.

Um den toten Körper der Großen Mutter standen die Elefanten. Ihre riesigen Leiber waren vom Sternenlicht wie versilbert. Er war so nahe bei ihnen, dass er ihren erdigen Geruch wahrnahm und ihr Schnauben und Seufzen hörte. Es war finstere Nacht, und er kauerte in einem dichten, dornigen Gebüsch, hatte aber das Gefühl, alle Tiere könnten ihn sehen. Außerdem lag zwischen ihm und dem Leichnam der Großen Mutter ein Stück offenen Graslandes. Jedes Tier in Bravelands würde ihn sehen und wissen, was er vorhatte, und alle würden sich voller Abscheu von ihm abwenden.

Er kauerte sich noch tiefer in das Gebüsch. Zwischen den Blättern hingen ein paar halb vertrocknete Beeren. Dorn pflückte einige ab, kaute und verzog seine Schnauze. Sie schmeckten scheußlich bitter. Dann nahm er eine Bewegung wahr. Ein Gepardenweibchen schlich sich zum Ufer und plätscherte im Wasser, sein Fell war grau gefleckt und seine Augen sahen wie glühende Kreise aus.

Schwerfällig bewegten sich die Elefanten auf eine Baumgruppe zu. Sie hielten sich gegenseitig an den Rüsseln – eine zärtliche Geste, bei der Dorn mit einem Schlag seine Einsamkeit spürte.

Er hatte bereits seinen Freund Heldenmut verloren, und

auch zwischen ihm und Matsch hatte sich ein Graben aufgetan, der immer tiefer wurde, je mehr Geheimnisse Dorn vor ihm verbarg. Und Beere … Dorn klammerte sich an die Hoffnung, dass sie genesen würde, aber würde sie jemals wieder mit ihm sprechen wollen?

Er durfte nicht ins Grübeln verfallen.

Der silberhelle Mond stieg höher. Er war beinahe voll und sah aus wie das Ohr eines Elefanten. Die Elefanten selbst waren in der Dunkelheit des Wäldchens untergetaucht. Mit unendlicher Vorsicht kroch Dorn aus seinem stacheligen Versteck hervor und huschte geduckt über das Grasland.

Der Haufen aus Laub und Zweigen, der den Körper von Großer Mutter bedeckte, ragte hoch über ihm auf. Zuoberst lag ein Zweig mit weißen Blüten – die Blütenblätter sahen, obgleich sie vertrocknet waren, aus wie darübergestreute Sterne. *Vergib mir, Großer Geist.*

Er hangelte sich an den Ästen auf den Haufen hinauf. Große Mutter war schon vor mehreren Tagen gestorben, und eigentlich hätte längst die Verwesung einsetzen müssen, vor allem bei der drückenden Hitze. Ihr Körper hätte zu Aasfleisch werden und von den Aasfressern zerfleddert sein müssen. Doch Dorn nahm nur den Duft von Blättern und Blüten wahr, und als er einen der Äste zur Seite schob, wich er überrascht zurück – die Haut von Großer Mutter war stark zerfurcht, aber der Körper war immer noch fest. Nirgendwo gab es Schwellungen oder Vertiefungen und keine Spuren von Aasfressern. Der Tod hatte die alte Elefantenkuh unversehrt gelassen.

Wahrscheinlich schützt der Große Geist ihren Körper, weil er einst darin wohnte, dachte Dorn verwundert.

Dieser Gedanke nahm ihm ein wenig von seiner Angst und

seiner Scham. Irgendwo auf diesem Körper war etwas, das Frosch ihm hatte zeigen wollen. Dorn hatte das Gefühl, dass der Große Geist es auch ihn finden lassen wollte. Leise hob er weitere Zweige ab.

Auf dem Rüssel und den Vorderbeinen von Großer Mutter sah er brutale Bisswunden, an denen immer noch getrocknetes Blut klebte. Dorn betrachtete sie und untersuchte sie zögernd mit seinen Fingern. Sie waren spitz zulaufend und tief und stammten eindeutig von Krokodilen. Was für eine schreckliche Vorstellung: starke Krokodilsmäuler, die an den Beinen von Großer Mutter zerrten, bis sie einknickte, dann lange Zähne, die sich in ihrem Rüssel vergruben, und schuppige, zuckende Körper, die ihren Kopf unter Wasser zogen …

Aber warum hatten sie Große Mutter angegriffen? Die Krokodile glaubten nicht an den Großen Geist und kannten nicht einmal das Gesetz – vielleicht hatten sie die Elefantenkuh für ein gewöhnliches Tier gehalten, das sich allein in ihr Territorium gewagt hatte? Und hatten den Eindringling aus Wut getötet?

Dorn versuchte noch einmal, sich diese Szene vorzustellen – Große Mutter, die in den See watet, in dem es vor Krokodilen wimmelt. Aber es ergab einfach keinen Sinn. Selbst der dümmste Affe wusste, wie gefährlich die Krokos waren, und Große Mutter war das weiseste Wesen in ganz Bravelands gewesen.

Sie hatte irgendeinen Grund, ins Wasser zu gehen.

Oder jemanden …

Seine einzige Hoffnung, die Wahrheit herauszufinden, war der tote Körper der Großen Mutter. Dorn untersuchte ihn im Mondlicht so gut es ging, hob Zweige hoch, erkundete ihren

Bauch, ihre Flanken, ihre Beine. *Ach, Frosch, wärst du doch bei mir. Was war es, das du gefunden hast?*

Die Flanken und Hinterbeine waren von tiefen Schnitten gezeichnet. Dorn fuhr mit seinen Pfoten an ihnen entlang. Sie waren anders als die Wunden der Krokodile – breit und gezackt, nicht in ebenmäßigen Reihen verlaufend, sondern ungleich über den Körper verteilt. Sein Herz raste. Er hatte recht – ein anderes Tier hatte Große Mutter ins Wasser gezwungen. *Aber wer?*

Dorn tastete die Schnitte ab. Es waren keine Bissspuren und für Klauen waren sie zu tief und zu breit. Hörner vielleicht? Oder Stoßzähne? Die Wunden befanden sich am oberen Teil ihres Körpers, fast am Ansatz ihrer Schenkel – das Tier, dass ihr diese Verletzungen zugefügt hatte, musste sehr groß gewesen sein, aber kleiner als Große Mutter.

Während er angestrengt überlegte, vernahm er ein scharrendes, kratzendes Geräusch, das vom Ufer der Wasserstelle kam. Er erstarrte, sein Herz stockte. Hatte ihn jemand gesehen? Langsam drehte er sich um.

Dort an der Wasserstelle saß ein Ibis und beobachtete ihn. Sein langer, gebogener Schnabel war dünn wie der Saugrüssel eines Schmetterlings. Er plusterte seine weißen Flügel auf und gackerte etwas in seiner Himmelszunge.

»Psst!«, zischte Dorn. »Bitte sei leise!«

Der Ibis gackerte wieder. Dann stakste er auf seinen langen Beinen am Ufer entlang und stocherte mit seinem Schnabel im Boden. Er sah zu Dorn empor und stieß noch einmal ein Gackern aus.

Dorn wedelte mit den Pfoten. »Geh weg! Es ist Schlafenszeit.«

Der Ibis reckte seinen Kopf und breitete die Flügel aus. Dann legte er sie wieder zusammen und hackte mit dem Schnabel wieder in den Boden. Nach jedem Hacken gackerte er, als wollte er Dorn zu sich rufen. Dieser unterdrückte seine Angst und kletterte vom Leib der Großen Mutter hinunter, wobei er achtgab, dass nicht noch mehr Zweige verrutschten.

»Was soll der Aufstand?«, zischte er.

Der Ibis flog nicht fort. Er starrte ihn einfach nur an. Seine Augen waren schwärzer als die Nacht. Seufzend hockte sich Dorn hin und klopfte den Boden vor sich ab.

Er runzelte die Stirn. Der Schlamm war getrocknet und von der Hitze bereits rissig geworden, trotzdem hatte er den Eindruck, dass er an dieser Stelle etwas lehmiger war, als wäre er erst vor Kurzem aufgewühlt worden. Er ertastete den Rand der aufgelockerten Erde und begann zu graben. Der Ibis, der endlich seinen Schnabel hielt, sah ihm dabei zu.

Tief unten in der krümeligen Erde berührten Dorns Finger etwas Hartes, Kantiges. Er packte es mit beiden Pfoten. Sein Herz hämmerte. *Frosch, was immer hier liegen mag, du hast es vergraben.*

Er zog es heraus und wischte die getrockneten Schlammklumpen ab. Das Ding war massiv und schwer und verjüngte sich zu einer scharfen Spitze. Das breitere Ende fühlte sich rau und schartig an wie eine Bruchstelle. Dorn drehte es in seinen Händen hin und her und entdeckte an der Spitze einen dunklen Fleck. Er führte es an seine Nase und schnüffelte. *Blut.*

Dorns Herz begann zu rasen. Er drehte sich schnell zu dem Ibis um – aber das Ufer war leer. Der Vogel war verschwunden.

Ein Schauer jagte Dorn über den Rücken. Große Mutter war mit den Vögeln vertraut gewesen – sie hatte, wie alle Großen Anführer, ihre Sprache, die Himmelszunge, beherrscht. Wusste der Ibis etwas über ihren Tod?

Das Ding in seinen Pfoten sah wie der große, abgebrochene Zahn eines riesigen Tieres aus. Dorn war sicher, dass er so etwas schon einmal gesehen hatte. Er konnte es kaum mit einer Pfote festhalten, trotzdem kletterte er noch einmal auf den Leichnam und schob die Zweige zur Seite. Tief Luft holend, drückte er den Zahn in eine der tiefen Wunden an der Flanke.

Er passte genau.

Niedergeschmettert starrte Dorn auf den Zahn und pickte mit seiner Klaue ein paar Schlammkrümel fort. Welches Tier hatte so braune und kantige Zähne? Aber eigentlich sah es gar nicht wie ein richtiger Zahn aus.

Mit den Augen suchte er das Ufer nach dem Ibis ab. Draußen auf dem Wasser blitzte kurz etwas Weißes auf, ein langer Schnabel glitzerte und schwarze Schwanzfedern verschwammen mit dem Wasser. Erleichtert sprang Dorn ans Ufer und hüpfte von Stein zu Stein, bis er bis zu den Knien im Wasser stand.

»Komm zurück!«, rief er gedämpft. »Ich brauche dich!«

Der schwarz-weiße Schatten kräuselte sich und verschwamm, und plötzlich war es kein Ibis, sondern nur das Mondlicht, das sich im dunklen Wasser brach.

Dorn erschauderte und huschte mit einem letzten Blick auf das Wasser ans Ufer zurück. Der See lag unheimlich und still da und spiegelte nur das Mondlicht wider.

Seine Pfote schloss sich fest um seinen Fund und er rannte zum provisorischen Pavianlager zurück.

*

Der Mond, der sein Licht auf die rissige Erde vor dem Hyänenbau warf, war ein ganz anderer. Hier war sein silbernes Leuchten beruhigend und vertraut, geradezu einladend. Dorn bebte vor Erleichterung, als er den Höhleneingang erblickte.

Vor dem Eingang saß eine schlanke Gestalt, die sich über etwas beugte, das auf dem Boden lag. Sternblatt!

»Da drin ist es stickig, nicht wahr?«, sagte er.

Sie sah ihn an. »Hier draußen ist es auch nicht viel kühler, aber ich brauchte ein wenig Abstand und Frieden.« Sie deutete auf die Mondsteine, die vor ihr auf dem sandigen Boden lagen. »Ich habe gehofft, dass sie mir sagen könnten, wann diese schreckliche Hitze aufhört, aber ich kann nichts erkennen. Zuerst der Regen, dann die Stürme und jetzt das. Ich habe noch nie so viel Elend in Bravelands erlebt.«

Diese Worte lösten in Dorn Besorgnis aus. Sternblatt war alt und hatte gewiss schon viel erlebt. Er leckte seine Lippen und wusste nicht, was er sagen sollte. *Ich würde sie gern trösten, aber ich kann nicht.* Er konnte der weisen Alten nicht sagen, dass alles sogar noch schlimmer war, als sie dachte.

»Sternblatt, kann ich dich etwas fragen? Ich möchte dich nicht beim Deuten der Mondsteine stören, aber …«

Sie lächelte ihn an. »Natürlich, Dorn. Ich bin dankbar für jede Ablenkung.«

Er nickte und zeigte ihr seinen Fund. »Kannst du mir sagen, was das für ein Zahn ist?«

Sternblatt nahm ihn, wog ihn in ihrer Pfote und hielt ihn ins Mondlicht. Ihre Augen verengten sich und sie kratzte sich an der weißen Stelle in ihrem Gesicht.

»Das ist kein Zahn«, sagte sie. »Das ist die Spitze vom Horn eines Nashorns.«

Das ist es. Da habe ich es schon gesehen. Dorns Mund war mit einem Mal wie ausgetrocknet. Natürlich war das kein riesiger Zahn. Es war ein Stück Horn, das vorne abgebrochen war, deshalb hatte er es nicht gleich erkannt. Es sah genauso aus wie die Spitze von Dickhauts Horn, nur dass es dunkler und nicht so kantig war.

Dickhaut. In Dorns Kopf drehte sich alles. Wahrscheinlich hatten Dickhaut und seine Herde Große Mutter getötet, damit er Großer Vater werden konnte. Die Nashörner waren schon immer neidisch auf die Elefanten gewesen, und in jener Nacht hatten sie entschieden, dass ihre Zeit gekommen war. Alles ergab plötzlich einen schrecklichen Sinn. *Matsch hatte recht,* dachte er. *Unser Großer Anführer ist in Wirklichkeit ein Betrüger.*

Sternblatt reichte ihm das Horn. »Wo hast du es gefunden? Es muss auf etwas sehr Hartes gestoßen sein, sonst wäre es nicht abgebrochen.«

Dorn wand sich und stellte sich vor, wie das Horn in den dicken Schenkelknochen von Großer Mutter stieß. »Ich ... ich weiß nicht«, murmelte er. »Es lag einfach herum.« Er verabschiedete sich schnell und huschte in den Bau.

Stachel hockte auf einem Blätterhaufen unweit des ersten Höhlengangs und biss gerade von einer Feige ab. Er kaute, rümpfte seine Schnute und warf den Rest auf den Boden, wo sich noch mehr halbgefressene Feigen aufhäuften.

»Süß«, sagte er kauend. »Aber nicht zu vergleichen mit dem Geschmack eines Skorpions.«

Dorn blieb stehen und schluckte.

»Dorn *Starkzweig*«, begrüßte Stachel ihn nachdrücklich. »Was kann ich für dich tun?«

Dorn befeuchtete seine Lippen. »Frosch ist verschwunden.«

»Ist das so?« Stachel nahm eine neue Feige vom Haufen. »Versuchen wir es mit dieser hier, sie ist vielleicht etwas aromatischer.«

»Ich kann sie nirgendwo finden«, sagte Dorn und blickte starr auf seinen Anführer.

Stachel zuckte verärgert die Achseln. »Sie ist wahrscheinlich auf eigene Faust jagen gegangen. Frosch ist stark, aber nicht besonders klug.«

Dorn wurde so wütend, dass er sich beinahe verschluckte. Mit zitternden Pfoten hielt er Stachel das abgebrochene Horn unter die Nase.

Stachel hörte auf zu kauen. Sein Blick flackerte über das Horn.

»Die Nashörner sind schuld«, krächzte Dorn. »Sie haben Große Mutter ins Wasser getrieben, weil sie wussten, dass die Krokodile sie töten würden.«

Stachel wurde totenstill. Er blickte auf und sah Dorn ein paar Herzschläge lang stumm an.

Dann schlug er auf den Boden und johlte vor Lachen.

»Gut, gut«, gackerte er. »Vielleicht ist Dickhaut doch nicht so dumm, wie er aussieht. Weißt du, irgendwie bewundere ich ihn auch. Er hat bekommen, was er wollte. Er ist jetzt Großer Vater – möge uns der Große Geist beistehen.« Er grapschte nach dem Horn und drehte es in seinen Pfoten hin und her. »Gute Arbeit, Dorn. Und jetzt geh, fort mit dir.«

Dorn starrte ihn an. »Aber was wird jetzt aus Dickhaut?«

Stachel pulte sich ein Stück Fruchtfleisch aus den Zähnen. »Was soll mit ihm sein?«

»Werden wir jetzt nicht in ganz Bravelands bekannt machen, was er getan hat?«

Stachel leckte sich seine Finger ab, seine Augen leuchteten. »Warum sollten wir?«

Dorn sah ihn ungläubig an. »*Weil er Große Mutter ermordet hat.*«

»Sieht ganz danach aus.« Stachel zuckte die Achseln und stocherte weiter in seinen Zähnen.

Dorn wollte schreien, wollte sich am liebsten auf ihn stürzen. »Das verrückte Wetter, die Probleme mit den Herden, dass wir in einem stinkenden Hyänenbau hausen müssen ... daran ist allein Dickhaut schuld, weil er vorgibt, der Große Vater zu sein. Der Große Geist ist zornig!«

»Oh, ich bin ganz deiner Meinung«, sagte Stachel vergnügt.

Dorn ballte die Fäuste. »Und was willst du jetzt unternehmen?«

»Nichts.«

Dorn verschlug es die Sprache. Die Gedanken wirbelten wie krabbelnde Spinnen, wie ein unfassbares Durcheinander durch seinen Kopf. *Er ist überrascht. Und gleichzeitig ist er es auch nicht. Er hat das Horn schon einmal gesehen oder wusste bereits davon.*

Aber er ist erschrocken, weil ich es besitze. Das hat er nicht erwartet. Noch nicht.

Ach, Frosch, ich weiß nicht, was ich tun soll.

»Dorn, Dorn, Dorn.« Stachel spuckte einen Feigenkern aus. »Ich werde nichts unternehmen und du auch nicht. Dies ist eine Zeit, in der wir andere für uns kämpfen lassen.«

Dorn hätte am liebsten wütend geknurrt. »Ich ... was meinst du damit? Wir müssen den anderen doch sagen, dass –«

»*Vorsicht.*« Stachels Ton klang plötzlich ganz anders, schrecklich anders. Er kam von seinem Blätterhaufen herab und richtete sich auf. Dorn hatte beinahe verdrängt, wie groß Stachel war. Beängstigend groß. Er sah auf Dorn herab, seine Bernsteinaugen waren eiskalt.

»Vergiss nicht, mit wem du sprichst. Ich bin dein Kronblatt und dein Befehlshaber, Dorn Starkzweig. Und ich verbiete dir, auch nur ein Wort zu irgendjemandem zu sagen.« Stachels Oberlippe zog sich nach hinten und entblößte seine langen, gelben Fangzähne. Das war kein Lächeln mehr. »*Hast du mich verstanden?*«

Kalte Angst schoss durch Dorns Gliedmaßen. Wie oft hatte er sich schon gesagt: *Pass auf, dass Stachel dich nicht umbringt.*

Zum ersten Mal wusste er mit jeder Faser seines Körpers, dass seine Befürchtungen mehr als begründet waren und es mit ihm aus wäre, wenn er nicht sofort gehen würde.

Er brachte gerade noch ein heiseres »Verstanden« heraus, dann verzog er sich langsam, fort vom tödlichen Blick des großen Pavians. Verzweifelt rannte er zu seinen vertrauten Truppkameraden.

Noch ein Geheimnis, dachte er. *Ich werde damit leben müssen. Aber wie lange noch?*

18. KAPITEL

DIE SONNE HATTE ihren höchsten Stand erreicht, die Schatten waren fast zu einem Nichts verkürzt und die Hitze brannte unbarmherzig. Aurora trottete mit ihren beiden Begleitern durch ein langes, enges Tal. Dort gab es weiches Gras und üppig blühende Büsche und doch forderte die Hitze auch hier ihren Tribut: Die Blüten hingen schlaff herab und verloren ihre Blätter und das Gras hatte sich an den Spitzen gelb verfärbt. Immer wieder hatte sie zu den in Dunst gehüllten Hügeln hinübergesehen. Doch jetzt wölbte sich der Himmel von Horizont zu Horizont in einem hitzigen, wolkenlosen Blau.

Am hintersten Ende des Tals erhob sich schemenhaft ein Gebirge. Dorthin sah Aurora voller Sehnsucht. Eine Schar Stare flatterte mit blitzenden, blauroten Federn von einem windgebeugten Baum zum nächsten und das heisere Tröten des Nashornvogels hallte durch das Tal. Aber Aurora achtete nur auf einen Vogel: auf die große, schwarze Geierdame, die noch immer das Stoßzahnfragment der Großen Mutter in ihren Klauen hielt. Der Vogel hockte unweit vor ihnen auf der Spitze eines verkrüppelten Baumes. Er war ihnen immer ein Stückchen voraus, und jedes Mal, wenn Aurora, Mond und Silberhorn näher kamen, breitete er seine Flügel aus und flatterte wieder weiter, so dass sie ihn nicht ein einziges Mal einholen konnten.

Es war so entmutigend. *Ach, Großer Geist, bitte mach, dass das Glitzern dort im Gras ein Fluss ist …*

Der große Geist musste sie gehört haben. Erschöpft blieb Aurora vor einem seichten Wasserlauf stehen. Oben am Ufer war das Gras struppig und schmutzig, doch weiter unten gab es Schlamm, der erst halb getrocknet war. Das Flüsschen selbst war zu einem armseligen Rinnsal geschrumpft. Trotzdem war Aurora froh und dankte dem Großen Geist. So gut es ging, sog sie Wasser in ihren Rüssel und ließ es erleichtert in ihr Maul fließen.

Nun trottete auch Silberhorn herbei, und Aurora streckte ihren Rüssel nach Mond aus, der nun ebenfalls die Uferböschung hinabwankte und sich an sie lehnte.

»Du bist bestimmt durstig, mein kleiner Cousin.« Sie spritzte ein wenig von dem kostbaren Wasser über seine Schultern. »Komm und nimm einen Schluck. Und dann wälz dich im Wasser.«

»Es ist so heiß«, wimmerte er. »Ich bin so müde.«

»Wenn die Sonne untergeht, wird es besser.« Sie blickte zu dem flimmernden, weißen Licht empor und wünschte, es würde endlich im Westen versinken.

»Wie weit will der große Vogel uns noch führen?«, fragte Mond nach einer Weile und leckte sich die Lippen. Er wirkte schon wieder etwas munterer. Aurora hatte schon befürchtet, er würde den ganzen Fluss leer trinken.

»Ich glaube, er führt uns in die Berge«, sagte Aurora. Sie ging in die Knie, wälzte sich und bedeckte ihre Haut mit Hitze linderndem Schlamm.

»Ich bin noch nie auf einem Berg gewesen!«, sagte Mond. »Und du, Aurora? Wie ist das auf einem Berg?«

Silberhorn hob ihr tropfendes Maul aus dem Fluss und grunzte. Das Nashorn hatte erst nicht glauben wollen, dass der Aasgeier ein bestimmtes Ziel verfolgte, aber ihre Zweifel waren allmählich vergangen: Gestern hatte der Vogel sie Schritt für Schritt geführt, bis es zu dunkel gewesen war, um weiterzugehen. Aurora hatte Angst gehabt, er könnte verschwinden, während sie schliefen, doch am Morgen war er wieder da gewesen: ein schwarzer Umriss, der am Morgenhimmel kreiste.

»Ich bin auch noch nie auf einem richtigen Berg gewesen«, sagte Aurora und prüfte, ob seine Haut überall mit Schlamm bedeckt war. »Wir werden gemeinsam herausfinden, wie es dort ist.«

Die Geierdame drehte ihren kahlen Kopf zu ihnen und sah Aurora an. Dann breitete sie ihre schwarzen Flügel aus und erhob sich wieder in die Luft.

Mond verfiel in ungeduldiges Trippeln. »Ich will zum Berg! Er ist ganz blau! Meinst du, dass es dort Bäume gibt?«

»Ich weiß nicht, Mond«, sagte Aurora. »Und renn nicht so, sonst wirst du zu schnell müde.«

Die Geierdame flog in Kreisen abwärts und ließ sich ein Stück weiter auf dem Ast eines Eisenholzbaumes nieder. Aurora und ihre Begleiter verließen das Flüsschen und folgten ihr.

»Vielleicht sind die *Bäume* blau! Vielleicht ist es dort richtig kalt, und es gibt Tiere, die ganz viel Fell haben«, überlegte Mond. »Sie sehen bestimmt wie Affen aus und klettern die Felsen hinauf, nur dass sie vor lauter Fell ganz rund und flauschig sind.«

»Wie die komischen Kugelpilze, die im Wald wachsen«, sagte Aurora. »Aber hoffentlich nicht so giftig.«

Mond kicherte und stieß sie mit dem Rüssel von der Seite an. »Du würdest doch keinen Affen fressen!«

Auch Aurora lachte. »Wer weiß, vielleicht, wenn ich furchtbar hungrig wäre! Oder einen süßen, kleinen Elefanten!« Sie zeigte mit dem Rüssel auf ihn und er hoppelte davon.

»Ich glaube, auf dem Berg gibt es viel Wasser«, sagte Silberhorn sehnsüchtig. »Er sieht so blau und kühl aus.«

»Au ja«, sagte Mond. »Mehr Wasser, als wir trinken können. Und dann müssen wir durch das Wasser waten und zwischen unseren Beinen flitzen silberne Fische herum.«

»Ach, Mond, hör auf«, bettelte Aurora. »Das macht mich nur wieder durstig.«

»Der Berg sieht sehr hoch aus«, meinte Silberhorn und zuckte mit ihren grauen Ohren. »Wir müssen sehr weit hinaufsteigen. Meine Beine sind dafür nicht gemacht.«

»Das schaffst du«, sagte Aurora. »Auch Elefanten sind von Natur aus keine Bergsteiger, aber wir packen das, wenn wir immer einen Fuß vor den anderen setzen.«

Mond riss seine Augen auf. »Vielleicht sehen wir auch, wo die Sterne herunterfallen«, rief er. »Wie Wolke in der Geschichte! Die Sterne landeten an einem hoch gelegenen Ort und der Berg sieht doch wirklich sehr hoch aus.«

Ein heiserer Schrei unterbrach ihre Unterhaltung. Die Geierdame hatte sich von ihrem Sitz erhoben und stieg höher hinauf als sonst.

»Fliegt sie schon wieder weiter?«, beschwerte sich Silberhorn. »Wir haben sie doch noch gar nicht eingeholt. So schnell können wir mit ihr nicht Schritt halten.«

Aurora runzelte die Stirn und sah zur Geierdame hinauf, die ihren langen, nackten Hals weit ausgestreckt hatte und den Kopf hin und her bewegte, als suchte sie das Land unter sich ab. Wieder stieß sie einen kehligen Schrei aus – diesmal besonders laut und eindringlich. Obwohl Aurora die Himmelszunge nicht beherrschte, war ihr völlig klar, was der Schrei bedeutete: ein Warnruf. Sie sah Silberhorn an, die ihre kleinen Augen weit aufgerissen hatte.

Unsicher sah Aurora den Pfad hinauf und hinunter. »Ich kann nichts entdecken.«

Während Mond umherhoppelte und mit den Ohren schlackerte, erklomm sie ein Stück weit die seitliche Böschung. Dann blieb sie stehen, stemmte sich mit den Füßen an ein paar Felsbrocken ab und sah sich mit klopfendem Herzen um. Der Schrei der Geierdame hatte sie sehr beunruhigt.

Silberhorn kraxelte an der gegenüberliegenden Böschung hoch. »Von hier aus ist nichts zu sehen«, rief sie.

»Hier auch nicht«, rief Aurora und kletterte vorsichtig wieder auf den Pfad hinunter. Silberhorn machte es ihr nach.

Die Geierdame segelte dicht über ihnen, im Luftzug ihrer Flügel stellten sich die spärlichen Haare an Auroras Nacken auf. Ihre Schreie klangen noch aufgeregter als zuvor.

»Was ist los?«, fragte sie hilflos. »Ich verstehe nicht!«

Mond war stehen geblieben. Sein Rüssel zitterte. »Aurora, ich habe Angst.«

Silberhorn schnüffelte mit bebender Oberlippe. Dann stieß sie plötzlich ein entsetztes Grunzen aus.

»Löwen!«, schrie sie. »Schnell weg!«

»Mond!« Aurora klatschte ihren Rüssel auf seine Schulter und stieß ihn vorwärts.

Panisch donnerten die drei auf den Berg zu. Der Boden bebte unter ihren Füßen. Direkt über ihnen schwebte die Geierdame und trieb sie mit heiseren Schreien an.

Der blutig stechende Geruch von Löwen strömte in Auroras Rüssel. Unwillkürlich blickte sie zur Seite. Und dort waren sie. Sie stürzten aus einer Hecke und preschten auf sie zu – neun mächtige Löwen, in deren weit aufgerissenen Mäulern gefährliche Zähne blitzten. An ihrer Spitze stürmte ein riesiger, muskelbepackter Leitlöwe mit einer rabenschwarzen Mähne.

Silberhorn hielt mit ihr Schritt, ihre strammen, kurzen Beine arbeiteten schneller, als Aurora es je für möglich gehalten hätte, aber sie merkte, dass Monds Schritte langsamer wurden. Er sah nach hinten und quiekte vor Angst.

»Weiter, Mond!«, trompetete Aurora. »Nicht zurückschauen, weiterrennen!«

»Aurora, ich kann nicht«, schluchzte Mond und stolperte.

Aurora nahm verschwommen die gelbbraunen Umrisse wahr, die sich von beiden Seiten näherten. Die Löwen holten auf und trieben sie in einen Hinterhalt. Sie strömten einen betäubenden Gestank nach getrocknetem Blut aus und Aurora spürte schon fast ihren heißen, keuchenden Atem auf ihrem Leib. »Weiter, Mond, weiter!«

Wir brauchen Hilfe. Sie wagte kaum, ihr Tempo zu verlangsamen, aber die Löwen waren jetzt auf gleicher Höhe. Und sie wusste instinktiv, dass sie und Silberhorn sie nicht allein abwehren konnten. *Ist der Elefantenbulle immer noch in der Nähe?* Sie verlangsamte ihre Schritte ein wenig, holte tief Luft und stieß einen tiefen, kollernden Angstschrei aus.

Am Rand ihres Sichtfelds preschte eine riesige, goldene

Gestalt an ihr vorbei. Entsetzt wich sie zurück und sah den großen Löwen mit schwarzer Mähne und ausgestreckten Beinen, der sich mit voller Wucht auf Mond warf. Er hielt den kleinen Elefanten umklammert, als wollte er ihn mit seinen Krallen umarmen. Mond quiekte vor Schmerz und schüttelte sich. Dann stolperte er und brach zusammen.

»Nein!« Aurora blieb schlitternd auf dem harten Boden stehen. Der Löwe hing an Monds Flanke, biss ihn und schüttelte dabei seinen großen Kopf. Mond quiekte und strampelte, seine Augen waren panisch aufgerissen.

»Lass ihn los!«, trompetete Aurora und wollte sich auf ihn stürzen.

Doch bevor sie ihn erreichte, prallte etwas Schweres gegen sie und brachte sie aus dem Gleichgewicht. Sie fiel auf ihre Knie und bekam keine Luft mehr. *Warum konnte sie nicht mehr atmen?*

Übel riechendes Fell nahm ihr die Luft. Ein weiterer Löwe warf sich auf ihre Schulter, seine scharfen Zähne gruben sich in ihren Hals. Der Löwengestank erstickte sie fast. *Geht weg!*, wollte sie schreien, aber etwas schnürte ihr die Kehle ein. Mit letzter Kraft kam sie wieder auf die Füße. An ihrem Hals hing ein Löwe, der sich mit Zähnen und Krallen in ihr festgebissen hatte. Der Schmerz machte sie fast besinnungslos. Verzweifelt stellte sie sich auf ihre Hinterbeine und rammte ihre Vorderfüße in den Boden – der Löwe fiel von ihr ab. Er rollte unter ihr hervor und sprang wieder auf die Füße.

Die Löwen hatten sie jetzt umzingelt und pirschten vorwärts. Einer mit hellem Fell nickte den anderen zu und befahl: »Ihr drei holt euch das Nashorn.«

Sie hörte Silberhorn brüllen und sah mit einem kurzen Seitenblick, dass sie angriff. Sie stieß ihren gehörnten Schädel in einen bernsteinfarbenen Löwen und brachte ihn zu Fall. Als sich ein anderer auf sie stürzen wollte, richtete sie ihr Horn auf ihn, sodass er jaulend zurückwich. Die Geierdame schoss nach unten und hieb kreischend ihre Krallen in eine braungelbe Löwenflanke.

Auroras Angreifer machte einen neuen Anlauf und verkrallte sich in ihr Gesicht. Sie schüttelte ihn mit aller Gewalt ab und traf mit einem ihrer kurzen Stoßzähne seinen Bauch. Er brüllte vor Schmerz und fiel zu Boden. Heißes Blut rann ihr über Gesicht und Rüssel, aber sie achtete nicht darauf. Es kam nur darauf an, dass –

»Mond!« Sie stürmte zu ihm.

Sie blieb entsetzt stehen. Der Löwe mit der schwarzen Mähne beugte sich immer noch über den kleinen Elefanten. Er sah hoch und fing ihren Blick auf. Langsam leckte er sich Monds Blut von den Lippen.

Rasende Wut erfasste sie und sie stürmte mit gesenktem Kopf auf ihn zu. Der Löwe wich zurück und erhob seine Pfoten, um nach ihr zu schlagen. Als ihre Stirn seine braungelben Schultern traf, ritzten seine ausgestreckten Krallen ihr Ohr auf. Neuer Schmerz durchflutete sie. Sie schleuderte ihn von Mond fort und er landete keuchend im Staub.

Monds Augen waren halb geschlossen. Entsetzt fuhr Aurora mit ihrem Rüssel über seinen blutigen Körper. »Ich bin's«, sagte sie mit tränenerstickter Stimme. »Aurora. Kannst du mich verstehen?«

Monds Wimpern flackerten.

Der Löwe mit der schwarzen Mähne war schon wieder auf den Beinen. Aurora drehte sich zu ihm um. Sie stieg auf ihre

Hinterbeine und donnerte ihre Vorderfüße vor dem großen Löwen auf den Boden. »Du rührst ihn nicht an!«

Der Löwe kräuselte spöttisch seine Lippen. »Zu mir, Titanrudel!«

Auf sein Wort ließen die anderen Löwen von Silberhorn und der Geierdame ab und stellten sich bedrohlich knurrend neben ihrem Anführer auf. Silberhorn schleppte sich an Auroras Seite. Sie standen Schulter an Schulter und schirmten Mond vor den Löwen ab.

»Nun habt ihr die Macht unseres Rudels gekostet«, knurrte der Anführer. Er war viel größer als die anderen Löwen. Aurora sah erst jetzt, dass die meisten jung waren und noch buschige, halb fertige Mähnen hatten. »Eure Alten sollen wissen, dass dies Titans Territorium ist. Bald wird ganz Bravelands dem Titanrudel gehören.«

Silberhorn bebte vor Zorn. »Löwen besitzen kein –«

»Elefanten und Nashörner sind hier nicht mehr sicher«, unterbrach Titan sie. Seine Augen glühten und sein Schwanz peitschte hin und her. »Eure Größe hat euch überheblich gemacht und eure Überheblichkeit hat euch schwach und weich gemacht. Jetzt herrsche ich, Titan, über Bravelands.«

Hinter Aurora ertönte ein leises Wimmern. Wie gern wäre sie zu Mond gegangen, aber sie musste die Löwen auf Abstand halten …

»Ein wahrer Anführer würde kein Baby angreifen«, sagte sie zitternd. »Schau dich an, du hungerst nicht. Du bist kein Herrscher. Du bist ein Gesetzesbrecher!«

Titan warf seinen großen Kopf zurück und brüllte, seine langen Zähne waren blutverschmiert. »Unverschämtheit!« Er duckte sich und setzte zum Sprung an.

Ein mächtiger Trompetenstoß hallte durch das Tal. Im ersten Moment war es unmöglich zu sagen, aus welcher Richtung er kam, aber dann drehte Aurora ihren Kopf nach dem Geräusch um. Es kam von weiter unten im Tal, hinter einer Wegbiegung. Titan verstummte, seine Ohren zuckten.

Der zweite schmetternde Ruf war schon viel näher. Aus einem fernen Donnergrollen wurde hämmerndes Stampfen auf trockener Erde. Dann stürmte der größte Elefantenbulle, den Aurora je gesehen hatte, um die Wegbiegung.

Sie schluchzte erleichtert auf. *Danke, Großer Geist!*

Der Bulle war groß und breit, seine Haut war dunkelgrau und seine cremeweißen Stoßzähne lang und gefährlich. Noch einmal brüllte er zornig, dann griff er die Löwen an.

»Kampfformation!«, brüllte Titan.

Die Löwen zerstreuten sich und gingen in Angriffsstellung. Der Elefantenbulle senkte beim Ansturm lediglich seinen Kopf, schon hatte er den Löwen mit dem hellen Fell aufgespießt. Mit einer kurzen Aufwärtsbewegung seines mächtigen Kopfs schleuderte er den Löwen auf die Felsen am Berghang. Dann drehte sich der Bulle zu Aurora und Silberhorn um, seine Ohren waren vor Zorn weit aufgeklappt.

»Lauft!«, brüllte er.

Die Löwen fauchten herausfordernd und wichen seinen stampfenden Füßen und seinen stoßenden Hauern aus. Aber sie waren klug genug, um zu wissen, dass sie verloren hatten. Beim nächsten Angriff drehten sie sich um und stürzten durch das Tal davon.

Nur Titan hielt seine Stellung einen Herzschlag länger. »Warnt eure Alten«, fauchte er Aurora und Silberhorn an. »Das Titanrudel ist noch nicht fertig mit euch.«

Der Bulle rollte seinen Rüssel auf, seine Stoßzähne glänzten. Das war genug. Titan drehte sich um und rannte zu seinem fliehenden Rudel. Der helle Löwe stolperte benommen von den Felsen herab und hinkte hinter ihnen her.

Aurora rannte zu Mond und kniete neben ihm nieder. Die fahle Erde unter seinem Kopf und seinen Beinen war von seinem Blut rot gefärbt.

Völlig entsetzt fuhr Aurora mit ihrer Rüsselspitze über seine Verletzungen. Sein Körper war von tiefen Wunden übersät und aus seinem Hals sprudelte hellrotes Blut. Aurora presste ihren Rüssel auf die grausame Bisswunde und versuchte verzweifelt, die Blutung zu stoppen.

»Oh, Mond«, murmelte sie immer und immer wieder. »Alles ist gut, mein kleiner Mond. Sie sind weg. Du bist in Sicherheit.«

Die Flanke des kleinen Elefanten hob und senkte sich in rascher Folge, doch sein Atem war schwach, und er hechelte. Silberhorn sah auf ihn herab, sein Gesicht war vor Kummer zerfurcht.

»Kann ich helfen?«, ertönte eine tiefe, freundliche Stimme.

Aurora blickte durch einen Schleier von Tränen auf. Die tief liegenden, auffallend grünen Augen des Elefantenbullen sahen sie voll Mitgefühl an. Der Elefant war jünger, als Aurora zunächst angenommen hatte, und er sah nicht so Furcht einflößend aus, wie befürchtet. Seine Stoßzähne waren zwar viel länger als ihre, hatten aber noch nicht ihre endgültige Größe erreicht. Er hatte wahrscheinlich erst vor wenigen Jahren die mütterliche Herde verlassen.

Bei dem Gedanken an die Mutterherde erstickte Aurora beinahe vor Schmerz. *Oh, Stern, was habe ich getan …*

»Vielleicht kann ich den Kleinen zu seiner Mutter tragen?«, bot der Bulle an. Er berührte Aurora zaghaft mit seinem Rüssel an der Schulter.

Hilflos schüttelte sie den Kopf. »Das ist zu weit. Ich habe ihn zu weit weggebracht!«

Ach, warum war sie nicht umgekehrt, als Mond ihr gefolgt war? Hätte sie darauf bestanden, ihn nach Hause zu bringen, wäre er unverletzt. Unverletzt und in Sicherheit ...

»Wir kennen dich nicht einmal!«, platzte sie heraus und versuchte, ihre düsteren Gedanken wegzuschieben.

»Ich heiße Fels«, antwortete der Bulle freundlich. »Ich habe deinen Hilfeschrei gehört. Komm, ich helfe dir.«

Er drückte seinen Rüssel neben Auroras auf das herausströmende Blut. War es das, was Aurora in ihrer Vision gesehen hatte? *Die nachlassende Flut ...*

»Ich bin gekommen, so schnell ich konnte «, murmelte Fels und sah mitfühlend auf den kleinen Mond. »Ich wünschte, ich wäre schneller da gewesen.«

»Du hast uns gerettet«, krächzte Silberhorn. »Danke!«

Aurora brachte kein Wort heraus, ihre Kehle war wie zugeschnürt. Ja, der Blutstrom ließ nach, aber die Hoffnung, die kurz in ihr aufgeflackert war, versiegte ebenso. Aus Monds Halswunde floss weniger Blut, aber nur deshalb, weil das meiste Blut sich in einer Pfütze neben seinem Kopf und seinem Hals gesammelt hatte.

Fels ist rechtzeitig gekommen, um zwei von uns zu retten, dachte sie. Heiße Tränen stiegen ihr in die Augen.

Schluchzend streichelte sie Monds pausbäckiges Gesicht mit ihrem Rüssel. »Mond«, flüsterte sie heiser, »erinnerst du dich an die Geschichte, die ich dir erzählt habe?«

Er wimmerte leise, seine Augen blickten glasig in die Ferne. *Ich weiß nicht einmal, ob er mich hören kann.*

Aber mehr konnte sie für ihn nicht mehr tun.

»Kleiner Mond«, fuhr sie in einer singenden Erzählstimme fort, obwohl ihre Kehle wie zugeschnürt war. »Erinnerst du dich, wie Wolke den Stern suchte, der vom Himmel gefallen war? Er suchte ihn überall.« Aurora schmiegte sich an ihn, schlang ihren Rüssel um seinen Körper und hielt ihn ganz fest. »Wolke wanderte und wanderte, er wurde müde und durstig. Er wanderte durch Wälder und über die Savanne und einen steilen, steilen Berg hinauf, bis er schließlich oben am Gipfel ankam. Und auf der anderen Seite, weit unten im Tal, sah er ein helles Leuchten. Es war das hellste, weißeste Licht, das er je gesehen hatte, und es war wunderschön. Seine Müdigkeit war verflogen und ebenso sein Durst. Er ruhte nicht, um Gras zu fressen, Wasser zu trinken oder zu spielen. Er wollte nur noch seinen Stern finden. Er war der tapferste kleine Elefant, den es je gegeben hat.«

Mond wirkte jetzt ruhiger, die Anspannung war von ihm gewichen. Sie hörte seinen schwachen Atem, ein langsames Rasseln nach dem anderen. Sie bildete sich ein, sein Ohr hätte gezuckt.

»Er war so stark, so zielstrebig, die ganze Familie wusste das und alle waren so stolz auf ihn.« Aurora wusste nicht, wie lange ihre Stimme noch durchhalten würde. »Und schließlich erreichte er den Stern mit dem bezaubernden Licht. Wolke hatte sein Ziel erreicht, er wusste, dass seine Reise nicht umsonst gewesen war, dass jeder Schritt sich gelohnt hatte. Und Wolke streckte seinen Rüssel aus, um das Licht zu berühren –«

Mit einem letzten, rasselnden Atemzug wurde Mond ganz still. Seine Flanke sank ein letztes Mal herab.

»Und er berührte den Stern und war *glücklich.*«

Die letzten Worte gingen in einem unerträglichen Wehklagen unter. Endlich konnte sie ihren heißen Tränen freien Lauf lassen, sie rannen über ihr furchiges Gesicht.

War das wirklich Monds kleines Herz, das aufgehört hatte zu schlagen? Für Aurora war es, als hätten die Löwen ihr selbst das Herz herausgerissen.

19. KAPITEL

DIE HITZE LIESS auch nach Sonnenuntergang kaum nach. Sie lastete auf Dorn wie eine erdrückende Pfote, als sich die Starkzweige vor dem Hyänenbau versammelten. Sein Fell fühlte sich klebrig an und er wünschte sich wenigstens eine Brise der früheren Stürme zurück. Die unheimliche Stimmung machte alles noch schlimmer.

Stachel saß auf einem flachen Felsen, die Starkzweige – unter ihnen Dorn – hatten sich zu beiden Seiten aufgestellt. Vor ihnen stand Käfer, das Kinn trotzig nach oben gerichtet.

»Ich muss sagen«, hob Stachel gedehnt an, »ich bin enttäuscht, dass du keine Vernunft angenommen hast, alter Pavian. Du zweifelst weiterhin meine Herrschaft an, obwohl du weißt, wie sehr du im Unrecht bist.«

Käfers Stimme klang genauso alt und zittrig wie immer, trotzdem schwang ein neuer Ton von unerbittlicher Stärke darin mit. »Ich werde weiter schwierige Fragen stellen, Stachel Kronblatt, und wenn du das als *anzweifeln* bezeichnest, dann sei es so. Ich werde dich weiterhin *anzweifeln.*«

»Ich wurde durch allgemeine Zustimmung zum Kronblatt gewählt«, sagte Stachel mit seiner samtigen Stimme. »Wer bist du, dass du den Willen des Trupps hinterfragst?«

Käfer biss die Zähne zusammen. Es war ihm deutlich anzumerken, dass er Angst hatte. Dorn bewunderte seinen Mut. »Es war nie der Wille des Trupps, dass deine Starkzweige freie Pfote haben, andere zu terrorisieren und einzuschüchtern.«

»Ich billige, dass andere terrorisiert werden?« Stachel riss erschrocken die Augen auf. »Mir ist ein solches Verhalten nicht bekannt. Ich versichere dir, dass ich meine treuen Starkzweige dafür bestrafen würde, wenn es so wäre. Doch ich sehe nur loyale Kämpfer, denen der Trupp am Herzen liegt, die Bravelands lieben und alles für seine Verteidigung tun werden.«

»Die alles tun werden!«, schnaubte Käfer. »Ja, das werden sie. Deshalb stellst du sie über den Rat. Deine ergebenen Schurken können mich zusammenschlagen, aber sie können mich nicht davon abhalten, Fragen zu stellen.«

Stachels Nackenhaare sträubten sich. »Da haben wir es. Du weigerst dich anzuerkennen, dass ich den Willen des Lichtwald-Trupps verkörpere. Du gehörst nicht mehr zu uns. Ab sofort, Verräter Käfer, bist du verbannt.«

»Stachel, nein!« Dorn hatte eigentlich nichts sagen wollen, aber das war zu viel. »Käfer ist alt und gebrechlich. Bitte, Stachel, hab Mitleid mit ihm. Wie soll er allein überleben!«

Stachel drehte sich rasch zu Dorn um und richtete seine bernsteinfarbenen Augen auf ihn. Es war ein eiskalter Blick, der Dorns Bewunderung für Käfers Mut noch steigerte.

»Das ist Käfers Problem. Daran hätte er denken sollen, bevor er ein Feind des Trupps wurde. Hätte er bei uns bleiben wollen, hätte er sein Kronblatt nicht infrage gestellt. Habe ich mich klar ausgedrückt?« Stachels Blick verweilte unbehaglich lange auf Dorn, dann wandte er sich wieder Käfer zu. »Geh. Geh mir aus den Augen, alter Pavian.«

»Das werde ich«, sagte Käfer, ohne seinen Blick zu senken. »Ich werde gehen, und habe die Gewissheit, dass du eines Tages mein Schicksal teilen wirst, wenn der Trupp die Wahrheit über dich erkennt.«

Dorns Herz krampfte sich vor Kummer zusammen, als der alte Pavian mit aller Würde, die er aufbieten konnte, von dannen humpelte. Er ging sehr langsam, und die anderen Starkzweige johlten und schnatterten hinter ihm her und machten sich über ihn lustig, doch Käfer wankte nicht und watschelte weiter in den Abend hinein, bis er nur noch ein Schatten vor dem dunkler werdenden Grasland war. Dann verschwand er ganz.

Dorn wusste, dass er ihn nie mehr wiedersehen würde.

»Nun gut«, tönte Stachel und klopfte sich die Pfoten ab, »nachdem diese Unannehmlichkeit erledigt ist, können wir den Trupp für die Mondlesung zusammenrufen.«

Gras bewegte mit seiner Zunge seinen Stängel hin und her. »Wo soll sie diesmal stattfinden, Stachel? Die Lichtung im Langbaumlager war ideal. Der Ausschnitt des Himmels und der Mond, der genau darüber aufstieg.«

»Hier gibt es nichts Vergleichbares«, bestätigte Fliege und stocherte in seinem abgebrochenen Zahn. »Vom Hyänenbau aus kann man den Mond nicht sehen.«

»Was macht das schon!«, erwiderte Stachel gereizt. »Das ist sowieso nur affenhirniges Geschwätz. Ich hole Sternblatt nur dazu, um den Trupp bei Laune zu halten.«

»Oh.« Fliege riss verblüfft seine Augen auf.

Gras unterbrach seine Kaubewegungen. Dann nickte er begeistert. »Du hast recht, Stachel. Das ist nur Unsinn.«

»Warum machen wir es dann?«, fragte Fangzahn.

»Das habe ich doch gesagt.« Stachel sah ihn böse an. »*Weißt* du nicht, dass Traditionen den Trupp bei Laune halten?«

»Ja, ja. Natürlich. Du bist so weise, Stachel.« Fangzahn nickte ebenfalls, und zwar derart eifrig, dass es aussah, als würde er mit Gras um die Wette nicken.

»Außerdem«, sagte Stachel wieder etwas besänftigt, »sind solche Anlässe praktisch, um Störenfriede wie den alten Käfer auszusortieren. Sperrt also Augen und Ohren auf und achtet darauf, was geredet wird. Jetzt, da Frosch nicht mehr da ist, müssen wir uns noch mehr anstrengen, aber ich weiß, dass ich auf euch zählen kann.«

Dorn sah schockiert von einem zum anderen. Die Mondlesung war nicht einfach eine abgestandene, alte Tradition, sie war das Herzstück des Truppenlebens. Sternblatt hatte ihr Können immer dafür eingesetzt, das Kronblatt zu beraten und vor drohenden Gefahren zu warnen. Glaubte Stachel wirklich nicht mehr daran? Und die anderen Starkzweige hatten nichts Besseres zu tun, als Sternblatts Arbeit zu verhöhnen und lächerlich zu machen. Er wagte kaum daran zu denken, was Frosch dazu gesagt hätte.

Auch der andere Befehl von Stachel behagte ihm nicht. Sie sollten den Trupp nach Störenfrieden aushorchen?

Was soll aus dem Lichtwald-Trupp nur werden?

*

Stachel hatte für die Mondlesung die seichte Senke ausgesucht, in der der Trupp auf seiner Flucht Unterschlupf gefunden hatte. Der Ort war mit der Mondlichtung im Langbaumlager nicht zu vergleichen, fand Dorn, bildete aber wenigstens einen ungefähren Kreis. Der Mond würde nicht majestätisch über den Baumwipfeln aufgehen und durch einen kreisförmigen Himmelsausschnitt auf sie niederscheinen. Aber Sternblatt war klug und würde wissen, wann er seinen höchsten Stand erreichte. Sie hatte ihre Mondsteine im Halbkreis vor sich ausgelegt, wartete geduldig und schwieg.

Matsch, der gerade auf seinen Platz zusteuerte, zupfte Dorn am Ellbogen. »Dorn, ich wollte dich nur auf dem Laufenden halten«, flüsterte er. »Beere ist immer noch krank. Es gibt keine Besserung. Anscheinend hat sich die Wunde entzündet.«

Dorns Herz krampfte sich zusammen, genau davor hatte er Angst gehabt. »Aber es geht ihr auch nicht schlechter?«

»Schlechter nicht, aber ...«

»Danke für die Information«, sagte Dorn rasch, denn er hatte Wurms Blick bemerkt, die ihn misstrauisch anstarrte und Fangzahn etwas zuflüsterte. »Du gehst jetzt besser an deinen Platz.«

Matsch sah ihn verwirrt an, aber dann schüttelte er den Kopf und ging. Dorn bekam stechende Schuldgefühle, die er nur zu gut kannte: *Hoffentlich denkt Matsch nicht, dass es mir gleichgültig ist.* Sie durften hier nicht einfach beisammenstehen und sich unterhalten, auch nicht über etwas so Wichtiges. Die anderen Starkzweige würden Matsch schneller als eine stinkende Kobra an Stachel verraten. Zerknirscht beobachtete Dorn, wie sein Freund seinen Platz im Kreis einnahm. Er wich Dorns Blick aus.

Dorn hatte die Anweisung bekommen, sich mit den anderen Starkzweigen am Rand des Trupps aufzustellen und die Versammlung von außen zu beobachten. Sie verteilten sich um die Senke und gingen in die Hocke, aber ihre glitzernden Augen waren nicht auf Sternblatt gerichtet, sondern auf die anderen Mitglieder des Trupps. *Auf der Suche nach Störenfrieden.* Dorn erschauderte.

Eins musste man Stachel lassen, sein Plan ging auf. Die Paviane verhielten sich alle mustergültig, niemand schwatzte, niemand flüsterte, niemand stieß den Nachbarn an. Alle saßen still da und sahen gehorsam auf Stachel, der neben Sternblatt stand und darauf wartete, die feierliche Handlung zu eröffnen. Nur dann und wann sah einer der Paviane unruhig zu den Wache haltenden Starkzweigen hinüber.

Sternblatt stand mit ihren Mondsteinen in der Mitte der Senke und ließ ihre Blicke schweifen. Sie kratzte an der weißen Strähne auf ihrem Kopf. »Stachel«, sagte sie leise, »wir können noch nicht anfangen. Käfer fehlt.«

»Käfer wird nicht kommen«, erwiderte Stachel. »Er ist als Verräter verbannt worden.«

Unter den Versammelten wurde gedämpftes Japsen laut. Dorn sah sich die Mitglieder des Trupps genau an. Sein Herz klopfte. Würden sie das wirklich dulden? Für die jüngeren Paviane war Käfer manchmal eine Witzfigur gewesen, aber in ihrem Innersten hatten ihn alle geachtet. Vielleicht war dies der Augenblick, an dem sie an Stachels Entscheidungen zweifelten.

Enttäuscht stellte er fest, dass sich niemand zu Wort meldete. Das Murmeln erstarb unter den stechenden Blicken der Starkzweige, ein paar Paviane nickten sogar zustimmend.

»Er war manchmal ein ziemliches Großmaul«, flüsterte jemand neben Dorn.

»Stachel kann man keinen Vorwurf machen«, erwiderte

die Nachbarin leise. »Der Lichtwald-Trupp muss eine Einheit bilden.«

»Er weiß, was er tut.« Der erste Pavian nickte, dann fielen beide wieder in Schweigen und beobachteten Stachel und Sternblatt.

Sie haben nicht nur vor den Starkzweigen Angst, machte sich Dorn verzweifelt klar. *Sie rechtfertigen jetzt schon ihre eigene Feigheit.*

Sternblatt schien es wegen Käfers Schicksal die Sprache verschlagen zu haben, doch dann schüttelte sie sich, blickte zum Nachthimmel empor und nickte Stachel zu. »Der Mond wird gleich seine Stellung erreichen, Kronblatt.«

Stachel nahm auf einem Felsen Platz, den Dorn und die Starkzweige zuvor auf den Platz gerollt hatten und der als Kronstein diente. Die Starkzweige drängten sich durch die Menge und hockten sich um den Stein. Fliege stieß Kerbe Mittelbatt zur Seite, um für sich Platz zu schaffen. Kerbe öffnete ihre Schnauze und wollte protestieren, schwieg aber, als sie sah, dass sie von mehreren Starkzweigen beäugt wurde. Mit gesträubtem Fell rückte sie ein paar Schwanzlängen weg.

Als Dorn über den Platz trottete, fing er einen Blick von Matsch auf, der neben sich einen Platz für ihn freigehalten hatte. Dorn fühlte sich schuldig – er und Matsch saßen immer zusammen, und selbst jetzt, nachdem er Matsch gegenüber so grob gewesen war, erinnerte dieser ihn daran. Aber Dorn schüttelte kurz den Kopf und ging an Matsch vorüber, um seinen Platz zu Stachels Füßen einzunehmen.

Matsch drehte sich mit herabhängenden Schultern weg.

Dorn sah zu Fangzahn hinüber. Der kräftige Pavian achtete überhaupt nicht auf Sternblatt, sondern beobachtete die anderen Mitglieder des Trupps. Er hatte seine Brauen boshaft zusammengezogen und die Pfoten geballt. *Wer würde es wagen, Stachel infrage zu stellen, wenn er von so einer Bestie überwacht wird?*

Sternblatt hatte ihr Gesicht dem Himmel zugewandt und sah mit einem eindringlichen, unverwandten Blick zum Mond hinauf. Das Mondlicht glitzerte in ihren Augen. »Heute Nacht haben wir einen Blutmond«, sagte sie schließlich. »Eine Zeit der Unruhe und der Gefahr.«

Dorn und die anderen Paviane sahen staunend nach oben. Wirklich, der Mond war mit stumpfen, roten Flecken übersät.

Sternblatt nahm einen ihrer Mondsteine in die Hand – der Stein war dunkelviolett und sah im Mondlicht beinahe schwarz aus. Sie hielt ihn gegen den Himmel und spähte durch den Kristall. Dies wiederholte sie konzentriert mit allen Steinen des Halbkreises, veränderte manchmal den Winkel und hielt sie mal weniger, mal weiter von ihren Augen entfernt. Der Trupp sah ihr angespannt und aufmerksam zu. Alle waren still.

Fast alle. Fangzahn stieß ein gedämpftes Schnauben aus. Dorn konnte sich denken, was ihm durch den Kopf ging: *Alte Schwindlerin.*

Aber Dorn wusste, dass das nicht stimmte. Hatte Sternblatt den Trupp nicht immer weise geführt? Sie hatte ihnen gesagt, wo sie die frischesten Früchte finden könnten und welche Teile des Waldes sie in der Regenzeit meiden mussten. Vor langer Zeit, vor Dorns Geburt, hatte sie den Trupp zum Langbaumlager geführt. Dorn sah zu Stachel hinüber, dessen Gesicht vollkommen ruhig und undurchdringlich war.

Sternblatts Mondlesungen hatten dem Trupp immer geholfen. Warum sollte er sie jetzt in Zweifel ziehen?

Sternblatt legte den letzten Mondstein – einen weißen Kristall – in den Halbkreis zurück. Aus ihrem Gesicht sprach Angst und ihre Lippen bebten.

Stachel beugte sich vor, er sah sogar ein wenig neugierig aus. »Was gibt es, Sternblatt? Was hast du in deinen … Steinen gesehen?«

Sternblatt presste eine Pfote an ihre Stirn. »Tod und Verderben.«

Rundum waren erschrockene, angstvolle Rufe zu hören. Einige Pavianweibchen drückten ihre Kinder enger an sich. Matsch starrte seine Mutter mit großen Augen an.

»Tod und Verderben?«, kreischte Wanze Mittelblatt. »Was wird geschehen?«

»Sollen wir fortgehen? Was sollen wir tun?«, jaulte Echse Tiefwurz.

Stachel Kronblatt blieb vollkommen gefasst. Gemächlich ließ er sich von seinem Felsen herab und begab sich in die Kreismitte.

Er setzte sich und hob eine Pfote. »Kein Grund zur Panik«, sagte er. »Die Zeichen sind nicht eindeutig. Seht – der Mond wird schon wieder weiß.«

»Ich glaube nicht, dass du Mutter unterbrechen solltest«, rief Matsch mutig. Dorn, der nichts Gutes ahnte, zuckte zusammen. »Wir müssen hören, was sie uns zu sagen hat.«

Die Starkzweige bedachten Matsch mit tödlichen Blicken, doch Stachel nickte gutmütig. »Natürlich möchte ich hören, was Sternblatt zu sagen hat«, sagte er. »Aber wenn sie nicht absolut sicher ist, sollte sie noch andere Zeichen suchen.«

»Ich bin sicher«, sagte Sternblatt leise, aber deutlich. »Der Mond hat sich heute Nacht blutrot verfärbt, und auch jetzt wird er noch von Wolkenfetzen verdunkelt, die mal in die eine, mal in die andere Richtung ziehen. Tagelang hat es gestürmt und geregnet und jetzt herrscht diese unerträgliche Hitze. Das Trinkwasser geht zur Neige, sogar die Bäume sterben. Bravelands wurde von starken Winden heimgesucht, die aber nicht beständig waren, sondern mal von Norden, dann wieder von Süden und allen anderen Richtungen kamen. Und heute Morgen habe ich faulendes Moos auf den Bäumen entdeckt. Die Zeichen sind eindeutig: Der Lichtwald-Trupp hat sich verirrt. Und es wird großes Leid geben, bis wir wieder den rechten Weg gefunden haben.«

Dorn sah zu Stachel hinüber. *Es ist wahr, jedes Wort ist wahr,* dachte er finster. *Und alles nur wegen dir.*

Ganz kurz zuckte Stachels Schnauze ungehalten zusammen, dann setzte er eine besorgte Miene auf. Aber Dorn wusste mit einer unerträglichen Gewissheit, dass Sternblatts Mondlesung ihn bis auf die Knochen verärgert hatte.

Die Paviane wurden immer unruhiger und selbst die drohenden Blicke der Starkzweige verhinderten nicht das Flüstern und die unterdrückten Angstschreie.

»Was bedeutet das?« Lilly Mittelblatt umklammerte ihr Baby und hielt kleine Schnecke fest an ihrer Pfote. »Sind unsere Kleinen in Gefahr?«

»Dickhaut ist schuld«, sagte Zweig und ballte seine Pfoten. »Der Große Geist bestraft uns, weil wir ihn akzeptiert haben.«

Mehrere Paviane schrien zustimmend, Jackfrucht Tiefblatt aber schlug mit der Pfote auf den Boden und sah Stachel mit entblößten Fangzähnen an. »Dem Trupp geht es schlecht, seitdem du meinen Sohn vertrieben hast!«

Dorn hatte beinahe vergessen, dass Nuss der Sohn von Jackfrucht war – Nuss hatte seine Tiefblatteltern nach Möglichkeit gemieden.

»Dein verkommener Sohn hat Raff Kronblatt umgebracht«, knurrte Fangzahn drohend. »Wir hätten ihn hinrichten sollen. Vielleicht ist der Trupp deshalb in Schwierigkeiten geraten.«

Jackfrucht heulte wütend auf und seine Gefährtin Schote Tiefblatt machte einen Satz nach vorn. »Dafür gibt es keinen Beweis!«, fauchte sie. »Unser Sohn hat Raff das Essen gebracht. Na und? Jeder hätte es vergiften können!« Jetzt griff Stachel persönlich ein. Er ging ein paar Schritte auf die beiden zu und stellte sich vor ihnen auf seine Hinterbeine. Mit durchdringender Stimme knurrte er: »Wie könnt ihr es wagen!«

Die beiden Tiefblätter merkten sofort, dass sie zu weit gegangen waren. Sie tauschten einen ängstlichen Blick aus, dann duckten sie sich und krümmten unterwürfig ihre Schultern. Eine unheilvolle Stille machte sich breit.

»Ich habe mich um Nuss wie um einen eigenen Sohn gekümmert«, fauchte Stachel, »so wie ich mich um alle unsere Jungen kümmere. Bin ich nicht für jeden jungen Pavian wie ein Vater? Vielleicht sogar ein besserer Vater als manch leiblicher?«

Jackfrucht und Schote nickten ängstlich. Dorn wollte sich nicht vorstellen, welche Überwindung sie das kosten musste.

»Ich habe versucht, Nuss Führung zu geben, als er ein Hochblatt wurde«, fuhr Stachel fort und wandte sein Gesicht huldvoll dem Himmel zu, »aber sein Ehrgeiz wurde zu groß.«

Er beugte sich wieder zu Jackfrucht und Schote hinunter. »Wenn eine Frucht verfault ist, ist dann der Pavian schuld, der sie findet? Oder der Baum, an dem sie gewachsen ist?«

Jackfrucht sog an seinen Zähnen, seine Blicke schossen hin und her. Schote starrte auf den Boden.

Stachel wandte sich verächtlich von ihnen ab. »Sternblatt, hast du uns noch etwas zu sagen?«

»Ich habe euch gesagt, was ich gesehen habe.« Sternblatt sah ihn flehend an. »Wir müssen versuchen, uns zu retten.«

»Wir alle schätzen die Weisheit unseres Sternblatts«, wandte sich Stachel mit sanfter Stimme an den Trupp. »Und sie hat recht. Wir waren tatsächlich in Gefahr, vom Weg abzukommen, nachdem Borke und Raff umgebracht worden waren. Das ist das blutbefleckte Chaos, das sie im Mond gesehen hat. Doch nun? Nun sind wir wieder auf dem rechten Pfad, und ich, Stachel, lenke eure Schritte.«

Die meisten Paviane entspannten sich bei diesen Worten, nur hier und dort war noch ängstliches Flüstern zu hören. Sternblatt und Matsch waren starr vor Entsetzen.

»Aber um das übrige Bravelands müssen wir uns Sorgen machen«, fuhr Stachel fort. »Es gibt ein paar grausame Anführer, die Unheil über uns bringen: zum Beispiel List Reinfell und der brutale Titan. Ich fürchte, Sternblatt hat recht, und es wird viel Unruhe geben, bevor in Bravelands wieder Sicherheit und Frieden einkehren werden. Wir müssen wachsam sein. Wir müssen *vereint* sein. Wir müssen in jedem Augenblick die Gefahr wittern, innerhalb und außerhalb unseres Trupps.«

»Aber Kronblatt«, protestierte Sternblatt, »der Mond selbst hat gesprochen –«

»Der Mond hat seinen Zenit überschritten«, unterbrach

Stachel und zeigte zum Himmel hinauf, wo sich der Mond tatsächlich ein Stück fortbewegt hatte. »Wir danken dir für deine Beratung, Sternblatt. Beim nächsten Vollmond werden wir wieder auf dich zukommen.«

Grüppchenweise verließen die Paviane nacheinander die Senke. Keiner murrte, jaulte oder stellte Fragen. Ihre Angst war versiegt wie eine Pfütze in der Sonne. Nur Sternblatt und Matsch, die die Mondsteine einsammelten, sahen verängstigt und verstört aus. Matsch sah zu Dorn hinüber und wollte etwas sagen, aber ein einziger Blick auf die Starkzweige brachte ihn zum Schweigen.

Ich glaube deiner Mutter, Matsch, dachte Dorn. *Wie gern würde ich dir das sagen.*

In kürzester Zeit waren nur noch die Starkzweige in der flachen Senke. Stachel rieb seine Narbe. »So«, sagte er, »und was haltet ihr davon?«

»Affenhirniges Geschwätz«, kicherte Fliege.

Gras stieß ihn in die Seite. »Jackfrucht und Schote sind die Störenfriede.« Er grinste, als hätte er eine besonders harte Nuss geknackt.

Stachel winkte mit der Pfote ab. »Jackfrucht und Schote? Sie sind doch nur sauer, weil ihr teurer Sohn ein Mörder ist. Niemand nimmt sie ernst. Nein, heute Abend haben wir einen viel schlimmeren Störenfried gesehen.«

Dorn erstarrte. *Nein,* dachte er. *Nein, nein, nein!*

»Wen?«, fragte Wurm.

Stachel verzog seine Lippen zu einem Lächeln. »Unser schlauer Dorn weiß, über wen ich spreche. Ist es nicht so?«

Dorn fing an zu schwitzen. Er schüttelte den Kopf.

»Er ziert sich«, säuselte Stachel. »Ich spreche natürlich

von Sternblatt.« Seine Miene verfinsterte sich und sein Fell sträubte sich. »Ich werde nicht dulden, dass sie noch einmal so einen Unsinn erzählt, Tradition hin oder her. Sie verängstigt den Trupp und beschwört eine gefährliche Unruhe herauf.«

Fliege schlug auf den Boden. »Sollen wir uns gleich um sie kümmern? Ein paar Kratzer und sie hält die Schnauze.«

»Nein«, fuhr Dorn dazwischen. Ihm wurde übel bei dem Gedanken. »Das dürfen wir nicht.«

Stachel zupfte gedankenverloren an seiner Lippe. »Dorn hat recht«, sagte er. »Es erfordert besondere Maßnahmen, mit einem Pavian fertigzuwerden, der den Frieden und die Einheit der Truppe in solch einer Weise gefährdet.«

»Vielleicht sollte sie überhaupt ganz verschwinden«, schlug Gras unsicher vor und sah seinen Anführer mit zusammengekniffenen Augen an.

Stachel stieß einen langen, traurigen Seufzer aus. »Ich denke, ich fürchte … ja. Ja, Gras. Das wäre für den Trupp am besten.«

Dorn war, als hätte ein Stein seine Brust getroffen. Erregt drehte er sich zu den anderen Starkzweigen um. Dafür würden sie sich doch sicher nicht hergeben?

Aber Gras sah aus, als hätte ihn jemand mit einer Mango ausgezeichnet. Er grinste von einem Ohr zum anderen. Die übrigen Starkzweige nickten lebhaft, eifrig darum bemüht, ihre Begriffsstutzigkeit wiedergutzumachen.

»Ich bin auch dieser Meinung.« Fangzahn klopfte sich auf die Brust.

»Für den Lichtwald-Trupp ist es das Beste«, flötete Wurm. »Wir *alle* wollen nur das Beste!«

»Das Beste für den Lichtwald-Trupp?«, regte Dorn sich

auf. »Das kann nicht euer Ernst sein. Gras, Fangzahn! Ihr wisst doch, was Sternblatt die ganzen Jahre über für uns getan hat. Für jeden Einzelnen unseres Trupps!«

Stachel zeigte keine Spur von Verärgerung. Nachdenklich strich er über die Narbe an seiner Schnauze. »Ach, Dorn«, sagte er leise. »Wie wahr, wie wahr. Und uns wurde seit unserer Jugend beigebracht, das Wort des Sternblatts zu achten, weil jedes Sternblatt einzigartig und weise ist. Aber dieses Sternblatt …« Er senkte seine Stimme fast zu einem Hauch. »Ist sie das? Ist sie das wirklich?«

Fliege intonierte als Erster eine Antwort. »Nein! Nein! Das ist sie nicht!«

»Nein«, riefen die anderen im Chor.

»Sternblatt hat euch weisgemacht, ihre Einbildungen seien der richtige Weg«, sagte Stachel betrübt. »Und jetzt führt sie den Lichtwald-Trupp ins Unglück. Ich möchte ihr nicht wehtun. Ich möchte nur, dass im Langbaumlager wieder Frieden herrscht. Aber was ist besser: dass ein einzelner Pavian leidet? Oder dass der ganze Trupp vernichtet wird?«

»Das kannst du nicht machen!«, brach es aus Dorn hervor. Er wandte sich an die Starkzweige. »Ihr wisst, dass das nicht richtig ist!«

»Aber Dorn, du schlägst dich doch nicht etwa auf die Seite eines Feindes unseres Trupps.« Stachel sah gekränkt aus.

Die anderen Starkzweige sahen ihn drohend an. Ein Wort von Stachel und sie würden sich auf ihn stürzen. Sie würden ihn auf der Stelle zu Hyänenfraß zerfetzen. Und wer wäre dann noch da, um den Trupp zu retten?

Er schluckte hart und ballte seine Fäuste. »Natürlich nicht.«

»Gut.« Stachel nickte zufrieden. »Greift zu, wenn niemand in der Nähe ist. Ich weiß, dass ich euch vertrauen kann. Allen.« Sein Blick verweilte auf Dorn. »Also, enttäuscht mich nicht. Enttäuscht nicht den Trupp.«

»Ja, Stachel«, skandierten die Starkzweige. »Lang lebe der Lichtwald-Trupp! Lang lebe Stachel Kronblatt!«

20. KAPITEL

DORN HATTE DEN verschiedenen Schlafplätzen im Hyänenbau bisher kaum Beachtung geschenkt, doch jetzt hatte er selbst deswegen Gewissensbisse: Erst an diesem Abend war ihm aufgefallen, dass die Starkzweige viel besser untergebracht waren als die anderen Paviane. Ihr Bereich war trocken, es gab keine Wasserlachen und er war ein gutes Stück vom Gestank der toten Hyänen entfernt. Der sandige Boden war mit besonders weichen Blättern gepolstert, und durch die Wand verlief ein Riss, aus dem ein Hauch feuchter Luft von den unteren Höhlengängen heraufströmte. Im übrigen Teil des Hyänenbaus raubte die erdrückende Hitze den Pavianen alle Kraft.

Ihm verging jeglicher Appetit, als er sich das klarmachte, und ihm wurde schlecht bei dem Gedanken daran, was Stachel mit Sternblatt vorhatte. Die anderen Starkzweige hatten offenbar keinerlei Skrupel. Sie johlten und kicherten aufgeregt und schlangen genüsslich herunter, was Gras ihnen austeilte: die besten Feigen und würzige Melonen, Wurzeln und Marulanüsse, fette Kakerlaken und kleine Vögel und Säugetiere. Dorn wusste, dass die übrigen Paviane bei Weitem nicht so gutes Fressen hatten. Als Gras ihm ein Stück Dikdikfleisch in die Pfote drücken wollte, schob er es weg.

»He, Dorn, du musst essen, um bei Kräften zu bleiben. Hat Stachel gesagt«, spöttelte Fangzahn.

»Oder sollen wir Stachel erzählen, dass du aufsässig bist?«, kicherte Fliege.

Wurm stieß ihn schmerzhaft in die Seite. Dorn brummte und stopfte sich das Fleisch ins Maul.

Im gleichen Augenblick bekam er einen widerlich faulen Geschmack auf seine Zunge und musste würgen. Er spuckte das Fleisch wieder aus und hustete heftig, bekam den Gestank aber nicht aus Maul und Nase. *Kot.* Sie hatten Kot in dem Fleisch versteckt.

Die anderen Starkzweige brüllten vor Lachen. Fliege wälzte sich sogar auf dem Boden. »Super Gag!«, japste er.

Dorn spreizte seine Lippen zu einem Grinsen und brachte sogar ein mühsames Lachen hervor. »Sehr witzig.«

»Ho, ho, ho.« Gras rieb sich die Lachtränen vom Gesicht. »Aufessen, Dorn!«

Am liebsten hätte er sich auf den hämischen Pavian gestürzt und ihm das Maul mit seinen Klauen bearbeitet, aber das hätte für ihn tödlich enden können. Vielleicht war es genau das, was sie wollten. Er behielt sein verkrampftes Grinsen bei, nahm sich eine Feige vom Haufen und aß.

Sie hassen mich. Nun, das beruht auf Gegenseitigkeit. Wenn er ihre Pläne mit Sternblatt durchkreuzen könnte, wäre das die gerechte Vergeltung.

Sie stopften sich die Bäuche so voll, dass einer nach dem anderen über kurz oder lang einschlief. Das entsprach nicht unbedingt Stachels Befehl, aber Dorn konnte das nur recht sein. Er ließ die schnarchenden Kameraden zurück und kroch ganz leise aus dem Schlafbereich fort.

Mit allergrößter Vorsicht setzte er eine Pfote vor die andere und schlich durch die Höhle. Er spähte in die seitlichen Gänge, die im Vergleich zum Schlafplatz der Starkzweige völlig überfüllt waren. Die Paviane schliefen und schnarchten in einem Durcheinander aus Armen und Beinen. *So sollten Paviane nicht hausen müssen,* dachte er. *Wir sollten in Bäumen wohnen und jeder sollte einen eigenen Platz zum Schlafen haben. Nichts ist mehr, wie es sein sollte.*

In einer kleinen, dämmerigen Grotte erkannte er einige Hochblätter. Sehr wahrscheinlich war auch Sternblatt unter ihnen. Vorsichtig stieg Dorn über die schlafenden Gestalten am Eingang der Grotte hinweg und suchte sich einen Weg an den verschlungenen Körpern vorbei. Niemand rührte sich.

Seine Pfote stieß an einen kleinen, losen Stein, der über eine Schräge kullerte und auf der Nase von Moos landete. Dorn blieb wie angewurzelt stehen und hielt den Atem an, aber sie schnarchte weiter, schnaufte und drehte sich um.

In höchster Anspannung schlich er weiter. Irgendwo zu seiner Rechten hörte er ein Pfeifen. Er blieb erschrocken stehen, aber es war nur Zweig, die schnarchte und deren Kopf in einer ungünstigen Stellung auf dem Bauch eines anderen Hochblatts lag.

Die Gerüche in der Grotte waren ein Gemisch aus Pavianen, die er schon lange kannte. In einer winzigen Lücke zwischen zwei Schlafenden blieb Dorn stehen und blähte suchend seine Nüstern. *Vielleicht ist Sternblatt doch nicht in dieser Grotte?*

Dann hatte er sie, einen schwachen, reinen, warmen Duft zu seiner Linken. Quälend langsam schob er sich vorwärts. Fast wäre er auf Zweigs Schwanz getreten.

Als er bei Sternblatt ankam, musste er erst einmal innehalten und sich wieder beruhigen. Dann beugte er sich über sie. Sie hatte sich auf einem kratzigen Bett aus Mahagoniblättern zusammengerollt, ihr Gesicht war entspannt. Sie sah ihrem Sohn Matsch so ähnlich, dass sich Dorns Herz zusammenzog. *Ich vermisse ihn …*

Rechts neben ihr lag Splitter, eine seiner Pfoten zuckte im Traum. Splitter gehörte zu den Pavianen, die Stachel an diesem Abend am lautesten zugejubelt hatten. Er durfte auf keinen Fall aufwachen, sonst wäre alles verloren.

Er musste auch dafür sorgen, dass Sternblatt keinen Laut von sich gab. *Es tut mir wirklich leid,* dachte Dorn. Dann atmete er vorsichtig ein und presste seine Pfote auf Sternblatts Maul.

Sie erwachte mit einem Ruck, ihr Schrei wurde von seiner Pfote erstickt. Ihre Augen quollen angstvoll hervor, sie wand sich unter ihm und schlug mit ihren Krallen um sich.

»Keine Angst«, flüsterte Dorn leise. »Ich bin es, Dorn. Ich will dir helfen. Du bist in Gefahr.«

Endlich erkannte Sternblatt ihn und hörte auf, sich zu wehren. Dorn zog seine Pfote von ihrem Maul. »Was ist los?«, fragte sie leise.

Splitter brummelte im Schlaf und wälzte sich herum, seine Pfote klatschte auf die Blätterunterlage. Dorn sah nervös zu ihm hinüber. »Folge mir«, flüsterte er. »Aber du darfst niemanden aufwecken!«

Er drehte sich um und schlich aus der Grotte hinaus in den großen Höhlengang. Sternblatt folgte ihm. Sie war so leise, dass er sich vergewissern musste, ob sie überhaupt hinter ihm war. Am Höhleneingang blieb sie stehen.

»Komm«, flüsterte Dorn. »Wir haben nicht viel Zeit.«

Sternblatt schüttelte den Kopf und sah ihm fest in die Augen. »Erst wenn ich weiß, was hier geschieht.«

Aus der Dunkelheit war ein Rascheln zu hören. Dorns Herz hämmerte, sein Kopf schwirrte. »Bitte, Sternblatt, sonst werden wir noch erwischt.«

»Erwischt? Von wem?«

Dorn holte zitternd Luft, er wagte kaum, den Namen auszusprechen. »Von Stachel.«

Sternblatt starrte ihn ungläubig an.

»Stachel denkt, deine Deutung hätte sich auf ihn bezogen«, flüsterte Dorn hastig. »Und er hat recht. Er ist derjenige, vor dem der Blutmond dich gewarnt hat. Er hat ... schreckliche Dinge getan. Ich kann dir das jetzt nicht erklären, aber du musst mitkommen. Stachel will deinen Tod, damit du den Trupp nicht vor ihm warnen kannst.«

Sternblatt sah ihn entsetzt an und wich vor ihm zurück. »Ich muss erst Matsch holen!«

Aus der Höhle ertönte ein Grunzen und Dorn erstarrte.

»Du musst ohne ihn gehen«, flüsterte er. »Es tut mir leid. Ich werde auf Matsch aufpassen, das verspreche ich.«

Sternblatt machte noch einen Schritt zurück. »Ich gehe nicht ohne meinen Sohn«, zischte sie.

Jetzt waren das laute Rascheln von Blättern und ein raunendes Gähnen zu hören.

»Jemand ist wach geworden«, knurrte Dorn. »Wir haben keine Zeit mehr!«

Er packte Sternblatts widerstrebende Pfote und zerrte sie ins Freie.

*

»Ich muss zurück«, rief Sternblatt bekümmert. »Ich muss mit Matsch sprechen. Er wird sich solche Sorgen machen.«

»Das geht nicht«, erwiderte Dorn grimmig und kletterte über einen umgefallenen Baumstamm. Er hielt immer noch Sternblatts Pfote fest und half ihr hinüber. »Das ist zu riskant.«

Sie befanden sich in dem Waldgebiet, das sich an das Grasland anschloss. Die Äste über ihnen waren so breit und wuchsen so dicht, dass kein Mondlicht hindurchdrang. Es war fast so dunkel wie im Hyänenbau. Dorns Fell war feucht von der Hitze und sein Atem ging scharf und stoßweise. Er erkannte nur ungefähre Umrisse im Unterholz und andauernd knickten beim Rennen Zweige ab und kleine Tiere rissen vor ihnen aus. Dorn hoffte, dass niemand ihnen folgte, denn man hätte sie leicht aufgespürt.

Aber immer, wenn er stehen blieb und lauschte, hörte er nur das Rascheln der Blätter in der heißen, nächtlichen Brise und die besänftigenden Laute der Zikaden und Frösche. Endlich ließ er Sternblatts Pfote los und auf ihrem weiteren Weg durch die Dunkelheit hielt sie sich dicht hinter ihm.

»Du sagst ihm doch, warum ich gegangen bin?«, fragte sie mit zitternder Stimme.

Dorn zögerte. Er wollte nichts lieber tun – aber wenn Matsch die Wahrheit über Stachel erführe, wäre er selbst in Gefahr. Genau das hatte Dorn verhindern wollen.

»Ich werde es ihm sagen«, erwiderte er. »Aber erst, wenn es sicher ist.«

Sie stieß einen langen, bebenden Seufzer aus.

»Es tut mir so leid«, sagte Dorn hilflos. »Aber ich kann ihn nur schützen, wenn ich das Geheimnis für mich behalte.«

»Ich verstehe«, sagte Sternblatt. Ihre Stimme klang jetzt ein wenig fester, als würde sie ihre ganze Kraft zusammennehmen. »Aber wohin soll ich gehen?«

»Ich bringe dich an einen sicheren Ort.«

Dorn eilte weiter und arbeitete sich durch das Unterholz, bis er zu einer Gruppe von Wundersträuchern kam, die ihm bekannt vorkam. Hier war das Blätterdach ein wenig lichter und das Mondlicht schien heller. Ganz in der Nähe stand ein riesiger Kigeliabaum.

»Nuss!«, rief Dorn hinauf.

Von weit oben ertönte ein Rascheln und dann steckte Nuss seinen Kopf aus einer Baumhöhle heraus. Sein räudiges Fell war noch zerzauster als sonst.

»Oh, super, du bist das.« Nuss zog seine breite Stirn in Falten. »Du hast dir wohl wieder einen genialen Plan ausgedacht?«

Sternblatt sah Dorn entsetzt an. *»Nuss?«,* rief sie. »Ich kann mich doch nicht bei diesem Mörder verstecken!«

»Hey!«, gab Nuss von oben zurück. »Wer sagt, dass du hierbleiben sollst? Ist das dein neuester Plan, Dorn? Der ist noch schlechter als der Besuch beim Großmaul.«

»Nuss hat Raff nicht getötet.« Dorn ergriff Sternblatts Pfote und sah ihr eindringlich in die Augen. »Das war Stachel. Er hat Nuss die Schuld an seinem eigenen Verbrechen gegeben. Er hat auch Borke umgebracht.«

»Was?«, krächzte Sternblatt entsetzt.

»Leider war es so. Jetzt ist keine Zeit, alles zu erklären. Aber als ich ihn damit konfrontiert habe, hat er es zugegeben.«

Sternblatt leckte ihre Lippen, sie war wie betäubt.

»Siehst du jetzt, in welcher Gefahr du schwebst?«, sagte

Dorn leise. »Du musst hier bei Nuss bleiben. So übel ist er nicht.« Dorns Schnauze zuckte. »Wenigstens ist er kein Mörder.«

Nuss kletterte vom Baum herab und sprang auf den Boden. »Sternblatt!« Er glotzte sie an. »Ich … ich habe dich im Dunkeln nicht gleich erkannt.« Er kratzte sich am Hals. »Was ist passiert?«

»Stachel will sie ermorden«, erwiderte Dorn unwirsch.

Nuss riss seine Augen auf. »Wirklich? Selbst *Sternblatt* würde er umbringen?« Sein Gesicht wurde ernst und er wandte sich wieder ihr zu. »Dann bist du hier willkommen. Alles, was ich habe, gehört dir.«

»Es wäre mir eine Ehre«, sagte Sternblatt liebenswürdig. »Ich danke dir, Nuss.«

Der Himmel färbte sich zart purpurn, bald würde die Sonne aufgehen. Dorn musste zurück sein, bevor man ihn vermisste. »Gemeinsam seid ihr sicherer. Und ich überlege mir, wie das Ganze wieder in Ordnung kommt. Es wird nicht für immer so sein.«

»Bis dir etwas eingefallen ist, ist es womöglich zu spät«, murmelte Nuss.

Sternblatt nahm Dorns Pfote und drückte sie sanft. »Sei vorsichtig, Dorn. Und bitte, bitte kümmere dich um Matsch.«

»Das werde ich. Ich verspreche es dir.« Er ergriff mit beiden Pfoten die ihre. Dann beugte er sich vor und umarmte sie fest.

Dorn schaute ein letztes Mal besorgt auf die beiden, dann rannte er den Weg zurück, den er gekommen war. *Jetzt kommt der schwierige Teil,* dachte er, als er durch die klebrige Morgenhitze zum Hyänenbau eilte.

Er musste Stachel – und was noch schlimmer war, Matsch –

davon überzeugen, dass er von Sternblatts Verschwinden keine Ahnung hatte.

*

»Dorn! Dorn!«, rief Piep Tiefblatt, kaum dass er sich der Höhle näherte. Sie sprang ihm entgegen. »Hast du Sternblatt gesehen? Sie ist verschwunden!« Sie blieb hechelnd vor ihm stehen. »Erst Frosch, jetzt Sternblatt. Was geschieht hier?«

Der ganze Hyänenbau war in Aufruhr. Die Paviane drängten sich vor der Höhle und in den Höhlengängen zusammen und plapperten aufgeregt. Moos und Splitter hüpften von Busch zu Busch und stocherten dort mit Stöcken, als müsste Sternblatt darin zu finden sein.

»Matsch hat gehofft, dass sie bei dir ist«, sagte Piep.

Dorn schüttelte den Kopf. Piep zeigte auf eine Gruppe verkrüppelter Bäume am Fuß des Abhangs. Dort kauerte Matsch und drückte die Mondsteine seiner Mutter an die Brust.

Dorn rannte zu ihm. Matschs kleines Gesicht war zerknautscht und seine Schultern bebten. Mit untröstlicher Miene drehte er sich zu Dorn um. Die Auswirkung seines Tuns traf Dorn wie der Huf eines Kudus. Er musste sich eine Ausrede überlegen, aber was würde das mit seinem Freund machen?

»Bestimmt geht es ihr gut«, sagte er und legte seinen Arm um Matschs Schulter.

Matsch blickte auf, seine rot geränderten Augen waren voller Hoffnung. »Dorn, weißt du, wo Mutter ist?«

Schuldbewusst schüttelte Dorn den Kopf. »Das muss nicht bedeuten, dass etwas Schlimmes geschehen ist«, sagte er. »Vielleicht ist sie nur auf Nahrungssuche gegangen oder hat über ihre Mondlesung nachgedacht – irgend etwas in der Art.«

Matsch wrang seine Pfoten. »Nein, hier stimmt etwas nicht. Sie verlässt sonst nie den Trupp, und wenn, würde sie Bescheid sagen. Und schau dir das an.«

Er hielt den silbernen Mondstein hoch. Genau durch seine Mitte ging ein Riss. Dorn erschauderte.

»Das ist ein schlechtes Zeichen«, sagte Matsch unglücklich. »Das weiß ich.«

Dorn sah von dem Stein zu Matschs verzweifeltem Gesicht. Durfte er ihm einen Hinweis geben, dass Sternblatt in Sicherheit war? »Hör zu, ich –«

»Matsch«, sagte eine sanfte Stimme.

Dorn drehte sich um, sein Herz setzte beinahe aus.

»Wir machen uns alle große Sorgen.« Stachels Gesicht war von Sorgenfalten durchzogen. »Ruh dich ein wenig aus, Matsch. Ich sorge dafür, dass du es sofort erfährst, sobald wir etwas wissen.«

Matsch nickte. Niedergeschlagen sammelte er die Mondsteine seiner Mutter ein. »Danke, Kronblatt«, sagte er und tappte mit herabhängenden Schultern zum Hyänenbau. Dorns Herz zog sich schuldbewusst zusammen.

Eine schwere Pfote legte sich auf Dorns Schulter, Klauen gruben sich in seinen Pelz. Stachel beugte sich so weit vor, dass Dorn den scharfen Geruch von Skorpionen in seinem Atem roch.

»Sternblatt sollte lieber nicht gefunden werden«, murmelte Stachel. »Ich hoffe, du hast dafür gesorgt.«

Dorn wollte zurückweichen, aber Stachel verstärkte seinen Griff so sehr, dass er sich vor Schmerzen wand.

»Ich habe die anderen Starkzweige befragt, keiner weiß, wo sie ist.« Heiß und feucht traf der Skorpionatem sein Ohr. »Hast du sie selbst umgebracht? Allein?«

Dorns Herz stockte für einen Moment. »Ja«, krächzte er. »Ich habe sie getötet.«

»Gut, gut.« Stachel schüttelte Dorn bis auf die Knochen. »Es wäre schlimm, wenn sie noch leben würde«, säuselte er in seinem Singsang. »Denn dann müsste ich *dich* töten. Und ich würde mir dafür viel Zeit nehmen.«

Er ließ Dorn los und tätschelte sein Gesicht. Dorn blieb stocksteif stehen und versuchte, nicht zurückzuzucken.

»Und jetzt geh zu den anderen Starkzweigen«, sagte Stachel. »Es gibt Arbeit für dich.«

Die anderen lümmelten im Schatten des Höhleneingangs und hechelten gereizt in der zunehmenden Hitze. Fliege zupfte träge an Fangzahns Schwanz und Fangzahn drehte sich um und schlug seine Zähne aufeinander. Gras verzog mürrisch das Gesicht, als sich Dorn zu ihnen gesellte.

»Wurde auch langsam Zeit. Wo bist du gewesen?«

»Ich habe mich um Sternblatt gekümmert«, murmelte Dorn. Die Worte fühlten sich wie fauliges Fleisch an.

Den anderen blieb das Maul offen stehen. »Was hast du?«, flüsterte Gras.

Fliege versetzte ihm einen harten Stoß. »Was? Diese Aufgabe war für uns alle gedacht!«

Wurm rempelte Dorn von der anderen Seite an und zog grob an seinem Schulterfell. »Du Egoist!«, zischte sie.

»Der nächste Störenfried geht aber auf uns«, sagte Fliege.

»Egal.« Gras zuckte die Achseln und spuckte aus. »Kommt jetzt. Es gibt Arbeit für uns.«

Dorn blieb nichts anderes übrig, als mit ihnen zu gehen, obwohl er vom Schlafmangel ganz benommen war und die Sonne ihm unbarmherzig auf das Hirn brannte. Gras legte ein schnelles Tempo vor, als sie über die Ebene sprangen. Dorn trottete erschöpft hinter ihnen her. Allein der Anblick seiner Kameraden war ihm schon zuwider. Sie hatten Sternblatt wirklich töten wollen. Was hatte Stachel nur aus ihnen gemacht?

»Wanze Mittelblatt wollte sich heute Morgen die dickste Feige nehmen, aber ich habe sie gestoppt«, prahlte Wurm. »Du kannst mich nicht mehr herumschubsen, habe ich ihr gesagt. Ich bin jetzt ein *Starkzweig*. Bilde dir nur nicht ein, du könntest mich immer noch wie einen Tiefwurz behandeln.«

»Diese hochnäsigen Mittelblätter«, grinste Fliege und leckte über seine abgebrochenen Zähne. »Sie haben jetzt keine Macht mehr über uns und das gefällt ihnen gar nicht.«

»Genau«, nickte Fangzahn. »Man muss sie in ihre Schranken weisen. Sie haben sich immer für etwas Besseres gehalten, aber jetzt haben wir es ihnen gezeigt. Ha!« Bei diesem Gedanken schien seine Stimmung zu steigen. »Also los, Dorn. Wir verzeihen dir. Erzähl uns, wie du Sternblatt erledigt hast.«

»Das geht euch nichts an«, sagte Dorn müde.

»Du bist auch so ein Langweiler wie Frosch«, schimpfte Gras. »Komm schon, wir wollen alles genau wissen.«

»Ja«, grölte Wurm. »Du kannst das nicht allein machen und uns dann nichts erzählen.«

Sie bedrängten ihn, aber Dorn beachtete sie nicht weiter und blendete ihre Sticheleien so lange aus, bis er sie nur noch verschwommen wie einen Moskitoschwarm wahrnahm. Obwohl er von Pavianen seines eigenen Trupps umgeben war, hatte er sich noch nie so einsam gefühlt.

Nun blieben die anderen stehen. Fast wäre Dorn auf Wurm geprallt. Als er sich umsah, stellte er fest, dass sie in einem Wäldchen mit weit auseinanderstehenden Akazien standen.

»Sind wir hier nicht auf Lists Territorium?«, fragte er.

»Auch schon gemerkt?«, kicherte Fliege. »Du Idiot.«

»Maul halten, Fliege«, sagte Gras. »Du hättest besser zuhören sollen, als ich unseren Auftrag erklärt habe, *Dorn Starkzweig*. Wir sollen uns um die Affen kümmern, hat Stachel gesagt. Sie sind heute nicht da, weil sie das Territorium eines anderen Trupps überfallen, die kleinen Gauner. Das Lager ist also leer.«

»Um sie kümmern?«, wiederholte Dorn beklommen.

Fliege grinste und fletschte seine abgebrochenen Fangzähne. »Wir werden die obersten Zweige abknicken. Aber nicht ganz. Sie sollen immer noch schön stabil aussehen. Und wenn ein Affe hinaufklettert, dann ...« Er schlug mit der flachen Pfote auf den Boden.

»Oh.« Dorn schluckte. Er sah zu den obersten Zweigen hinauf, weit, weit über ihm, und stellte sich vor, wie die Affen hilflos in den Tod stürzten.

»Das war eine gute Idee von Stachel, nicht wahr?«, sagte Grass vergnügt.

»Nur er hätte auf so etwas kommen können«, murmelte Dorn.

Sie schlenderten weiter in das Territorium von List hinein, dann klopfte Gras an den nächsten Baumstamm. »Dorn, du beginnst mit dem hier.«

Dorn holte tief Luft und kletterte unwillig bis zu den obersten Zweigen hinauf. Er zitterte so sehr, als er oben ankam, dass er sich mit allen vier Pfoten festhalten musste. Von weit unten glotzten seine vier Kumpel zu ihm hoch.

»Mach schon!«, brüllte Wurm. »Fang endlich an!«

Wenn er sich weigerte, würden sie sofort Stachel unterrichten. Und dann hätte Stachel die perfekte Ausrede, ihn loszuwerden, und mit ihm das Wissen über seine Verbrechen.

Mit Magengrummeln packte er einen Zweig und brach ihn entzwei.

21. KAPITEL

DIE HITZE BEREITETE HELDENMUT Kopfschmerzen und seine Kehle brannte vor Durst. Seine Pfoten waren wund gelaufen, sein Magen leer – doch am schlimmsten war die Scham, die schwer wie ein Stein auf ihm lastete. Er hatte die Elefanten im Stich gelassen.

Er war Auroras und Monds Witterung lange gefolgt. Manchmal waren die beiden zusammen gegangen, manchmal getrennt. Andere Tiere hatten ihren Weg gekreuzt und ihre Witterung durcheinandergebracht. Er hatte den säuerlichen Gestank von Nashörnern und den scharfen Geruch von Affen eingefangen. Schließlich war er in eine noch trockenere Ebene gekommen, wo die Spur erst undeutlich geworden und schließlich von den Winden ganz verweht worden war. Er hatte sie verloren, obwohl er ihrer Familie versprochen hatte, sie rechtzeitig zu finden. Er fürchtete sich, vor Regen Wanderer treten oder gar in die traurigen Augen von Monds Mutter blicken zu müssen.

Ich hoffe nur, dass Titan ihre Spur ebenfalls verloren hat.

Zerknirscht trottete er weiter. Die Schuldgefühle drückten ihn so nieder, dass er beinahe über eine Gazelle stolperte.

Heldenmut zog die Luft ein und hob seine Pfote. Er war

hungrig, aber die Gazelle bestand nur noch aus Haut und Knochen. Ihre toten Augen stierten auf das dahinterliegende Grasland. Heldenmut folgte ihrem Blick und erstarrte.

Vor Schreck drehte sich ihm fast der Magen um. Dort auf der Ebene lag der Rest der Herde – mindestens zwanzig Gazellen –, und jede einzelne, ob jung oder alt, war in demselben Zustand wie die, die vor ihm lag. Dort, wo sie gerade gestanden hatten, waren sie gestrauchelt und in das verdorrte Gras gestürzt. Ihre braunen Körper waren nur noch vertrocknete Hüllen aus Haut und Knochen. Aasgeier hüpften zwischen ihnen umher und zupften lustlos an den Hautfetzen.

Einige hatten die Aasfresser schon zerlegt, aber er sah nirgendwo Blutlachen und entdeckte auch keine Bissspuren an ihren Hälsen oder Flanken. Heldenmut wusste wenig über das Leben der Grasfresser, aber selbst er erkannte, dass diese Tiere verdurstet waren. Es war schrecklich, sich vorzustellen, wie sie auf der Suche nach Wasser verzweifelt über die Ebene gewankt waren.

Schaudernd stakste er zwischen den ausgedörrten Leichen hindurch. Es lockte ihn nicht, auch nur einen Bissen von ihnen zu nehmen. Solche Probleme hatten die Löwen des Titanrudels gewiss nicht. Über Mangel an Beutetieren und ausreichende Mengen an Blut, um ihren Durst zu stillen, konnten sie nicht klagen.

Das Schicksal der Gazellen lenkte ihn von seiner Sorge um die Elefanten ab. Als er in die Nähe des Titanrudels kam, hoffte er sogar, Titan und die jungen Löwen vorzufinden, wie sie sich träge an der reichen Beute satt fraßen und die Löwinnen herumkommandierten.

Aber Titan war nicht da. Alle männlichen Löwen waren

fort. Die Löwinnen dösten eng aneinandergeschmiegt im Schatten der ausladenden Akazienschirme. Die Wärme der beieinanderliegenden Körper war ihnen offenbar lieber als die gleißende Hitze der Sonne. Kaltschnauze hatte sich an Arglist gekuschelt und seinen Schwanz über seiner Nase zusammengekringelt. Heldenmuts Brust zog sich zusammen. Wo waren die erwachsenen Löwen?

Und wo waren Flink und Wagemut? Er blieb stehen, sein Fell kribbelte vor Nervosität. Seine Mutter und seine Schwester waren nirgends zu sehen.

Arglist erhob sich und kam steifbeinig auf ihn zu, ihre Hüften waren vom guten Essen rund und schwer geworden. Kaltschnauze sah kurz zu seiner Mutter hoch und verzog besorgt sein kleines Gesicht. Dann legte er schnell den Kopf wieder auf seine Pfoten und tat, als schliefe er.

»Wo sind Mutter und Wagemut?«, fragte Heldenmut.

Arglist gab ihm einen Schlag auf die Ohren. Er strauchelte und spürte einen stechenden Schmerz auf der Seite, wo sie ihn getroffen hatte. Trotzdem sah er sie herausfordernd an. »Wo sind meine Mutter und –«

»Schweig!«, knurrte sie. »Wo bist du gewesen?«

»Jagen«, log er.

Arglist versetzte ihm noch einen Schlag gegen den Kopf. Heldenmut schüttelte sich, in seinen Ohren summte es wie ein Schwarm wütender Bienen.

»Ständig verschwindest du einfach«, fauchte sie. »Glaubst du, ich hätte das nicht gemerkt? Und glaub nur nicht, dass *Titan* das entgangen wäre.«

Heldenmut hielt Arglists Blick stand und reckte seinen Kopf in die Höhe. »Ich mache nichts Verbotenes.«

Arglists Schweif peitschte hin und her. »Du musst beim Rudel bleiben«, knurrte sie. »Auch wenn Titan entschieden hat, dich nicht zu töten, haben wir nicht vergessen, dass du das Balg von Gallant bist. Ab sofort bleibst du in meiner Sichtweite – dann weiß ich, wenn du Unruhe stiftest. Verstanden?«

Mit einem letzten bösen Blick drehte sie sich um und ließ sich wieder neben Kaltschnauze nieder. Dieser hielt seinen Kopf gesenkt und hatte die Augen geschlossen, aber Heldenmut erkannte am Zucken seiner Ohren, dass der kleine Löwenjunge alles gehört hatte.

Heldenmut war verunsichert, auch wenn er ihr die Stirn geboten hatte. Es war dumm, Titan zu reizen, dachte er, als er sich entfernte. *Ich muss vorsichtiger sein.*

Er legte sich neben Gloria unter eine Akazie. Er hatte die Löwin zu schätzen gelernt, seitdem sie sich für Kaltschnauze starkgemacht hatte, als Resolut den Kleinen zwingen wollte, das Zebra zu töten.

Gloria schlug mit ihrem Schweif. »Du darfst sie nicht verärgern, du Idiot«, murmelte sie. »Am besten, du hältst deinen Kopf unten, wie wir anderen.«

»Weißt du, wo meine Mutter und Wagemut sind?«, fragte er leise.

Gloria schüttelte den Kopf. »Nein«, sagte sie, »aber sie sind gemeinsam fortgegangen. Wahrscheinlich zum Jagen.«

»Dann werden sie ziemlich weit gehen müssen. Nicht weit von hier liegt eine Herde toter Gazellen, die nur noch Haut und Knochen sind. Die Grasfresser sterben, Gloria.«

»Ich weiß.« Sie stupste ihn an. »Es ist übel. Aber mach dir keine Sorgen. Wagemut wird sich um deine Mutter kümmern.«

Heldenmut streckte sich unter der Akazie aus, selbst das lehmige, schmutzige Gras unter seinem Bauch war unangenehm warm. Sein schweißnasses Fell prickelte vor Hitze und er hechelte. Über ihm stieß ein Tschagra einen durchdringenden Schrei aus. Als er aufblickte und zusah, wie der kleine Vogel nach Insekten stocherte, verschwamm sein grau-rotes Gefieder vor seinen Augen und seine Lider wurden schwer. Auch Gloria hatte die Augen, geschlossen, ihr Leib hob und senkte sich leise. Aber er durfte nicht einschlafen. Er sah in die Ferne und suchte den flimmernden Horizont nach Mutter und Schwester ab – und nach Titan.

Aber in der Hitze war es schwierig, wachsam zu bleiben. Als er verschwommene Umrisse bemerkte, die sich auf ihn zubewegten, schreckte er auf. Fast wäre er eingeschlafen. *Mutter?*

Nein. Der Schrecken fuhr ihm in die Glieder, als er sah, dass es sich um Titan, Resolut und die jungen Löwenmännchen handelte. Kraftstrotz, der Löwe mit dem hellen Fell, schleppte sich hinkend hinter den anderen her. *Sie bringen keine Beute mit,* dachte Heldenmut und schöpfte neue Hoffnung.

»Vater!« Kaltschnauze sprang auf, als die Löwen näher kamen. Auch die Weibchen des Rudels rührten sich und erhoben sich zur Begrüßung. Heldenmut folgte Gloria, die sich pflichtschuldig den anderen Löwinnen anschloss.

Kaltschnauze hüpfte auf Titan zu, blieb aber mit einem Mal stehen und rümpfte sein Näschen. »Du riechst schlecht«, sagte er.

Titan gab Kaltschnauze einen liebevollen Knuff und rollte ihn im Gras hin und her. Heldenmut sah die Löwen entsetzt an, sein Magen zog sich zusammen: Sie waren über und über mit geronnenem Blut verschmiert. Also hatten sie doch etwas getötet.

Kaltschnauze juchzte aufgeregt, als Titan ihn am Bauch kitzelte und seine Nase leckte. Als Kaltschnauze wieder auf die Füße kam, waren seine schmale Brust und sein Gesicht rot verschmiert, und Titan nickte zufrieden.

»Siehst du«, knurrte er, »jetzt siehst du wie ein richtiger Jäger aus.«

Arglist grinste, während Kaltschnauze unsicher an seiner blutigen Brust hinuntersah.

Titan schritt vor seinem Rudel auf und ab und ließ seine Muskeln spielen. »Wir haben heute einen großen Sieg errungen«, brüllte er. »Wir haben einen jungen Elefanten aufgespürt und getötet. Es war ein harter Kampf« – er sah zum verletzten Kraftstrotz hinüber –, »aber das Titanrudel hat gesiegt. Jetzt wissen die Elefanten und Nashörner, wozu wir fähig sind.«

Resolut und die jungen Löwenmänner warfen ihre Köpfe nach hinten und brüllten triumphierend. Als auch die Löwinnen schnaubend ihre Glückwünsche äußerten, biss Heldenmut seine Zähne zusammen und bohrte seine Krallen in die festgebackene Erde. Wen hatten sie getötet, Aurora oder Mond? *Nur weil Titan seine Überheblichkeit zur Schau stellen will …*

Titan hätschelte Kaltschnauze und schmierte dadurch noch mehr Blut über sein Gesicht. »Ich mache das alles für dich, mein Sohn«, sagte er. »Eines Tages wirst du über ganz Bravelands herrschen.«

Kaltschnauze stellte sich auf seine Hinterbeine und drückte seine Pfoten auf Titans Brust. Dann stupste er die Nase seines Vaters an. »Ja, Vater«, sagte er. Aber er wirkte verunsichert und sah ständig zwischen seiner Mutter und seinem Vater hin und her.

Titan peitschte mit seinem Schwanz durch die Luft. »Nun weiß ganz Bravelands, dass mit dem Titanrudel nicht zu spaßen ist. Aber wir müssen den Druck noch erhöhen. Heute werde ich mit euch den nächsten großen Schritt wagen.« Er sah jedem Einzelnen in die Augen. »Es ist an der Zeit, das Furchtlosrudel einzunehmen.«

Das ganze Rudel brüllte zustimmend. Selbst Gloria stimmte mit ein, obwohl Heldenmut nicht wusste, ob sie es ernst meinte. Sosehr er sich auch bemühte, es gelang ihm nicht, in das allgemeine Brüllen einzustimmen. In seinem Kopf blitzte ein Bild auf: Titan und seine Kumpane kommen über den Hügel in das Territorium des Gallantrudels. Sein Vater springt vor, um als ehrbarer Löwe die Herausforderung anzunehmen. Heldenmut hörte beinahe noch das schreckliche Brüllen, als die beiden Löwen im Sprung aufeinanderprallten, spürte, wie der Boden bebte, als sie, im Kampf ineinander verschlungen, wieder auf die Erde krachten. Und wieder erlebte er den schrecklichen Augenblick, als Titans heimtückische Kumpane entgegen allen Prinzipien in den Kampf eingriffen und seinen Vater töteten.

Sein Atem ging plötzlich stoßweise und er rang nach Luft. *Ich werde dasselbe noch einmal erleben müssen.*

»Titanrudel, folgt mir!«, brüllte Titan. Als er über das Grasland zur Grenze seines Territoriums schritt, formierten sich die anderen Löwen: Resolut ging neben ihm, dann kamen hintereinander die jungen Löwen. Danach folgten die Löwinnen. Kaltschnauze hüpfte zwischen ihren Beinen hin und her. Heldenmut blieb nichts anderes übrig, als hinter ihnen herzutrotten. Seine Pfoten waren genauso schwer wie sein Herz.

»Damit werden wir das mächtigste Rudel in ganz Bravelands«, murmelte Royal vor ihm.

»Furchtlos ist alt und wird allmählich schwach«, sagte Wendig und wölbte ihre Schultern. »Es wird Zeit, dass jemand sein Rudel übernimmt.«

Heldenmut schluckte ein wütendes Knurren hinunter. Royal und Wendig hatten früher zum Gallantrudel gehört – hatten sie schon vergessen, was Titan seinem Vater angetan hatte? Kraftstrotz war sogar im Furchtlosrudel aufgewachsen! Doch der Löwe mit dem hellen Fell plauderte vergnügt mit Sturm und zeigte nicht das geringste Zeichen von Reue.

Natürlich war es üblich, dass Löwen andere Rudel eroberten – sein Vater Gallant hatte sein Rudel von einem anderen Rudelführer erkämpft, und auch Heldenmut wollte eines Tages ein eigenes Rudel haben –, aber Titan war nicht wie die anderen Löwen. *Titan Gesetzesbrecher wäre der richtige Name für ihn.* Plötzlich war Heldenmut froh, dass seine Mutter und seine Schwester nicht da waren. Wenigstens blieb ihnen so eine böse Erinnerung erspart.

Das Titanrudel bewegte sich geschmeidig und schnell durch das vergilbte Gras. Als sie an einem Wäldchen vorüberkamen, kreischte ein Affe, die Blätter raschelten, und kleine, grünliche Gestalten rannten durch die Zweige davon. *Alle Tiere in Bravelands haben vor dem Titanrudel Angst,* dachte er finster. *Und genau das ist es, was Titan will.*

Kaltschnauze wurde langsamer, um neben Heldenmut laufen zu können. Er strahlte vor Stolz: »Ich habe noch nie einen richtigen Kampf gesehen. Ich glaube, mein Vater kann jeden Löwen besiegen.«

Heldenmut spürte einen stechenden Schmerz. Genau dasselbe hatte er über seinen Vater damals gesagt, kurz bevor dieser starb. Aber das Schreckliche war, dass Kaltschnauze recht hatte. Titan würde jeden Kampf gewinnen, koste es, was es wolle. Gallant hatte verloren, weil er mit Würde und Anstand gekämpft hatte. *Es wäre besser, wenn Kaltschnauze nicht erfahren müsste, wie Titan wirklich ist.*

»Wahrscheinlich hast du recht«, sagte Heldenmut schließlich. *Und wenn nicht, dann kämpft er mit faulen Tricks.*

Der Weg zum Territorium des Furchtlosrudels zog sich lange hin, vor allem, weil die Sonne so unbarmherzig auf sie niederbrannte. Heldenmuts Pfoten, die von der vergeblichen nächtlichen Suche nach den jungen Elefanten wund gelaufen waren, pochten und schmerzten. Im Lauf der Zeit veränderte sich die Ebene, und sie kamen in ein niedriges, trockenes Hügelland, wo das Gras büschelweise wuchs und verstreute Gehölze mit krüppeligen Bäumen standen.

»Sieh nur«, sagte Gloria und reckte ihren Kopf. »Sie haben uns schon entdeckt.«

Heldenmut spähte nach vorn. Auf einem Hügel hatte sich das gegnerische Rudel versammelt, ihre Leiber lang gestreckte, angespannte Bögen aus Gold. Er hörte ihr beunruhigtes Grollen. Das Furchtlosrudel war viel kleiner als Titans: Außer dem alten Löwen, ihrem Anführer, gab es acht oder neun Löwinnen und ein paar Junglöwen, die ungefähr in Heldenmuts Alter waren. Sie hatten sich in einer Reihe auf dem Hügelkamm aufgestellt und sahen misstrauisch dem Titanrudel entgegen.

Furchtlos war ein großer, feingliedriger Löwe, dessen Fell von Silberfäden durchzogen und dessen Gesicht von lebenslanger Erfahrung zerklüftet war. Eine Löwin mit dunkelbraunen Augen – vermutlich seine Gefährtin – drückte sich schützend an ihn. An seiner anderen Seite stand ein halb ausgewachsener Löwe, der so alt wie Heldenmut sein mochte. Mit seinen braunen Augen und langen Beinen war er unleugbar ihr gemeinsames Junges. Sein Fell hatte einen dunklen Goldton, seine Gesichtszüge sahen scharf und verängstigt aus. Seine Muskeln waren aufs Äußerste angespannt und er grub seine Krallen in den Erdboden.

Furchtlos knurrte und schritt Titan entgegen. Sein Gang war steif, als schmerzten seine Glieder, aber sein Blick war furchtlos. »Titan vom Titanrudel«, sagte er, »was führt dich auf das Territorium von Furchtlos?«

Titan brüllte und wölbte seine mächtige Brust. »Beim Gesetz unserer Vorfahren komme ich, Titan, um dieses Rudel von Furchtlos einzufordern.«

Furchtlos'Junges presste seine Zähne zusammen, aber weder er noch ein anderer Löwe des Rudels rührten sich. *Sie haben es erwartet,* dachte Heldenmut.

Furchtlos sah Titan mit einem kalten, harten Blick an. »Alle Löwen wissen, dass Titan ein Gesetzesbrecher ist.«

Titans Löwen ließen ein leises Grollen hören. Titan fauchte, er zog seine Lippen zurück und entblößte seine tödlichen Fangzähne.

»Lügen!«, brüllte er. »Alles, was ich getan habe, diente dem Überleben des Titanrudels.«

Furchtlos schüttelte seine Silbermähne. »Du kämpfst nicht, um zu überleben«, sagte er verächtlich. »Du kämpfst, damit andere nicht leben können. Aber ich werde gegen dich kämpfen, wie es das alte Gesetz unserer Vorfahren will.« Er streifte die Löwen, die sich hinter Titan aufgestellt hatten, mit einem verächtlichen Blick. »Wir wissen alle, wie du Gallant besiegt hast. Wenn dein Rudel angreift, wird das Furchtlosrudel zurückschlagen.«

»Einverstanden«, sagte Titan gelassen.

Furchtlos drehte sich zu seinen Löwen um. »Tretet zur Seite, Löwen des Furchtlosrudel«, sagte er. Gehorsam zogen sich die Löwen zurück, die Schwänze nach unten gerichtet. Die Löwin mit den dunklen Augen stupste leicht Furchtlos' Nase an. Dieser sagte leise etwas zu ihr, dann trottete auch sie nach hinten.

Nur der junge Sohn von Furchtlos stand noch da. »Ich möchte dir helfen, Vater«, sagte er. »Ich kann das Rudel auch schützen.«

Der alte Löwe legte sein Maul auf den goldenen Kopf des Jungen. »Heute nicht, Eifer. Noch nicht. Diesen Kampf muss ich alleine austragen.«

Der Junge schluckte. Dann nickte er, drückte seine Stirn an die Stirn seines Vaters und stellte sich neben seine Mutter.

Furchtlos wandte sich wieder Titan zu. Er kräuselte seine Lippen und erwiderte brüllend: »Beim Gesetz unserer Vorfahren kämpfe ich, Furchtlos, um dieses Rudel.«

Titan zögerte nicht lange. Fauchend machte er einen Satz und wollte Furchtlos an der Kehle packen. Der alte Löwe bäumte sich auf und warf sich ihm entgegen. Die beiden verhakten sich ineinander, rollten sich auf dem Boden, trennten sich mit einem Knurren und kamen wieder auf die Beine.

Nun umkreisten sich die beiden Löwen misstrauisch, und Heldenmut sah, dass der alte Löwe bereits lahmte, obgleich sein Blick immer noch fest und klar war. Beide Rudel brüllten ihren Anführern ermutigend zu und Kaltschnauze hüpfte aufgeregt von einer Pfote auf die andere.

Furchtlos holte gegen Titan aus, doch seine Bewegungen waren langsam. Der riesige Löwe mit der schwarzen Mähne wich dem Schlag aus, rammte fauchend in Furchtlos' Seite und drückte ihn zu Boden. Der alte Löwe schlug um sich, doch Titan hatte ihn mit einer Pfote auf der Schulter und einer auf der Flanke festgenagelt. Er riss sein Maul auf und schlug seine Zähne in Furchtlos' Kehle. Dieser zuckte noch ein paar Mal mit seinen Beinen, dann war er still.

Es war so schnell gegangen.

Titan hob sein blutverschmiertes Maul. »Beim Gesetz unserer Vorfahren beanspruche ich, Titan, dieses Rudel«, brüllte er.

»Nein!«, jaulte Eifer. *»Nein!«* Er rannte zu seinem Vater, sein Schwanz schlug verzweifelt hin und her. Einen schmerzhaften Augenblick lang drückte er sein Gesicht auf das Gesicht seines Vaters. Dann richtete er sich auf und machte sich so groß er nur konnte. Er zitterte, hatte aber seine Schultern drohend gewölbt. Mit funkelnden, braunen Augen trat er vor Titan hin.

»Tritt zur Seite, kleiner Löwe«, knurrte Titan.

»Ich bin Eifer Furchtlos«, fauchte der Kleine. »Und ich werde das Rudel meines Vaters nicht einem gesetzlosen Löwen übergeben!«

Seine Mutter sprang ihm zur Seite, ihr Kopf war hoch erhoben. »Ich bin mit meinem Sohn einig«, sagte sie. »Wir sind keine Gesetzesbrecher. Und wir wollen nicht von einem solchen beherrscht werden.«

Eine goldene Löwin kam hinzu, andere folgten. Gemeinsam stellten sie sich neben Eifer auf. Heldenmut zitterte, Schuldgefühle schüttelten ihn. Als sein Vater getötet worden war, war Heldenmut um sein Leben gerannt. Der unerschütterliche Mut des jungen Löwen beeindruckte ihn.

Aber er wusste, dass es aussichtslos war.

Titan peitschte mit seinem Schwanz. »Du hast die Wahl, junger Eifer. Natürlich kannst du dich gegen das Titanrudel entscheiden.« Er fletschte seine Zähne. »Die Alternative zum Titanrudel heißt *Tod*.«

Mit einem plötzlichen Satz stürmte er nach vorn und die anderen Löwen seines Rudels folgten ihm. Heldenmut schob Kaltschnauze mit der Schulter fort.

»Mach, dass du wegkommst!« Er wartete gerade lange genug, um sich zu vergewissern, dass sich der erschrockene Kaltschnauze davongemacht hatte, dann warf auch er sich in die Schlacht. Er wollte diesen Löwen nichts antun, ganz gleich, wie Titans Befehl lautete, aber er musste seinen guten Willen zeigen, sonst würde er selbst getötet werden. Fauchend holte er gegen die Gefährtin von Furchtlos aus, fuhr mit seinen Krallen aber absichtlich nur durch die Luft.

Er preschte weiter vor, kam an Wendig vorbei, die sich mit einer anderen Löwin am Boden wälzte, dann an Royal, die einen männlichen Löwen anfauchte. Ihr Maul und ihre Pranken waren blutverschmiert. Die Löwen des Furchtlosrudels hatten vor Schmerz und Entsetzen einen glasigen Blick bekommen und erinnerten ihn auf schreckliche Weise an den Tag, als Titan Gallant ermordet hatte.

Heldenmut schoss zwischen ihnen hin und her, duckte sich, brüllte und schlug zu, ohne dass seine Krallen und Zähne jemals trafen. Das war auch nicht nötig, merkte er mit einem dumpfen Gefühl. Das Furchtlosrudel verlor die Schlacht schnell und erbarmungslos. Sie waren nicht nur zahlenmäßig unterlegen, es gab auch einige Löwen, die sich gar nicht am Kampf beteiligten. Sie standen am Rand und ließen Kopf und Schwanz nach unten hängen. Heldenmut empfand unwillkürlich Mitleid mit ihnen. Sie wollten Titan nicht gehorchen, das war ihm klar, aber das Gesetz der Vorfahren verlangte von ihnen, dass sie dem Sieger folgen mussten. Es war eine Tradition, der sie sich nur schwer widersetzen konnten.

Eine dunkelgoldene Gestalt sprang Heldenmut in den Weg. Dieser blieb mit schlitternden Pfoten stehen. Es war Eifer! Er war kleiner als Heldenmut, duckte sich aber mit zornig gewölbten Schultern vor ihm und fletschte seine Zähne.

»Lieber sterbe ich, als mich euch anzuschließen!« Er sprang.

Im gleichen Augenblick bäumte sich Heldenmut auf und schob den Kleineren in einer Drehbewegung mit seinen Vorderpfoten weg. Eifer fiel zu Boden, rappelte sich auf und nahm wieder seine geduckte Angriffsstellung ein.

»Halt«, knurrte Heldenmut verzweifelt. »Ich will nicht mit dir kämpfen!«

»Ich werde Titan nicht folgen!«, jaulte Eifer und versetzte Heldenmut einen harten Schlag.

Heldenmut bäumte sich auf und warf sich mit seinem ganzen Gewicht auf ihn. Beide gingen zu Boden und wälzten sich im Kampf. Heldenmut wich Eifers Zähnen aus, bis dessen wütende Kraft erlahmte und er ihn am Boden festnageln konnte.

Schwer atmend sah er Eifer an. Die braunen Augen des jungen Löwen waren voller Angst und Wut, aber Heldenmut sah auch Trauer in seinem Blick. »Mach schon«, knurrte Eifer atemlos. »Töte mich, wenn du willst. Ich werde Titan niemals folgen.«

»Hast du nicht zugehört?«, knurrte Heldenmut. *»Ich will nicht kämpfen.«* Er zog erst die eine, dann die andere Pfote von Eifers Brust. »Ich bin Heldenmut Gallantrudel. Titan hat auch meinen Vater getötet. Er ist ebenso mein Feind wie deiner.«

Eifer rappelte sich auf, sein Atem ging stoßweise und er ließ Heldenmut nicht aus den Augen. »Meinst du das wirklich?«

Heldenmut nickte. »Du musst fort, sonst werden sie dich töten. Renn weg, Eifer Furchtlosrudel – und nimm von den anderen so viele mit, wie du kannst.«

Eifer musterte Heldenmut mit einem Anflug von Misstrauen. Plötzlich platzte er heraus: »Komm mit, Heldenmut. Du musst nicht bei Titan bleiben.«

»Ich bleibe noch«, erwiderte Heldenmut angewidert. »Ich bleibe, bis ich gegen ihn kämpfen ... und ihn töten kann.«

Eifer sah ihn noch einen Augenblick länger an. »Ich werde dir helfen, wenn ich kann.« Und im Wegrennen schnaubte er: »Danke, Heldenmut Gallantrudel. Viel Glück!«

Der Kleine schoss zwischen den Kämpfenden hindurch, wich den gegnerischen Krallen aus und rief den Furchtloslöwen etwas zu. Ein paar der Jüngeren brachen den Kampf ab und rannten mit ihm in den Schutz des nahe gelegenen Krüppelwäldchens. Gloria und Schlitzohr verfolgten sie, ließen aber von ihnen ab, als Eifer und seine Gruppe in den Wald eintauchten.

Hoffentlich können sie sich retten, dachte Heldenmut und beobachtete, wie Eifers goldene Gestalt im Schatten der Bäume verschwand.

Er sah ihnen immer noch nach, als er einen heftigen Schlag

auf den Kopf bekam. Seine Beine knickten ein und er fiel zu Boden. Er rang nach Luft und strampelte mit den Beinen, bis er sich endlich umdrehen konnte.

Ein wutentbrannter Titan stand über ihm. Seine schwarze Mähne war blutgetränkt, sein Geifer tropfte auf Heldenmuts Gesicht.

»Verräter«, fauchte er. Sein heißer Atem traf Heldenmuts Maul. »Du hast unseren Feinden zur Flucht verholfen. Dafür wirst du sterben.«

22. KAPITEL

»NEIN, DAS STIMMT NICHT!«, jaulte Heldenmut. Er versuchte, sich zu befreien, aber Titan drückte mit seiner schweren Pranke seine Kehle zu. Er schlug hilflos um sich und rang nach Luft.

»Lügner«, fauchte Titan. »Ich habe dich gesehen. Du hast mit dem Jungen von Furchtlos nicht gekämpft, du hast mit ihm gesprochen. Und dann hast du ihn laufen lassen.«

Titan war entsetzlich nahe. Sein mächtiger Kopf befand sich direkt über ihm. Aus seinen Nüstern kam heißer Atem und von seinen langen, gelben Zähnen spritzte der Geifer. »Nein, das stimmt nicht«, krächzte Heldenmut. »Er ist geflohen!«

»Du hast mich betrogen«, knurrte Titan leise. Sein Atem roch nach Blut. »*Du* bist der Gesetzesbrecher, Heldenmut. *Du* bist der Verräter. Mein Eid hat keine Gültigkeit mehr.«

Heldenmut wurde still, sein Herz hämmerte. Sollte dies das Ende sein? *Ich darf jetzt nicht sterben,* dachte er entsetzt. *Ich habe Titan noch nicht besiegt.* Benommen wurde er sich der plötzlich eingetretenen Stille bewusst. Die kochende Hitze lastete beinahe so schwer auf ihm wie die Pranke von Titan. Die Schlacht musste zu Ende sein.

»Ich bin froh, dich endlich loszuwerden«, knurrte Titan.

»Ich bedaure nur, dass das nicht schon geschah, als ich deinen Vater tötete.«

Heldenmut wurde von einem entsetzlichen Grauen gepackt. Wieder versuchte er, sich zu befreien, aber Titans Pranke war wie ein Stein, der ihn niederdrückte, und jeder Atemzug war ein Kampf. Titan riss sein Maul auf, seine Fangzähne glitzerten. Nicht lange, dann würden sich die Aasgeier über ihn hermachen. *Verzeih mir, Mutter,* dachte Heldenmut. *Verzeih mir, Wagemut. Ich habe euch im Stich gelassen.*

»*Nein!*« Ein schrilles Jaulen durchschnitt die Stille. »Nein, Vater!«

Verwirrt hielt Titan inne und lockerte seinen Griff gerade so weit, dass Heldenmut den Kopf leicht drehen und zu Kaltschnauze hinübersehen konnte. Der kleine Löwe hatte seine Augen angsterfüllt aufgerissen.

»Vater, ich habe ihn *gesehen*«, keuchte er. »Heldenmut hat mit dem Jungen gekämpft. Er hat ihn umgehauen und dann mächtig gegen ihn ausgeholt.«

Titans Augen verengten sich zu Schlitzen.

»Und er hat ihn *getroffen*«, platzte Kaltschnauze heraus. »Dieser Löwenjunge wird es nicht weit schaffen. Die Hyänen werden ihn kriegen und fressen, wenn er immer noch so blutet.«

»Bist du ganz sicher, Kaltschnauze?«, fragte Titan. »Es ist jetzt sehr wichtig, dass du dir ganz sicher bist.«

Kaltschnauze nickte. »Ganz bestimmt, Vater. Heldenmut hat richtig gut gekämpft.«

»Arglist!«, brüllte Titan. Die plumpe Löwin tapste herbei. »Du hast gehört, was Kaltschnauze gesagt hat. Was denkst du darüber?«

Arglist überlegte und musterte Heldenmut mit kalten, goldenen Augen. »Kaltschnauze würde niemals jemanden anlügen«, sagte sie. »Und dich schon gar nicht. Noch dazu zugunsten eines Gallantbalgs.«

Titan presste noch einmal zu, ein erstickter Schrei löste sich aus Heldenmuts wunder Kehle. »Ich sollte dich eigentlich töten«, knurrte er. Seine dunklen Augen funkelten böse. »Aber für heute hat dich Kaltschnauzes Wort gerettet. Verstanden? Du hast meinem Sohn dein Leben zu verdanken.«

Er nahm seine Pranke weg. Heldenmut sprang auf die Beine und sog gierig die feuchtheiße Luft ein. In seinem Kopf drehte sich alles. Er taumelte über den Hügel und versuchte, wieder klar zu denken. Die Schlacht war vorbei. Mehrere Löwen des Furchtlosrudels lagen tot am Boden. Andere hatten sich zusammengedrängt und sahen nervös zu Titan hinüber.

»Dieses Land gehört jetzt zum Territorium des Titanrudels«, verkündete Titan. »Folgt mir.«

Er musste sich nicht vergewissern, dass die anderen seinem Befehl nachkamen. Sämtliche Löwen folgten ihm, die neuen Mitglieder des Titanrudels reihten sich fraglos hinter den anderen ein. Heldenmut hinkte hinterher, er war erschöpft und alles tat ihm weh.

»Heldenmut? Alles in Ordnung?« Kaltschnauze war neben ihm.

»Ja und das habe ich dir zu verdanken.« Seine Stimme klang rau, das Sprechen tat ihm weh. »Du hast mich gerettet, Kaltschnauze. Danke, das war sehr mutig.«

Kaltschnauze leckte sich die Lippen. »Du bist mein Freund«, sagte er. »Du hast mir auch geholfen, als du das Zebra für mich getötet hast.« Er sah zu ihm hoch und fragte verwirrt: »Aber warum hast du den Jungen laufen lassen? Er ist unser Feind.«

Heldenmut zögerte. *Nicht Eifer ist der Feind,* dachte er. *Dein Vater ist es.* Aber das konnte er Kaltschnauze nicht sagen. »Ich … ich hatte Mitleid mit ihm«, sagte er stattdessen. »Ich habe selbst einmal den eigenen Vater sterben sehen.«

Kaltschnauze schaute auf seine Pfoten. »Ach, das hatte ich vergessen.«

»Kaltschnauze«, rief Arglist streng, »sprich nicht mit dem Gallantbalg. Du gehst bitte schön neben mir.« Folgsam hoppelte Kaltschnauze nach vorn. Arglist warf Heldenmut einen bösen Blick zu. »Halte dich von meinem Sohn fern.«

Oben am Himmel zog ein Aasgeier seine Kreise. Heldenmut schauderte bei dem Gedanken, dass er es auf die Leichen der Furchtloslöwen abgesehen hatte. Titan, der seinen struppigen Kopf stolz erhoben trug, beobachtete den Vogel ebenfalls.

»Nun wissen alle Löwen von Bravelands, wer ihr wahrer Anführer ist«, sagte Titan und schüttelte seine Mähne. »Nichts geht über das Blut eines schwachen Löwen.«

»Niemand wird es mehr wagen, sich mit dir anzulegen, Titan«, sagte Resolut.

»Gallant ist tot und sein Rudel gehört mir. Furchtlos ist tot und sein Rudel gehört mir. Diese Narren glaubten tatsächlich, sich mir widersetzen zu können. Es war ein Vergnügen, sie zu töten.«

Das Lager des Titanrudels kam in Sicht. Die Hitze hatte das Gras gelb versengt. Heldenmut hielt nach Mutter und Schwester Ausschau, aber sie waren noch nicht zurück. Er machte sich große Sorgen.

Die jungen Löwen, die vor ihm hergingen, scherzten: »Und, Titan«, rief Kraftstrotz, »welches Blut hat dir besser geschmeckt – das von Furchtlos oder das von Gallant?« Statt einer Antwort lachte Titan nur laut auf.

Heldenmut ertrug es nicht länger, ihnen zuzuhören. Er hatte Angst, dass er sonst etwas tun könnte, was ihm zum Verhängnis werden würde. Das Wichtigste war im Moment ohnehin, Mutter und Schwester zu finden. Er verlangsamte seine Schritte und ließ sich noch weiter nach hinten fallen. Titan war ganz damit beschäftigt, sich in den Schmeicheleien seiner Krieger zu sonnen. Arglist hatte nur Kaltschnauze im Auge, der neben ihr herumtollte, und die anderen hatten keinen Grund, ihm nachzuspionieren.

Heldenmut scherte aus und rannte zu einer Stelle, wo das Gras besonders hoch stand. Er rührte sich nicht, atmete kaum und beobachtete, wie die anderen Löwen sich langsam entfernten.

Obwohl die Sonne schon tief stand, war es immer noch heiß und stickig, aber wenigstens fielen jetzt Schatten über das Land. In einem nahe gelegenen Akazienwäldchen kreischten Affen und von weit oben hörte er den rauen Schrei eines Adlers. Trotz der erdrückenden Hitze fröstelte Heldenmut. Mit einem Schlag erfasste ihn wieder die Trauer um seinen Vater, und er merkte, dass er ihn noch mehr vermisste als Flink und Wagemut.

Er schlich über das verdorrte Grasland, seine Schultern hingen vor Müdigkeit schlaff herab und sein Maul streifte das Gras. Er wunderte sich nicht, dass seine Pfoten ihn wieder einmal zu dem Felsenhügel führten, in dem Loyals Höhle lag.

Als er sich mühsam den felsigen Abhang hinaufschleppte,

entdeckte er unten in der Ebene eine Herde von Antilopen. Eine von ihnen hielt Wache und drehte ihre Ohren nervös hin und her, doch selbst aus dieser Entfernung wirkte ihr Kopf unnatürlich schwer auf dem schlanken Hals. Trotz des Hitzeschleiers, der über der Herde flimmerte, sah er, wie knochig ihre Flanken und wie struppig ihr Fell war. Ein paar Antilopen scharrten in einem ausgetrockneten Bachbett, senkten auf der Suche nach Wasser verzweifelt ihre Köpfe und taumelten schließlich in einer langen, trostlosen Linie weiter. Heldenmut, der zum Frühstück nur eine halb verweste Eidechse gefressen hatte, wurde bei der Vorstellung übel, jetzt etwas zu töten, vor allem nicht diese bedauernswerten, geschwächten Grasfresser.

Hinter den Antilopen kräuselte sich unmerklich das hohe Gras. Heldenmut kniff die Augen zusammen und erkannte Loyals schwarz gestreifte Mähne und seine gelbbraunen Schultern. Vorsichtig eine Pfote vor die andere setzend, schlich sich der große Löwe an. Mit einem Mal zuckten seine Ohren und er blieb stehen, richtete sich auf und starrte über die Herde hinweg auf Heldenmut. Der weiße Schwanz der wachhabenden Antilope zuckte kurz, dann stieß sie einen Warnschrei aus, und die ganze Herde rannte, von Angst getrieben, davon. Ohne auf die wenigen versprengten Tiere zu achten, preschte Loyal vor und rannte zu Heldenmut hinüber.

Loyals Vorderpranken gruben sich in die Erde, als er direkt vor Heldenmut zum Stehen kam und eine Wolke von rotem Staub aufwirbelte. Er betrachtete Heldenmut vom Kopf bis zur Schwanzspitze.

»Alles in Ordnung?«

Heldenmut machte sich klar, wie schlecht er aussehen

musste »Danke, es geht mir gut«, sagte er. »Nur …« Er stockte. »Ich halte es im Titanrudel gerade einfach nicht mehr aus. Titan …«

»Du bist erschöpft«, sagte Loyal ungewöhnlich sanft. »Komm mit mir.«

Er führte Heldenmut den felsigen Abhang hinauf zu seiner Höhle. Als sie den Eingang erreichten, konnte sich Heldenmut vor Erschöpfung kaum noch auf den Pfoten halten.

»Ruh dich erst einmal aus«, sagte Loyal und schob ihn sanft durch den Höhleneingang. »Alles andere besprechen wir morgen.«

Heldenmut duckte sich unter den niedrigen Felsvorsprung und tapste in die Höhle, in der es dunkel und wohltuend kühl war im Vergleich zur sengenden Hitze in der ungeschützten Savanne. Außerdem duftete es angenehm nach Loyals scharfem, erdigem Geruch und auch ein wenig nach Zebra- und Antilopenfleisch.

In der Ecke lagen ein paar abgenagte Knochen. Heldenmut wankte hinüber und ließ sich fallen. Seine Augenlider waren schwer, seine Muskeln taten weh, und seine Pfoten waren wund, aber er musste unbedingt mit Loyal reden –

Dann wurde es dunkel um ihn und er schlief ein.

*

Er erwachte im Dunkeln und wusste im ersten Augenblick nicht, wo er sich befand. *Wo bin ich hier –*

Dann stiegen Gerüche in seine Nase: *Loyal*, erkannte er, dann eine *Gazelle*. Sein Magen knurrte.

»Hungrig?«, fragte Loyal belustigt. Seine dunklen Umrisse

zeichneten sich schemenhaft auf der anderen Seite der Höhle ab. »Hier.« Heldenmut hörte ein Schlurfen, dann hing der Duft nach frischem Fleisch direkt unter seiner Nase.

»Danke.« Heldenmut griff nach dem Fleischfetzen. Intensiver Gazellengeschmack füllte seinen Mund. Sein Hunger ließ alle Angst vergessen, er biss in das Fleisch, kaute und schluckte und hörte erst auf, als er satt und zufrieden war. Es war wunderbar, endlich einmal ungestört zu essen und statt verbrannten Grases kühlen Fels unter sich zu spüren.

Er hatte bis dahin noch nie in einer Höhle geschlafen. Sowohl das Gallantrudel als auch das Titanrudel lagerten unter freiem Himmel in der Savanne, und als er im Lichtwald-Trupp gelebt hatte, hatte er sich unter einem Busch zusammengerollt oder sich zwischen Wurzeln ausgestreckt. *Das ist besser,* dachte er. Das Gewicht des Felsens, der ihn umgab, strahlte eine wohltuende Sicherheit aus, bot ihm Schutz vor der unbarmherzigen Hitze der Savanne und vor den Krallen und bösen Blicken seiner Feinde.

»Erzähle mir, was geschehen ist«, sagte Loyal, nachdem Heldenmut die letzten Fleischfetzen vom Knochen genagt hatte.

Mit einem tiefen Seufzer legte Heldenmut seinen Kopf auf die Pfoten. Es war so schön gewesen, eine Weile an nichts Böses zu denken.

»Titan«, sagte er bitter. »Wie immer Titan.« Er erzählte Loyal von den jungen Löwen, die Titan in sein Rudel geholt hatte, und dass er sie für die Ermordung der jungen Elefanten und Nashörner einsetzen wollte. Es war für ihn leichter, im Dunkeln zu sprechen – dann musste er Loyal nicht in die Augen schauen, als er diesem erzählte, wie sein Plan zur Rettung der jungen Elefanten gescheitert war. Schließlich kam er zu der Übernahme des Furchtlosrudels und der Flucht von Eifer.

»Titan hatte mich am Boden festgenagelt«, knurrte er. Seine Kehle schmerzte bei der Erinnerung an die tödliche Pranke des Löwen. »Er hätte mich getötet, wäre Kaltschnauze nicht dazwischengegangen.« Er zögerte. »Aber ich weiß, dass er es irgendwann tun wird, wenn er wütend auf mich ist. Du hattest recht, Loyal. Titan wird seinen Schwur nicht halten.«

Loyal ließ ein leises Knurren hören. »Es bereitet mir kein Vergnügen, im Recht zu sein. Was hast du jetzt vor?«

»Was ich schon viel früher hätte tun sollen«, sagte Heldenmut. »Das Titanrudel verlassen.« Als er die Worte laut aussprach, fühlte er sich gleich besser, und er hob seinen Kopf. »Kann ich immer noch bei dir bleiben?«

Der dunkle Umriss von Loyal bewegte sich. »Natürlich.«

»Und Mutter und Wagemut?«, fragte Heldenmut. »Sie sind fortgegangen, und ich weiß nicht, wohin. Aber ich muss sie finden. Titan wird ihnen die Schuld für mein Fernbleiben geben und das kann für sie übel ausgehen. Hast du auch für sie genug Platz?«

Ein langes Schweigen folgte und Heldenmuts Herz setzte für einen Moment aus. *Vielleicht verlange ich zu viel von ihm.*

»Ja, sie können hierbleiben«, knurrte Loyal schließlich. »Ich kann deine Mutter und deine Schwester wohl kaum abweisen.«

*

Es kostete Heldenmut einiges an Überwindung, die schattige, kühle Höhle zu verlassen und sich wieder dem gleißenden

Licht der Savanne auszusetzen. Aber es musste sein. Außerdem hatte er sich in der einen Nacht in der Höhle erstaunlich gut erholt, besser, als er für möglich gehalten hatte, als er am Abend zuvor wie eine verwundete Eidechse hineingekrochen war. Am frühen Morgen wanden sich die beiden Löwen aus dem Felsspalt hinaus und sprangen den Hügel hinab. Sie versteckten sich im dichtesten Gebüsch, das sie finden konnten, um aus sicherer Entfernung das Titanrudel zu beobachten.

Die größte Hitze des Tages lag noch vor ihnen, aber schon jetzt flirrte die Savanne vor Hitze und hüllte das Rudel in einen Schleier aus braungelben Körpern. Trotzdem konnte Heldenmut einzelne Löwen ausmachen. Die Löwinnen lagen wie gewöhnlich im Schatten, während Titan sich bäuchlings vor dem Beutehaufen niedergelassen hatte und große Reden vor den jungen Löwen schwang. Ein paar Löwen aus dem ehemaligen Furchtlosrudel saßen mit ängstlichen Mienen etwas abseits und wirkten fehl am Platz. Von Flink oder Wagemut war keine Spur.

»Wo könnten sie sein, Loyal?«, knurrte er. »Mutter kann doch gar nicht mehr jagen. Und sie ist zu schwach, um weiter weg zu gehen.« Seine Augen fingen an zu brennen. »Das verstehe ich nicht.«

Loyal stupste Heldenmut mit seinem von goldenen Strähnen durchzogenen Kopf an. »Deine Schwester hat jede Menge Verstand. Und auch wenn deine Mutter keine Augen mehr hat, hat sie immer noch einen scharfen Instinkt. Es ist ihnen bestimmt nichts passiert.«

Heldenmut nickte wenig überzeugt. Dann bemerkte er, dass sich ungefähr einhundert Schritte entfernt das Gras bewegte und jemand vorsichtig an das Titanrudel heranschlich.

»Das ist seltsam«, sagte Loyal, der seinem Blick gefolgt war. »Einzelne Paviane sieht man selten.«

Als der Pavian näher kam, erkannte Heldenmut die kleinen, mageren Gliedmaßen und die großen Augen. »Er sucht mich«, sagte Heldenmut erschrocken. Er stand auf, wand sich aus dem Gebüsch und rannte auf seinen alten Freund zu. »*Matsch!*«, rief er gedämpft. »Was machst du hier ganz allein? Das ist gefährlich!«

Matsch drehte sich um, sein Gesicht war vor Kummer ganz schrumpelig. »Ach, Heldenmut«, rief er atemlos und warf seine Arme um den Hals des Löwen, »ich weiß, ich hätte nicht kommen sollen, aber ich wusste nicht, an wen ich mich sonst hätte wenden sollen.«

Heldenmut hatte ihn noch nie so aufgelöst erlebt, nicht einmal, nachdem er damals von einem Krokodil verletzt worden war. Er merkte, dass Matschs Umklammerung fester wurde, und drehte sich um. Loyal trottete herbei und sah sie mürrisch an.

»Was soll das?«, grollte er. »Noch mehr dumme Ratschläge von Stachel Kronblatt?«

»Du erinnerst dich vielleicht an Matsch?«, fragte Heldenmut. »Er hat uns damals bei der Befreiung von Kaltschnauze geholfen.«

»Hm. Der da?« Loyal musterte Matschs schmächtige Figur. »Ach ja.«

»Ich muss mit ihm sprechen«, sagte Heldenmut. »Ich komme dann später wieder zur Höhle, einverstanden?«

Loyal schüttelte seine Mähne, entfernte sich aber steifbeinig und zuckte verärgert mit seinem krummen Schwanz.

Heldenmut richtete seine Aufmerksamkeit wieder auf

Matsch. »Was ist los?«, fragte er. »Ist etwas mit Dorn passiert? Geht es ihm gut?«

Matsch brach halb in Lachen, halb in Schluchzen aus. »Dorn? Nein, dem geht es überhaupt nicht gut. Ich weiß auch nicht, ob es ihm jemals wieder gut gehen wird.«

Heldenmut sah ihn verwirrt an. »Wovon redest du?«

»Mutter ist fort«, wimmerte Matsch und knetete seine Pfoten. »Sie ist mitten in der Nacht verschwunden und sie wäre nie, niemals allein fortgegangen. Nicht, ohne mir Bescheid zu sagen. Und dann am nächsten Morgen ist Dorn in das Lager zurückgekommen – er hatte sich nachts fortgeschlichen. Er hat gesagt, er hätte sie nicht gesehen, aber je länger ich darüber nachdenke, desto sicherer bin ich, dass er lügt.«

»Aber warum sollte er das tun?«, fragte Heldenmut zweifelnd. »Ihr beide seid doch schon immer die besten Freunde gewesen. Er liebt Sternblatt beinahe so, wie er dich liebt.«

Matsch schüttelte den Kopf. »Er verhält sich so merkwürdig, Heldenmut. Er hat sich irgendwie verändert. Stachel hat so eine Gruppe gegründet, eine Kampfmannschaft, die den Trupp beschützen soll – die Starkzweige. Dorn ist auch einer von ihnen. Es sind die übelsten Paviane des Trupps. Erinnerst du dich an Wurm und Fangzahn? Er ist jetzt immer mit ihnen zusammen.«

Heldenmut ließ den Kopf hängen. »Ich habe Dorn mit Nuss zusammen gesehen«, erinnerte er sich plötzlich. »Das war erst vor ein paar Tagen.«

»Siehst du?«, heulte Matsch los. »Nuss ist der Schlimmste von allen!« Er schlug seine Pfoten vor sein Gesicht. »Hat Dorn Nuss die ganze Zeit besucht, seit er fortgejagt wurde?«

»Ich weiß nicht«, murmelte Heldenmut. »Ich frage mich nur, warum er sich so verändert hat.«

Matsch schluckte. »Vielleicht, weil er nicht mehr mit Beere zusammen sein kann. Alles nur wegen mir.«

Heldenmut überlegte und wusste nicht recht, was er sagen sollte. Wie sollte er den kleinen Pavian beruhigen? Er hatte ja recht: Dorn hatte für alle Zeit seine Chance auf den Rang eines Hochblatts vertan, als Matsch ihn bei der Dritten Hochtat im Ringkampf besiegt hatte. Dorn hatte Beere immer geliebt, das hatten alle gewusst, und mit dem niederen Rang als Mittelblatt durfte er niemals mit ihr zusammen sein. Aber könnte selbst eine derart bittere Enttäuschung ihn so verändern?

Heldenmut wusste es nicht. Er war noch nie verliebt gewesen.

»Das ist nicht deine Schuld.« Heldenmut leckte Matsch über die Wange. »Stachel wird alles für die Sicherheit des Trupps tun. Du solltest mit ihm reden. Sag ihm, dass du vermutest, dass Dorn etwas über das Verschwinden deiner Mutter weiß.«

»Ich weiß nicht«, sagte Matsch und senkte seinen Blick. »Wenn ich mich täusche und ich geh zum Kronblatt …«

»Wenn du dich täuschst, wird Stachel das herausfinden«, sagte Heldenmut. »Er ist weise. Und er wird deine Mutter finden. Ganz bestimmt.«

Heldenmut begleitete Matsch bis zum Rand des Waldes und sah ihm nach, bis der kleine Pavian im Unterholz verschwunden war. Doch auf dem Rückweg zu Loyals Höhle – die jetzt wohl auch seine Höhle war – ging ihm das Gespräch mit Matsch nicht aus dem Sinn. Es tat ihm weh und stimmte ihn traurig, dass Dorn sich innerhalb von wenigen Monden so verändert haben sollte. *Der arme Matsch,* dachte er. *Kein Dorn mehr, der ihm zur Seite steht, kein Freund, der ihn tröstet. Aber wenn jemand Sternblatt findet, dann Stachel.*

Er war beinahe an der Höhle angekommen, als er den vertrauten, scharfen Geruch seiner Schwester wahrnahm. Die Erleichterung war grenzenlos, ungeduldig rannte er los. *Es geht ihr gut!*

Sie saß vor dem Höhleneingang, ihr Schwanz trommelte auf den felsigen Erdboden, ihre Ohren waren spitz aufgerichtet. Sie war von Kopf bis Schwanz ein Bild von Anspannung und Zorn. Loyal saß ein paar Schwanzlängen von ihr entfernt.

»Wagemut?« Heldenmut sprang auf sie zu, blieb aber stehen, als er ihren Blick bemerkte. »Wo warst du?«

»Wo *ich* war?«, zischte sie. »Wo bist *du* gewesen, Heldenmut? Ich habe ganz Bravelands nach dir abgesucht. Du gehst weg, weil du mit den Elefanten sprechen willst, und kommst einfach nicht wieder. Du bist weder an der Wasserstelle noch auf Titans Territorium. Und jetzt finde ich dich hier in einem Versteck.«

Heldenmut wich erschrocken zurück. »Aber ich bin zurückgekommen«, sagte er. »Und dann musste ich wieder fort. Titan hat –«

»Denkst du eigentlich irgendwann einmal an andere?« Ihre Stimme klang spitz und war voller Wut.

»Das ist ungerecht«, mischte sich Loyal barsch ein, »lass es ihn doch wenigstens erklären.«

Wagemut fuhr herum. »Du hältst dich da raus, Loyal Ohnerudel. Es geht hier um unsere Familie!«

Hier stimmte etwas nicht, ganz und gar nicht. Heldenmuts

Magen zog sich erschrocken zusammen. Seine Schwester sah erschöpft aus und ihre Kiefer waren angespannt. »Wagemut, was ist los?«

Wagemut erschlaffte, als würde plötzlich ihr ganzer Körper zusammenfallen. »Heldenmut. Mutter liegt im Sterben.«

Die Nachricht traf Heldenmut wie ein Blitz, schlimmer als die Pranke von Titan auf seiner Kehle. »Bist du sicher?«, fragte er einfältig.

»Sie stirbt?« Loyal starrte Wagemut an, als hätte ihn ein Schlag getroffen. »Was braucht sie? Wagemut, wie können wir sie retten?«

»Dafür ist es zu spät«, flüsterte Wagemut. »Du musst mit mir kommen, Heldenmut. Sie braucht dich.«

Loyals narbiges Gesicht war vor Schreck verzerrt, als Heldenmut an ihm vorbeistolperte, ohne noch einmal anzuhalten. Der große Löwe sagte etwas zu ihm, aber Heldenmut nahm nur ein nichtssagendes Murmeln wahr. Alle Geräusche von Bravelands – das Zwitschern der Vögel, das Blöken der Gnus in der Ebene –, alles war zu einem zusammenhanglosen Sausen verschmolzen. Benommen folgte er Wagemut den Hügel hinab, stolperte über lose Steine und weiter über das Grasland. Wagemut wurde schneller, rannte in ausholenden Sprüngen über die ausgedörrte Erde, Heldenmut immer hinter ihr her. Er spürte nicht die sengende Hitze. Er rannte und rannte, setzte einen Schritt vor den anderen, während die Sonne am Himmel unterging und lange, bronzene Schattenstreifen über das gelbe Gras warf. Er rannte, obwohl seine Brust vor Schmerzen pochte, ein Schmerz, als hätten Titans Krallen sein Innerstes herausgerissen.

Schließlich verfiel Wagemut in einen Trott und führte ihn

zu einer Senke am Rand des Graslands. Dort lag, von dornigen Büschen verborgen, seine Mutter. Sie hatte den Kopf auf die Pranken gelegt und die blinden Augen geschlossen.

Sie war so still, dass Heldenmut unwillkürlich den Atem anhielt. Doch als ihre beiden Flinkjungen in die Senke krabbelten, regte sie sich, und ihre Nüstern pulsierten.

Flink brachte es sogar fertig, ihren Kopf um ungefähr eine Krallenlänge hochzuheben. »Wagemut?« Sie schnüffelte, ihre Stimme war belegt. *»Heldenmut?«*

Heldenmut sank neben ihr nieder und liebkoste ihre Wange und ihren Hals. »Wir sind beide da, Mutter.« Wagemut legte sich auf die andere Seite und vergrub ihr Gesicht in Flinks Fell.

»Meine Kleinen«, murmelte Flink und ließ ihren Kopf wieder auf die Pranken sinken. Sie atmete flach und beschwerlich. Heldenmut spürte die spitzen Knochen unter ihrem Fell und drückte sich verzweifelt an sie, um ihr etwas von seiner Wärme abzugeben. Der Schmerz presste seine Brust zusammen und er hörte sich wimmern wie ein Baby.

»Seid nicht traurig«, murmelte Flink. »Ich möchte euch nicht länger zur Last fallen. Ihr musstet so viel ertragen.«

»Mutter«, weinte Wagemut. Schluchzend rieb sie ihren Kopf an der Schulter der Mutter.

Ihre Verzweiflung traf Heldenmut bis ins Innerste. Es war doch seine Schwester Wagemut: kühler Kopf, vernünftig, herrisch. Die kühne Jägerin, die es mit den Besten des Stammes aufnehmen konnte, und mit den anderen Löwinnen sowieso. Jetzt sah sie selbst wie ein hilfloses, kleines Junges aus, das sich an die Flanke der Mutter drängte.

Sie war ihr ganzes Leben lang mit Mutter zusammen, dachte Heldenmut. *Ihr tut es noch mehr weh als mir.*

»Du bist nie eine Last gewesen, Mutter«, krächzte Heldenmut. »Du hast uns alles gelehrt. Du bist die beste Mutter in ganz Bravelands.«

Flink hatte kaum noch Kraft, um Luft zu holen. Ihre blinden Augen waren nur einen Spalt geöffnet. »Ihr seid noch zu jung, um allein zu sein«, sagte sie. »Ich wünschte, ich könnte noch bei euch bleiben. Versprecht mir, dass ihr aufeinander aufpassen werdet.«

»Das versprechen wir«, sagte Heldenmut und Wagemut streichelte die Wange ihrer Mutter mit ihrer Wange. »Und wir werden auch nicht allein sein«, platzte er heraus, weil er sie unbedingt beruhigen wollte. »Vaters alter Freund Loyal hat mir geholfen. Er sagt, dass Wagemut und ich das Titanrudel verlassen und bei ihm leben können.«

Flink zuckte zusammen, ihre Hinterbeine drückten sich gegen den Boden. Heldenmut merkte erschrocken, dass sie aufstehen wollte. *»Loyal?«*, keuchte sie. »Loyal ist wieder da? Was will er?«

Wagemut legte ihr beruhigend die Hand auf den Rücken. »Bitte, Mutter, du musst dich ausruhen.«

»Loyal hat mich gefunden, als ich die Paviane verlassen hatte«, flüsterte Heldenmut. »Mach dir keine Sorgen, er will uns nur helfen.«

»Du darfst nicht in seine Nähe, Heldenmut.« Flink atmete zitternd ein und ließ sich wieder zurückfallen. Ihre Stimme war schwach, aber eindringlich. »Du kannst ihm nicht trauen. Bitte halte dich von ihm fern. Er ist ein Störenfried. Ein Eidbrecher.«

Heldenmut zuckte zusammen. *Ein Eidbrecher?*

Flink atmete schwer, ihre Augenlider waren halb geschlossen. »Versprich es mir«, wiederholte sie mit angespannter Stimme. Wagemut warf Heldenmut einen entsetzten Blick zu.

»Ich verspreche es«, stieß Heldenmut verzweifelt aus. »Ich werde mich von Loyal fernhalten. Und Wagemut und ich werden aufeinander aufpassen.«

»Das werden wir«, bekräftigte Wagemut. Sie leckte den Kopf ihrer Mutter. Flinks Atmung wurde langsam wieder regelmäßig.

»Erinnerst du dich an den Skorpion damals, Heldenmut?«, sagte sie leise. »Und die Erdmännchen, die ihr gejagt habt? Das war ein schöner Tag. Bis Titan auftauchte.«

Es war dunkler geworden. Die letzten Strahlen der Sonne tauchten den purpurnen Horizont in ein Flammenmeer aus Gold und Orange.

»Pass auf, Gallant«, murmelte Flink, »dort im Gras bewegt sich etwas.«

»Ich erinnere mich daran, Mutter«, flüsterte Heldenmut. »Ich denke jeden Tag daran. Du hast uns das Jagen beigebracht.«

Flink antwortete nicht. Ihre Atmung wurde langsamer, dann stockte sie, atmete wieder, aber schwächer als zuvor. Als ihre Jungen sich an sie kuschelten, wurde ihre Brust weit, und sie stieß einen langen, rasselnden Seufzer aus.

Heldenmut blinzelte. Er schmiegte seine Wange an sie und stupste sie zärtlich an, aber sie gab keine Antwort, nicht mal ein Murmeln von sich.

Keinen Atem.

In Heldenmuts Brust barst etwas und Wagemut legte ihren Kopf in den Nacken und brüllte vor Trauer, ihr Schrei weckte die schlafenden Vögel auf.

Heldenmut beugte sich über den Körper der Mutter und liebkoste Wagemuts Wange. »Wir werden es schaffen«, versprach er ihr heiser. »Wir werden zusammenbleiben, Wagemut. Ich schwöre dir, dass ich dich niemals wieder allein lassen werde.«

Wagemut legte ihren Kopf auf Flinks Schulter und kniff ihre Augen zusammen. Und wieder spürte Heldenmut die große, unsichtbare Pranke, die seinen Bauch aufriss.

Doch allmählich mischte sich in seine Trauer eine brennende Wut. Wäre Titan nicht gewesen, wäre seine Mutter immer noch die beste Jägerin des Rudels und würde in langen, eleganten Sprüngen das Grasland durchmessen.

Hier lag sie nun, blind und abgemagert. Titan hatte Flink getötet, das war so sicher, wie er ihren geliebten Gallant ermordet hatte.

Ein wütendes, ohnmächtiges Knurren stieg aus seiner Kehle. »Das schwöre ich dir, Schwester«, sagte er zähneknirschend. Er streckte seine Zunge heraus und leckte wütend seine untröstliche Schwester und seine tote Mutter.

»Ich werde das in Ordnung bringen. Ich werde beide rächen. *Das schwöre ich.*«

23. KAPITEL

DIE GEIERDAME KREISCHTE und erhob sich mit schweren Flügelschlägen. Dann ließ sie sich auf einem dünnen, vom Wind gebeugten Eisenholzbaum am Abhang des Berges nieder. Ihre Krallen waren noch immer um das Stück vom Stoßzahn der Großen Mutter gekrümmt.

»Dort hinauf?«, fragte Silberhorn zweifelnd. Der Weg war immer steiler geworden und die staubige Erde unter ihren Füßen hatte sich in felsiges Geröll verwandelt. Die jetzt vor ihnen liegende Steigung war jedoch noch steiler und führte geradewegs nach oben. »Wann haben wir das letzte Mal etwas getrunken? Ich sehe kein Wasser dort oben.«

Der Himmel war immer noch eisklar. Jetzt sahen sie auch, dass der Nebel, den sie von unten gesehen hatten, nichts weiter als eine Wolke aus Steinstaub war, die von einer leichten Brise am Berghang aufgewirbelt wurde. Der feine Staub drang in jede Hautfalte, was ihrer Stimmung nicht gerade förderlich war.

»Wir schaffen das«, sagte Fels. Er starrte den Berg wie einen gegnerischen Elefantenbullen an, seine Ohren waren weit aufgeklappt und sein Rüssel hoch erhoben.

Silberhorn schüttelte den Kopf. »Das ist zu gefährlich. Ich

will nach Hause. Der Überfall der Löwen und so …« Sie verstummte und sah Aurora mitfühlend an.

Aurora hörte kaum zu. Sie dachte an Monds kleinen, verwundeten Körper, den sie dürftig mit den spärlichen Stöcken und Zweigen bedeckt hatten, die sie hatten finden können. Es war ihr sehr schwergefallen, ihn dort allein zu lassen.

Fels sah sie freundlich aus grünen Augen an. »Ihr seid jetzt in Sicherheit, ich bin bei euch«, brummte er. »Die Löwen sind weggerannt. Wenn wir zusammenbleiben, wagt es niemand, uns anzugreifen.«

Aurora pustete mit ihrem Rüssel ein wenig von dem fahlen Staub auf. *Hätte ich Fels nur früher gerufen,* dachte sie. *Hätte ich …*

Die Geierdame kreischte, als wollte sie die Gruppe zur Eile antreiben.

»Aurora muss herausfinden, was es mit dem Großen Geist auf sich hat«, sagte Fels. »Und das geht nur, wenn wir weitergehen, Silberhorn.«

Auroras Augen brannten, aber sie war so ausgetrocknet, dass keine Tränen kamen. *Gib mir deine Kraft, Große Mutter,* dachte sie. *Bitte lass diese Reise nicht umsonst gewesen sein. Wir haben zu viel verloren.*

Sie blinzelte mit juckenden Augenlidern und setzte einen Fuß auf die Steigung. Sie holte zitternd Luft und sagte: »Wir gehen weiter.«

Sie stapfte bergauf und folgte einem breiten Pfad, der bis zum blauen Gipfel anstieg. Es war ein beschwerlicher Weg und unter ihren Füßen löste sich immer wieder Geröll. Ein loser Stein rutschte unter Auroras Füßen weg, sie schlingerte nach vorn, stolperte und konnte sich gerade noch am blanken

Felsen festhalten. *Ich muss aufpassen, dass ich nicht hinunterstürze.*

Ihre missliche Situation war jedoch nichts im Vergleich zu Monds Schicksal. *Ich muss weiter. Für ihn.*

Etwas Warmes und Starkes hielt sie am Rücken fest. »Vorsicht«, sagte Fels. »Ist alles in Ordnung?«

»Danke«, keuchte sie. Sie fühlte sich noch ein bisschen zitterig, aber sein Rüssel gab ihr Halt und sie schluckte. *Noch ein Schritt. Und noch einer. Genau wie ich es Silberhorn gesagt habe.*

Die Geierdame flog stets vor ihnen. Manchmal kreiste sie in die Höhe und ließ sich wieder fallen, dann wieder setzte sie sich auf einen hohen Felsen oder einen verkrüppelten Baum und wartete. Der breite Weg, der jetzt noch steiler nach oben führte, wurde beinahe zu einer senkrechten Wand, durch deren gemaserte Felsen ein schmaler Spalt verlief. Einen Augenblick lang dachte – hoffte – Aurora, sie hätten das Ende ihrer Reise erreicht, doch die Geierdame schlug mit ihren schwarzen Flügeln und führte sie durch den Spalt. Die Elefanten und das Nashorn quetschten sich hinter ihr durch, wobei Steine ihre Schultern aufschürften.

Hinter der Felswand öffnete sich ein schmaler Pfad, der sich weiter hinaufschlängelte. Zu beiden Seiten erhoben sich steile Felshänge, die fast das gesamte Sonnenlicht aussperrten. Kein anderes Lebewesen außer ihnen störte die düstere Landschaft – nicht einmal Eidechsen oder Käfer waren zu sehen. Die Kameraden gingen im Halbdunkel weiter, hoch über ihnen die Geierdame. Aurora sah hilflos zu ihr hinauf. *Wie lange müssen wir noch durchhalten?*

»Es ist schön, mit dir und Silberhorn unterwegs zu sein.«

Fels' kollernde Stimme hallte von den Felswänden wider. »Fast, als hätte ich wieder eine Herde.«

Aurora nahm an, dass Fels, wie alle Elefantenbullen, seine Herde im Alter von ungefähr vierzehn Jahren verlassen hatte. Nur die Elefantenkühe blieben ihr ganzes Leben lang bei ihren Familien. Brocken, ihr Bruder, war schon so lange fort, dass sich Aurora kaum noch an ihn erinnerte. *Und Mond wird all das niemals erleben,* dachte sie mit wiederaufflackernder Trauer. *Er wird nie mit seinen Brüdern wandern oder sich eine Gefährtin suchen.*

Sie durfte nicht ständig an ihren Verlust denken, sonst würde sie sich vor lauter Elend einfach nur noch hinlegen wollen. Sie räusperte sich. »Willst du mir von deiner Herde erzählen?«, fragte sie Fels.

»Ich bin in der Trekkerfamilie geboren worden«, erzählte er. »Sie lebt am Rand von Bravelands, genau am anderen Ende dieses Berges. Dort ist das Land flach und noch trockener als in der Savanne.« Er klang wehmütig. »Ich vermisse sie, aber ich habe neue Brüder gefunden, die alle in meinem Alter sind. Wir sind zu fünft und manchmal reisen wir auch zusammen. Donner – er ist der Älteste in unserer Gegend – macht uns das Leben nicht immer leicht. Aber wir haben Spaß miteinander.«

»Das klingt schön«, sagte Aurora. Sie bogen um eine scharfe Kurve. »Hast du –« Überrascht sprach sie nicht weiter.

Auf sämtlichen Felsen und Felsvorsprüngen und auf den nackten Ästen der skelettartigen Bäume hockten Geier, es waren Hunderte. Der Pfad öffnete sich zu einem Kreis, der unter den vielen Vögeln jedoch kaum zu sehen war. Alle waren still und hatten ihre Knopfaugen auf Aurora gerichtet. Auf dem höchsten Felsen saß die Geierdame, die sie hergeführt hatte. Sie hatte das Stoßzahnfragment von Großer Mutter immer noch in ihren Krallen.

Silberhorn, die gerade um die Ecke bog, schnaubte beunruhigt. Sie senkte ihr Horn und scharrte auf dem steinigen Boden. »Oh, ich wusste, dass wir nicht hätten kommen sollen!«

Fels spreizte seine Ohren und schritt auf die Geier zu. Seine langen, beigen Stoßzähne schwenkten hin und her. Die Geier rührten sich nicht. Ihre glänzenden, schwarzen Augen waren auf Aurora gerichtet. *Sie waren die Botschafter der Großen Mutter,* dachte diese. *Vielleicht haben sie auch für mich eine Botschaft?*

»Es ist gut«, sagte sie und stupste Silberhorn sanft mit dem Rüssel an. »Sie werden uns nichts tun.«

Das Nashorn wimmerte, hob aber sein Horn ein wenig in die Höhe. Fels stand still wie ein Berg.

Die Geierdame stieß einen befehlenden Schrei aus, die anderen antworteten in einem ohrenbetäubenden Chor. Sie erhoben sich auf riesigen, schwarzen Flügeln in die Luft und stürzten auf Aurora und ihre Kameraden nieder. Aurora zuckte zurück und kniff die Augen zusammen. Niemand berührte sie, sie spürte nur den Wind der sie umschwirrenden Flügel. Als sie die Augen wieder aufschlug, war die Luft ein einziges schwarzes Durcheinander aus rauschenden Federn.

»Weg hier«, trompetete Fels. Silberhorn kauerte sich neben Aurora.

»Wartet.« Aurora fühlte sich seltsam ruhig. Große Mutter hatte diesen riesigen, finsteren Vögeln vertraut und das würde sie ebenfalls.

Die Geier teilten sich, sodass Aurora aus der schwirrenden

Wolke heraustreten konnte. Doch als Fels ihr folgen wollte, schossen die Geier vor ihm herab und versperrten ihm den Weg.

Die Geierdame legte das Stück vom Stoßzahn der Großen Mutter auf den felsigen Weg. Dort verharrte sie einen Augenblick und sah Aurora an. Dann erhob sie sich zum Flug und schraubte sich weit über den Berg hinauf.

»Ich verstehe«, sagte Aurora leise. Sie drehte sich zu den anderen um, die von den sie umschwirrenden schwarzen Flügeln halb verdeckt waren. »Ich muss allein weiter.«

»Nein!«, bellte Silberhorn erschrocken. »Das ist eine Falle!«

Fels kollerte frustriert und versuchte, zu ihr durchzudringen, aber die Geier drängten ihn flügelschlagend zurück.

»Wartet hier«, rief Aurora. »Sie lassen euch in Ruhe, wenn sie sehen, dass ihr mir nicht folgt.«

»Aber wohin bringen sie dich?«, brüllte Fels.

»Sie müssen mir etwas zeigen.« Aurora wusste nicht, was es war, aber sie war sich ihrer Sache sicher. Irgendetwas trug sie zu diesem Berggipfel, wie ein im Wind schaukelndes Blatt. An Umkehr war nicht zu denken.

»Aurora!« Sie blieb stehen und hörte die verzweifelten Schreie ihrer Freunde, doch sie ging weiter und blieb nur kurz stehen, um das Stück vom Stoßzahn der Großen Mutter aufzuheben. Es war glatt und fühlte sich kühl und vertraut an. Es gab ihr Sicherheit.

Sie kletterte den schmalen Pfad weiter hinauf und hechelte vor Durst. Sie war allein, doch ihr war, als würde neben ihr eine warme, starke Gestalt gehen, die sie fast zu sehen meinte. *Ach, Große Mutter,* dachte sie. *Bleibe bei mir.*

Der Pfad wurde sogar noch steiler, war zum Glück aber

weniger geröllig. Aurora spürte neue Kräfte und kletterte mit sicheren Schritten noch ein bisschen schneller, bis sie endlich schwer atmend den Gipfel erreichte.

Hier oben wehte ein leichter Wind, der an ihren Ohren zupfte. Nach der gleißenden Hitze des Aufstiegs fühlte er sich wohlig kühl an. Aurora stockte der Atem. Unter ihr lag Bravelands, erstreckte sich in alle Richtungen – die dunkelgrünen Wälder, die blassgoldenen Grasebenen, das diesige Blaugrün ferner Berge. Sie erkannte die Wasserstelle als einen dunkelblauen Fleck und das sie umgebende üppige Smaragdgrün. Dort unten jagten und grasten, spielten und schliefen und liebten die verschiedensten Tiere, jedes auf seinem eigenen kleinen Stück Land. Und keines konnte diese ganze Vielfalt überblicken.

Aber Aurora konnte all das auf einmal sehen. Und es war *wunderschön.*

Lange betrachtete sie das Land und ließ sich den Wind ins Gesicht blasen, das Herz schlug ihr bis zum Hals. Sie suchte die große Weite ab und versuchte auszumachen, wo ihre Familie sein musste und wo Große Mutter und Mond ihre letzte Ruhe gefunden hatten. Nur widerstrebend drehte sie sich schließlich um und sah über den gezackten Bergkamm.

Über ihr ragte eine Wand aus zerklüfteten, grauen Felsen auf. Auf ihrer obersten Kante saß die Geierdame, die sie kannte. Als diese Auroras Blick bemerkte, warf sie sich in die Luft und verschwand zwischen zwei Felsen. Aurora nahm all ihren Mut zusammen und folgte ihr.

Die Fläche zwischen den Felsen war beinahe kreisförmig, aber viel kleiner als das Land der Ahnen und frei von Gras, Blättern und Blumen. Auf der flachen Oberfläche glitzerten graue und weiße Kieselsteine, die im Sonnenlicht fast blendeten. Genau in der Mitte befand sich eine runde, kleine Vertiefung. Die Geierdame segelte hinab und ließ sich an deren Rand nieder. Sie zog ihre Schultern hoch und stieß einen unheimlichen Schrei aus.

Hinter Aurora echote ein Antwortschrei. Sie drehte sich schnell um und erstarrte.

Ein weiterer Geier hüpfte auf sie zu, seine Krallen klickten auf dem Felsboden. Er sah so alt aus, dass Aurora beinahe zurückgewichen wäre. Seine Augen waren milchig und blind und sein Gesicht war noch runzliger als das der anderen Geier. Seine Flügel waren dünn und zerzaust, und dort, wo die Federn ausgefallen waren, waren große kahle Stellen, aus denen ungleichmäßige, fahle Hautstellen hervorschauten.

Der alte Geier blieb direkt unter Auroras Rüssel stehen. Er reckte seinen Hals und klopfte mit seinem Schnabel hart gegen das Stoßzahnfragment, das sie umklammerte. Dann schlurfte er an ihr vorbei und klopfte gegen die Steine, die in der Mitte der Vertiefung lagen.

»Ich soll das hier hineinlegen?«

Der Geier klopfte wieder gegen die Steine.

Aurora stieg vorsichtig über sie und legte das Stoßzahnstück hin. Kaum berührte es die Kiesel, gluckerte plätschernd Wasser empor.

Es war ein herrliches Geräusch und irgendwie schien Auroras Durst allein vom Funkeln des Wassers gestillt zu werden. Staunend betrachtete sie das Schauspiel. Das Wasser brodelte noch stärker, schoss wie eine Fontäne über die Steine und färbte sie dunkelgrau. Als die Vertiefung gefüllt war, kam die schäumende Oberfläche zur Ruhe und glitzerte in Farben, die Aurora kaum erkannte: eine Palette von Blau bis Grün und einem Funken Gold. Sie zitterte vor Aufregung.

Der blinde Geier nickte Richtung Tümpel. Das war eine deutliche Aufforderung, der sie gern folgte. Aurora steckte ihren Rüssel in das Wasser und trank.

Hatte allein der Anblick des Wassers ihren Durst gestillt, so glaubte sie bei seinem Geschmack, nie mehr Durst empfinden zu müssen. Das Wasser war klar, kalt und süß, gewürzt mit einem Hauch von Bergluft. Aurora sog Rüssel um Rüssel in sich hinein. Ihr war, als würde das Wasser jeden Teil ihres Körpers überschwemmen, ihre Zehen, ihren Schwanz, ihren Rüssel, ihre Ohren. Und der Wasserspiegel des Teichs blieb immer gleich. Es umspülte den Rand der Vertiefung, aufgewühlt von der brodelnden Quelle an seinem Grund.

Als Aurora schließlich ihren Rüssel aus dem Wasser zog, hatte sie das Gefühl, stundenlang getrunken zu haben, obwohl der Sonnenstand sich nicht verändert hatte.

»Du bist aus einem bestimmten Grund hierhergebracht worden«, sagte der alte Geier.

Aurora fuhr ein Schrecken durch die Glieder. In das schnarrende Krächzen des Geiers waren Wörter eingeflochten, die sie so deutlich hörte, als hätten Fels oder Silberhorn sie ausgesprochen.

»Ich kann dich verstehen«, flüsterte sie fassungslos.

Der Geier zuckte mit seinen Flügelspitzen. »Hier und jetzt spricht der Große Geist durch uns«, sagte er. »Du hast eine lebenswichtige Aufgabe vor dir, Aurora Wanderer.«

»Ich?«, fragte Aurora erstaunt.

Der blinde Vogel neigte seinen runzeligen Kopf. »Große Mutter starb, bevor sie den Großen Geist weitergeben konnte.

Das war eine große, unvorhersehbare Tragödie. Doch du, Aurora, warst die Erste, die den Körper der Großen Mutter fand. Du bist die, die sie am meisten geliebt und der sie am meisten vertraut hat. Und so ist der Große Geist auf dich übergegangen.«

Aurora wich zurück, ihre Augen weiteten sich. »Was? Aber ich *kann* nicht die Große Mutter sein – ich weiß, dass ich es nicht bin!«

»Das ist richtig«, sagte der Geier ruhig. »Du bist es nicht.« Er schlurfte näher, seine blinden Augen waren auf sie gerichtet. »Aber du trägst den Großen Geist so lange in dir, bis der neue Große Vater oder die neue Große Mutter bereit sind. Große Mutter ist zu früh gestorben. Du musst den neuen Anführer finden, und wenn die Zeit reif ist, wirst du den Großen Geist an ihn weitergeben.«

In Auroras Innerstem schien sich etwas zu verschieben, als würden Wolken auseinanderreißen und die fernen, klaren Hügel sichtbar werden. Plötzlich ergab alles einen Sinn. Der Große Geist hatte sie gebraucht, aus diesem Grund.

»Und wie soll ich ihn finden?«, fragte sie leise. »Werde ich ihn erkennen? Wird es wieder ein Elefant sein?«

»Ich weiß es nicht. Keine Kreatur weiß das. Aber du wirst den *wahren* Anführer finden.« Er hüpfte um den Rand des Teiches herum. »Du besitzt bereits die Gabe, in die Zukunft zu sehen, doch das Wasser hat dir noch eine andere Gabe verliehen. Komm«, rief er der Geierdame zu.

Sie flatterte herab und hüpfte zu Aurora, dann neigte sie ihren kahlen Kopf. Aurora begriff sofort. Zaghaft legte sie ihre Rüsselspitze auf die zarte Kopfhaut des Geiers. Die Welt um sie herum kam in Bewegung und verschwamm.

Sie fliegt, ihre Flügel nehmen die warmen Windströme auf, die sie in das unendliche Blau hineintragen. Ihr Schwarm ruft ihr etwas zu, zeigt ihr die Tiere auf der Erde unten, und sie rufen ihren Namen: Windreiter. Unter ihr erstreckt sich das große, gelbe Grasmeer, nichts entgeht ihrem Blick. Weit unten wandern die Herden auf ihren angestammten Pfaden durch Bravelands.

Zu ihrer Linken befindet sich eine Gruppe von Schirmakazien, und darunter, halb in der Sonne, halb im Schatten, sonnen sich goldene Löwen. Sie neigt ihre Flügelspitzen und kreist weiter hinab.

Zwei Löwenjungen, das eine größer als das andere, balgen sich spielerisch im Gras, einen echten Kampf nachahmend, peitschen ihre Schwänze wild hin und her. Als sie näher fliegt, lassen sie voneinander ab. Das kleinere Junge rennt ein paar Schritte vor und sieht trotzig zu ihr hinauf. Seine goldenen Augen begegnen ihrem Blick.

Das Junge öffnet sein Maul und ein mächtiges Brüllen steigt auf, das jedes andere Geräusch auslöscht und die Luft um sie herum erschüttert. Erschrocken weicht sie zurück, ihre Flügel zittern.

Wieder spürte Aurora eine Bewegung. Sie war wieder auf dem Berg und stand mit ihren Füßen fest auf dem Boden. Sie zog ihren Rüssel vom Kopf der Geierdame. Sie begriff, dass sie in ihrer Erinnerung gewesen war. *Ich war Windreiter.*

Sie sah auf den Teich, doch das magische Wasser war verschwunden – und mit ihm der Stoßzahn der Großen Mutter. *Aber wie …?*

»Sie muss dir sehr vertraut haben, dass sie dir eine solche Gabe geschenkt hat«, sagte der alte Geier. »Nutze sie weise.«

Er legte seine ausgefransten Flügel an und neigte seinen Kopf. »Die Zukunft von Bravelands hängt von dir ab.« Er schlurfte wieder nach hinten ins Halbdunkel.

»Warte«, rief Aurora. »Wie soll ich diesen neuen Großen Anführer erkennen? Wo soll ich ihn suchen? *Wie* werde ich es wissen?«

Der Geier drehte seinen dürren Hals nach hinten und stieß einen kurzen, heiseren Schrei aus. Doch sie verstand ihn nicht. Die Gabe, ihn zu verstehen, war mit dem wundersamen Teich verschwunden. Aurora sah ihm bestürzt nach, als er hinter den großen Felsen verschwand, die den Kreis einfassten. Nun verließ auch Windreiter sie mit brausenden Flügeln und schraubte sich höher und höher, bis sie nur noch ein schwarzer Punkt am Himmel war.

Aurora, deren Beine unter der Last ihrer neuen Verantwortung zitterten, verließ schlurfend den Steinkreis. Sie hielt noch einmal inne und schaute staunend auf Bravelands, das sich in alle Richtungen bis zum Horizont erstreckte, genau wie in Windreiters Erinnerung.

Aurora wusste nun, *was* sie tun musste, sie konnte sich nur nicht vorstellen *wie*.

Irgendwo in diesem weiten Land ist der neue Große Anführer.

Und nur ich kann ihn finden.

24. KAPITEL

»DAS WAR EIN PERFEKTER PLAN, Stachel«, prahlte Gras. »Die Affen sind grüppchenweise zurückgekommen und wir haben sie die Bäume hinaufgejagt. Und – zack! – sind sie alle die Zweige hinauf.«

»Und dann *platsch*.« Fliege grinste schief.

In der gleißenden Sonne vor dem Hyänenbau unterrichteten die Starkzweige Stachel mit atemlosem Eifer. Die anderen Paviane hörten ebenfalls zu, während sie auf den umliegenden Felsen hockten oder sich gegenseitig lausten. Dorn zitterte innerlich bei Flieges Worten – seine einfältige Schadenfreude gab weder das Kreischen der Affen wieder, als sie hinabstürzten, noch die plötzliche, grausige Stille, als sie auf dem Boden aufschlugen. Dorn begegnete Matschs fassungslosem Blick und wand sich vor Scham.

»Ich glaube nicht, dass sie uns in nächster Zeit Ärger machen«, sagte Wurm und grinste vergnügt.

Die Starkzweige prahlten lautstark und einige Paviane wechselten unbehagliche Blicke. Zögernd rutschte Mango Hochblatt von ihrem Stein herab und trottete herbei.

»Dieser Überfall …« Sie biss sich auf die Lippen. »Stachel, bist du sicher, dass er mit dem Gesetz vereinbar ist?«

Stachel drehte sich zu ihr um und sah sie kalt an. »Vollkommen sicher. Wir haben diese verräterischen Schurken geschlagen, bevor sie uns noch mal überfallen konnten.«

»Trotzdem.« Mango holte tief Luft, ihr war anzusehen, dass sie ihren ganzen Mut zusammennehmen musste. »Dieser Plan hätte wirklich im Rat besprochen werden müssen.«

»Hätte er das?«, murmelte Stachel.

»Ja«, erwiderte Mango ruhig. »Borke hätte das getan.«

»Borke Kronblatt?«, sagte Stachel nachdenklich. »Ihre Tage sind längst vorbei, Mango. Aber es gibt tatsächlich etwas, das wir besprechen sollten. Aber nicht mit dem Rat, sondern mit dem ganzen Trupp.«

Er sprang auf seinen provisorischen Kronstein, der aus einem Haufen kleiner Steine bestand, zusammentragen von den Tiefwurzen. Als die Starkzweige Stachels Aufforderung bekannt machten, trotteten die Paviane unsicher herbei. Auch aus dem dunklen Hyänenbau strömten sie. Die Sonne schien so heiß, dass der ganze Trupp wie erschlagen war. Alle waren derart erschöpft, dass sie bereit waren, sich allem zu fügen, bevor Stachel überhaupt seine Schnauze geöffnet hatte.

Stachel war der einzige Pavian, dem die Hitze nichts auszumachen schien. Er ließ seinen Blick über den versammelten Trupp schweifen und nickte zufrieden, als der Rat mit seinem Gefolge hinter ihm Platz genommen hatte. Ängstliche Stille breitete sich aus.

»Der Rat ist jetzt einberufen«, erklärte Stachel mit klingender Stimme. »Und der Rat ist hiermit aufgelöst.«

Nun brach ein Tumult aus. Schreie und Pfiffe ertönten. Die Mitglieder des Rates waren fassungslos. Sie drängten sich zu Stachel vor und protestierten lautstark.

»Das kannst du nicht machen!«, rief Mango.

»Das ist nicht zulässig. Der Rat verweigert dir dieses Recht!«, schrie Zweig wütend.

»Zurück. *Zurück.*« Stachel richtete sich auf seine Hinterbeine und blickte über die Köpfe der Ratsmitglieder hinweg. »Starkzweige, zu mir. Stellt euch auf die Plätze der Ratsmitglieder.«

Diese waren zu überrascht, um sich zu wehren, als die Starkzweige ihren Platz im Halbkreis hinter Stachel einnahmen. Dorn, der ihnen bedrückt folgte, stellte sich ebenfalls dazu. Seine Kumpane grinsten boshaft in die Runde. Er aber starrte zu Boden und schämte sich bis auf die Knochen.

»In den letzten Tagen wurde meine Führerschaft wiederholt infrage gestellt«, verkündete Stachel, als der Lärm nachließ. »Dies geschieht zu einer Zeit, wo Einigkeit für das Überleben des Trupps entscheidend ist. Das ist inakzeptabel. Erst hat der alte Käfer mich infrage gestellt und jetzt Mango. Daher habe ich entschieden, dass der Lichtwald-Trupp ohne das Unheil stiftende Tun des Rates sicherer ist. Ab sofort sind die Ratsmitglieder gewöhnliche Hochblätter und haben keine besonderen Rechte mehr gegenüber den anderen.«

In den Augen nicht weniger Paviane sah Dorn Schadenfreude aufblitzen.

»Habt ihr das verstanden?«, beendete Stachel seine Rede. »Haben das alle *wirklich* verstanden?«

Nicht nur die Paviane, die sich über die Herabstufung der Ratsmitglieder freuten, sondern jeder Pavians im Trupp nickte, erpicht darauf, der Erste zu sein, der antwortete. Selbst ein paar Ratsmitglieder stimmten mit angstvollen Blicken lauthals zu.

»Ja, Stachel.«

»Ja, wir haben verstanden.«

»Lang lebe Stachel!«

Stachel ließ seinen Blick noch ein wenig länger über den Trupp schweifen, dann nickte auch er. »Dann geht wieder an eure Arbeit. Meine Starkzweige werden euch unterstützen und überwachen.« Zu den Starkzweigen gewandt sagte er: »Sorgt dafür, dass jeder seiner Aufgabe nachkommt.«

»Mit Vergnügen«, sagte Gras grinsend und schob einen Grashalm in den anderen Winkel seines Mauls. »Komm, Fliege.« Die beiden sprangen zu einer Gruppe von Tiefwurzen und befahlen ihnen barsch, sich auf Nahrungssuche zu begeben.

Wurm ging geradewegs zur schockierten Mango. »Komm schon. Suche Bettstreu für die Starkzweige.«

»Das ist nicht meine Aufgabe!«, stieß diese mit schreckhaft geweiteten Augen hervor.

»Jetzt schon«, sagte Wurm in einem bedrohlich süßen Ton. »Oder willst du lieber allein in die Welt hinaus wie der alte Käfer?«

Mango sah sie noch einen Augenblick an. Dann trottete sie mit gesenkten Schultern davon und tat, wie ihr befohlen war.

»Dorn? Warum rührst du dich nicht?«, fragte Stachel.

Dorn wusste, dass er seine innere Abscheu nicht zeigen durfte. Er trottete niedergeschlagen zu Matsch, der bei einer Gruppe von Tiefblättern stand.

»Jagen«, krächzte er mühsam. »Ihr müsst auf die Jagd. Oben auf der Böschung sind Eidechsen.«

Matsch schwieg und sah Dorn nicht einmal in die Augen. In einhelligem Schweigen kletterte die kleine Gruppe auf die

Anhöhe. Dorn starrte ihnen nach, sein Herz zog sich zusammen.

Ich muss etwas tun. Ich muss ihn zwingen, sein wahres Gesicht zu zeigen …

Er schluckte und sah sich um. Niemand beobachtete ihn. Leise rannte er zum Hyänenbau und kroch in die dunkle Grotte, in der Stachel seinen Schlafplatz hatte.

Unter seinen Pfoten knirschten die Überreste von Skorpionen, er zitterte. Auch auf dem Felsen oberhalb des Schlafplatzes lag jede Menge davon herum, kein Wunder, dass Stachel so vergnügt und wohl genährt aussah. Dorn durchsuchte die Überreste, dann machte er sich an den Blätterhaufen, auf dem Stachel schlief. Er fuhr mit dem Arm durch die zarten Solanumblätter und ertastete schließlich einen spitz zulaufenden Gegenstand, der sich hart und kantig anfühlte.

Vorsichtig zog er das Nashornstück hervor.

Stachel will aus irgendeinem Grund nicht, dass Bravelands erfährt, was die Nashörner getan haben.

Grund genug, es die anderen Tiere in Bravelands wissen zu lassen. Er packte das Horn, kroch durch den Höhlengang zurück und schlich sich hinaus ins Freie.

Sein Herz setzte fast aus, als er Gras' Blick bemerkte. Der große Pavian beobachtete ihn und hatte aufgehört, seinen Grashalm zwischen seinen Lippen hin und her zu bewegen. Dorn zögerte, dann nickte er Gras fröhlich zu und rannte weiter. Er hasste es, dass Gras ihn gesehen hatte, aber was konnte der Grobian schon ausplaudern? Gras musste annehmen, dass Dorn seinen Pflichten als Starkzweig nachging.

Trotzdem wurde ihm vor Angst fast übel, als er, von der Dringlichkeit seines Plans getrieben, über die verbrannte Erde rannte. In flimmernder Ferne machte er die Umrisse einer Zebraherde aus. Hechelnd vor Hitze, rannte er zu ihr.

Hungrig und orientierungslos bewegte sich die Herde über die Ebene. Verzweifelt rissen die Tiere an dem verdorrten Gras. *Das ist der Rest von Schönfreunds Herde,* vermutete er. Es sah nicht so aus, als würden sie ohne ihren Anführer zurechtkommen. Ein junger Hengst mit nervösem Blick machte ein paar Versuche, sie zu neuen Weidegründen anzutreiben. Dorn rannte zu ihm.

»Ein Pavian?« Das Zebra blinzelte mit seinen langen Wimpern. »Was willst du?«

»Ich habe schreckliche Neuigkeiten«, keuchte Dorn. Für höfliche Konversation war keine Zeit. Er hielt das abgebrochene Horn des Nashorns in die Höhe. »Dies wurde im Körper der Großen Mutter gefunden, nachdem sie umgebracht worden war. Die Nashörner sind für ihren Tod verantwortlich.«

Das Zebra schob seinen gestreiften Hals nach vorn und schnüffelte verwundert an dem Hornstück. »Was?« Es blähte seine Nüstern. »Ja, das riecht nach Großer Mutter. Ist das ein fauler Trick?«

»Kein Trick«, sagte Dorn bitter, als sich die anderen Zebras einfanden und erschrocken murrten und blökten. »Erzählt es allen, die ihr trefft. Bravelands muss die Wahrheit erfahren!«

Ohne ihre Antwort abzuwarten, drehte Dorn sich um und rannte weiter. In der Nähe einer schmalen Baumreihe grasten Gnus. Er blieb in sicherem Abstand vor ihren gekrümmten Hörnern stehen. Wieder hob er das Hornstück vor ihre verwunderten Augen und erzählte seine Geschichte.

Er durfte keine Zeit verlieren. Die Gnus wieherten und

blökten entsetzt, aber er machte kehrt und entdeckte schon die nächste Gruppe von Tieren, eine Rotte Warzenschweine, die schnüffelnd den eingetrockneten Schlamm an der Wasserstelle aufwühlten. Wild entschlossen rannte er zu ihnen und berichtete, was er wusste.

»Und die Nashörner kommen damit nicht davon«, endete er. »Sagt das –«

»Dorn. Dorn Starkzweig!«

Beim Klang der vertrauten Stimme blieb ihm fast das Herz stehen. Entsetzt sah er Stachel über das Grasland auf sich zukommen, die Starkzweige an seiner Seite. Gras spuckte einen Grashalm aus und grinste ihn höhnisch an, also hatte er Stachel doch erzählt, was er beobachtet hatte. Jede Faser in Dorns Körper spannte sich, er war bereit, um sein Leben zu kämpfen.

Aber Stachel sah ihn ganz ruhig an, er lächelte sogar ein wenig, als er bei Dorn und den Warzenschweinen ankam.

»Dorn Starkzweig«, sagte er ernst und nickte den Warzenschweinen ehrerbietig zu. »Ich danke dir für deine Hilfe.«

Was?

Stachel hielt inne und legte seinen Kopf zur Seite, um Dorn zu Wort kommen zu lassen, dann zuckte er unmerklich mit den Achseln und fuhr fort. »Dorn hat recht«, sagte er zu den Warzenschweinen. »Ganz Bravelands muss die schreckliche Wahrheit über unseren sogenannten Großen Vater erfahren.«

»Stimmt das, Stachel?«, grunzte ein Warzenschwein.

»Ich fürchte, ja.« Stachel schloss gequält seine Augen. »Wir sind betrogen worden. Wir alle. Es ist höchste Zeit, dass Bravelands die Betrüger zur Rechenschaft zieht.«

Dorn bekam kaum Luft und brachte erst recht kein Wort

heraus. Wie machte Stachel das nur? Er hatte die Situation wieder einmal zu seinem eigenen Vorteil verkehrt, und es war ihm wieder einmal gelungen, seine eigenen Verbrechen einem anderen unterzuschieben. Hatte Stachel das von Anfang an geplant? Hatte er etwa gewusst, dass Dorn das Hornstück suchen und für ihn die Drecksarbeit erledigen würde?

Das konnte Dorn jetzt nicht mehr nachvollziehen, aber eine innere Stimme sagte ihm, dass es nicht so gewesen war. Stachel hatte das nicht gewollt, aber nachdem es einmal geschehen war, verdrehte der schlaue Pavian die Wahrheit mit derselben Leichtigkeit, mit der er einen Skorpion schälte.

Das bedeutete aber nicht, dass Dorn keinen Ärger bekommen würde. *Großen* Ärger. Er schluckte.

Stachel betrachtete ihn mit einem milden, beinahe freundlichen Gesichtsausdruck. »Hast du mich gehört, Dorn? Ich sagte, du sollst mit den anderen Starkzweigen zum Bau zurückgehen. Ich werde deine segensreiche Arbeit hier fortsetzen.«

Dorn wusste, dass ihm nichts anderes übrig blieb, als mit den Starkzweigen zum Hyänenbau zurückzumarschieren. Seine vier Begleiter schwiegen den ganzen Weg über, niemand wagte, ihm in die Augen zu sehen.

Ich werde mich heimlich davonmachen, dachte er bei sich. *Ich werde zur Wasserstelle zurückgehen und herausfinden, welche Lügen Stachel den anderen Herden erzählt hat. Irgendwie werde ich den Starkzweigen entkommen.*

Sein Plan war zum Scheitern verurteilt. Als die Sonne am westlichen Horizont unterging, versanken auch Dorns Hoffnungen. Wenn er glaubte, unbeobachtet zu sein, und sich aus dem Bau schleichen wollte, waren wie durch ein Wunder

Fliege oder Gras zur Stelle. Wenn er zum Nahrungshaufen ging, wurde er von Wurm begleitet. Sogar als er zu seinem Schlafplatz stapfte und dachte, er könnte später fliehen, verfolgte Fangzahn jeden seiner Schritte. Der große Pavian setzte sich breit grinsend neben ihn und stocherte in seinen scharfen Zähnen.

Wenn er sich vorstellte, was Stachel dort draußen in der Savanne ausheckte, erfasste ihn eine entsetzliche Panik. Wie sollte er Stachels Plan durchkreuzen, wenn er ständig beobachtet wurde und nie allein war? Wenn die Starkzweige ihn bei jedem Schritt begleiteten?

Ich kann nichts tun. Gar nichts.

25. KAPITEL

AURORA HATTE SICH den Abstieg einfacher vorgestellt. Als sie vorsichtig einen Fuß vor den anderen setzend den sonnenverbrannten Pfad hinunterstapfte, knickten ihre Beine immer wieder ein und taten weh. Hinter sich hörte sie Fels' vorsichtige Schritte und vor ihr schlitterte Silberhorn mit ihren kurzen Beinen über das Geröll. Über ihnen brannte die gleißende Sonne, die brütende Hitze war erbarmungslos.

Niemand sprach. Fels und Silberhorn konzentrierten sich auf den Weg und Aurora wälzte die Worte des alten Geiers in ihrem Kopf hin und her. Es fiel ihr schwer, sie zu akzeptieren. Wie sollte das möglich sein? *Und wieso habe ich überhaupt seine Worte verstanden?* Ihre Schritte wurden weder leichter, noch wurde der Geröllpfad unter ihren Füßen sicherer. *Wieso sollte der Große Geist in mir wohnen?*

»Also, was ist dort oben geschehen, Aurora?«, fragte Fels. »Du warst sehr lange weg.«

Aurora öffnete ihr Maul und machte es wieder zu. Sie war noch nicht bereit, es jemandem zu erzählen, erst musste sie es selbst richtig begreifen.

»Alles in Ordnung, Aurora?« Silberhorn warf ihr einen Blick über die Schulter zu.

»Es ist schwierig zu erklären«, sagte Aurora langsam, »und noch schwieriger zu verstehen. Oben auf dem Berggipfel war ein alter Geier. Und ein Teich.«

»Noch ein Geier«, schnaubte Silberhorn. »Tut mir leid, aber ich finde diese Vögel einfach gruselig. Aber um den Teich beneide ich dich.« Sie sah bedauernd am Berghang hoch, der durch die Hitze ganz rissig geworden war.

»Ich auch.« Fels blies eine Staubwolke auf. »War der Große Geist dort oben?«

»Nicht direkt. Aber … ich weiß jetzt, dass der Große Geist bei uns ist.« Als sie die Worte aussprach, ließ der Schmerz über Monds Tod plötzlich ein wenig nach. »Das jedenfalls ist gewiss.«

Als sie die tiefer gelegenen Abhänge erreicht hatte, blieb Aurora stehen und zupfte an ein paar spröden Grasbüscheln, die zwischen den Felsen wuchsen. Bei ihrem Aufstieg hatten sie die meisten Bäume bereits abgerupft, deshalb war sie froh, doch noch etwas zu essen zu finden.

Fels riss ein Büschel Gras mitsamt der Wurzel heraus. »Es ist hart und trocken«, sagte er und kniff beim Kauen seine grünen Augen zusammen, »aber es ist Nahrung.«

»Seht nur, dort unten sind ein paar Büsche mit schöneren Blättern«, sagte Silberhorn. Sie machte eine halbe Drehung und zeigte mit ihrem Horn in die Richtung. »Genau d–« Sie stockte und schnaubte erschrocken, als ihre Füße ins Rutschen kamen.

Aurora warf ihren Rüssel aus, aber als sie ihn um Silberhorns Schwanz wickelte, kam plötzlich alles ins Wanken. Sie fiel ebenfalls – aber es war ihr Kopf, der ins Trudeln und Taumeln geriet und direkt in Silberhorns Erinnerung landete.

Um sie herum herrschte blauschwarze Nacht und vor ihr stand Dickhaut. Sie sah nur seine Hüften und seinen steifen, zuckenden Schwanz, aber er sprach mit jemandem im Unterholz. Aurora reckte den Hals, um die Gestalt in den Büschen zu sehen, aber es gelang ihr nicht.

Doch sie hörte ihre Stimmen. Sie wusste, worüber sie sprachen. Sie musste versuchen, sie aufzuhalten. Er war Silberhorns Anführer, aber sie konnte versuchen –

Aurora rang nach Luft. Sie war nicht den Abhang hinuntergestürzt. Sie kniete auf dem steinigen Untergrund, der heiße Staub war in ihren Rüssel gedrungen. Neben ihr ragten dunkle, konturenlose Gestalten auf, Silhouetten vor der flimmernden Sonne. Sie blinzelte. Neben ihr kniete Fels, er hatte seinen Rüssel auf ihre Stirn gelegt. Neben ihm stand Silberhorn und sah sie erschrocken an.

»Aurora, was ist passiert?«, fragte Fels besorgt. Aurora zuckte zusammen und entzog sich seiner Berührung. Sie sah Silberhorn entsetzt an.

»Ich weiß, was du getan hast«, flüsterte sie. Ihre Stimme kam ihr rau und fremd vor.

Silberhorns Ohren flatterten. »W…was meinst du?«

Aurora kam wieder auf die Füße, ihre Vorderbeine schrammten über den rauen, steinigen Pfad. Ihr Herz brannte vor Wut.

»Du hast es gewusst!«, schrie sie. »Du hast gewusst, was passieren würde, und du hast es nicht verhindert!«

Silberhorn verkrampfte sich erschrocken.

»Was?« Fels sprang wieder auf die Füße. »Aurora, wovon sprichst du?«

»Ich habe es gesehen, als ich dich berührt habe!«, krächzte

Aurora. »Silberhorn, du hast Dickhaut nicht aufgehalten. Du hast bei dem Mord mitgemacht! *Wie konntest du nur?*«

»Ich – ich –«, stammelte Silberhorn und blinzelte heftig. »Es tut mir leid, ich –«

Aurora gab Silberhorn einen Stoß, sodass sie vom Pfad abkam, dann rannte sie davon.

»Aurora!«, trompetete Fels hinter ihr, dann hörte sie, wie er Silberhorn barsch anwies, zurückzubleiben.

Hinter ihr polterten schwere Schritte, und sie hörte, wie das Geröll rutschte und prasselte. »Aurora! Aurora! Warte!«

Sie konnte weder anhalten, noch hatte sie genug Luft, um zu antworten. Ihr eigenes Gewicht trug sie den steilen Hang hinab und ihre Füße bewegten sich schneller und immer schneller.

»Aurora, sag mir, was passiert ist, damit ich dir helfen kann!«, röhrte Fels.

Aurora donnerte weiter hinab, es war ihr gleich, dass sie nicht anhalten konnte. Sie wollte nur noch vor dem davonlaufen, was sie in Silberhorns Erinnerung gesehen hatte.

Plötzlich klang die Erde unter ihren Vorderfüßen seltsam hohl. Bevor sie recht verstand, was passierte, hörte sie ein ohrenbetäubendes Krachen, das von den Felswänden des Tals widerhallte.

Schließlich stemmte Aurora ihre Füße in den Boden und spannte ihre Beine an. Mit einem Ruck kam sie zum Stehen, aber ihr ganzer Körper wankte vor und zurück. Schwer atmend starrte sie zum Berg hinauf. Die Risse im Boden wuchsen entlang des Berghangs, wurden immer breiter und krachten schließlich auseinander. Felsstücke lösten sich und stürzten nach unten, und dann geschah das Unmögliche: Der Berg erzitterte und ein großer Teil von ihm löste sich ab.

Aurora machte einen Schritt nach hinten und starrte nach oben. Als hätte eine unsichtbare, riesige Klaue den Berg gepackt und auseinandergerissen, löste sich ein Teil des Abhangs und begann, nach unten zu rutschen. Mächtige Felsbrocken donnerten auf sie zu, und ihr war klar, dass ein großer Teil des Berges in wenigen Augenblicken folgen würde. Geröll prasselte über ihre Füße, aber sie spürte es kaum, als ihre Beine getroffen wurden. Eine Wolke aus weißem Staub stieg auf und verwandelte die Sonne in einen milchweißen Fleck.

Starr vor Schreck konnte Aurora nur hilflos zuschauen, wie die Felsen in wilden Sprüngen immer näher kamen. Ihr Atem stockte und sie war unfähig, sich zu bewegen.

Etwas Großes rammte Aurora und der hinabstürzende Berghang kam wieder in ihren Blick. Zuerst dachte sie, der Bergrutsch hätte sie erfasst und sie sei bereits tot. Dann spürte sie den warmen Körper von Fels. Sie bekam kaum noch Luft. Ein Felsbrocken schoss krachend an ihr vorüber, so dicht, dass sie seinen Luftzug spürte. Überall quollen fahle Staubwolken auf.

»Weg!«, schrie Fels durch das Getöse.

Hustend und schnaubend rannten sie los. Fels schob sie vor sich her, drängte sie erst auf die eine, dann auf die andere Seite. Wieder schoss ein Felsbrocken vorbei und furchte eine lange Narbe in die raue Bergflanke.

Ein dicker Stein traf Auroras Hüfte und brachte sie zum Stolpern. Es herrschte ein ohrenbetäubender Lärm, der lauter war als jedes Unwetter. Aurora und Fels kamen halb rennend, halb rutschend den Berg hinunter, so als würden sie von ihm getragen werden. Dann verschwand mit einem Mal der Boden unter ihren Füßen.

Ich falle! Vor ihr hatte sich eine Spalte geöffnet, sie purzelte hinein. Halt suchend, schlug sie mit ihrem Rüssel um sich, ihre Füße strampelten hilflos gegen die Seitenwände der Spalte.

Sie prallte mit ihrer Flanke auf eine abschüssige Felsnase und kam ins Rutschen. Dann schlug sie mit einem markerschütternden Knall auf dem Boden auf. Fels landete neben ihr, seine Beine ruderten ins Leere und seine graue Haut war vom Staub beinahe weiß.

Aurora war wie betäubt. Sie rang nach Luft und ihre Ohren dröhnten vom Brüllen des Berges. Immer noch fielen Steine herab, einer traf ihren Rüssel, der Schmerz trieb ihr Tränen in die Augen, brachte sie aber wieder zur Besinnung. Sie rappelte sich auf. Sie befanden sich in einem steil abfallenden Felseinschnitt, doch ein Stück weiter oben sah sie eine vom Wetter ausgewaschene, flache Felsnische.

»Dort drüben!«, trompetete Aurora über das Tosen des Erdrutsches hinweg und gestikulierte mit ihrem verletzten Rüssel. Sie wusste nicht, ob Fels sie hörte – er antwortete mit einem Brüllen, das sie nicht verstand –, aber er musste auf denselben Gedanken gekommen sein, denn unter dem ständig herabprasselndem Geröll stapfte er mit ihr zu der Nische.

Zu zweit kauerten sie unter dem Felsüberhang und drückten sich an die Rückseite der kleinen Höhle, als neue Steinschauer auf sie niederprasselten und Staubwolken aufwirbelten. Aurora musste husten, ihre Augen brannten und tränten.

Endlich verstummte das dahinjagende Durcheinander der herabsausenden Steine und langsam senkten sich auch die Staubwolken. Es war immer noch unmöglich, irgendetwas genauer zu erkennen, aber wenigstens rutschte der Berg nicht weiter ab. Fels reckte seinen Hals und spähte zum Berghang hinauf.

»Warum ist der Berg auseinandergebrochen?«, fragte er schwer atmend. »Glaubst du, dass der Große Geist böse auf Silberhorn ist?«

Aurora nieste, die Luft war immer noch staubig und ihr Maul und ihr Rüssel fühlten sich kratzig an. »Der Große Geist würde keinen Berg einstürzen lassen, um ein einzelnes Tier zu strafen«, sagte sie. »Ich glaube, das ist passiert, weil die Erde so ausgetrocknet ist.« *Und mein verrückter Lauf den Berg hinunter wird auch dazu beigetragen haben.*

»Nun, es wäre besser nicht passiert«, sagte Fels und stakste vorsichtig bis in die Mitte der Felsspalte. »Ich weiß nicht, wie wir hier wieder herauskommen sollen.«

Die Schlucht hatte sich in kürzester Zeit vollständig verändert. Die beiden Elefanten waren in eine enge, leere Furche gefallen, die jetzt mit Felsbrocken, Steinsplittern und abgebrochenen Bäumen übersät war. Aurora verließ der Mut. Der Abhang, den sie hinabgerutscht waren, war von einer gewaltigen Schutthalde versperrt.

»Vielleicht können wir ein paar von den Dingern zur Seite schieben.« Fels schlang seinen Rüssel um einen weiter unten liegenden Felsbrocken, stemmte seine Beine in den Boden und zog mit aller Kraft. Der Brocken bewegte sich unmerklich, aber der Steinhaufen darüber bewegte sich ebenfalls und ein paar kleinere Steine rutschten nach.

»Halt.« Aurora berührte mit ihrem Rüssel seine Schulter. »Die anderen Steine fallen uns auf den Kopf.«

Fels trat einen Schritt zurück. Gemeinsam betrachteten sie den Steinhaufen. Die Steine waren wild übereinandergefallen. Es gab große, schwere Steine, die auf kleinen, leichten balancierten. Der größte Felsbrocken lag fast ganz oben und schwankte gefährlich. Es sah aus, als könnte ihn der leiseste Windhauch zum Absturz bringen. Hoch oben sah Aurora die abgerutschte Bergflanke, ein klaffendes Loch, das wie der Stumpf eines abgebrochenen Stoßzahns aussah.

»Wir müssen versuchen, hinaufzuklettern«, sagte Fels und setzte versuchsweise einen Fuß auf einen der Steine. Aber unter seinem Gewicht kam der Stein ins Rutschen und die weiter oben liegenden Brocken wackelten gefährlich.

»Ich bin leichter als du«, sagte Aurora. »Lass mich mal probieren.«

Sie setzte einen Fuß auf den niedrigsten Felsbrocken, dann den nächsten. Er hielt, aber der darüberliegende Felsbrocken war besonders groß. Sie streckte ihren Vorderfuß aus, doch schon kamen die Steine wieder ins Rutschen, und es regnete Sand und Geröll.

»Komm sofort runter!«, rief Fels scharf.

Die Felsen oberhalb von Aurora knirschten unheimlich. Zitternd schwang sie mit einem Bein nach hinten. Ihr Fußballen schwebte über dem Boden, dann stemmte sie sich mit dem anderen Bein ab und sprang wieder zurück. Fels zog sie weg, beide keuchten vor Angst.

»Wartet«, rief eine vertraute Stimme, die aber irgendwie gedämpft und verzerrt klang.

Aurora stellte ihre Ohren auf. Hinter dem Schuttberg hörte sie ein angestrengtes Grunzen, dann bebten und bewegten sich die Steine und ein dünner Staubstrahl rieselte herab.

Der oberste Felsbrocken wurde kraftvoll zur Seite geschoben. Er wankte, dann fiel er und blieb in einer Schieflage an der Felswand liegen. In der so entstandenen Lücke tauchte ein gehörnter Kopf auf. Der nächste Stein rollte herab, dann noch einer und schließlich war Silberhorn ganz zu sehen. Sie spähte von der Spitze des Steinhaufens herunter, sie war völlig verdreckt und ihre Hautfalten waren über und über von Staub und Sand bedeckt.

»Geht es euch gut?« Silberhorns Stimme klang ängstlich und sehr besorgt. Kaum vorzustellen, dass dieses Nashorn nichts getan hatte, um Dickhauts Plan zu verhindern.

Silberhorn senkte ihren Kopf und machte sich wieder an die Arbeit, sie schob Felsbrocken zur Seite und schaffte sich nach und nach einen Weg nach unten. Als sie die wackeligen Steine an der Spitze weggeschoben hatte, konnten Fels und Aurora ihr helfen und auch die unteren Steine wegrollen.

Endlich war der Weg so breit und eben, dass sie hinaufklettern konnten. Als Aurora sich keuchend über den Rand zog, kratzte sie sich an den Steinen den Bauch auf, stand aber wieder auf sicherem Boden.

»Dem Großen Geist sei Dank«, rief sie atemlos. Fels kletterte als Nächster hinauf, auch er atmete schwer. Über seine Flanke verlief eine getrocknete Blutspur, aber ihr war klar, dass sie von Glück reden konnten, überhaupt noch am Leben zu sein. Silberhorn ließ ihren Kopf hängen und guckte verstohlen wie ein erschrecktes Kälbchen zu Aurora.

Aurora schluckte. »Du hast uns gerettet.«

»Natürlich«, sagte Silberhorn flehend, »ich verstehe, dass du böse auf mich bist. Aber bitte, lass es mich erklären.«

Aurora nickte steif. »Also gut. Aber das heißt nicht, dass ich dir verziehen habe.«

»Lasst uns erst Gras und Wasser suchen«, sagte Fels zu Aurora. »Meine Kehle fühlt sich an wie ein Buschbrand. Und du musst auch wieder zu Kräften kommen.«

»Beim Aufstieg sind wir an einem Bach vorbeigekommen«, grummelte Silberhorn. »Ich glaube, er müsste ganz in der Nähe sein.«

Aurora hob ihren staubigen Rüssel hoch und schnüffelte. Durch die Hitze und den Staub und die stechenden Ausdünstungen ihrer Kameraden nahm sie den süßen Duft von Wasser wahr. Sie drehte sich voller Verlangen um und machte sich eilig auf den Weg, Fels und Silberhorn folgten ihr.

Der Bach war nicht tief, aber das Wasser war frisch und klar. Die Elefanten tauchten ihre Rüssel ein und schnaubten erleichtert. Silberhorn stürzte sich mitten hinein und wälzte sich wohlig im Schlamm. Aurora kam es vor, als schmeckte das Wasser fast so süß wie das Wasser im Teich auf dem Berggipfel. Nun wälzten sich auch die beiden Elefanten im kühlen Nass und wirbelten so viel Schlamm auf, dass ihre Haut ganz davon bedeckt war. Dann rappelten sie sich auf und rissen gierig an den Zweigen der Dornenbäume, die das Ufer säumten.

Silberhorn schien keinen Appetit zu haben. Lustlos spielte sie mit ein paar Grashalmen, sah aber müde und angespannt aus. Als Aurora und Fels von den Bäumen genug hatten, räusperte sich das Nashorn und zuckte nervös mit dem kurzen Schwanz.

Aurora versuchte sich zu wappnen. »Du wolltest uns erzählen, was passiert ist«, erinnerte sie das Nashorn.

Silberhorn holte tief Luft. »Ich war gegen Dickhauts Plan«, jammerte sie. »Ich wusste nicht, was ich tun sollte. Er sagte, wir müssten alle mithelfen – wir müssten uns an Großer Mutter für die vielen Jahre der Demütigung rächen, die wir Nashörner erlitten hatten. Das waren *seine* Worte«, fügte sie eilig hinzu. »Ich habe mich nie gedemütigt gefühlt. Und ein paar andere aus unserer Herde sagten, sie würden das auch nicht so empfinden.«

Aurora wurde schwer ums Herz, wenn sie daran dachte, was gewesen wäre, wenn diese Nashörner an ihrer Ablehnung festgehalten hätten. »Also, was ist passiert?«

»Dickhaut ... er sagte, es sei seine Bestimmung und jeder, der sich ihm widersetze, sei sein Feind und der Feind aller Nashörner. Er drohte, uns zu vertreiben – oder uns vorher zu töten.« Silberhorns Stimme sank zu einem Flüstern. »Deshalb bin ich abgehauen. Ein paar von den anderen stimmten seinem Plan zu, aber ich schlich mich nachts davon. Ich wollte niemanden ermorden.«

Aurora schluckte. »Du hast Große Mutter nicht gewarnt.«

»Das war falsch, ich weiß«, jammerte Silberhorn. »Ich hätte es tun müssen. Aber ich wollte weder meine Herde verraten noch Große Mutter töten.«

»Diese Sache mit der Demütigung ist Unsinn«, sagte Fels finster. »Die Nashörner waren eben nie die Großen Anführer. Genauso wenig wie irgendein anderes Tier. Warum wollte Dickhaut sich unbedingt rächen?«

»Weil ihm vor langer Zeit etwas zugestoßen war.« Silberhorn ließ ihren Kopf hängen. »Dickhaut und seine Gefährtin hatten ein Kalb, eine kleine Nashornkuh. Sie hieß Augenstern. Alle liebten Augenstern, sie war so lustig und so süß. Dickhaut liebte sie mehr als alles andere auf der Welt.« Sie schluckte. »Aber sie wurde krank. Richtig krank. Und obwohl Dickhaut so stolz war und die Elefanten nicht mochte, ging er zu Große Mutter und flehte sie um Hilfe an.«

»Bestimmt half sie ihm«, sagte Aurora beklommen.

Silberhorn schüttelte ihren schweren Kopf. »Sie sagte, sie

könne ihm nicht helfen. Wenn der Große Geist entschieden habe, dass Augensterns Leben zu Ende sei, dann würde es enden. Augenstern wurde immer schwächer und schließlich starb sie.« Silberhorn starrte auf ihre Füße und scharrte im Staub. »Deshalb hat Dickhaut Große Mutter so gehasst.«

Aurora dachte an Monds kleinen, leblosen Körper und vor Kummer wurde ihr ganz eng ums Herz. Sie hätte alles darum gegeben, ihn zu retten. Was hätte sie empfunden, wenn sie um Hilfe gebeten und abgewiesen worden wäre?

»Bestimmt hätte Große Mutter Augenstern gerettet, wenn sie gekonnt hätte«, sagte sie verzweifelt.

Das Nashorn nickte. »Ich weiß«, sagte sie. »Das glaube ich auch. Und ich glaube, dass Dickhaut das in seinem Innersten ebenfalls wusste. Ich glaube nicht, dass er von allein auf den Gedanken gekommen wäre, sie umzubringen.«

»Das glaube ich doch«, sagte Fels heftig. »Weißt du es noch nicht? Dickhaut ist jetzt der Große Vater.«

Aurora und Silberhorn sahen ihn schockiert an.

»Das stimmt«, sagte Fels. »Es ging ihm nicht um Rache oder um sein verlorenes Kalb. Ich glaube, er hat Große Mutter umgebracht, weil er ihren Platz einnehmen wollte.«

Aurora war fassungslos vor Empörung. »Große Mutter ist von ihrem eigenen *Mörder* ersetzt worden?«

»Genau so ist es.« Fels schüttelte angewidert seinen Kopf. »Ich frage mich, warum der Große Geist ihn erwählt hat?«

Aurora sagte verbittert: »Das hat er nicht.«

Fels blinzelte verdutzt. »Und woher weißt du das?«

Weil ich den Großen Geist in mir trage, dachte Aurora. *Aber wie soll ich das erklären?* »Ein echter Großer Anführer hätte niemals das Gesetz gebrochen.«

Silberhorn scharrte mit den Hufen. »Aber der alte Dickhaut – der Dickhaut, den ich immer gekannt habe – hätte niemals Große Mutter getötet. Er war immer schlechter Laune, aber er hatte ein gutes Herz. Er hat sich in den vergangenen Monden verändert. Da war noch ein anderes Tier, mit dem er das alles ausgeheckt hat. Ich bin sicher, dass dieses ihn zu dem Mord überredet hat.«

Aurora dachte an die Vision, die sie vor einiger Zeit im Land der Ahnen gehabt hatte – das Nashorn, das auf einem windgeschüttelten Akazienbaum balancierte und sein Horn der Sonne zugewandt hatte, ohne sich der Gefahr bewusst zu sein, dass die Äste brechen und ihn zu Boden werfen würden.

War Dickhaut dieses Nashorn? *Ganz bestimmt.* Und das andere Tier hatte vielleicht von Augenstern gehört und sich seinen Schmerz zunutze gemacht und ihn so lange bearbeitet, bis Dickhaut davon überzeugt war, das Große Mutter sterben musste.

Und dieses Wesen ist der Baum, dachte Aurora bestürzt.

Sie haben Dickhaut benutzt – und werden ihn bald in sein Verderben stürzen.

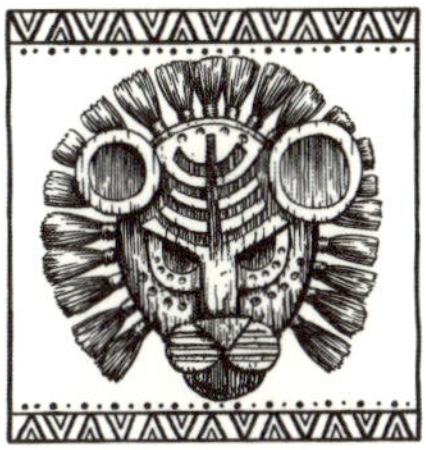

26. KAPITEL

DIE AUFGEHENDE SONNE trödelte noch hinter dem Horizont, war nur ein verschwommener Streifen aus Rosa und Gold am purpurnen Himmelsrand, doch schon jetzt war die Hitze unerträglich. Heldenmuts Haut juckte vom Schweiß. *Was ist aus den kalten Nächten und den kühlen, erfrischenden Morgen geworden?*, fragte er sich wehmütig. *Haben die älteren Löwen jemals so ein Wetter erlebt?*

Mutter hätte es mir sagen können. Aber dafür ist es jetzt zu spät.

Warmer Gazellenduft zog in seine Nase, bevor er die Herde zu Gesicht bekam, die ein gutes Stück entfernt in der Nähe des Waldrands graste. Dann und wann stieß er Wagemut mit der Schulter an, aber die beiden Löwen sagten nichts. Es gab nichts mehr zu sagen.

Sie hatten die ganze Nacht zusammengerollt neben ihrer toten Mutter verbracht. Heldenmut hatte schlecht geschlafen, lange Zeit wach gelegen und zum bleichen Halbmond hinaufgesehen. War er doch einmal eingeschlafen war, weckten ihn Albträume. *Titan stand über ihm, das Maul zum tödlichen Biss geöffnet. Er rutschte von einem hohen Baum im Langbaumlager und fiel endlos in die Tiefe, wo der Tod ihn erwar-*

tete. Er hatte Eifer zwischen seinen Pranken und der junge Löwe blickte ihm entsetzt und todtraurig in die Augen …

Er merkte Wagemut an, dass es ihr nicht viel besser ergangen war. Beim ersten Morgenlicht war Flinks Körper kalt und steif gewesen. Heldenmut hatte ein letztes Mal ihr Gesicht liebkost und ihren Duft eingeatmet, den er kannte wie seinen eigenen. Er würde ihn niemals mehr riechen.

Und ein Versprechen war ein Versprechen, vor allem, wenn es einem Sterbenden gegeben worden war: Wagemut und er mussten wohl oder übel zum Titanrudel zurückkehren. Heldenmut hatte geglaubt, ein neues und besseres Zuhause gefunden zu haben, aber das war über Nacht für immer verloren gegangen. *Loyal Eidbrecher.*

Was hatte Loyal getan? Und warum hatte er es vor Heldenmut geheim gehalten? *Weil einen Eid zu brechen das Schlimmste ist, das ein Löwe tun kann,* sagte eine leise Stimme in seinem Kopf.

Heldenmut räusperte sich, seine Kehle war wie ausgetrocknet. »Was hat Mutter wohl gemeint, als sie über Loyal sprach?«

Wagemut wirkte benommen, als wäre sie in Gedanken weit fort von Bravelands. »Was?«

»Was denkst du, was Loyal getan hat, dass Mutter ihn so gehasst hat?«

Wagemut seufzte. Sie sah erschöpft aus, ihre Schnurrhaare hingen nach unten. »Ich weiß es nicht. Und ehrlich gesagt ist es mir auch egal. Wenn Mutter meinte, wir sollen uns von ihm fernhalten, ist das für mich Grund genug. Vergiss ihn einfach, Heldenmut.«

Sie überquerten einen Hügel und kamen in Sichtweite

des Titanrudels. Heldenmut kam es vor, als würde sich etwas Schweres an seine Beine klammern, als wollten sich seine Krallen in die Erde graben und ihn wegziehen. Titan und die jungen Löwen waren nicht da. Bestimmt führten sie wieder etwas Schreckliches im Schilde, aber wenigstens musste er Titan nicht sofort gegenübertreten.

Die Löwinnen waren wach. Sie putzten und streckten sich, um sich für die morgendliche Jagd vorzubereiten. Wendig und Schlitzohr verschlangen die Reste eines Kudus, Leichtsinn lag mit halb geschlossenen Augen gähnend in ihrer Nähe. Gloria stand auf ihren Hinterbeinen und schärfte ihre Krallen am Stamm einer Akazie. Kaltschnauze trottete hinter Royal her und schlug auf ihren Schwanz, den sie zu seinem großen Vergnügen immer wieder wegschnippte. Arglist stand auf dem höchsten Punkt der Erhebung und sah ihnen mit zusammengekniffenen Augen entgegen.

Wagemut ging direkt zu Gloria, sank neben ihrer Freundin ins Gras und schloss ihre Augen. Gloria zog ihre Krallen ein und sprang auf alle viere. »Was ist los, Wagemut?«

Heldenmut legte sich neben seine Schwester und seine Schnauze auf die Pfoten. »Sie ist müde«, sagte er. »Unsere Mutter …« Die Worte blieben ihm im Hals stecken.

»Oh, Heldenmut. Es tut mir so leid.« Gloria leckte zärtlich Wagemuts Kopf.

Arglist kam herbei, ihr Schwanz zuckte verärgert. »Was heckt ihr drei aus? Geht jagen!« Sie sah Heldenmut und Wagemut an. »Ich habe genau gesehen, dass ihr euch gestern davongemacht habt. Wenn ich das Titan erzähle, wird er schnell herausbekommen, was ihr wieder ausheckt. Wo ist eure elende Mutter?«

Gloria und Heldenmut erhoben sich, aber Wagemut blieb, wo sie war, und hielt ihre Augen fest geschlossen. »Was ist los mit ihr?«, fragte Arglist ungeduldig und hob eine Pranke, um ihr einen Klaps zu geben.

»Sie geht heute nicht auf die Jagd«, brauste Heldenmut auf. »Unsere Mutter ist tot und Wagemut muss sich ausruhen. Lass sie in Ruhe!«

Wagemut öffnete beunruhigt die Augen, aber Arglist zuckte nur wegwerfend mit den Ohren. »Dann sind wir Flink also endlich los?«, sagte sie gedehnt. »Wenigstens muss das Rudel *diese* Last nicht länger ertragen.«

Heldenmuts Nackenhaare sträubten sich, er spreizte seine Krallen. »Eine *Last*?«, fauchte er. »*Du* hast sie geblendet! Kannst du sie nicht endlich in Ruhe lassen? Du warst eifersüchtig auf Flink, weil du nicht halb so gut jagen kannst, wie sie es konnte. Und du nicht halb so gut für Kaltschnauze sorgen kannst, wie sie es für uns konnte!«

Gloria und die anderen Löwinnen sahen ihn fassungslos an. Wagemut hatte sich aufgesetzt, ihr Schwanz zuckte unruhig. »Heldenmut, sei still«, knurrte sie.

Arglist spannte ihre Muskeln an und wölbte ihre Schultern. »Nimm dich in Acht, Heldenmut«, zischte sie. »Dein Leben hängt am Wort meines Sohnes.«

Wagemut duckte sich unterwürfig. »Er meint es nicht so, Arglist. Er ist aufgewühlt.« Sie sah Heldenmut warnend ab. »Ich kann heute nicht jagen. Aber Heldenmut – du jagst doch für mich mit? Arglist, er bringt heute die doppelte Beute mit. Um meine Schwäche auszugleichen.«

Heldenmuts Blut kochte beinahe vor Verlangen, Arglist an die Kehle zu springen oder ihr mit den Krallen die Augen auszukratzen. Egal, was geschähe, es wäre die größte Befriedigung, ihr dieses höhnische Grinsen aus dem Gesicht zu schlagen.

Aber Wagemut sah ihn flehend an.

»Natürlich«, murmelte er und zog seine Krallen ein. »Ich gehe jetzt jagen.«

»Das rate ich dir auch«, sagte Arglist höhnisch. »Und Titan wird es auch erfahren, Gallantbalg. Glaube nicht, dass wir dir *irgendetwas* durchgehen lassen.«

Als die rundliche Löwin davonstolzierte, knurrte Wagemut ungehalten. »Dummer Junge. Kannst du ausnahmsweise mal versuchen, sie nicht zu provozieren?« Sie legte wieder ihren Kopf auf die Pfoten. »Es würde mich umbringen, wenn ich dich auch noch verlieren würde.«

»Es tut mir leid.« Heldenmut leckte über ihren Kopf.

Es tat ihm wirklich leid, aber nur, weil er Wagemut keine Probleme machen wollte. Sein Blut kochte vor Wut, er konnte unmöglich hierbleiben. Mit einem Schlag seines Schwanzes schlenderte er aus dem Lager. Die Blicke der anderen Löwinnen brannten in seinem Rücken.

Von Arglist nehme ich keine Befehle entgegen.

Und ich muss unbedingt mit Loyal sprechen.

*

Seine Wut lenkte ihn von der kochenden Hitze ab, die mit der aufsteigenden Sonne immer schlimmer wurde. Im flirrenden Dunst kam schließlich der kleine Felsenhügel in Sicht. Loyal kauerte dicht an den Felsen über einer toten Gazelle.

»Heldenmut!«, rief der große Löwe erfreut. Er ließ von

dem Tier ab und trottete herbei. Doch als er Heldenmuts Blick auffing, hielt er mitten im Gang inne. Dann senkte er sein großes, von goldenen Strähnen durchzogenes Haupt.

»Ist sie gestorben?« Er schloss seine Augen und stupste sacht gegen Heldenmuts Nase. »Es tut mir so leid. Ich weiß, wie sehr du deine Mutter geliebt hast.«

Heldenmut zuckte zusammen und riss seinen Kopf zurück. »Fass mich nicht an!«

»Wie? Ich wollte nicht …«

»Ich habe Mutter von dir erzählt.«

Loyal erstarrte und über sein narbiges Gesicht huschte ein argwöhnischer Blick. »Und was hat sie gesagt?«

»Dass du ein *Eidbrecher* bist. Eines der letzten Dinge, die sie sagte, war, dass ich mich von dir fernhalten soll.«

Loyal schwieg. Er drehte sich um und sah zum südlichen Horizont, sodass Heldenmut sein Gesicht nicht sehen konnte.

»Du hast gewusst, dass sie das sagen würde«, sagte Heldenmut. »Deshalb solltest ich ihr nichts von dir erzählen.«

Loyal schaute ihn nicht an. »Heldenmut, das verstehst du nicht«, murmelte er.

»Ich muss wissen, *was du getan hast*«, bohrte Heldenmut weiter. »Was für einen Eid hast du gebrochen?«

Loyals krummer Schwanz zuckte. »Du bist noch nicht so weit, das zu erfahren«, knurrte er wütend. »Noch nicht.«

»Du wolltest, dass wir bei dir wohnen. Aber wie soll das gehen, wenn wir dir nicht vertrauen können?«

Endlich drehte Loyal sich wieder um und kam näher. »Hör mir zu«, sagte er angespannt. »Du musst etwas essen. Du bist erschöpft. Iss und ruh dich aus, dann geht es dir wieder besser.«

Heldenmuts Fell kribbelte. »Hör auf, mir zu sagen, was ich tun soll«, fauchte er. »Von einem Eidbrecher nehme ich keine Befehle entgegen!«

Loyals Mähne sträubte sich und seine Augen wurden zu Schlitzen. Heldenmut trat einen Schritt zurück, denn ihm wurde plötzlich gewahr, wie riesengroß der Löwe war. Seine Schultern waren breit wie die Schultern von Titan und jede Pranke war so groß wie alle vier Pfoten von Heldenmut zusammen. Die zackige Narbe unter seinem linken Auge ließ ihn wie das wilde, unberechenbare Böse aussehen.

»Deine Mutter hatte recht«, knurrte Loyal. »Ja! Ich bin ein Eidbrecher. Ich habe entgegen meinem Wort gehandelt und viel Schmerz verursacht. Aber ich werde es niemals bereuen, nicht, solange ich lebe. Ganz gleich, was die anderen Löwen – auch du – von mir halten.«

Heldenmut ließ nicht locker. »Du warst es doch, der mit sagte, dass ein Eid etwas Heiliges ist!«

Ein leises Ächzen löste sich aus Loyals Kehle. »Eines Tages werde ich dir erzählen, was geschehen ist, und dann wirst du mich verstehen. Aber nicht jetzt.« Er deutete mit einem Kopfnicken auf die Gazelle. »Und nun genug davon. Geh und iss.«

Heldenmut sah ihn schwer atmend an. »Ich möchte nicht mit einem Eidbrecher zusammen fressen.«

Loyal blinzelte bekümmert. »Heldenmut –«

Aber Heldenmut war schon aufgesprungen, rannte davon und ließ Loyal allein beim Felsenhügel zurück. Er rannte, bis ihm die Lungen in der Gluthitze schmerzten, bis er den stechenden Schmerz in seinem Herzen nicht mehr spürte.

*

»Ich kann so nicht weitermachen«, sagte er zu Stachel.

Heldenmut hatte das Kronblatt auf einem ockerbraunen Felsvorsprung gefunden, von dem aus er über das Grasland blickte. Er befand sich unweit des Abhangs, wo die Hyänen gelebt hatten, bis Titan sie vernichtet hatte. Schon beim Anblick seines alten Freundes und Lehrers hatte sich die Beklemmung in seiner Kehle gelöst. Seine Geschichte war wie ein Wasserfall aus ihm herausgesprudelt. Stachel hatte ihn immer am besten verstanden.

Nachdenklich strich sich der Pavian über die Narbe an seiner Schnauze, während Heldenmut aufgewühlt hin und her schritt. »Erinnerst du dich daran, was ich dir über Titan gesagt habe?«, fragte er.

Heldenmut nickte. »Dass ich ihn wie einen Skorpion schlagen kann, wenn die Zeit gekommen ist. Dass ich ihn beobachten und abwarten soll. Aber ich glaube, ich halte das nicht länger aus!« Er fuhr mit seinen Krallen über die rissige Erde, sodass Staub aufwirbelte. »Mein Vater sagte, ich wäre eines Tages so stark, dass ich jeden in Bravelands besiegen könnte. Aber ich werde erst in einem Jahr ganz ausgewachsen sein. Jetzt habe ich noch nicht einmal eine Mähne. Wird Titan mich überhaupt noch ein Jahr lang leben lassen? Und wenn, wie wird die Welt in einem Jahr aussehen?«

Stachel streichelte die Nase des Löwen. »Armer Heldenmut«, sagte er sanft. »Der Lichtwald-Trupp und ich werden immer für dich da sein. Auch wenn du kein Pavian bist, du bist einer von uns.«

Heldenmut presste sein Maul in Stachels Pfote. »Ich möchte etwas gegen Titan unternehmen, *jetzt sofort*«, knurrte er. »Aber ich weiß nicht, was.«

Stachel setzte sich abrupt auf die Hinterbeine. Seine bernsteinfarbenen Augen glänzten. »Da ist etwas, dass du bereits tun kannst!«, sagte er. »Du kannst dich auf den richtigen Zeitpunkt vorbereiten. Du musst stark und mächtig sein.«

»Ich weiß«, platzte Heldenmut heraus, aber Stachel brachte ihn mit erhobenem Finger zum Schweigen.

»Macht ist nicht nur eine Frage von Muskeln und Krallen«, sagte er. »Macht hängt auch von Verbündeten ab. Titan weiß das. Deshalb hat er diese jungen Löwen in sein Rudel aufgenommen. Was du brauchst, Heldenmut, ist ein eigenes Rudel.«

»Das ist leicht gesagt«, grollte Heldenmut. »Titan hat mir mein Rudel weggenommen.«

»Er hat das Rudel deines Vaters weggenommen«, korrigierte ihn Stachel. »Was ist mit den Löwen, die vom Furchtlosrudel geflohen sind? Könntest du sie nicht fragen, sich dir anzuschließen?« Er lächelte, seine gelben Fangzähne blitzten. »Heldenmutrudel klingt doch gut?«

Heldenmut blinzelte überrascht. »Noch nie ist ein Rudel von einem Junglöwen angeführt worden.«

Stachel zuckte die Achseln. »Mag sein. Aber ist ein Junges jemals in einem Adlernest gefunden und von Pavianen aufgezogen worden? Nichts ist unmöglich, Sternenjunges.«

Heldenmut wurde leicht ums Herz, als hätte sich Stachel einen großen Teil der Last, die er allein getragen hatte, selbst aufgebürdet. *Stachel hat immer eine Lösung!*

Und Heldenmutrudel klang wirklich gut …

»So werde ich es machen«, platzte er heraus und straffte seine Schultern. »Immerhin habe ich Eifer Furchtlosrudel gerettet. Ich werde ihn suchen und fragen, ob er sich mir anschließen will!«

Stachel schmunzelte. »Gut«, sagte er fröhlich. Er pflückte einen Käfer aus einer Felskerbe und steckte sich ihn in die Schnauze. »Aber nun, mein Sternenjunges, muss ich *dich* um Hilfe bitten.«

»Jederzeit«, antwortete Heldenmut eifrig.

Stachels Miene wurde ernst. Er stützte sich mit einer Pfote auf Heldenmuts Nacken ab, als hätte ihn plötzlich eine große Müdigkeit ergriffen. »Noch brauche ich deine Hilfe nicht«, murmelte er. »Aber bald könnte es nötig sein.«

»Du musst mich nur fragen«, sagte Heldenmut nachdrücklich.

»Es wird schwierig sein«, seufzte Stachel. »Und vielleicht auch schmerzhaft. Ich werde viel von dir fordern müssen, mein Sternenjunges. Kann ich dir absolut vertrauen?«

Heldenmut presste seinen Kopf an den Kopf seines Lehrers und wünschte, er könnte ihm die Trauer und Erschöpfung aus dem Gesicht reiben. »Du bist *immer* für mich da gewesen, Stachel. Du hast für mich mehr getan, als man sich vorstellen kann.«

Stachels betrübte Miene hellte sich auf. Heldenmut leckte sein Gesicht und war überglücklich, dass er seinen alten Freund hatte aufheitern können.

»Ich werde alles tun, um dir zu helfen, Stachel Kronblatt. Alles, was du willst.«

27. KAPITEL

DER GELBE ERDBODEN war durch die unbarmherzige Hitze hart und rissig geworden, trotzdem war es für Dorn nicht schwierig, sie aufzukratzen. Er keuchte aufgeregt und sah immer wieder über seine Schulter. Er durfte nicht erwischt werden.

Er unterbrach seine Arbeit erst, als seine Fingerspitzen einen dünnen, zerbrechlichen Gegenstand berührten. Er schob die lose Erde zur Seite und zog erst ein, dann noch ein Päckchen aus zusammengewickelten Blättern heraus. Der Inhalt der Päckchen fühlte sich immer noch weich und saftig an. Gras und Fliege hatten ihr Süßmark gut versteckt.

Noch einmal warf er einen unruhigen Blick nach hinten, dann pellte er die Blätter ab und kratzte eine Pfote voll Süßmark heraus. Neben ihm lag ein Haufen zerkleinerter Wurzeln und Nüsse, die er von den Vorräten aus der Höhle genommen hatte. Er mischte das Süßmark darunter und zerbrach sich den Kopf, ob es wohl ausreichen würde. *Sie dürfen es nicht merken. Aber es muss genug sein, um zu wirken.*

Hinter ihm raschelte etwas und sein Herz setzte kurz aus. Es war Zeit zu verschwinden. Er schaufelte Erde über das Versteck, ergriff das Gemisch mit dem Süßmark und eilte zum

Lager zurück. Er bemühte sich um ein möglichst gleichgültiges Gesicht, als er die Wurzeln und Nüsse auf den Verpflegungshaufen der Starkzweige legte.

»Aha, du willst wohl etwas von den Vorräten klauen?« Dorn fuhr vor Schreck zusammen, direkt hinter ihm stand Wurm.

Er atmete gleichmäßig, stand auf und drehte sich grinsend zu Wurm um. »Warum auch nicht? Wir sind doch die Starkzweige?« Er drehte sich zum Verpflegungshaufen der Tiefwurzer um, nahm sich eine verschrumpelte Stachelmelone und biss hinein.

Wurm sah ihn verblüfft an, aber dann johlte sie vergnügt. »Das ist die richtige Einstellung, Dorn.« Sie bückte sich und nahm sich eine Handvoll Marulanüsse. »Die Tiefwurze sind so mickrig und faul, die brauchen das sowieso nicht.«

»Das stimmt.« Dorn verzog sein Gesicht zu einem Grinsen. »Ich könnte mir allerdings etwas Leckereres vorstellen.« Er warf die halb gegessene Melone weg und setzte sich neben den Vorratshaufen der Starkzweige. Im selben Augenblick stürmten die anderen Starkzweige in die Höhle. »Sollen sie ihren Mist selbst fressen. Bei uns liegt wenigstens eine fette Eidechse.«

Die Starkzweige setzten sich zum Fressen. Dorn beobachtete sie nervös. Er kaute langsam auf der Eidechse herum, die er sich vom Haufen genommen hatte, und hütete sich davor, von den Nüssen und Wurzeln zu fressen, um ja nichts von dem aufgepeppten Zeug zu erwischen.

»Puh, diese Wurzeln schmecken aber scharf«, bemerkte Fangzahn und verzog seine Schnauze.

Dorns Herz machte einen Satz. »Vielleicht wegen der Hitze.«

Fliege grunzte. »Hoffentlich ändert sich das Wetter bald mal. Obwohl es echt witzig war, als gestern einer der Tiefwurze umkippte.« Er mampfte an einer Handvoll Nüsse. »Und übrigens, ich finde, die schmecken gut.«

»Finde ich auch«, sagte Fangzahn grinsend und nahm sich noch eine Wurzel. »He, habe ich euch schon mal erzählt, wie ich einen Python getötet habe?«

»Lass hören«, lallte Gras.

»W...wirklich! Das war der größte, den ich je gesehen habe ...«

Die Unterhaltung wurde immer läppischer und binnen Kurzem brabbelten die Starkzweige nur noch völligen Unsinn. Fliege kicherte vor sich hin und entblößte seine kaputten Zähne, nach einer Weile plumpste Gras gegen die Wand und fing an zu schnarchen. Nüsse kullerten aus seiner Pfote.

Dorn wartete in höchster Anspannung, bis er sicher war, dass alle vom Süßmark benebelt und mindestens halb eingeschlafen waren. Als er aufstand und sich langsam davonschlich, murmelte Wurm irgendetwas Unverständliches, und Fliege kicherte wieder. Die anderen rührten sich gar nicht mehr.

Dorn, der kaum zu atmen wagte, kroch aus dem Hyänenbau hinaus.

*

Dorn sprang über die Anhöhe, die zur Wasserstelle führte, und blieb überrascht stehen. Auf dem ganzen Hang und an allen Ufern der Wasserstelle drängten sich Tiere. Sie standen so eng wie an jenem Tag, als Dickhaut zum Großen Vater ernannt worden war. Jetzt jedoch herrschte eine ganz andere Stimmung. Zebras, Gazellen, Gnus und Kudus warfen ihre Köpfe nach hinten und schnaubten. Direkt am Wasser scharrten Flusspferde mit ihren Hufen und sperrten ihre Mäuler auf. Ganz vorn stand eine Gruppe Elefanten und versperrte Dorn den Blick. Sie hatten ihre Ohren zornig gespreizt.

Sie sind alle wütend, dachte er voller Unbehagen.

Ein Gepard kam an ihm vorüber – er war alt und hatte nur noch ein Auge –, es war derselbe, den er bei der großen Versammlung gesehen hatte. Dorn folgte ihm unauffällig durch die Masse der heißen, schwitzenden Körper zum Wasser hinunter. Ein Gnu stieß Dorn von der Seite an und warf ihn zu Boden, merkte aber gar nicht, was es getan hatte. »Ich kann es nicht glauben«, schrie es seinen Kameraden aus der Herde zu. »Kein Wunder, dass der Große Geist uns bestraft hat.«

Dorns Herz raste. *Dann wissen sie es also?*

Die schwarze Schwanzspitze des Gepards bewegte sich immer noch vor ihm, er ging den Hügel hinab, kam an einer Gruppe Gazellen vorbei und machte um die Flusspferde einen großen Bogen. Von allen Seiten war wütendes Wiehern und Knurren zu hören. Schließlich stolperte er zwischen zwei grummelnden Warzenschweinen durch und sah vor sich die glitzernde Wasserfläche.

Die Elefanten hatten Dickhaut eingekreist. Ihre Stoßzähne waren drohend auf das Nashorn gerichtet, ihre Rüssel stoßbereit aufgerollt. Dickhaut stand störrisch vor ihnen und hatte sein Horn angriffslustig gesenkt.

»Mörder!« trompetete Regen, die Stammesälteste. Sie erhob sich auf ihre Hinterbeine, dann donnerte sie mit den Vorderfüßen auf die Erde, die von dem Aufprall erbebte. Die

Tiere, die ihr am nächsten standen, zuckten erschrocken zusammen, doch die übrigen nahmen ihren Schrei auf.

»Mörder! Mörder! Mörder!«, ertönte es das Ufer hinauf und hinab.

Dickhaut keuchte und warf sein Horn von einer Seite zur anderen, als suchte er nach einem Fluchtweg. Er erinnerte Dorn an die Skorpione, wenn sie von Stachel gefangen wurden.

Regen trat vor und stellte sich drohend vor dem Nashorn auf. »Du hast Große Mutter getötet!« Sie stürzte sich auf das Nashorn, doch dieses wich ihr mit der Wendigkeit des Verzweifelten aus.

»Hört mich an!«, brüllte er. »Bitte! Es gibt etwas, das ihr nicht wisst!«

»Kannst du uns erklären, wie das Horn eines Nashorns in die Wunde von Große Mutter gekommen ist?« Das fragte der Gepard, der am Ufer auf und ab ging. Sein Nackenfell war gesträubt, sein gefleckter Schwanz zuckte hin und her. »Stachel Kronblatt hat uns alles erzählt. Er riet uns, Erbarmen mit dir zu haben, aber ich bin anderer Meinung.«

»Es gibt nichts, was du zu deiner Entschuldigung sagen kannst, Dickhaut.« Regen kam auf ihn zu. »Du bist ein Mörder und kein Großer Vater. Wenn es nicht gegen das Gesetz wäre, würde ich dich jetzt töten.«

Die Masse der Tiere knurrte und wieherte zustimmend und wogte auf Dickhaut zu. Das große Nashorn taumelte nach hinten, sein Gesicht war vor Angst verzerrt.

Dorn sah sich die Szene mit einem mulmigen Gefühl an. Das war es doch, was er gewollt hatte.

Aber warum kommt es mir trotzdem nicht richtig vor?

»Bitte«, flehte Dickhaut, »ihr müsst mir zuhören –«

»Verbannung ist viel zu milde für ihn«, bellte ein Flusspferd.

»Verschwinde aus Bravelands und lass dich nie wieder blicken!«, schrie heiser ein Gnu.

Die Elefanten donnerten vorwärts und die übrigen Tiere folgten ihnen. Der Boden bebte unter Hunderten von Hufen, Füßen und Pfoten. Dickhaut rannte keuchend am Ufer entlang. Dorn rettete sich mit einem Sprung ins flache Wasser, sonst wäre er niedergetrampelt worden, aber er sah noch die rollenden Augen des Nashorns und sein verzerrtes Maul. Die Herden verfolgten ihn bis zum Ende der Wasserstelle, wobei sie die ganze Zeit nach ihm schlugen, schnappten und traten, bis Dickhaut schließlich völlig entkräftet über eine leichte Anhöhe entkam. Die Tiere wurden langsamer und verfielen in einen Trott. Sie kreischten und brüllten triumphierend.

Dorn watete an das leere Ufer zurück. Trotz der Hitze war ihm bitterkalt. *»Hört mich an«*, hatte Dickhaut die Tiere angefleht. *»Es gibt etwas, das ihr nicht wisst …«*

Hatte er ihnen etwas über Stachel sagen wollen? Dorn stellte sich plötzlich ein Bravelands vor, das von einem riesigen Spinnennetz überzogen war, und in der Mitte Stachel, der seine Opfer mit einem seidenen Faden einfing. Es gab nur eine Möglichkeit herauszufinden, ob das Nashorn über dieses Spinnennetz etwas wusste.

Ich muss Dickhaut finden.

*

Dorn erkannte auf dem rissigen Boden schwach die großen dreizehigen Fußabdrücke des Nashorns, doch als der Boden steiniger wurde, musste er sich an zerbrochenen Zweigen und zertrampelten Blättern orientieren. Davon gab es mehr als genug, denn Dickhaut hatte auf seiner panischen Flucht ganze Büsche und sogar kleine Bäume niedergetrampelt.

Dorn kam zu einem kleinen, felsigen Abhang, auf dem er eine Stelle mit zerdrücktem Gras entdeckte. Er klammerte sich mit seinen Vorderklauen an den Felsen und kletterte hinauf. Welche Todesängste musste das Nashorn erleiden, wenn es auf seinen Stummelbeinen diesen Abhang hinaufgeklettert war?

Noch ein Satz, dann war Dorn oben – und wäre beinahe mit seinen Vorderpfoten über den Rand ins Leere gerutscht. Er warf sich schnell nach hinten, sein Herz raste. Vorsichtig schob er sich vor und spähte durch den aufgewirbelten Staub. Der Hang führte erst ein Stück schräg nach unten und fiel dann senkrecht in die Tiefe.

Dorn schluckte. Er wollte nicht hinschauen, aber er musste. Er kniff kurz seine Augen zusammen, dann wappnete er sich, schob sich vorsichtig die Böschung hinab und sah zum Fuß des Steilhangs hinunter.

Dort unten lag ein großer, grauer Haufen.

Die Felswand war extrem steil, doch Dorn entdeckte hier und dort kleine Furchen und Felsvorsprünge. Mehr tastend als sehend klammerte er sich an den dürftigen Griffen fest und hangelte sich auf diese Weise an der Steilwand hinab. Auf halbem Weg brach einer der Felsvorsprünge unter seinem Griff. Dorn schwankte gefährlich hin und her und suchte fieberhaft nach einem neuen Halt. Als er sich endlich wieder stabilisiert hatte, drückte er sich lange an die Felswand, und erst, als er sich wieder beruhigt hatte, hangelte er sich Pfote für Pfote weiter nach unten.

Ob das Nashorn noch lebte? Die dunkle Masse unter ihm war beängstigend ruhig. Dorn hatte das mulmige Gefühl, versagt zu haben. Womöglich war seine einzige Chance, Stachel zu überführen, mit Dickhaut gestorben.

Endlich berührten seine zitternden Pfoten wieder festen Boden und er rieb sich den Staub aus den Augen. Dann kroch er zu dem reglosen Nashorn. Als er es fast schon hätte anfassen können, zuckte plötzlich Dickhauts Schwanz.

Dorn unterdrückte einen Schrei. Also lebte das Nashorn noch. Er kratzte sich aufgeregt an der Brust. Er hatte schon viele verwundete Tiere gesehen und wusste, dass Tiere, die Schmerzen erlitten, leicht aggressiv wurden – ganz zu schweigen von einem Nashorn.

Aber Dickhauts schwarze Augen waren trüb und nur halb geöffnet, seine Atmung ging rasselnd und ungleichmäßig. Über seine ledrige Bauchhaut verlief ein blutiger Riss und das eine Bein lag unnatürlich verdreht unter ihm. Dorn hatte plötzlich Mitleid. Dickhaut hatte gelogen, er hatte Große Mutter umgebracht, aber kein Tier verdiente ein solches Schicksal.

Als Dorn sich näher heranschob, rollte ein Steinchen über den Boden, und Dickhaut öffnete seine Augen. Dorn erstarrte. Die kleinen Augen weiteten sich und das Nashorn rappelte sich auf und schleppte sich fort, dabei warf es die ganze Zeit sein Horn auf und zog ein Bein nach. Es schwankte, dann stürzte es mit einem Wehlaut auf die Knie.

Er hat Angst vor mir, stellte Dorn schockiert fest.

»Mach schon«, keuchte Dickhaut und richtete sich halb auf. Seine Beine zitterten heftig und er brach wieder zusammen. »Beende es.«

»Was?«, rief Dorn. »Warum sollte ich?«

Dickhaut starrte ihn böse an. »Deshalb hat dein Herr dich doch geschickt. Um dafür zu sorgen, dass ich tot bin?«

»Niemand hat mich geschickt«, knurrte Dorn. »Ich habe keinen Herrn. Ich wollte nur mit dir sprechen.«

Das Nashorn grunzte und beäugte ihn misstrauisch.

»Ich habe gesehen, wie die anderen Tiere dich fortgejagt haben«, sagte Dorn und hockte sich neben Dickhauts riesigen Kopf. »Bevor du weggerannt bist, hast du gesagt, es gäbe Dinge, die niemand wisse. Was meintest du damit?«

Das große Nashorn reagierte nicht, und Dorn befürchtete schon, es sei tot. Doch als er sich beunruhigt vorbeugte, bewegte sich Dickhaut unmerklich und stöhnte.

»Er konnte jeden beschwatzen«, murmelte er. »Du müsstest doch wissen … wozu er fähig ist.«

Über ihnen zerriss ein kehliger Schrei den glühenden Abendhimmel. Dickhaut schnaubte angstvoll und stieß sein Horn nach oben. Dort oben kreisten drei Geier. Sie schraubten sich langsam hinunter, die gierigen Augen auf Dickhaut gerichtet.

»Haut ab!«, schrie Dorn und wedelte mit den Pfoten. »Ihr seid hier nicht erwünscht!«

Die Vögel neigten ihre kahlen Köpfe und sahen Dorn verwundert an. Einen Augenblick später zuckten ihre Flügelspitzen und sie segelten über die Schlucht davon. Dorn sah ihnen fassungslos nach, weil sie ihm gehorcht hatten.

Vielleicht stirbt Dickhaut doch nicht?

Dann drehte er sich schnell wieder zu ihm um. »Du meinst Stachel? Hat er dich dazu überredet?«

»Wer sonst?«, krächzte Dickhaut.

Dorn ließ sich in den Staub fallen, in seinem Kopf drehte

sich alles. Das hatte er von dem Augenblick an vermutet, als er gesehen hatte, wie Dickhaut an der Wasserstelle in die Enge getrieben worden war. Vielleicht hatte er es in seinem Innersten sogar viel früher vermutet – doch Gewissheit konnte etwas Schreckliches sein. *Stachel stand hinter dem Tod von Große Mutter.*

Dickhaut fuhr mit seiner bleichen Zunge über seine Oberlippe. »Ich war so wütend auf die Elefanten«, flüsterte er. »Und Stachel hat geredet und geredet. Ich weiß nicht, warum, aber irgendwie habe ich es genauso gesehen. Seine Worte ergaben einen Sinn. Die Große Mutter zu töten, Großer Vater zu werden, das klang alles so logisch. Und so richtig. Einfach ehrwürdig.« Er hustete rasselnd. »Und jetzt weiß ich nicht mehr, warum. Es ergibt keinen Sinn mehr für mich. Ich hätte niemals auf Stachel hören sollen.« Seine Augenlider senkten sich. »Wenn er jetzt hier wäre, würde ich mein Horn in seine Brust rammen.«

Dorn fasste sich an den Kopf, um den Schwindel zu vertreiben. Stachels Plan war genau ausgeklügelt gewesen, hatte in seinem Kopf bereitgelegen wie eine leckere Frucht bei einer Ratsfeier. Er musste alles schon vor langer Zeit erdacht haben und hatte nur auf die richtige Gelegenheit gewartet, bis er ein mächtiges Tier gegen Große Mutter aufbringen konnte. Er hatte Dickhaut so lange beschwatzt, bis er ihn überzeugt hatte.

Was war damals im Langbaumlager geschehen, als Stachel Dickhaut das erste Mal besucht hatte? Dorn konnte sich nicht erinnern – alles hatte ganz normal ausgesehen und doch musste Stachel schon damals den Tod von Großer Mutter geplant haben.

Nun, mit mir hat er nicht gerechnet.

»Ich werde ihn loswerden.« Zaghaft streichelte er über das Horn des Nashorns. Dickhauts Augen blickten leer in die Ferne. »Ich weiß nicht, wie, aber ich werde es tun.«

Dickhaut hustete. »Du? Du willst Stachel loswerden? Das kannst du nicht.«

»Ich muss.«

Dickhauts Zunge hing schlaff aus seinem Maul. »Viel Glück, junger Pavian. Und jetzt lass mich in Frieden.« Seine Stimme war kaum noch zu hören. »Ich habe als Großer Vater versagt, aber etwas habe ich gelernt.« Er blickte zu den drei schwarzen Schatten hoch, die wieder über ihm kreisten. »Die Geier wissen immer, wann der Tod sich meldet.«

*

Warum, warum, warum? Warum machte er so etwas?

Unter der gleißenden Sonne zog sich der Rückweg zum Hyänenbau quälend lang hin. Die Hitze verwandelte die ganze Savanne in einen wabernden, verschwommenen Fleck aus Blassbraun und Gelb. Dorn merkte kaum, wie sehr der Durst ihm zusetzte. Die Qual, nicht zu wissen, warum das alles geschah, war viel schlimmer. *Warum hat er Große Mutter töten lassen? Nur um einen Gehilfen einzusetzen, der als Großer Vater unweigerlich versagen und sterben musste?*

Dorn starrte blind in die Ferne und trottete erschöpft weiter. *Versuche so zu denken wie er. Was würde Stachel jetzt tun?*

Plötzlich traf ihn die Erkenntnis wie ein Blitzschlag, und er erinnerte sich daran, was Stachel nur wenige Tage zuvor gesagt hatte. *Ich würde einen besseren Großen Vater abgeben …*

Dorns Herz raste. *Stachel wusste, dass Dickhaut unfähig war.* Das hat er allen erzählt. Er wusste, dass die Tiere von Bravelands einen Großen Vater wollten, der stark, entschlussfreudig und klug war. Das hatte er schon immer gewusst. Er hatte gewusst, dass die Herden sich nach dem Niedergang von Dickhaut einem Tier zuwenden würden, dass sie durch die Krise führen konnte.

Stachel.

Dorn fiel in einen panischen Spurt. Das durfte er nicht zulassen. Das wäre eine Katastrophe, von der Bravelands sich vielleicht nie wieder erholen würde.

Töte nur, um zu überleben. Töte nur, um zu überleben. Das Gesetz sagte ihm, was er tun musste. Das Gesetz würde ihn leiten.

Wenn Bravelands überleben sollte, musste er Stachel töten.

28. KAPITEL

FANGZAHN STARKZWEIG machte sich gierig an einem Termitenhügel zu schaffen. Er schaufelte rote Erdklumpen beiseite und legte die darunterliegenden Geheimgänge frei. Als Dorn auf ihn zukam, steckte sich der große Pavian gerade eine Termite in den Mund.

»Hallo, Fangzahn«, begrüßte ihn Dorn, immer noch außer Atem.

Fangzahn drehte sich rasch zu ihm um. »Du bist das!« Dann kräuselte er seine Lippen. »Sehr witzig, uns Süßmark ins Essen zu mischen. Ha, ha.«

»Hat Stachel nach mir gefragt?«

»Allerdings«, grinste Fangzahn. »Und du kriegst Ärger. Er hat sich gewundert, wo du steckst.«

»Gut«, sagte Dorn und nickte ergeben. »Ich werde es ihm selbst erklären. Sagst du ihm bitte, dass er herauskommen soll?«

»Warum?«, fragte Fangzahn scharf.

»Weil ich ihn alleine sprechen möchte. Wenn er nicht kommt«, sagte Dorn mit einem herausfordernden Blick, »werde ich wieder verschwinden.«

Fangzahn sah ihn böse an und kaute heftig auf einer Termite herum. »Von dir nehme ich keine Befehle entgegen. Aber gut, ich sag es ihm. Er wird uns sowieso erzählen, was du gesagt hast.«

Sobald Fangzahn sich getrollt hatte, sah Dorn sich fieberhaft um. Dort drüben war ein kleiner Abhang mit einem Felsvorsprung. Das würde passen. Dahinter versteckte sich Dorn mit klopfendem Herzen.

Wenn er diesen Kampf verlöre, würde Stachel ihn töten, das war gewiss. *Aber wenn ich gewinne?*

Dann werden mich möglicherweise die anderen umbringen.

Beere würde ihm niemals verzeihen. Diese Gewissheit brach ihm fast das Herz, aber er konnte nicht anders handeln. Er musste es für Bravelands tun, das Leben aller hing davon ab. Er hatte keine andere Wahl.

Das Warten erschien ihm endlos lang, die Hitze, die von den hellen Felsen zurückgeworfen wurde, wurde immer schlimmer. Er hatte das Gefühl, gleich in Ohnmacht zu fallen, aber er durfte jetzt nicht schwach werden. Er wagte nicht einmal, seine Position zu ändern, und musste in der sengenden Glut ausharren.

Schritte.

Dorn erkannte sie gleich als die von Stachel. Etwas ungläubig und gleichzeitig von einer bitteren Freude erfasst, tastete Dorn nach einem der losen Steine, die überall herumlagen.

Stachel blieb stehen und kratzte sich an der Schnute. Es schien ihm überhaupt nichts auszumachen, dass er zu einem Vieraugengespräch gerufen worden war. *Er hat keine Angst vor mir,* dachte Dorn verbittert. *Aber das wird sich ändern.*

Dorn schloss kurz seine Augen und rief sich Borke Kronblatts toten Körper in Erinnerung. Ihren zerschmetterten Schädel, ihr Gesicht, das vor Schreck über den Verrat auf immer verzerrt war. Es erschien ihm nur gerecht, dass Stachel auf dieselbe Weise starb.

Jetzt sah Stachel tatsächlich etwas verwirrt aus. Er runzelte die Stirn und sah sich suchend um, dabei drehte er Dorn den Rücken zu.

Jetzt oder nie. Dorn sprang aus seinem Versteck hervor, hob den Stein und machte einen Satz auf Stachel zu.

Und genau im selben Augenblick wirbelte Stachel herum und richtete seine bernsteinfarbenen Augen auf Dorn.

Dorn strauchelte, zauderte und erstarrte.

Seine Hand zitterte, der Stein wog plötzlich unendlich schwer. Unter Stachels starrem Blick wich alle Luft aus Dorns Lungen, und ihm wurde plötzlich erschreckend bewusst, wie viel größer Stachel war, wie viel stärker und schneller.

Stachel sah von Dorns Gesicht zu dem Stein in seiner Pfote und fing völlig unerwartet an zu lächeln.

»Leg ihn weg, Dorn«, sagte er freundlich.

Dorns Pfote fiel herab.

»Ich habe das erwartet«, sagte Stachel. »Ich wusste, dass du versuchen würdest, mich zu töten.«

Dorn wankte einen Schritt nach hinten. Ihm wurde es erdrückend eng in der Brust. »Nein.«

»Doch.«

»Das ist … du kannst nicht …« Dorn bekam kaum Luft. »Du …«

»Deine Sicht der Welt ist viel zu einfach«, sagte Stachel seufzend. »Du denkst, ich verdiene zu sterben, weil ich etwas Falsches getan habe?«

Dorns Zunge fühlte sich trocken und geschwollen an. »Du bist ein Mörder«, flüsterte er.

Stachel sah ihn beinahe belustigt an. »Wenn man sich Macht aneignet, ist es nur natürlich, Schlechtes zu tun«, sagte er sanft. »Weißt du, Dorn, es verhält sich nämlich so …«

Er machte eine blitzschnelle Bewegung, die Dorn kaum wahrnahm, und bevor Dorn überhaupt wusste, was geschah, war Stachel schon über ihm und schleuderte ihn zu Boden. Sein Kopf dröhnte von der Erschütterung des Aufpralls. Stachel hockte auf ihm und legte ihm seine langen Finger um den Hals. Stachels Klauen bohrten sich in seine Haut. Dorn japste vor Schmerzen. Dann entwand Stachel ihm den Stein.

Durch tränende Augen sah Dorn, dass Stachel den Arm hob. Sein Schädel würde wie ein Ei zerbrechen, genau wie bei Borke …

Stachels Augen glitzerten in boshafter Freude und für einen kurzen Augenblick lockerte sich sein Griff um Dorns Kehle. Dorn bäumte sich auf und versenkte seine Zähne in den Oberarm des Kronblatts.

Stachel schrie vor Schmerzen und ließ ihn los. Dorn wand sich und keuchte und zog sich Pfote für Pfote unter ihm weg, aber im letzten Moment packte ihn Stachel wieder und bohrte seine Klauen in sein Hinterbein.

Fauchend drehte sich Dorn um und stürzte sich in den Kampf. Die beiden Paviane fielen übereinander her, rollten über den harten Boden, bissen und kratzten sich.

Es war ein kurzer Triumph, als Stachel unter ihm lag und er ihn am Boden festnagelte. Dorn reckte sich nach hinten und wollte zuschlagen. Alle Bedenken waren in diesem Augenblick vergessen. *Ich muss ihn töten!*

Dann packten ihn kräftige Pfoten an der Schulter und zerrten ihn weg. Aus blutunterlaufenen Augen sah er verschwommen, dass Stachel wieder auf die Füße kam. Es war ein unerträglicher Anblick. »Nein!«, heulte er. *»Nein!«*

»Halt die Schnauze.« Ein Schlag auf den Kopf warf ihn in den Staub, dann wurde er wieder hochgezerrt. Fangzahn grinste ihn fies an.

»Ich habe gelogen«, fauchte der Starkzweig. »Hast du etwa geglaubt, dass ich Stachel mit dir allein lasse?«

Gras schob sich an Fangzahn vorbei und hob einen Stein auf. Dorn hatte gerade noch Zeit, in dem Stein seine eigene Waffe wiederzuerkennen – die Waffe, mit der er Stachel töten und Bravelands hatte retten wollen –, dann sauste sie auf seine Schläfe nieder, und alles wurde dunkel.

*

»Betrug und Verrat.« Die Stimme schwappte in Dorns Bewusstsein, sie klang ernst, ruhig und stark. »Es war meine Schuld. Vergebt mir, Tiere von Bravelands. Ich hätte es wissen müssen.«

Es war eine Stimme, die er nur zu gut kannte und die er aus ganzem Herzen hasste. Der Hass verlieh ihm die Kraft, sich halb aufzurichten. Taumelnd versuchte er, sich zu orientieren.

»Ihr alle habt an Dickhaut geglaubt, ich ebenfalls.« Die Stimme tönte durch die klare, sonnige Luft. »Dieser Glaube, diese Überzeugung machten mich blind für seine Täuschung, ließen mich nicht erkennen, dass er unmöglich der Große Vater sein konnte.«

Dorn blinzelte angestrengt und langsam nahm die Szene

Kontur an. Vor ihm hatten sich große Herden aufgestellt: Zebras, Gnus und Gazellen. Er sah auch Leoparden und Geparden, Erdhörnchen und Flusspferde. In den umstehenden Bäumen, deren Zweige sich im kräuselnden Wasser spiegelten, lungerten Affen herum. *Ich bin bei der Wasserstelle. Auf einer Großen Versammlung. Und es geht hier um mich.*

Eine panische Angst packte ihn, und er versuchte, auf seine Pfoten zu kommen, doch Gras und Fliege packten ihn an der Schulter und drückten ihn wieder zu Boden.

Die Tiere sahen Stachel aufmerksam an und hingen an seinen Lippen. Neben ihm wiederholten einige seine Worte und gaben sie an die weiter hinten Stehenden weiter. *»Betrug und Verrat …«*

»Der Große Vater ist das Herz von Bravelands«, fuhr Stachel fort. »Er muss in der Lage sein, Probleme zu lösen, muss die Nachrichten verstehen, die aus allen Teilen des Landes ihm zugetragen werden. Er muss Rat erteilen, muss urteilen und, was am wichtigsten ist, er muss den Großen Geist durch sich sprechen lassen.«

»Er muss Rat erteilen, er muss urteilen …«

»Er muss den Großen Geist sprechen lassen …«

Stachel seufzte und breitete seine Pfoten aus. »Dickhaut hat uns alle an der Nase herumgeführt«, stellte er bekümmert fest. »Aber wir müssen uns aufraffen und weitermachen. Wir brauchen einen neuen Großen Anführer.«

Dorns Magen krampfte sich vor Entsetzen zusammen. Das war es – das war es, worauf es Stachel von Anfang an abgesehen hatte. Jetzt war er endlich am Ziel und nur Dorn wusste es.

Er wand sich unter dem Griff von Gras. »Hört nicht auf Stachel!«, heulte er. »Er ist ein Mörder!«

Stachel schüttelte den Kopf und kniff seine Augen zusammen.

»Dorn, du Dummkopf«, flüsterte er so leise, dass nur Dorn es hören konnte.

Dorn stemmte sich gegen die starken Arme, die ihn auf den Boden drückten. Keuchend drehte er seinen Kopf und sah flehentlich zu den Herden hinüber. »Er hat Dickhaut dazu gebracht, Große Mutter zu töten«, schrie er aus vollen Lungen. »Stachel wusste, dass Dickhaut versagen würde, dass ihr ihn fortjagen würdet. Er wusste, dass ihr einen starken Nachfolger braucht. *Er hat alles geplant, weil er selbst Großer Vater sein will!*«

Jetzt begegnete er zum ersten Mal Stachels Blick. Dorn hatte erwartet, dass er verärgert sein würde. *Wütend.* Vielleicht auch erschrocken.

Doch im Gegenteil, Stachels Blick war eiskalt und triumphierend. Seine Augen waren kalt, aber seine Mundwinkel verzogen sich zu einem kleinen, versteckten Lächeln. Und die Tiere, die in der Nähe standen, gaben Dorns Worte nicht an ihre Herden weiter, sondern betrachteten ihn mit Abscheu. Die Wut, die Dorn bis dahin gefühlt hatte, fiel in sich zusammen, und er verlor alle Hoffnung.

»Darf ich jetzt weiterreden, Dorn Starkzweig?«, fragte Stachel mit klarer, durchdringender Stimme.

»Bitte«, flehte Dorn die Tiere neben ihm an. »Ihr müsst mir glauben …«

»Jedes Wort aus Dorns Mund ist eine Lüge«, sagte Stachel knapp. »Er arbeitet schon seit vielen Monden gegen den Großen Geist.«

»*Eine Lüge*«, wiederholten die Tiere, die vorne standen.

»Nein!«, schrie Dorn. »Das ist nicht wahr!«

Stachel packte Dorn am Arm. Seine Klauen bohrten sich in sein Fleisch, es tat schrecklich weh. Dorn versuchte sich zu entziehen, aber die Starkzweige hielten ihn eisern fest.

»Dorn war für mich wie ein Sohn«, sagte Stachel an die Menge gewandt und klang dabei verbittert und traurig. »Es war schwer für mich, die Wahrheit zu akzeptieren. Ich habe nicht rechtzeitig seinen Stolz, seinen tödlichen Ehrgeiz erkannt.« Er schüttelte den Kopf, als verabscheute er, was er sagte. »Ich habe zu lange gewartet, zu lange gehofft. Obwohl Dorn zwei Kronblätter ermordet hat.«

Eine Gruppe von Erdmännchen schnaufte im Chor und drehte sich zu Dorn um. Eine ältere Gazelle sah ihn hasserfüllt an.

»Mörder ... Mörder ... Mörder ...«

Die Worte wurden von Tier zu Tier weitergegeben, an den Ufern entlang und die Hügel hinauf, wie eine Sturmwolke, die über den Himmel braust. Als jede Familie und jede Herde sie vernommen hatte, drehten sich alle zu Dorn um, und er spürte Hunderte von empörten Augenpaaren, die ihn hasserfüllt durchbohrten.

»Ich war es nicht!«, schrie Dorn. Sein Herz donnerte gegen seine Rippen.

»Er hat meine Tochter benutzt und Beere eingeredet, er würde sie lieben.« Stachels klare Stimme wurde brüchig und versagte ihm beinahe. »Nur um in meine Nähe zu kommen. Und hast du nicht auch versucht, mich zu töten?«, sagte er zu Dorn mit blitzenden Augen. »Hätte ich nicht so schnell reagiert, hättest du meinen Schädel mit einem Stein zerschmettert.«

Dorn starrte ihn an, jeder Atemzug tat ihm weh.

»Das kannst du nicht leugnen, oder?« Stachel reckte seinen Kopf, seine bernsteinfarbenen Augen voller Trauer.

»Ich musste, ich …« Übelkeit stieg in ihm auf. Stachel war ihm die ganze Zeit weit voraus gewesen.

»Wie konntest du das nur tun?«

Durch das angewiderte Blöken und Brüllen und Bellen der Tiere hindurch hörte er eine Stimme, die er liebte. Dorn hob seinen Kopf und wurde von ohnmächtiger Verzweiflung gepackt. *Beere.*

Dort stand sie, von Blüte und Blume Heilblatt gestützt. Der ganze Trupp hatte sich schützend um sie geschart. Einen kurzen Augenblick lang fühlte Dorn nichts als Erleichterung. Beere sah dünn und mitgenommen aus, ihr Schwanz war nur noch ein zerfetzter Stumpf, aber sie war am Leben.

»Beere«, krächzte er, »ich …«

»Ich habe dir vertraut«, flüsterte sie. Ihre wunderschönen Augen waren dunkel vor Abscheu.

»Es ist nicht wahr, es ist alles nicht wahr! Beere, ich wollte dich doch nur schützen!« Dorn strampelte, aber Stachel hielt ihn gnadenlos fest. Beere wandte sich ab und drückte ihr Gesicht an Blütes Schulter.

»Da seht ihr, wie er meine Tochter verletzt hat.« Stachel streckte eine Pfote zu Beere aus und diesmal nahm seine Stimme den Klang von verletztem Zorn an. »Und sein neuestes Verbrechen? *Das ist das schlimmste von allen.«*

Einen Augenblick lang schien die Zeit stillzustehen. Dann regte sich etwas in der Menge, jemand oder etwas kam näher. Die Tiere wichen zurück und machten den Weg frei, Unruhe kam auf. Dorn kniff die Augen zusammen und versuchte durch einen Nebel aus Hitze und Schmerz etwas zu erkennen.

Wurm und Fangzahn kamen auf ihn zu, zwischen sich schleiften sie einen schlaffen Körper, offensichtlich auch einen Pavian.

Er reckte sich vor. Seltsam, er bildete sich ein, einen weißen Strich auf dem Fell des Pavians zu sehen. *Sternblatt?*, dachte er benommen. Aber das war unmöglich. Sternblatt war in Sicherheit, sie hatte sich bei Nuss versteckt. Warum hätte sie sich selbst verraten sollen? Warum ließ sie zu, dass Wurm und Fangzahn sie wie ein totes Dikdik mit sich schleiften?

Dann stolperte Wurm über den Huf eines Gnus und seine Last entglitt ihm. Einer der langen Arme von Sternblatt baumelte lose herab, ihre Fingerknöchel scharrten über den Boden und ihr Kopf drehte sich schlaff zu Dorn hin. Fassungslos starrte er in ihre leeren Augen.

Stachel streckte seine Pfoten zu der Toten aus, Tränen der Trauer füllten seine Augen. »Sternblatt wollte die Wahrheit über Dorn enthüllen. Deshalb hat er auch sie ermordet.«

»*Nein!*«, kreischte Dorn. »Nein, nein, nein!«

Er hätte noch lange so schreien und alles bestreiten können, aber da fiel jemand über ihn her und gab ihm einen Stoß, der ihn aus Stachels Griff warf und zu Boden schleuderte. Kleine Klauen schlugen ihn, kratzen über seine Brust und sein Gesicht, Blut tropfte von seiner Schnauze in seine Augen und machte ihn halb blind.

Es war Matsch, aber ein Matsch, wie Dorn ihn noch nie gesehen hatte. Seine Augen blitzten vor Wut, er packte Dorn an der Kehle und riss ihn hoch, dann schmetterte er seinen Kopf auf die Erde.

»Matsch, ich war das nicht. Ich war das nicht, das schwöre ich«, krächzte Dorn, doch seine Worte wurden unter den Schlägen erstickt. Matsch war sowieso nicht in der Lage, ihn zu verstehen. Unter heftigen Schluchzern, die seinen ganzen Körper erschütterten, schlug er seine Klauen in Dorns Fleisch. »Matsch, bitte –« Dorn schrie vor Schmerz, als sich Matschs Zähne in seine Schulter gruben.

»Genug, Matsch«, sagte Stachel ruhig. »Gerechtigkeit wird geschehen, aber in einem ordentlichen Verfahren.«

Starke Arme zogen sie auseinander. Gras hielt Dorn aufrecht, während Fliege Matsch wegstieß. Dorns ganzer Körper brannte vor Schmerzen, Blut floss von seinen Brauen, seiner Schnauze und seiner zerfleischten Schulter.

Aber das war nicht wichtig, denn viel schmerzhafter war die Gewissheit, dass er alle verloren hatte. Matsch hasste ihn. Beere hasste ihn. Niemand glaubte ihm. Er wollte sich am Ufer zusammenrollen und allein gelassen werden. Dort könnte er warten, bis es Nacht wäre und die Krokodile ihn fraßen.

»Dorns Verbrechen sind schrecklich«, verkündete Stachel, »aber sie sind nur ein Symptom dessen, was passiert, wenn Bravelands keinen wahren Großen Anführer mehr hat.«

Oh nein. Jetzt kommt es, dachte Dorn, von Schmerzen benebelt.

»Es war für mich schwer zu glauben«, sagte Stachel. »Ich habe immer versucht, für Bravelands und meinen Trupp das Beste zu tun. Meine bescheidenen Fähigkeiten – zum Organisieren, zum Friedenstiften – habe ich mit Freude zum Wohl aller Tiere eingesetzt. Aber ich hätte nie vermutet ...« Es war nicht notwendig, seine Worte durch die Menge weiterzugeben, denn alle waren vollkommen still und lauschten. »Der

Große Geist ist zu mir gekommen«, sagte er. »Ich habe nicht um diese Ehre gebeten, aber der Große Geist hat mir zugeflüstert, was ich tun muss, um Bravelands zu retten. Ich, Stachel Kronblatt, bin der Einzige, der uns durch diese schreckliche Zeit führen kann. Ich bin der wahre Große Vater.«

»Nein!« Mit allerletzter Kraft wand Dorn sich aus Gras' Griff. Er duckte sich und sprang mit gefletschten Fangzähnen an Stachels Kehle.

Er warf Stachel zu Boden und sah zum ersten Mal, wie sich die Augen des großen Pavians vor Schreck weiteten.

Aber plötzlich legte sich ein Schleier aus goldenem Fell über ihn und etwas Großes und Schweres krachte mit atemberaubender Kraft auf Dorn und streckte ihn am Ufer nieder. Dorn wusste einen Augenblick lang nicht, wo oben und unten war. Ein furchtbares Gewicht drückte auf seinen Brustkorb. Er konnte sich nicht rühren, bekam kaum noch Luft …

Heldenmut.

Der große Löwenjunge drückte Dorn auf die harte Erde. Seine Augen brannten vor Wut und seine scharfen Klauen bohrten sich in seine Brust, noch mehr Blut floss an seinem Körper herab. *Heldenmut,* versuchte er zu sagen, *Heldenmut, wir sind Freunde,* aber er brachte kein Wort heraus.

»Große Mutter hatte Geier«, rief Stachel der Menge zu. »Dickhaut sagte, er hätte Madenhacker. Und ich? Ich habe *Löwen.*«

Überraschte Schreie und Schnaufer gingen durch die Menge. »Er ist der Mächtigste von allen«, schnaubte eine Giraffe.

Stachel neigte seinen Kopf. Dorn war der Einzige, der das triumphierende Glitzern in den Augen des Kronblatts sah.

»Wenn ihr darauf vertraut, dass der Große Geist mich erwählt hat – und wenn ihr mich akzeptiert –, dann will ich mein Bestes geben, euch würdig zu sein.«

Ein Tumult aus Schreien, Jauchzen und Kreischen brach rings um die Wasserstelle los und jedes Tier erklärte begeistert seine Zustimmung. Dorn wurde immer noch von Heldenmuts schweren, heißen Pranken niedergehalten. Ihm war klar, dass er jetzt nur noch ein Stück hilfloses, unnützes Fleisch war.

»Heldenmut«, krächzte er. »Glaub Stachel nicht. *Denk nach!*«

Heldenmut blitzte ihn böse an. »Still«, fauchte er. »Ich kenne dich nicht mehr, Dorn. Vielleicht habe ich dich nie richtig gekannt.«

Dorn ließ seinen Kopf wieder auf den Boden fallen. Er fühlte sich zutiefst leer.

Stachel streckte seinen Zeigefinger nach oben und gebot den Herden Ruhe. »Bevor ihr trinkt und Treue gelobt, möchte ich meine erste Entscheidung als neuer Großer Vater verkünden.« Er sah Dorn verächtlich an. »Es bereitet mir keine Freude, aber ich muss diesen Gesetzesbrecher richten. Ich wollte Barmherzigkeit walten lassen und habe immer und immer wieder meine Augen von Dorns bösen Taten abgewandt, weil ich ihn so sehr geliebt habe, dass ich nicht glauben wollte, dass er dem Großen Geist abtrünnig geworden war.« Er zögerte und wischte sich mit einer Pfote über das Gesicht. »Vielleicht kann er sich doch noch ändern. Vielleicht sollte ich ihm doch noch eine Chance geben.«

»Was?«, rief eine Giraffe und schnappte nach Luft. »Nein!«, grunzte ein Gepard voller Wut. »Keine Gnade!«

»Der ändert sich nicht mehr«, brüllte ein Flusspferd und

entblößte seine schrecklichen, stumpfen Zähne. »Er muss aus Bravelands vertrieben werden!«

»Was bringt das?«, fauchte ein Schakal. »Er würde zurückkommen. Tötet ihn und Schluss.«

Von allen Seiten erhoben sich Stimmen. »Tötet ihn! Keine Gnade! Tötet ihn!« Dorn meinte, auch Kiesels und Piep Tiefblatts Stimme zu hören, aber er versuchte, nicht hinzuhören. Er wollte nicht hören, wie Beere und Matsch seinen Tod forderten. Er drückte seinen Kopf in den sandigen Boden und sah zu Heldenmut hinauf. Dieser beteiligte sich nicht an den Rufen, doch in seinem lodernden Blick war nicht ein Funken von Gnade.

Stachel seufzte und ließ seine Schultern herabhängen. »Dann soll es so sein. Der Gesetzesbrecher wird sterben. Heldenmut, Starkzweige – schafft Dorn weg.«

Heldenmut hob seine Pranken von Dorns Brust, und im selben Augenblick rollte Dorn auf die Seite und versuchte verzweifelt, in die Freiheit zu krabbeln. Nur wenige Augenblicke zuvor hatte er sich noch ein schnelles Ende in den Mäulern von Krokodilen gewünscht, doch jetzt, wo der Tod nach ihm griff, packte ihn ein unbändiger Überlebenswillen.

Aber es gab kein Entkommen für ihn. Fangzahn und Wurm schoben ihn wieder zu dem Löwen hin. Heldenmuts vertrauter Geruch umfing ihn, der nun mit etwas Blutigem vermischt war. Der Löwe packte ihn mit seinem Maul und schleppte ihn über den Sand.

Als er durch die Menge gezerrt wurde, war ihm, als würden die Tiere hin und her wanken wie Baumwipfel im Sturm. Fliege, Wurm und Fangzahn stolzierten neben dem Löwen her. Heldenmut biss ihn nicht – *noch* nicht, murmelte eine entsetzte Stimme in seinem Inneren –, aber seine Kiefer hielten ihn fest, und Dorn spürte die unterdrückte Kraft, mit der er bald zerrissen werden würde.

»Bitte Heldenmut«, keuchte er. »Hör doch, nicht ich bin der Mörder.«

Aber der Löwe knurrte nur und Fliege gab Dorn einen Schlag auf den Kopf. »Halt die Schnauze, Verräter.«

Auf dem Weg durch die johlende, blökende Masse erhaschte Dorn auch einen Blick auf Beere, die ihr Gesicht hinter ihren Pfoten verbarg, und auf Matsch, der den toten Körper seiner Mutter fest an sich drückte. Ein Stück weiter weg sah er Stachel, der mit hoch erhobenem Kopf in das Wasser watete. Die Tiere hatten begonnen, ihm nachzufolgen, um dem neuen Großen Vater bereitwillig die Treue zu schwören.

Stachels Sieg war vollkommen.

Hilflos hing Dorn im Maul des Löwen, sein Körper ruckelte über Grasland und seichte Hügel. Er dachte schon, dass der Transport ihn töten würde, doch da hörte er Fliege mit blutdürstigem Eifer sagen: »Dort drüben bei den Bäumen.« Fliege zeigte mit dem Kopf auf ein größeres Waldstück. »Dort werden wir ihn töten.«

Heldenmut beschleunigte seine Schritte und bald wurden sie von den Schatten des Waldes eingehüllt. Einzelne Sonnenflecken fielen durch die Zweige und blendeten Dorn, dann sah er die blassen Blüten eines Rosenholzbaums, der sich gegen den tiefblauen Himmel abhob. Wenn jetzt der Tod kommen sollte, würde er wenigstens den Himmel sehen.

Plötzlich lockerte Heldenmut seine Umklammerung und Dorn plumpste auf den Boden. Der vertraute Duft von Erde und Holz zog in seine Nase. Sonnenlicht drang durch die Blätter des Rosenholzbaums und warf Tupfen auf das grüne Moos und sein blutgetränktes Fell. Wäre die Wurzel nicht gewesen, die in sein Rückgrat stach, hätte Dorn beinahe etwas wie Frieden empfunden. Er fühlte sich an die Waldlichtung erinnert, wo er, Matsch und Beere als Kinder gespielt hatten. *Als meine Eltern noch lebten und das Langbaumlager der einzige Ort in Bravelands war, der mir etwas bedeutete.*

»Ihr habt mich mein ganzes Leben lang gekannt«, krächzte er und sah in die kalten Augen von Fliege und Gras. Sie sahen von unten riesig aus. »Warum hätte ich zwei Kronblätter töten sollen? Ich habe die Dritte Hochtat verpatzt, das wisst ihr doch. Ich wollte nicht einmal ein Hochblatt werden.«

»Hör auf zu betteln«, sagte Fliege beinahe sanft. »Es ist vorbei.«

»Mach du es, Heldenmut«, sagte Gras und berührte den Löwen an der Schulter. »Das geht am schnellsten.«

Panik erfasste Dorn. Er keuchte, rang nach Luft, und sein Herz hämmerte so stark, als wollte es aus seiner Brust springen. »Bitte, Heldenmut«, stöhnte er. »Es ist alles anders, als du denkst.«

Heldenmut stand über ihm und verdeckte mit seinem Körper die Sonne. In seinem Blick lag feste Entschlossenheit.

Fliege hat recht. Es ist vorbei.

Dorn sah unentwegt zu seinem alten Freund auf und versuchte, sein Entsetzen zu unterdrücken. »Ich weiß, dass du es nicht verstehst«, brachte er mühsam hervor. Er sprach ruhig und leise. »Es ist nicht deine Schuld, Heldenmut, vergiss das nie. Es ist Stachels Schuld.«

Heldenmuts Ohren zuckten, und einen Moment lang dachte Dorn, er hätte ihn erreicht. Doch dann stieß der junge

Löwe ein wütendes Knurren aus und riss sein mächtiges Maul auf. Seine langen, weißen Fangzähne glitzerten und ein heißer, blutgefärbter Atemstoß füllte Dorns Nase und Lunge.

Er konnte nicht hinsehen. Er schloss seine Augen und wappnete sich für den Tod.

EPILOG

Babbel plusterte seine schmutzigen Federn und versuchte, sich zu wärmen. Die drückende Hitze war endlich vorbei und mit ihr der strahlende Himmel. Sturzflutartige Unwetter mit Donner, Regen und Wind peitschten über Bravelands. Er und Plapper waren klitschnass. Der Himmel war unheimlich dunkel, und es sah nicht so aus, als würde der Regen bald nachlassen.

»Schrecklich«, zwitscherte er. »Und nun so etwas.« Er pickte einen Floh vom Rücken des Nashorns, aber der Körper unter seinen Krallen erkaltete bereits. »Das ist der letzte«, sagte er bedauernd und schluckte ihn hinunter.

Plapper klapperte mit seinem roten Schnabel. »Na gut«, sagte er schicksalsergeben, »es gibt noch genug andere Bodenstampfer in Bravelands. Bei dem hier war die Ausbeute immer gut, aber es ist Zeit weiterzuziehen. Du kennst doch den Spruch: *Mach dir um heute keine Sorgen, denn Insekten gibt es auch noch morgen.*«

Babbel legte seinen Kopf schräg und betrachtete die reglose, graue Masse. Ein Schauder fuhr durch seine Federn, der nichts mit der Kälte zu tun hatte. Für das große Nashorn, das sie die ganze Jahreszeit über mit Zecken und Flöhen versorgt hatte, gab es kein Morgen mehr. »Man muss wirklich Mitleid mit ihm haben«, seufzte er. »Das war kein schöner Tod.«

Plapper zuckte verächtlich mit der Schwanzfeder. »Was musste er den Großen Geist auch so erzürnen?« Er hüpfte ein Stück an der Flanke des Nashorns hinab und stocherte in einer Hautfalte auf der Suche nach einer Zecke, die er möglicherweise übersehen hatte. »Die Geier sagen, jeder, der den Großen Geist erzürnt, wird es bereuen.«

Babbel breitete prüfend seine Flügel im Regen aus und wollte gerade abheben, als er eine Bewegung am Himmel wahrnahm. »Wo wir gerade von Geiern sprechen«, sagte er, »hier kommen sie.«

Die riesigen Vögel kreisten anmutig in den Abwinden und ließen sich einer nach dem anderen neben dem toten Nashorn nieder. Babbel rückte näher an Plapper heran, sodass ihre Flügel sich berührten. Er hatte von diesem Ritual gehört: Die großen Aasfresser kosteten zuerst das Fleisch, um den Tod zu beurteilen. Er wollte dieses Ritual gern einmal erleben, auch wenn die großen, weisen Vögel ihn einschüchterten.

Der größte unter ihnen war die Geierdame Windreiter, die einen runzligen, rosa Kopf hatte und deren schwarz-weiße Federn schon recht zerrupft aussahen. Babbel beobachtete neugierig, wie sie vorwärts hüpfte, auf den Brustkorb des Nashorns flatterte und dann ein Stück Fleisch aus seinem Bauch riss. Sie neigte ihren Kopf zur Seite und ihr Schlund bewegte sich beim Schlucken. Die anderen Geier sahen ihr ruhig dabei zu. Babbel und Plapper standen ehrfürchtig daneben.

»Ein guter Tod«, krächzte sie schließlich. »Aber er schmeckt nach Betrug und Verrat.« Sie breitete ihre Flügel aus, dann hielt sie inne und sah auf Babbel und Plapper hinunter.

Babbel stockte der Atem. Er merkte, dass Plapper ebenso zitterte wie er, und die gelben Augen seines Freundes waren noch runder und größer als sonst.

»Schaut nicht so erschrocken, kleine Madenhacker«, sagte Windreiter freundlich. »Ich bringe Neuigkeiten.«

Babbel warf Plapper einen ängstlichen Blick zu, dann räusperte er sich und zwitscherte schüchtern. »Was ... was für Neuigkeiten?«

Die Wolken rissen auseinander, Sonne fiel auf die schwarzen Flügel der Geierdame und ließ ihre Federn einen Moment lang aufleuchten. Ihm war, als würden ihre schwarzen Augen geradewegs in ihn hinein –, nein, durch ihn hindurchblicken. Babbel war sich plötzlich sicher, dass sie über Bravelands hinaus blickte auf etwas, das dahinterlag. Ihr Flüstern füllte seinen kleinen Körper ganz aus, bis er sich groß wie ein Adler fühlte.

»*Gute Neuigkeiten,* Babbel Madenhacker. Der Große Geist ist zurückgekehrt.«

Mehr von den BRAVELANDS
findest du auf den folgenden Seiten …

Erin Hunter

BRAVELANDS

EIN LÖWE, DER AUS SEINEM RUDEL VERTRIEBEN WURDE

EIN ELEFANT, DER AUS DEN KNOCHEN DER TOTEN LESEN KANN

EIN PAVIAN, DER SICH GEGEN SEIN SCHICKSAL ERHEBT

NUR ZU DRITT KÖNNEN SIE DIE SAVANNE RETTEN

In der glühenden Hitze der Savanne Afrikas eröffnet sich eine mystische und faszinierende Welt: die Bravelands. Hier leben die Tiere in friedlicher Gemeinschaft und folgen dem Gesetz der Savanne. Als einige von ihnen das Gesetz brechen, entflammt ein Kampf um Herrschaft und Macht, dem sich die drei Helden tapfer stellen.

Band 1: Der Außenseiter
Gebunden, 350 Seiten.
ISBN 978-3-407-82363-2

Band 2: Das Gesetz der Savanne
Gebunden, ca. 398 Seiten.
ISBN 978-3-407-75446-2

Bände auch als E-Book

ERIN HUNTER

WARRIOR CATS

EIN WALD. VIER CLANS.
UND ALLE WOLLEN ÜBERLEBEN.

Jenseits der Menschen, tief verborgen im Wald, leben die Katzen der Clans wild und ungezähmt. Feuerpfote, der seine Zweibeiner verließ, um sich dem DonnerClan anzuschließen, genießt das stürmische Leben des Waldes in vollen Zügen. Seite an Seite mit den wilden Katzen lernt er zu jagen, seine Instinkte zu gebrauchen, er lernt den Wald zu hören und seine Feinde zu riechen. Doch der Platz ist eng, das Futter knapp. Wird der Donnerclan es schaffen, bis zur Blattfrische zu überleben?

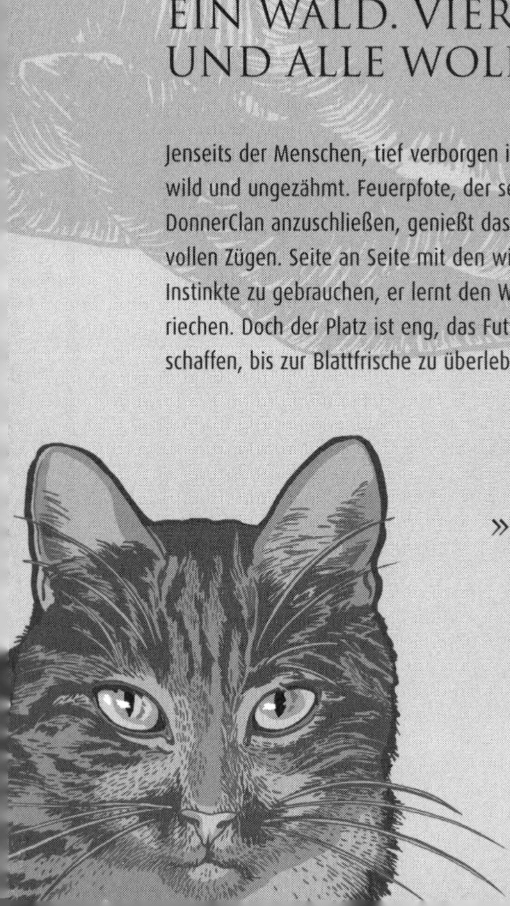

»FANTASY VOM FEINSTEN.«
DER SPIEGEL

N
W
O
S
Schlucht
BRAVELANDS